SI PRÈS DES ÉTOILES

DU MÊME AUTEUR

La Petite Couturière du Titanic, L'Archipel, 2016 ; Archipoche, 2018.

KATE ALCOTT

SI PRÈS DES ÉTOILES

traduit de l'anglais (États-Unis)
par Danièle Momont

ARCHIPOCHE

Ce livre a été publié sous le titre
A Touch of Stardust
par Doubleday, New York, 2015.

Notre catalogue est consultable à l'adresse suivante :
www.archipoche.com

Éditions Archipoche
34, rue des Bourdonnais
75001 Paris

ISBN 978-2-37735-477-1

À mon père,
qui a toujours apprécié
les bonnes histoires

1

Los Angeles
10 décembre 1938

Atlanta s'embrasa à l'heure dite.

De minuscules silhouettes couraient de droite et de gauche, allumaient des mèches, reculaient aussitôt. Une flamme gigantesque s'éleva en rugissant dans le ciel nocturne, puis une deuxième jaillit à son tour, une troisième encore... Des débris incandescents se mirent à voleter en tous sens. Les maisons, les granges, les chariots... L'incendie dévorait tout, comme il l'eût fait de broussailles sèches.

— Bon Dieu ! brailla un homme vêtu d'un uniforme de confédéré. Regardez-moi ça !

Le ciel, au-dessus de la Selznick International Pictures, virait à l'orange, une teinte éclatante, chargée d'intensité. Et tandis que se congratulaient, sur une plateforme dominant les flammes, des messieurs en costumes trois pièces, les habitants de Culver City, dans l'État de Californie, se terraient dans leurs maisons, songeant que, peut-être, la fin du monde était arrivée.

Julie Crawford, pour sa part, continuait à courir, trébuchant à chaque pas, chaussée d'escarpins à talons ridiculement hauts, dont elle avait pensé à tort qu'ils lui donneraient de l'assurance pour sa première mission d'importance au sein du studio Selznick. Elle avait beau détourner la tête du brasier, la chaleur qu'il dégageait lui brûlait la peau. Risquant un bref regard vers le sommet de la tour d'observation, elle y découvrit David O. Selznick qui, dans la lumière des projecteurs, contemplait, en véritable souverain, son royaume en flammes.

Soudain parut au loin un chariot tiré par un cheval lancé au grand galop, à bord duquel se blottissaient l'un contre l'autre deux individus. Des bandits se précipitèrent, tentant de saisir la bride de l'animal qui, sous l'effet de la terreur, se cabra. Un homme coiffé d'un chapeau à large bord sauta du véhicule pour couvrir d'un châle la tête du cheval. Cela fait, cependant que sa silhouette se découpait contre le ciel ardent, et que le feu commençait de lécher ses vêtements, il tira la bête et le chariot jusqu'à ce qu'ils fussent en sécurité.

L'espace d'un instant, Julie s'imagina qu'elle assistait pour de bon à l'incendie du dépôt de munitions d'Atlanta. Rhett entraînait le cheval par sa bride. Scarlett demeurait recroquevillée à l'intérieur de la voiture où, dissimulés à la vue de tous, se trouvaient aussi Mélanie et son bébé. Le pouls de Julie s'accéléra. Bonté divine… L'homme qui se tenait là-haut, au faîte de la tour d'observation, était bel et bien en train d'insuffler la vie à *Autant en emporte le vent*. L'on ne pouvait qu'en éprouver une extrême fascination…

*

— Ça, c'est du chariot ou je ne m'y connais pas, lança le faux soldat confédéré au comble de l'enthousiasme. C'est pas aujourd'hui que le vieux Sherman[1] fera main basse sur les munitions.

Des vivats retentirent, on se congratulait à grandes tapes dans le dos. Et l'on riait de soulagement, non sans continuer à jeter des coups d'œil anxieux vers les voitures de pompiers qui cernaient les lieux. Elles n'auraient pas à intervenir, se rassuraient-ils tous en silence. Selznick était téméraire, mais pas idiot. Ces flammes n'excéderaient pas le cadre de ses caméras, bien qu'elles fussent en train de dévorer de vieux décors avant de se diriger vers Tara. Tout se passerait bien – l'on se trouvait à Hollywood, que diable.

Julie baissa le regard sur le message qu'elle serrait dans son poing. Pourquoi donc restait-elle plantée là, bouche bée ? Ce message, on lui avait ordonné de le remettre à Selznick *avant* que l'incendie ne se déclarât. Elle tenait là sa première chance d'échapper enfin à la machine à polycopier, et elle venait de la gâcher…

Mais… Mais elle n'allait pas s'avouer aussi aisément vaincue.

— Il faut que je parle à Mr Selznick ! brailla-t-elle, se frayant un chemin en direction de la tour d'observation, se hissant de loin en loin sur la pointe des pieds pour mieux voir, tâchant d'adopter ce ton suffisant que chacun, sur le plateau, maîtrisait à la perfection.

— J'ai un message pour lui.

---

1. William T. Sherman : l'un des généraux de l'Armée de l'Union durant la guerre de Sécession. Il se trouvait à la tête des troupes qui prirent la ville d'Atlanta (*NdT*).

Un pompier – un vrai, venu de la caserne de Los Angeles – à moins qu'un figurant embauché pour la journée ? – posa sur elle un œil exaspéré. La chaleur avait empourpré son visage :

— Dites donc, ma jolie. Vous ne voyez donc pas qu'il est en plein boum ? Restez en arrière. C'est un ordre.

Quelqu'un s'esclaffa. La jeune femme sentit le rouge lui monter aux joues.

— Qui vous a confié ce message ? l'interrogea une voix.

Elle se retourna. L'homme se tenait adossé à la tour d'observation, vêtu d'un blouson noir en daim, d'une chemise froissée, ainsi que de vieilles chaussures de tennis. Il possédait des cheveux sombres et plutôt longs – comme s'il avait oublié à plusieurs reprises d'honorer un rendez-vous chez le coiffeur. Ses mains robustes étaient couvertes de taches de rousseur, et il arborait ce bronzage typique chez les Californiens. Mais ce fut surtout le regard dont il la gratifiait qui frappa Julie, dans lequel l'amusement le disputait à la solennité. Ni vieux ni jeune. Et moi qui ai oublié de remettre du rouge à lèvres, se navra-t-elle. Quelle poisse…

— L'un de ses assistants, répondit-elle.

— Qui ?

— J'ignore son nom.

Il jeta son mégot sur le sol en secouant la tête.

— J'imagine que c'est votre premier jour parmi nous. Jamais on ne délivre un message à Selznick sans savoir qui vous l'a remis. Donnez-le-moi. Je vais le lui porter.

Il tendit la main avec un mince sourire en coin.

— J'aimerais mieux le lui remettre en main propre.

Il interrompit son geste, laissa retomber son bras le long de son corps.

— Bravo, vous venez de passer un premier test : ne jamais, jamais confier à un tiers un message destiné à Selznick.

Il lui décocha cette fois un large sourire, l'invitant à s'avancer, avant de lui désigner l'échelle de la tour :

— Je vais vous conduire jusqu'à la plateforme. De toute façon, c'est là-haut que je suis censé me trouver. Comment vous appelez-vous ?

— Julie Crawford. Je travaille au siège.

Elle jugea inutile de préciser qu'elle y passait son temps à polycopier des communiqués de presse. L'inconnu paraissait si sûr de lui… Il se fondait à merveille dans ce décor, de sorte que la jeune femme eût aimé lui donner, en échange, l'impression qu'elle savait, au moins un peu, ce qu'elle faisait.

— Vu votre nom de famille, vous n'êtes pas irlandaise. Bonne famille protestante, plutôt. Mais dans ce cas, de qui tenez-vous vos cheveux roux ?

— De ma mère. Par ailleurs, ils ne sont pas roux. Ils sont auburn. Et je ne possède pas le tempérament excessif que la plupart des gens attribuent aux rousses.

Elle regretta aussitôt ses paroles.

L'homme sourit de toutes ses dents.

— Oh… Mais c'est qu'on est drôlement susceptible. Je parie que vous fréquentez beaucoup les cinémas. Toutes les filles à Hollywood ne rêvent que d'incarner Scarlett O'Hara qui, au dire de Margaret Mitchell elle-même, l'auteur du roman, est une brune. Figurez-vous que même les fausses blondes du secteur rêvent de faire machine arrière pour avoir leur chance elles aussi. Vous avez prévu de vous offrir une couleur, n'est-ce pas ?

— Absolument pas. Je ne suis pas ce genre de fille, je vous remercie.

L'inconnu haussa les épaules, avant de s'engager sur l'échelle.

— Vous avez raison. Le naturel, il n'y a que ça de vrai. Allez, suivez-moi.

Julie lui emboîta le pas, ravie de porter un pantalon. Sa mère, à la voir dans une pareille tenue, eût à coup sûr frôlé la crise cardiaque. Mais mieux valait arborer cet accoutrement masculin que de sentir sous ses jupes le regard inquisiteur du faux soldat confédéré planté non loin. L'entière structure de contreplaqué paraissait, vue de très près, avoir été assemblée sans soin, à la va-vite. Comme tout le reste de cet univers à la fois terrifiant et merveilleux.

La jeune femme atteignit la plateforme, surprise d'y découvrir une bonne vingtaine de personnes en train d'errer çà et là avec componction. L'incendie, ivre de rage, dévorait l'intégralité des décors qui se dressaient encore en contrebas de la tour le matin même : ceux de *King Kong* et du *Voleur de Bagdad*. Le lendemain, après qu'on en aurait déblayé les derniers vestiges fumants, Mr Selznick y ferait bâtir le vaste domaine de Tara. Julie peinait à imaginer la majestueuse demeure de Scarlett O'Hara montant des profondeurs de l'enfer qui se déchaînait aujourd'hui.

— Vous arrivez trop tard, jeune fille ! tonna une voix. Votre message vous a précédée.

Julie se retourna d'un bond. Face à elle se tenait, l'œil rivé au sien, l'empereur de cette gigantesque chimère, l'homme qui régnait ici sur tout et sur tous.

David O. Selznick en imposait beaucoup, même s'il n'était pas particulièrement grand et commençait à perdre ses cheveux. Il possédait d'épais sourcils très bruns, et ses lunettes à monture d'acier ayant légèrement glissé sur l'arête de son nez, elles conféraient à ses traits un sérieux presque professoral. Mais derrière les verres de ces lunettes flambait un regard qui, dans une salle de classe, eût réduit en cendres la moitié des élèves. Il n'était pas une once de bienveillance au fond de ces yeux-là.

Or, ces yeux-là, précisément, scrutaient à présent la pauvre Julie, qui ne réussit guère qu'à bredouiller quelques mots.

— Elle n'y est pour rien, intervint l'inconnu qui l'avait amenée jusqu'ici. Les pompiers refusaient de la laisser passer.

Il s'était exprimé d'un ton neutre.

— Je suis désolée, monsieur Selznick, articula la jeune femme en tendant le billet au producteur.

Ce dernier le parcourut en hâte, puis fronça les sourcils avec impatience. Il leva la main, comme chassant les mots de Julie à la façon de mouches importunes. Il se détourna pour contempler le ciel que le fol incendie teintait d'orangé. Il bomba le torse. Il était aux anges.

— Un sacré spectacle, n'est-ce pas ? lança-t-il en décrivant de la main un vaste arc de cercle, de manière à englober l'ensemble du décor embrasé.

Tous les observateurs présents au sommet de la tour applaudirent à l'unisson pour manifester leur approbation. Selznick était un fou. Un fou génial qui, une fois encore, avait brillamment réussi son coup. Un génie. Incontestablement. Mais un fou.

— Et que pensez-vous de cette superbe jeune femme ?

Le producteur tourna le dos aux flammes pour poser un regard appréciateur sur l'inconnue debout à côté de lui.

— Voyez-vous, enchaîna-t-il en s'adressant à Julie. Ce message était censé m'annoncer la visite de cette jeune beauté anglaise, à ceci près qu'elle est arrivée avant vous. En général, je déteste les surprises. Ce soir, cependant, c'est différent. Permettez-moi de vous présenter le véritable joyau de la couronne britannique : l'époustouflante Mlle Vivien Leigh.

Dieu du Ciel ! Était-ce bien à Julie que Selznick s'adressait ? Non... Il parlait à la foule. La jeune femme reporta son attention sur l'actrice. Tout en elle se révélait menu. Les traits de son visage, ses bras, ses jambes... Elle possédait une peau aussi lumineuse qu'une perle de culture, et ses yeux en amande, aux paupières délicatement fardées de vert, paraissaient appartenir à un chat. Sa robe de soie beige soulignait sa taille de guêpe, avant de se résoudre jusqu'au sol en plis voluptueux et ondoyants. Son sourire, tandis qu'elle lorgnait timidement l'assistance de sous un chapeau cloche, était resplendissant.

— Scarlett ? souffla Julie.

Une poignée de petits gloussements, ici et là, salua cette sortie ; la jeune femme piqua un fard. Elle était allée trop vite en besogne : la production n'avait pas encore choisi celle qui, dans *Autant en emporte le vent*, incarnerait Scarlett O'Hara.

Vivien Leigh ne put cependant réprimer un mince sourire comblé. Combien d'heures avait-elle passées devant son miroir, tandis qu'elle traversait l'océan à bord du *Queen Mary*, répétant inlassablement les expressions de Scarlett telle qu'elle l'imaginait ? Quelle quantité d'efforts avait-elle déployée pour essayer de donner vie à l'héroïne de Margaret Mitchell ?...

— J'espère que vous avez entendu, David, minauda-t-elle.

Selznick éclata d'un rire tonitruant, avant de s'adresser à Julie.

— Vous pouvez vous retirer, jeune fille. Pour tout dire, je ne supporte pas la lenteur ni les retards, du moins parmi les employés de mon studio. Mais je ne doute pas que vous trouverez du travail ailleurs. Et puis, vous pourrez toujours vous vanter, lorsque vous rentrerez chez vous, d'avoir croisé l'incomparable Vivien Leigh en chair et en os.

Julie fit demi-tour, mortifiée. Ainsi, on la mettait à la porte. Il venait de la licencier. Elle se raidit, résolue à ne pas fondre en larmes devant lui. Non, elle ne rentrerait pas chez elle. Même le célèbre Mr Selznick ne parviendrait pas à l'y contraindre. Elle se trouvait ici pour entamer une nouvelle existence, loin des usages étriqués en vigueur à Fort Wayne, dans l'Indiana. Elle ne renoncerait pas au premier revers.

Comme elle atteignait l'échelle, elle repéra une blonde adossée sans façon à la rambarde. Derrière elle se trouvait un homme aux cheveux épais et noirs, à la moustache soigneusement taillée. Il croisait les bras sur un formidable poitrail. Julie eut la vague impression de le reconnaître mais, déjà, elle s'intéressait de nouveau à sa compagne, manifestement indifférente aux murmures admiratifs qui cernaient Selznick à la manière d'un essaim. Voilà qui n'était pas banal. De surcroît, le miel de sa chevelure sembla naturel à la jeune femme. Les bouteilles de peroxyde n'avaient pas sa faveur, à l'évidence, non plus que les coiffeurs. La chemise en lin, de même que le pantalon froissé dont elle était vêtue, coûtaient probablement fort cher, bien qu'ils parussent à Julie aussi ordinaires que ceux qu'elle achetait dans le grand magasin de sa ville natale.

— C'est une amie à toi, Andy ? s'enquit l'inconnue auprès de l'homme qui avait conduit Julie sur la plateforme.

Il se lisait de la douceur dans son regard ; elle possédait une voix rauque, dont le ton laissait deviner qu'elle ne se prenait pas au sérieux.

— Une amie d'enfance, répondit le dénommé Andy avec gravité. Un talent fou.

— Dans ce cas, déniche-lui un boulot de dactylo. Vos scénaristes passent leur temps à pisser de la copie.

— Ils réécrivent les scènes trop vite. Des pages impeccables ne leur serviraient à rien. Ça ne te dirait pas qu'elle vous donne un coup de main, à Clark et à toi ?

Elle haussa les épaules.

— À condition que David ne s'aperçoive de rien.

— Peut-être qu'avec une perruque brune…

La femme s'esclaffa :

— Pour sûr que ça, c'est du déguisement. Vas-y.

— Je ne veux pas porter de…, commença Julie, éberluée.

— On blaguait, lui répondit la femme.

— Je comprends, articula Julie, au comble de l'embarras.

— Contentez-vous de suivre les conseils d'Andy. Comptez sur lui pour trouver quoi dire à la bonne personne. Pas vrai, Andy ?

— Exactement.

La femme se tourna vers Julie :

— Ne vous minez pas, ma jolie. Tout le monde se fait vider par David un jour ou l'autre. Mais

Andy est son bras droit, il va arranger vos affaires. Au train où avance notre Mr Selznick, ce film a toutes les chances de vous fournir du boulot pour le reste de votre vie.

— Ce qui ne signifie pas que tout le monde obtiendra ce qu'il désire, objecta son compagnon.

La blonde haussa les épaules avant de le gratifier d'un sourire chargé de tendresse, ce qui ne l'empêcha nullement de jeter, aussitôt après, un regard dédaigneux au producteur. Un regard où le mépris l'emportait largement sur la colère.

— Je m'en occupe, intervint Andy, avant de pousser sans ménagement sa protégée vers l'échelle, avant que celle-ci eût pu ajouter une parole.

Ils descendirent.

— Que s'est-il passé ? l'interrogea la jeune femme lorsqu'ils eurent regagné ensemble le plancher des vaches.

— On ne vous licenciera pas, vous verrez. Demain, vous n'aurez qu'à jeter le nom de votre bonne fée à la figure de celui ou celle qui vous cherchera des noises et, immédiatement, on vous confiera de nouveaux messages à transmettre. Un conseil, néanmoins : ne présentez jamais d'excuses à Selznick, il a horreur de ça. En tout cas, la chance vient de vous sourire.

— Qui est cette femme ?

Andy écarquilla les yeux, puis se mit à rire :

— Décidément, vous êtes une véritable oie blanche, fillette. Votre chaperon est une pionnière. L'une des premières à ne pas vivre dans le scandale, ce qui permet d'éviter de se faire guillotiner par les grosses légumes des studios. J'ignore si vous êtes au courant, mais ici, la police des mœurs contrôle tout.

Il suffit que Louella[1] fasse ses choux gras des frasques d'une comédienne pour que celle-ci se trouve éjectée sur l'heure.

Elle en avait, des choses à apprendre. Bien qu'elle n'éprouvât aucun désir de briller un jour au firmament d'Hollywood. Ses rêves de gloire s'étaient évanouis le jour où elle avait tenté d'appliquer, tant bien que mal, du rouge à lèvres orange. Lorsqu'elle s'était mirée dans la glace, elle avait cru reconnaître l'un de ses poupons. Elle était ridicule. Elle avait enfin fait sien l'avis de sa mère qui, depuis toujours, lui répétait qu'elle n'était ni douée ni jolie. Julie en éprouva du soulagement. Dès lors, elle s'était accordé le droit de jouer les rats de bibliothèque à l'université, sans plus se soucier qu'aucun garçon étudiant à Harvard ou Princeton ne se donnât la peine de la courtiser.

— Je ne suis pas une oie blanche, et je suis ici pour en apprendre le plus possible, décréta-t-elle avec fermeté. Dans le monde d'où je viens, si on ne pose pas de question, on reste dans l'ignorance.

Cette réponse ravit manifestement son interlocuteur.

— Julie… Ma jeune et tendre Julie… Il s'agissait de Carole Lombard, la reine des comédies loufoques. Une excellente actrice. Et vous avez raison : continuez à poser des questions. Mais ne vous apitoyez pas trop sur votre sort. On lui a refusé le rôle de Scarlett O'Hara. Alors… Que pensez-vous qu'elle ressente, en ce moment même ?

— De la tristesse.

— En effet. Quant à l'homme qui se tenait auprès d'elle, c'est le roi d'Hollywood et le futur

1. Louella Parsons : journaliste et chroniqueuse, l'une des deux « commères » d'Hollywood avec Hedda Hopper (*NdT*).

Rhett Butler. Également connu sous le nom de Clark Gable. Carole est divorcée depuis longtemps, de sorte qu'ils pourraient se marier, mais la séparation de Clark avec son ex traîne en longueur. Ce qui rend Selznick complètement dingue. Il a très peur du qu'en-dira-t-on, mais il tient à satisfaire Gable. C'est d'ailleurs pour cette raison qu'il a invité Carole aujourd'hui. Pour les amadouer tous les deux.

— Il ne ressemble pas à l'image que je m'étais faite de lui à travers ses films…

Ainsi, elle n'avait reconnu aucune des deux vedettes. De quoi la cataloguer définitivement aux yeux d'Andy.

— Ils ont tous l'air différent quand on les rencontre en chair et en os. On les trouve plus minces, plus gros, plus petits… La plupart des hommes sont plus petits qu'ils n'en donnent l'impression sur un écran de cinéma.

— Pas Clark Gable. Lui, il n'est pas petit.

— Sur ce, il est grand temps que je me présente : Andy Weinstein, l'un des assistants de l'extraordinaire Mr David O. Selznick. Je suis ici pour participer au tournage d'*Autant en emporte le vent*, un film qui n'existe pas encore, un monstre de désorganisation dont le scénario n'est toujours pas terminé, au point que nombreux sont ceux qui lui attribuent déjà le titre de plus terrible désastre de l'histoire du cinéma mondial.

Non content d'être beau, l'homme se révélait intelligent et drôle. Julie se sentait intimidée. Son instinct lui ordonna de battre en retraite.

— J'ai adoré le roman, fit-elle. Comme tout le monde. Je suis persuadée que cela donnera un film splendide.

— Vous choisissez donc de nager à contre-courant. Il ne nous reste plus qu'à prier pour que vous ayez raison. Et maintenant, avant de vous éclipser pour aller lécher vos plaies, accepteriez-vous de dîner avec moi ?

Il possédait un sourire irrésistible…

À Fort Wayne, dans l'Indiana, il échouerait probablement à l'examen d'entrée… Mais Julie ne se trouvait pas dans l'Indiana, elle était ici. Et ici, elle pouvait se permettre de jeter ses réticences aux orties. L'aventure… Les occasions saisies au moment opportun… N'était-ce pas, très précisément, ce qu'elle était venue chercher ? Deux choix s'offraient à elle : partager le repas de cet homme et en apprendre davantage encore sur Hollywood, ou jouer les poules mouillées, regagner la pension de famille où elle louait une chambre pour s'y nourrir de thon en boîte et de pain grillé…

— Oui, répondit-elle.

Elle avait parlé avec plus d'assurance qu'elle n'en éprouvait réellement. Et, comme il devait le lui rappeler plus tard, elle conclut l'affaire en haussant le menton, avant d'ajouter :

— À condition qu'il s'agisse d'un restaurant chic.

2

Ils quittèrent Culver City, roulèrent jusqu'à Sunset Boulevard, avant de prendre vers l'est en direction de Vine Street. La nuit était douce. Julie abaissa la vitre du coupé DeSoto d'un bleu rutilant, afin de mieux voir briller les néons publicitaires au-dessus des palmiers – elle ferraillait dans le même temps contre ses façons provinciales, évitant d'ouvrir trop grand la bouche devant la démesure du spectacle.

— Regardez, fit le conducteur en désignant un point de l'index à l'instant où ils quittaient Sunset Boulevard.

Julie découvrit un immense panneau publicitaire figurant le visage d'une femme, qui étincelait au faîte d'un immeuble plongé dans la pénombre. Dans la rue, les passants ralentissaient le pas pour lever le regard au ciel. Juste à côté, une autre enseigne au néon, plus imposante encore que la première, proclamait :

LES PLUS BELLES FEMMES DU MONDE
FRANCHISSENT CES PORTES.

– Il s'agit d'un des théâtres d'Earl Carroll, exposa Andy. Il a fait faillite à New York, mais ici, tout le monde peut s'offrir une seconde chance. Ils n'ouvriront qu'après Noël, sinon nous serions allés y jouer les touristes.

— Cela signifie-t-il que si j'entre là-dedans, quelqu'un va me transformer d'un coup de baguette magique en l'une des plus belles femmes du monde ?

— Le tout, c'est d'y croire, répondit l'homme. Je me trompe ou vous êtes un peu sceptique ?

— Oh… Si peu…

Il se mit à rire.

— Ça fait belle lurette que je ne crois plus au père Noël non plus, mais je tiens à vous montrer tous les visages de la magie opérée par l'industrie du spectacle, à laquelle j'appartiens.

Elle appréciait le ton de son cicérone, quelque part entre le sarcasme et la mélancolie. Et, songea-t-elle, toujours changeant.

— Ainsi…, reprit-il, vous êtes une bonne petite protestante ? Pourtant, vous n'avez pas joué les dégoûtées quand je vous ai appris mon nom.

— Pour quelle raison votre nom m'aurait-il dérangée ?

Et déjà elle imaginait, s'il s'était trouvé auprès d'elle en cet instant, la réaction de son père : « Weinstein, dis-tu ? Hum… » Sur quoi il aurait replié le journal du soir avec brusquerie, avant d'exprimer sa réprobation en fronçant les sourcils.

— Pour quelle raison ? répéta Andy.

Une pointe d'amusement se glissa dans sa voix :

— Ma mère avait coutume de dire : « Pourquoi ne rencontres-tu jamais de gentilles petites juives là-bas, à Hollywood ? » Je lui répondais : « Voyons, maman, ici, toutes les filles sont goys, elles veulent toutes devenir actrices et habiter à Beverly Hills. » La plupart des juifs, eux, sont scénaristes ou monteurs, et ils vivent à West Hollywood. Quelques-uns d'entre nous ont réussi à s'installer dans le quartier de Hollywood Hills, mais il faut nous laisser encore un peu plus de temps.

Il haussa les épaules avec une fausse ingénuité qui fit rire sa passagère.

— Merci d'avoir volé à mon secours, aujourd'hui.

— Je vous en prie. C'était un sacré spectacle, n'est-ce pas ?

— L'incendie ? Oh que oui.

— Il n'y avait que Selznick pour tenter un coup pareil. Dire qu'il ne dispose toujours pas d'un scénario définitif et qu'il n'a pas encore choisi le premier rôle féminin. On ne peut qu'admirer sa *chutzpah*.

— Sa *chutzpah* ?

— Son audace, si vous préférez. Le cran dont il fait preuve. C'est du yiddish.

Il prit à droite.

— Je vous emmène dans un endroit que j'aime bien sur Hollywood Boulevard. Avez-vous envie de devenir actrice ?... Je vous en supplie, répondez-moi que non...

— Non.

— C'est vrai ?

— Pourquoi en aurais-je envie ? Je ne sais pas jouer la comédie.

— L'absence de talent n'arrête pas la plupart de ces demoiselles.

— Mais au moins, elles sont superbes. Ce qui est loin d'être mon cas.

— Prenez cela comme un atout.

La jeune femme se sentit meurtrie l'espace d'un instant. Il aurait tout de même pu faire semblant...

— Où allons-nous ? s'enquit-elle.

— Là où on mange du chili parmi les vedettes de cinéma. Au Chasen's. Typiquement hollywoodien. Assez peu fréquenté par les touristes béats.

— Je vous trouve drôlement méprisant. Après tout, je ne suis encore qu'une touriste, moi aussi.

La façade de l'établissement, qui ne payait pas de mine, était agrémentée d'un auvent rayé de vert et de blanc. Ailleurs qu'à Hollywood, Julie n'y eût pas même prêté attention. Ils s'installèrent dans un box gigantesque, tendu de cuir chocolat dont la douceur, au toucher, se révélait exquise. La jeune femme jeta des coups d'œil de droite et de gauche, avec l'espoir de repérer des stars, non sans s'efforcer, cependant, de ne couler ces regards qu'à la dérobée.

— Je suppose qu'ici, vous auriez immédiatement reconnu Gable, observa Andy.

— Sans le moindre doute, se hâta de répondre la jeune femme, un peu vexée. Là-bas, j'étais dans tous mes états. Je n'ai rien de la péquenaude pour laquelle vous avez l'air de me prendre, vous savez. Je passe ma vie au cinéma.

— Mais je ne vous prends absolument pas pour une pécore. Et je ne suis pas en train de me moquer de vous. Au contraire. Vous possédez une vivacité d'esprit qui me plaît beaucoup. Vous venez d'arriver en Californie. Vous ne pouvez pas déjà tout savoir. Au début, nous étions tous des bleus, nous aussi.

Elle ne parvenait pas à l'imaginer en nouveau venu inexpérimenté, mais elle s'abstint de tout commentaire.

Ce soir-là, comme prévu, ils mangèrent du chili. Arrosé d'un nombre conséquent de cocktails. Julie entraperçut Humphrey Bogart – assis au bar, inséparable de son verre de bière et aspirant bruyamment des cuillerées de chili servi dans un bol. Mais alors, la jeune femme éprouvait davantage d'intérêt pour le garçon assis face à elle dans leur box, dont elle ignorait pourtant tout, sinon qu'il exerçait la profession d'assistant de David O. Selznick.

Elle lui parla de son enfance à Fort Wayne, du Smith College qu'elle avait quitté au mois de juin, son diplôme de fin d'études en poche, pour regagner sa ville natale, où il était écrit que, sous peu, son amour de lycée lui passerait au doigt une bague de fiançailles. Déjà, le gentil garçon écumait les alentours en quête de leur premier logement – un logement assez spacieux, cela allait de soi, pour y fonder une famille. Noël représenterait la période idéale pour célébrer les fiançailles. Il annonça qu'un diamant d'un carat ornerait la bague, ce qui plut à la mère de Julie. Cet homme-là avait de l'avenir, incontestablement, bien qu'il ne s'en vantât jamais. Quel merveilleux gendre il ferait ! Un garçon sur qui l'on pourrait toujours compter, un formidable soutien de famille.

Mais c'est alors que Julie s'aperçut dans un sursaut qu'elle ne souhaitait plus les mêmes choses que lui. Qu'elle ne rêvait plus de devenir l'épouse d'un notaire issu d'une bonne famille, d'un homme dont l'idéal consistait à faire carrière en rédigeant les testaments des nantis de Fort Wayne. Certes, entrer au conseil d'administration de plusieurs associations caritatives désireuses de venir en aide aux victimes de la Grande Dépression était bel et bon, mais cela ne suffisait pas à la jeune femme. Une petite voix, au fond d'elle, lui soufflait de s'enfuir. Quelles affres avait-elle éprouvées avant de parvenir à lui avouer la vérité, ainsi qu'à ses parents…

— Vous avez dû vous sentir bête, hasarda Andy.

Elle hocha la tête.

— Sans compter que je n'avais pas la moindre idée de ce que je voulais.

— Vous vouliez partir en courant, c'est tout. Non..., rectifia-t-il avec un sourire. Vous vouliez prendre votre envol.

— En effet. Et maintenant, à vous.

— Je suis né en Allemagne. De mère américaine et de père allemand. Ils ont divorcé. J'ai grandi... tant bien que mal... dans le New Jersey.

— Continuez.

Elle raffolait de l'énergie qu'on percevait dans sa voix.

— D'accord. J'ai étudié à Columbia, puis j'ai enseigné pendant quelque temps, pondu un roman impubliable. J'ai fini par m'ennuyer à mourir.

Il se tut un instant.

— Mes grands-parents habitaient Berlin, et mon frère aîné s'est installé en France, où il s'est marié avec une Française, avant d'en prendre la nationalité. Je suis parti leur rendre visite durant l'été 1932, avec l'intention naïve de passer des heures à sillonner la campagne allemande à bicyclette. Les choses ne se sont pas déroulées comme prévu.

— Que s'est-il passé ?

Il détourna les yeux.

— Bah... Pas grand-chose qui vaille le coup d'en parler.

L'espace d'un instant, un silence malhabile s'installa, mais, déjà, le visage d'Andy s'illuminait de nouveau.

— Toujours est-il que je suis rentré au bercail. J'ai abandonné l'enseignement et j'ai emménagé à Hollywood, avec des rêves de gloire plein la tête.

Oh… j'avais aussi l'intention de gagner bientôt des mille et des cent.

Il commença par rejoindre l'écurie de scénaristes du producteur Louis B. Mayer.

— Nous étions la risée d'Hollywood.

Il renversa la tête en arrière, souffla vers le plafond de minces ronds de fumée. Puis s'esclaffa :

— On nous avait entassés dans une pièce pleine de machines à écrire et, dès que quelqu'un nous annonçait que Mayer s'apprêtait à entrer, nous nous mettions tous à marteler notre clavier. Ça faisait un bruit d'enfer. Tout ça parce qu'on vous virait si vous n'aviez pas les doigts en mouvement.

Il haussa les épaules avec humour.

— Mayer n'a jamais compris qu'un scénariste avait aussi besoin de réfléchir de temps en temps. Sur ce, j'ai laissé tomber l'écriture. Vous êtes myope ou hypermétrope ?

— Je vous demande pardon ?

L'homme passait fréquemment du coq à l'âne.

— Vos lunettes, fit-il en les désignant de l'index.

— Oh…

Elle effleura la monture en corne.

— Ni l'un ni l'autre, confessa-t-elle.

— Dans ce cas, pourquoi en portez-vous ?

— Pour que mes interlocuteurs me prennent au sérieux.

Andy écarquilla les yeux.

— Ici, personne ne fait une chose pareille. Au contraire. Même ceux qui ont la vue basse préfèrent se passer de lunettes. Avouez… Vous attendez plutôt qu'un jour, quelqu'un se penche vers vous pour vous ôter ces engins et vous déclarer qu'il vous trouve très belle.

— Pas du tout.

— Mais pour quelle raison souhaitez-vous à tout prix qu'on vous prenne au sérieux? Sincèrement, cela m'intéresse.

— Je veux devenir scénariste, annonça-t-elle avant d'avaler une copieuse gorgée de son cocktail. Et ne me décrétez pas que c'est de la folie.

— Je n'en avais pas l'intention. Qui vous a mis cette idée en tête?

— Frances Marion, articula-t-elle.

Elle se tut, dans l'attente de sa réaction.

— Elle a atteint des sommets, autrefois. Surtout quand elle travaillait avec Mary Pickford. L'une des rares femmes à tenir bon dans le métier. Un sacré numéro.

— Et moi qui m'attendais à une petite remarque méprisante de votre part…

— Eh bien, non. Frances Marion est l'une de nos meilleures scénaristes, mais le fait est qu'à l'époque actuelle, ce milieu n'est pas tendre avec les femmes. Il y a beaucoup d'argent en jeu, si bien que ce sont surtout des hommes qui décrochent les meilleures places. Je suppose que cela vous chagrine.

— Elle nous a rendu visite au Smith College, où elle a prononcé un discours épatant. Il n'y était question que de saisir sa chance, de s'essayer à des choses différentes…

Julie ignorait de quelle manière les paroles de la scénariste s'étaient ainsi frayé un chemin au plus profond d'elle-même. C'était comme si Frances Marion lui avait, sans le savoir, tendu une perche. Ses parents en restèrent d'abord bouche bée, puis son père éructa, décrétant que jamais l'on n'aurait dû admettre sa fille dans un établissement tel que le Smith College.

— Sur ce, vous avez rompu avec votre petit ami pour prendre le chemin d'Hollywood ? Mais comment savez-vous que vous êtes capable d'écrire ?

— J'ai déjà quelques idées en tête. Je me suis un peu exercée pendant mes études.

Elle s'abstint de lui dire qu'alors, son travail avait été salué par l'ensemble de ses professeurs. À quoi bon ? L'exiguïté d'une salle de classe ne faisait pas le poids à Hollywood. Elle ne l'impressionnerait pas avec ce genre de fanfaronnade.

— Comment vos parents ont-ils réagi ?

— Pas très bien. Ils m'ont donné un an pour faire mes preuves.

— Après quoi ils vous coupent les vivres ?

— En effet. Mais j'ai bien l'intention de subvenir seule à mes besoins. Je trouverai une solution. Coûte que coûte.

En réalité, il se pouvait fort qu'elle échouât, auquel cas ses père et mère s'arrangeraient pour qu'elle regagnât sans broncher la demeure familiale. À cette seule perspective, la jeune femme se cabrait.

Lorsqu'elle fit signe au serveur de leur apporter un autre cocktail, Andy lui sourit :

— Permettez-moi de vous mettre en garde : ici, la plupart des scénaristes sont aigris, ils travaillent dans l'ombre et personne ne les considère à leur juste valeur. Pour couronner le tout, l'immense majorité d'entre eux ne verra jamais l'un de ses scénarios porté à l'écran.

— Je refuse de croire que la situation est à ce point catastrophique. Sinon, ils auraient tous rendu leur tablier depuis longtemps.

L'œil pétillant, il leva son verre, qu'il choqua contre celui de Julie.

— La raison pour laquelle ils s'accrochent est très simple : ils écrivent des dialogues pour quelques rôles secondaires, leur nom apparaît au générique une ou deux fois dans leur carrière… mais ils continuent à s'imaginer qu'un jour, ils décrocheront la timbale et remporteront un Oscar. L'éternelle histoire de la carotte et du bâton.

— Je vous trouve extrêmement cynique.

— C'est ma façon à moi de me protéger. Je suis de tout cœur avec vous.

Il lui coula un regard mélancolique.

*

Cette nuit-là, Julie rit beaucoup. Andy se révéla plein d'humour et d'esprit, sans pour autant désirer tenir la vedette. La jeune femme se détendit et s'amusa pour la première fois depuis qu'elle était descendue du train, quatre semaines plus tôt, pour se rendre à la Selznick International Pictures.

— Quelle est la chose qui vous plaît le plus à Fort Wayne ? l'interrogea-t-il soudain en sauçant son bol de chili.

Il fallut à Julie, qui de sa ville natale ne retenait en général que les aspects les moins flatteurs, plusieurs minutes de réflexion. À Fort Wayne, jamais l'on ne demandait *pourquoi* les us et coutumes y étaient tels qu'ils étaient. Ainsi s'abstenait-on de demander pour quelle raison les « nègres » étaient censés d'instinct demeurer à la place qu'on leur assignait. Et qui eût osé demander pourquoi une jeune femme devenait une « vieille fille » si, à l'âge de vingt ans, aucun garçon ne lui avait encore passé la bague au doigt ? La mère de Julie avait manqué de s'évanouir le jour où celle-ci avait offert à l'une de ses camarades de classe la robe de mariée que l'on avait pourtant pris tant de soin à choisir pour elle.

— Emprisonner des lucioles dans un bocal les soirs d'été.

Elle lui parla ensuite de sa colocataire, une fille originaire du Texas et désireuse de devenir vedette de cinéma. Elle apprit à Andy qu'elles s'étaient rencontrées alors qu'elles s'apprêtaient toutes deux à poser leurs mains dans les empreintes de paume de Norma Shearer, devant le Chinese Theater. Elles avaient ensuite déniché un travail dans la salle de ronéo des studios, mais Julie se montra trop lente pour taper les stencils des communiqués de presse ; elle devait se contenter de les polycopier.

— Comment cela se fait-il ?

— J'avais tellement peur de finir secrétaire que j'ai catégoriquement refusé de prendre des cours de dactylo.

Andy partit d'un grand rire.

— Incompétence planifiée ! J'adore ça !

Vint alors son tour de se livrer encore. Enfant, confia-t-il à Julie, il passait le plus clair de son temps à lire, et se rappelait n'avoir pleuré qu'une fois à l'époque, à la mort de son chien. Il avait douze ans. Au lycée, il avait tenté d'attirer l'attention de ses camarades en racontant des histoires drôles – il subit l'humiliation suprême le jour où ces derniers fouillèrent ses poches, au fond desquelles ils découvrirent les blagues en question, que le garçon notait sur de petits morceaux de papier pour être sûr de n'en jamais oublier la chute. Il lui rapporta cette anecdote avec une telle ingénuité que Julie acquit la conviction qu'il ne l'avait, jusqu'à ce soir, racontée à personne. Elle aimait les pattes-d'oie qui paraissaient au coin de ses yeux chaque fois qu'il se mettait à rire… Elle appréciait davantage encore la manière dont il la regardait. Julie discernait dans ces yeux-là une profondeur cachée, des jeux d'ombre et de lumière, mais, pour l'heure, elle ne désirait rien de plus que demeurer à la surface des choses, en sirotant des cocktails en sa compagnie. Hollywood, tout à la fois, l'électrisait et la terrorisait ; elle n'avait pas la moindre idée de ce qui se passerait ensuite. Mais elle se trouvait bel et bien là où elle avait si ardemment souhaité être. Cela, déjà, constituait pour elle une immense victoire. Ses parents, à coup sûr, eussent réprouvé son raisonnement, mais elle avait la certitude que sa rencontre avec Andy était la meilleure chose qui lui fût arrivée depuis bien longtemps.

*

Il la raccompagna chez elle. Il était très tard. Elle abaissa la vitre de sa portière, ferma les paupières pour jouir plus intensément des parfums capiteux de la Californie, qu'elle humait en cours de route. Elle raffolait de ces fragrances. Jamais elle n'oublierait cette soirée, songea-t-elle, au cours de laquelle elle avait fait la connaissance de Clark Gable et de Carole Lombard, ainsi que d'un garçon nommé Andy Weinstein.

Elle devina qu'il allait l'embrasser. Il était à deux doigts de se lancer, tandis que, d'une main il coupait le contact, caressant de l'autre la nuque de sa passagère. Ce baiser allait être délicieux, léger comme l'air… Elle ferma de nouveau les yeux… Elle sentait sur son visage l'haleine d'Andy…

— Demain matin, déclara-t-il. Neuf heures, au plus tard. C'est à Doris Finch que vous allez vous adresser. Une femme épatante.

— Je vous demande pardon ?

Julie battit des paupières dans un sursaut.

— Le service de la publicité. Aux studios. Tâchez de reprendre vos esprits d'ici là, fillette.

Il descendit de sa voiture, qu'il contourna pour ouvrir la portière de sa passagère.

— Au fait..., fit-il alors qu'il empruntait avec elle l'allée menant à la porte d'entrée. Vous êtes très jolie, espèce de petite sotte.

Il la regarda tourner la clé dans la serrure, avant de lui décocher un sourire un peu espiègle :

— Comment avez-vous fait pour ne jamais vous en rendre compte ?

Cette nuit-là, Julie dormit comme un bébé.

*

Le lendemain, la jeune femme arriva tôt. Elle gravit lentement l'allée menant à la Selznick International Pictures, dont elle contempla le bâtiment d'un blanc éclatant, orné d'élégantes colonnes. L'édifice se voulait une réplique de Mount Vernon, la résidence de George Washington, premier président des États-Unis, mais Julie, pour sa part, y voyait Tara, et l'espace d'un instant, elle fut Scarlett, de retour chez elle, et ses jupes abondantes froufroutaient à chacun de ses pas, et elle percevait au loin les voix des esclaves en train de travailler dans la plantation...

Un coup de klaxon retentit, qui la tira sans ménagement de sa rêverie. Elle fit un bond de côté pour éviter l'automobile, qui la frôla à vive allure, si près qu'elle parvint à identifier le conducteur, que la veille elle n'avait pas reconnu. Clark Gable paraissait mécontent. Julie eut encore le temps de repérer à ses côtés une chevelure blonde, sans pouvoir affirmer cependant qu'il s'agissait de Carole Lombard.

*

Dans les locaux bondés du service de la publicité, l'on semblait presque chuchoter, mais l'on ne devait cette illusion qu'aux grands cris s'échappant du bureau de Selznick, situé de l'autre côté du hall, et que chacun faisait mine de ne pas entendre. Néanmoins, les voix résonnaient avec une telle puissance dans le couloir qu'il devenait impossible de travailler.

Le seul à demeurer imperturbable au milieu du chaos n'était autre qu'Andy. Juché sur le coin d'un bureau, il s'adressait, en jouant avec un stylo, à une femme souriante, munie de longues jambes et d'une chevelure sombre qui cascadait dans son dos en vagues opulentes. Julie avait tenté ce genre de coiffure, mais elle possédait des cheveux trop épais. Elle sut immédiatement qu'il s'agissait de Doris, songeant du même coup qu'il n'était pas question pour elle de s'appesantir plus longtemps sur ses problèmes capillaires si elle tenait à faire bonne impression.

Andy releva la tête, lui fit signe d'approcher, tandis que Doris, qui venait de pivoter sur son siège, lui adressait un regard glacé, manière d'indiquer à la jeune femme qu'elle n'était pas son amie.

— Bonjour, lança-t-elle. C'est donc vous la gamine qui a eu maille à partir avec Selznick hier?

Vous avez eu de la chance de tomber sur son chouchou, notre petit prodige ici présent.

Elle décocha à ce dernier un sourire éclatant.

— Elle a plus de talent que moi, intervint Andy, qu'interrompirent aussitôt les cris redoublés dans le bureau de Selznick.

— Doris, je te présente Julie. Julie, voici Doris.

Les deux femmes se fixèrent, battirent des paupières presque au même instant.

— Bien…, commença Doris.

La porte du bureau de Selznick s'ouvrit à toute volée, avant de claquer avec une telle puissance que, pour un peu, les plâtres se fussent fissurés. Clark Gable se dirigea vers l'entrée du bâtiment d'un pas de grenadier – sa seule présence suffit à éteindre toutes les conversations. Rien en lui ne tressaillait, à l'exception, étrangement, de ses pupilles, qui semblaient assister elles aussi au spectacle, au même titre que les dizaines de paires d'yeux qui le suivaient en silence. Il quittait le manoir, les traits déformés par la fureur, ce qui le rendait plus impressionnant encore. Julie retenait son souffle – se pouvait-il qu'il existât en ce monde un homme plus viril que celui-là ? Elle ne doutait pas que toutes les femmes présentes fussent sur le point de se pâmer, alors même qu'il paraissait tout près de commettre un meurtre.

Il passa devant elle, la tête haute. Derrière lui, à la porte de son bureau, le producteur avait croisé les bras sur sa poitrine, l'œil froid – il était le maître ici, et il était de pierre. À ses côtés, Carole Lombard, à nouveau vêtue d'un pantalon fluide, ainsi que d'un chemisier froissé qui parut à Julie être celui qu'elle portait la veille, suivait Clark Gable du regard.

— Hé, Pa[1] ! brailla-t-elle.

L'homme se figea, avant de faire volte-face.

— Tu es le meilleur, chéri !

Elle possédait une voix si ample, si douce à la fois, qu'elle parut aspirer l'air autour d'elle. Même les téléphones, ivres de respect, se turent.

— Et y'en a pas un ici qui soit pas au courant, continua-t-elle. Pas un dans tout le pays. Alors, que dirais-tu de revenir parmi nous, histoire que nous réglions ensemble ce petit différend. Allez, Pa. Pour moi.

Clark Gable s'immobilisa près de la porte, les muscles de son beau visage intranquilles. Il se ressaisit lentement, fusilla Selznick du regard, puis se dirigea à pas mesurés, dans un silence absolu, vers le bureau de ce dernier. Carole Lombard tendit la main pour lui tirer l'oreille avec un large sourire. Enfin, tous trois disparurent dans la pièce, dont l'un d'eux ferma la porte derrière lui.

Ce fut d'abord un vaste soupir de soulagement, mais déjà, la rumeur d'une équipe au travail reprenait ses droits. Et les sonneries téléphoniques de retentir à nouveau. Bientôt, l'activité battait son plein.

— Toujours le même problème ? s'enquit Andy avec nonchalance.

Doris se cala contre le dossier de son siège, s'empara d'une lime avec laquelle elle s'attaqua avec rudesse à l'un de ses ongles, qu'elle avait cassé. Julie grinça des dents.

— Toujours, répondit Doris. Ici, on ne le traite pas en monarque absolu comme à la MGM, si bien

1. Clark Gable et Carole Lombard avaient pris l'habitude de se surnommer respectivement « Pa » et « Ma », abréviations familières de « papa » et « maman » (*NdT*).

qu'il craint de ne pas se montrer à la hauteur. Je ne t'ai jamais confié une chose pareille, cela va de soi.

— Il ne risque pas de faire capoter ce film, voyons.

— Bien sûr que non. Mais il continue à avoir peur. Par-dessus le marché, il ne veut pas de Cukor.

— Nous savons tous les deux pourquoi.

— La raison officielle est la suivante: Cukor dirige les actrices à la perfection, mais il est nettement moins bon avec les acteurs.

Elle se tut un instant, avant d'ajouter:

— Gable a plus que jamais besoin de Lombard.

— Quand son divorce sera-t-il enfin prononcé ?

— Le jour où son épouse aura obtenu l'argent qu'elle réclame. La MGM se démène pour rendre l'offre plus alléchante, mais Carole l'aura quand même dans l'os.

Ils gloussèrent en chœur. Julie se sentit exclue.

— Excusez-moi..., s'immisça-t-elle.

Doris releva le nez, aux lèvres un sourire mince – la visiteuse acquit la certitude que l'amie d'Andy ne l'avait pas oubliée.

— Puisque vous comptez aussi parmi les chouchous de Lombard, c'est vous qui allez l'accompagner cet après-midi pour son interview. Nous allons voir comment vous vous en tirerez. Je demanderai à quelqu'un de rester avec vous pour vous montrer les ficelles du métier.

*

Le « quelqu'un » en question n'était autre que Rose, la colocataire de Julie. Hélas, Rose ne connaissait pas davantage que son amie les « ficelles du métier ».

— Rien que toi et moi ? glapit-elle, effarée. Mais que sommes-nous censées faire ?

Julie n'en avait pas la moindre idée. Certes, les deux jeunes femmes se navraient de croupir dans la salle de ronéo, mais la mission qu'on venait de leur confier les accablait plus encore. Au moins, Rose parvenait à taper correctement à la machine – même si elle faisait un usage immodéré du liquide correcteur, dont les pâtés viraient au noir lorsque Julie s'avisait de polycopier les communiqués de presse… Le résultat se révélait parfois épouvantable.

— On jurerait que c'est bouffé aux mites, admit Rose, un jour que son amie lui présentait l'un de ses plus désastreux travaux. Ils vont me virer.

— Retape-le.

Cette fois, Rose avait produit un document décent, et ainsi leur amitié s'était-elle peu à peu développée.

Aujourd'hui, en revanche, elles demeuraient impuissantes.

*

Andy s'apprêtait à sortir lorsque Julie l'arrêta.

— Que faut-il que je fasse ? Qu'attendent-ils de moi ?

Il parut un peu surpris :

— Vous n'allez pas tarder à le savoir. Vous allez devoir veiller à ce que les journalistes se tiennent à carreau. Pour cela, contentez-vous de prendre un air revêche et de vous racler la gorge de temps à autre.

— Arrêtez de me mettre en boîte, pour une fois, je vous en prie…

Cette fois, il semblait n'y plus rien comprendre :

— Mais de quoi avez-vous peur, au juste ? Rendez-vous compte que l'occasion vous est offerte de côtoyer Carole Lombard. Arrangez-vous pour en tirer le meilleur parti. On dîne ensemble, ce soir ?

Il décrocha son chapeau d'une patère située à côté de la porte, en rajusta le bord avant de le coiffer.

— Je vais y réfléchir, répondit la jeune femme.

— Comme vous voudrez.

Venait-elle pour de bon d'entrapercevoir une mince lueur de déception dans son regard ?... Mais déjà, il avait disparu.

3

Julie et Rose se dirigèrent vers la luxueuse caravane de Carole Lombard, sise à l'extrémité du terrain appartenant aux studios. Plusieurs dizaines de camions chargés de poussière de brique pénétraient l'un après l'autre dans le périmètre pour y déverser leur cargaison, des ouvriers, armés de râteaux, s'empressant aussitôt de mêler cette matière à la terre aride.

— On m'a dit qu'ils faisaient ça pour que ça ressemble à la terre argileuse qu'on trouve dans le Sud, indiqua Rose à son amie. Mr Selznick ne néglige aucun détail. C'est extraordinaire.

— Comment peuvent-ils travailler aussi vite ? Comment vont-ils réussir à édifier Tara là-dessus dès demain… ?

Julie secoua la tête en plissant les yeux face à l'implacable soleil de l'après-midi.

— Pour moi, c'est de la pure magie, hasarda Rose avec timidité. Nous avons une chance folle de nous trouver là, tu n'es pas d'accord ?

Son amie opina, ravie de constater que la jeune femme éprouvait le même engouement qu'elle. Peut-être cela ne tenait-il qu'à leur extrême jeunesse et leur inexpérience. Peut-être le fait de découvrir ainsi l'envers du décor finirait-il par les blaser… Pour l'heure, elles étaient là, elles appartenaient, fût-ce à titre provisoire, fût-ce à ses marges, au monde fabuleux du cinéma. Tout devenait possible.

— Penses-tu qu'à force, nous risquons de perdre nos illusions ? demanda-t-elle à Rose, songeant à l'œil sarcastique qu'Andy posait sur son propre univers.

— En tout cas, moi non, répondit la jeune femme avec vigueur. S'il y a des choses que je n'ai pas envie de voir, je fermerai les yeux.

Julie se demanda, l'espace d'un instant, si elle serait jamais capable d'une telle ingénuité. Et voilà qu'à nouveau les deux voix au fond d'elle se querellaient, l'une l'incitant à regarder la réalité en face, l'autre lui vantant les mille attraits du rêve…

Elle guigna son amie avec une pointe de jalousie. Rose paraissait une petite chose fragile, et pourtant, sans doute savait-elle, mieux que Julie, où et comment poser certaines limites, de quelle manière et à quel moment fermer certaines portes lorsqu'il devenait opportun de le faire.

*

Elles parvinrent au camion loge situé à deux pas du plateau de tournage où Carole Lombard achevait *Le Lien sacré*. Assis sur les marches de la caravane se tenait un journaliste impatient, qui consulta ostensiblement sa montre en voyant s'approcher les deux amies.

— Nous avions rendez-vous à 13 heures, s'exaspéra-t-il. J'attends depuis plus de quatre heures, mais figurez-vous que j'ai des délais, moi, et…

La porte du camion loge s'ouvrit à toute volée. Carole Lombard fit son apparition. Elle portait une robe de satin, une robe brillante qui ondulait le long de son corps, dissimulant à peine sa poitrine. Julie, qui se demanda s'il s'agissait ou non d'une chemise de nuit, admira l'aplomb avec lequel la comédienne l'exhibait. Elle était splendide.

— Oh, arrêtez donc de gémir ! lança-t-elle gaiement au reporter, avant de faire signe au trio de la suivre dans sa caravane. Je vous ai repéré depuis un moment, mais j'ai pensé que poireauter un peu ne vous ferait pas de mal. Allons, je vous promets une chouette interview.

Elle s'esclaffa.

— Pour commencer, sachez que je ne porte rien sous cette robe. Est-ce que ça vous convient, comme amuse-bouche ? Au fait, qui vous envoie ?

— Le *Reading Eagle*, un journal de Pennsylvanie. J'ai cru comprendre que vous vous apprêtiez à signer pour votre prochain rôle… ?

— Disons que, pour le moment, je négocie. En revanche, pour ce qui est de signer, je signe des paquets d'autographes toute la sainte journée. Rien que d'y penser, ça me rend malade, tiens.

Il n'était plus temps, pour Julie, de se racler la gorge…

Le salon se révélait à la fois sobre et plein d'élégance. À vrai dire, n'ayant encore jamais posé le pied dans la loge d'une vedette de cinéma, Julie ne possédait pas le moindre point de comparaison, mais elle jugea que le tapis, d'un vert profond, devait coûter très cher. La pièce comportait encore un canapé et deux fauteuils assortis, tendus de brocart ; la table basse, blanche, resplendissait. Des paravents dissimulaient la loge de maquillage, par l'entrebâillement desquels la jeune femme aperçut cependant une rangée de miroirs au-dessus de la coiffeuse. Partout s'épanouissaient de gros bouquets de roses aux tons d'ivoire.

Le journaliste, un certain Jeff Malone, qui avait livré son nom dans un souffle, prit place sur le canapé. Julie et Rose optèrent pour les fauteuils, où elles se tinrent sur la pointe des fesses, songeant qu'il s'agissait là d'une posture plus professionnelle.

— C'est la première fois que vous jouez les chaperons ? s'enquit Carole Lombard, en se laissant tomber à côté du reporter. Je vous souhaite bonne chance, les filles. Personne n'a encore jamais réussi à me la boucler.

Le téléphone, auprès d'elle, se mit à sonner. Elle décrocha, écouta pendant une ou deux seconde, puis roula des yeux.

— Jouer du violon ? J'aurais l'air d'une dingue, voyons. Par contre, s'il vous faut quelqu'un pour manier un fusil de chasse superposé calibre 410, je suis votre homme.

Elle raccrocha.

— J'ignorais que vous chassiez…, se hâta d'intervenir le journaliste.

Le téléphone se remit à sonner.

— Je pratique le ball-trap, répondit-elle en décrochant de nouveau. Clark adore dégommer des oiseaux. Moi, je préfère réduire en miettes des plateaux d'argile. Le sang gicle moins. Quoique je ne verrais pas d'inconvénient à abattre quelques producteurs.

Elle écouta son interlocuteur l'espace d'un instant.

— Est-il possible de régler ces détails une bonne fois pour toutes ? Oui, je veux cette baraque. Écoute, chéri, j'ai prévu d'y donner une réception la semaine prochaine. Je tiens à ce que tu sois des nôtres, d'ailleurs. L'invité d'honneur sera, soit un ours, soit un lion. Je n'ai pas encore décidé.

Elle replaça sans ménagement le combiné sur sa griffe.

— Clark Gable et vous êtes-vous officiellement en couple ?

Elle se mit à rire.

— Bien sûr que oui. Bon… Venons-en au but. Vous êtes ici pour m'entendre parler de sexe, n'est-ce pas ? Eh bien, selon moi, le sexe est une chose merveilleuse qui, et cela ne gâte rien, au contraire, possède des vertus thérapeutiques. Mais il faudrait que les gamines d'Hollywood commencent à penser à autre chose qu'à perdre leur virginité. Par ailleurs, je prône l'égalité entre hommes et femmes. J'estime qu'il faut pardonner aux garçons leurs écarts de conduite. Mais, en échange, qu'on ne me blâme pas si l'envie me prend, moi aussi, d'aller voir ailleurs. C'est bon, vous avez ce que vous étiez venu chercher ?

Ce pauvre Malone demeura un moment la bouche grande ouverte. Puis il acquiesça.

Rose jeta à son amie un regard épouvanté. Julie, pour sa part, ne se départait pas de son masque austère, mais elle avait le cerveau en ébullition. Étaient-elles censées intervenir ? Carole Lombard pensait-elle ce qu'elle venait de débiter à son visiteur ? Ne fallait-il pas, pour le moment, continuer à garder secrète sa relation avec Clark Gable ? Cela dit, comment la chose eût-elle été possible, quand ils s'affichaient si ouvertement l'un avec l'autre ?…

— Mlle Lombard se réserve le droit de vous interdire de publier ces propos, balbutia Julie.

Elle n'avait pas la moindre idée de ce qu'elle était en train de faire, sinon tenter désespérément de protéger l'actrice. Sans doute eût-elle risqué moins gros en se jetant sous les roues d'un camion lancé à pleine vitesse.

Carole Lombard la considéra avec intérêt.

— Tout baigne, poulette. Mais merci quand même d'avoir voulu faire rempart.

Malone, aux anges, griffonna pendant une bonne demi-heure sur son bloc-notes, bombardant la comédienne de questions dont les réponses se trouvaient régulièrement interrompues par des coups de téléphone, jusqu'à ce que la star décrétât :

— Terminé. Vous êtes content ?

— Oui, madame.

— Envoyez-nous des copies avant la parution.

Elle jeta un coup d'œil amusé à ses deux jeunes chaperons.

— C'est ce que vous êtes censées exiger de lui, les filles.

— Bien sûr, s'empourpra Julie. Veuillez faire parvenir ces documents à notre service de la publicité.

— Je n'y manquerai pas.

Jeff Malone se leva, ouvrit la porte. Mais comme il allait quitter les lieux, il fit volte-face, pour une dernière question :

— Vous arrive-t-il d'être fatiguée par le rythme que votre métier vous impose ?

Carole Lombard demeura d'abord silencieuse. Le téléphone sonnait pour la énième fois, mais, à l'étonnement de tous, elle ne semblait pas pressée de décrocher.

— Disons… Disons que j'ai envie de vivre une existence normale avant de devenir une vieille dame.

— Qu'entendez-vous par là ?
— Un jour, je raccrocherai les gants.
— Comment vous y prendrez-vous ?
— Quand je tournerai mon dernier film, je demanderai à la presse et aux studios de le présenter au public comme « l'ultime apparition de Carole Lombard ». Et je peux vous assurer que le jour où vous verrez ce titre-là dans les journaux, ce sera on ne peut plus vrai.

Jeff Malone se retira. Son carnet regorgeait de notes. Il était le plus heureux des hommes.

L'actrice refermait la porte derrière lui, avant d'arrêter soudain son geste. Elle observa l'allée menant à sa caravane avec un sourire excédé.

— Nous avons un autre visiteur. Dites-moi, les filles, avez-vous déjà rencontré Jerry Bryant ?
— Qui est-ce ? l'interrogea Julie.
— À titre officieux, il dirige la ligue de vertu créée au sein de la Selznick International Pictures.

Elle sourit en avisant la mine confuse de Julie.

— Il est le chef de la publicité. Son rôle consiste à éviter que les journaux mentionnent la moindre entorse à la moralité, le plus petit scandale. Vous imaginez bien que je ne compte pas parmi ses chouchous.

L'homme gravit les quelques marches menant à la porte en boutonnant son veston dont l'étoffe souffrait, tendue à rompre sur son ventre proéminent. Grise était sa couronne de cheveux épargnée par la calvitie. Il affichait une mine renfrognée. Mais lorsqu'il leva les yeux vers Carole Lombard, il se peignit sur ses traits une expression chaleureuse qu'à coup sûr il avait mis du temps à peaufiner devant sa glace.

— Eh bien, eh bien, Carole… Encore une interview sauvage ? Pour quelle raison ne m'avez-vous pas demandé d'y assister, ma chère ? Vous vous rappelez pourtant que j'existe, n'est-ce pas ? Je suis ici pour vous éviter les ennuis.

Il lui décocha un sourire empreint de raideur, révélant une bouche étonnamment petite, à l'intérieur de laquelle étincelaient ses dents.

— Disons plutôt que vous êtes ici pour éviter des ennuis à la Selznick International, mon cher Jerry. L'interview la plus scandaleuse du siècle est terminée, hélas. Il ne nous reste plus qu'à nous planquer en attendant le déluge. En quoi puis-je vous être utile ?

— Que vous a-t-il demandé ?

— Vous vous doutez bien qu'il voulait savoir ce que je pensais de ce beau Mr Roosevelt, celui qui trône à la Maison Blanche. Il m'a demandé si je le croyais résolu à nous entraîner tous dans le conflit européen. Je lui ai répondu un truc ou deux.

Jerry hésita, puis :

— Vous raffolez de vos propres plaisanteries, maugréa-t-il en pénétrant à l'intérieur du camion loge, où il s'avisa pour la première fois de la présence de Rose et de Julie. D'où sortent-elles, ces deux-là ?

— Franchement, Jerry, où sont passées vos bonnes manières ? Ce sont les deux jeunes filles que Doris m'a envoyées pour assister à l'interview. Elles ont accompli un travail remarquable. Autre chose ? J'ai une scène à tourner d'ici quelques minutes.

Ignorant la remarque, Bryant s'assit, sans un regard pour les chaperons en herbe.

— Je suppose qu'il s'agit là d'une nouvelle manifestation de l'humour ravageur de Doris : expédier ici deux gamines de la ronéo pour s'occuper d'un journaliste. Elles n'y connaissent absolument rien. Bah… Dans le fond, cela n'a pas la moindre importance. Ce n'est pas ce qui m'amène. Et je ne vous retiendrai pas longtemps.

— De quoi s'agit-il ?

Il fit surgir un carnet de sa poche :

— La routine.

Carole, toujours debout, croisa les bras sur sa poitrine :

— Quelle routine ?

Il ouvrit son carnet, extirpa un stylo de sa poche de poitrine, en défit le capuchon :

— Je souhaite connaître la date de votre cycle menstruel.

— Quoi ? Vous rigolez ?

Julie et Rose échangèrent un regard hébété.

— Allons, Carole, inutile d'en faire tout un plat. Votre cycle menstruel. Vous savez de quoi je veux parler, n'est-ce pas ? Vous ne devriez avoir aucune difficulté à me répondre. Nous posons cette question à l'ensemble de nos actrices. D'ailleurs, les autres grands studios en font autant.

De son stylo, il tapotait à présent la couverture de son carnet.

— C'est important, ma chère. Pour les scènes aquatiques. Sans parler des crampes dont vous pouvez être victimes dans ces moments-là, des éventuelles sautes d'humeur…

Carole partit d'un rire tonitruant.

— Jerry ! Espèce de vieux cochon ! Avez-vous l'intention de me sauter ?

Bryant blêmit, puis se violaça, avant de se reprendre.

— Je ne demanderais pas mieux, ma chère, mais je sais pertinemment que je n'ai aucune chance.

Je viens de vous expliquer qu'il ne s'agissait que d'une question de routine. Que se passera-t-il si nous devons un jour vous faire tourner une scène dans l'océan ? Claudette Colbert n'a pas fait autant de manières. Bon sang de bonsoir, nous ne pouvons pas nous permettre de malmener nos plannings de tournage pour de pareilles vétilles. Ce serait un désastre.

La comédienne à présent se tenait les côtes, au point de peiner à articuler :

— Jerry… Je veux bien croire que vous vous contentez de faire votre boulot… Même si j'avoue que je la trouve un peu tordue, votre mission du jour. Mais, sincèrement, en quoi cette information pourrait-elle réellement servir au studio ? Non, non, non. Quelqu'un a dans l'idée de me baiser, j'en suis sûre et certaine. Désolée, mais la date de mon cycle menstruel restera confidentielle. Même au Président Roosevelt, je refuserais de la donner.

— Jouez les fortes têtes si bon vous semble, se contenta de commenter Bryant. Mais cela va se savoir en haut lieu.

— Je m'en fiche.

Résigné, l'homme referma son carnet avec un lourd soupir.

— Vous n'êtes décidément pas facile, ma chère.

— Vous avez raison.

Comme il s'apprêtait à quitter la caravane, elle se pencha vers lui pour l'embrasser sur le front.

— Vous n'êtes pas un mauvais bougre. Et merci pour la partie de rigolade.

Tâchant de reprendre contenance au plus vite, il s'éloigna d'un pas pressé.

La fougue de la jeune femme parut s'évanouir dans l'instant. Elle s'assit sur le canapé, s'y coucha, laissant du même coup tomber sa tête parmi les oreillers. Les jambes en l'air, elle s'empara d'une cigarette.

— Ne faites pas cette tête, les filles, leur sourit-elle. Tout va bien. Ils m'ont surnommée « l'Ange profane ». Alors… C'est un écran de fumée. Ça me permet de garder un peu les bonshommes à distance. Je suppose que vous voulez toutes les deux faire du cinéma ?

— Pas moi, répondit Julie en secouant la tête.

— Moi, si, fit Rose.

Elle s'était exprimée avec un calme qui força l'admiration de son amie. Comme elle avait de grands yeux… Sur ses lèvres pulpeuses et roses se devinait l'ébauche d'un sourire.

Carole Lombard hocha lentement la tête, toisant la jeune femme.

— Vous êtes superbe, ma chérie. Vous avez toutes vos chances.

Rose cligna des yeux.

— Toutes mes chances ? répéta-t-elle à mi-voix.

— Je vais voir ce que je peux faire pour vous. Comment vous appelez-vous ?

— Rose Sullivan.

— Il va vous falloir un pseudonyme, cela va de soi. Je m'en suis déniché un dès que j'ai quitté l'Indiana. Qui aurait envie de s'appeler Jane Alice Peters jusqu'à son dernier souffle ?

— Je suis originaire de l'Indiana, s'immisça Julie.

Lombard la considéra avec un sourire énigmatique.

— Vous êtes bien celle dont Andy Weinstein s'est entiché, n'est-ce pas ? Où, dans l'Indiana ?

— Fort Wayne. Comme vous.

— Je vois… Les filles de Fort Wayne n'ont pas la langue dans leur poche, hein ? Avez-vous l'impression que notre petit journaliste risque de me nuire ?

— Je n'en sais rien. Mais j'avais envie de lui dire qu'il ne pouvait pas se permettre d'écrire n'importe quoi.

— Qu'est-ce qui vous amène à Hollywood ?

— J'aimerais devenir scénariste.

— Comme Frances Marion ?

— Oui.

— Avez-vous du talent ?

— Je l'ignore. Au lycée, mon professeur d'anglais estimait que oui.

Julie, qui s'était éprise de la star, savait déjà qu'elle ne lui rirait pas au nez.

— Du talent et beaucoup de détermination. Un de ces jours, vous pourriez bien finir par tirer votre épingle du jeu.

— Je l'espère.

La tête de Julie lui tournait un peu – au cœur de ce monde édifié sur des faux-semblants, elle avait eu la chance de croiser la route d'une femme qui, bien qu'elle en fût l'un des piliers, ne jurait que par la sincérité.

*

— Mazette, fit Andy, emboîtant le pas à Julie, qui agrafait le dernier communiqué de presse de la journée. Votre amie Rose a rencontré son ange gardien, cet après-midi : Carole Lombard lui a obtenu un entretien, ainsi qu'une audition pour le rôle de Scarlett.

— Déjà ?!?

— Selznick auditionne toutes les actrices prometteuses dont il entend parler. Votre amie texane enfilera son corset d'ici quelques jours. Cela vous plairait-il d'assister à l'audition ?

— J'en serais ravie.

Les choses se passaient-elles vraiment de cette façon ? Cet incroyable coup de pouce du destin signifiait-il que Rose avait réellement une chance ?...

— Vous n'avez pas l'impression de faire tapisscric ?

— Non. Mais ce serait sans doute le cas si je nourrissais les mêmes ambitions que Rose.

L'homme sourit. Elle aimait ce sourire qui, avant de se poser sur ses lèvres, commençait par scintiller au fond de son regard.

— Un dîner en tout bien tout honneur avec moi, en guise de lot de consolation, est-ce que ça vous dirait ?

Elle fit oui de la tête.

— J'ai une autre nouvelle à vous annoncer, fit-il un peu plus tard, tandis qu'ils prenaient place dans un restaurant à l'atmosphère bruyante et foutraque, sur Wilshire – le sol était recouvert de linoléum rouge et les menus collaient aux doigts.

— Une bonne ?

— Carole Lombard veut vous embaucher en qualité d'assistante.

Julie lâcha son menu, qui tomba dangereusement près de la bougie dont la flamme tremblotait au milieu de leur petite table.

— C'est vrai ?

— Elle en a parlé à Doris en fin d'après-midi. L'idée d'avoir auprès d'elle une jeune femme originaire de la même ville qu'elle lui plaît. D'autant plus qu'elle apprécie votre franc-parler.

— Bonté divine… Elle va vite à prendre des décisions…

— J'espère que ça ne vous contrarie pas ? Ce poste peut vous apporter de belles opportunités, même si Doris, elle, préférerait que vous restiez à la ronéo. Elle l'a eue mauvaise, de vous perdre toutes les deux en même temps, Rose et vous.

— Je suis aux anges, Andy.

Ce dernier lui coula un regard qu'elle ne parvint pas à interpréter :

— J'adore annoncer de bonnes nouvelles.

*

Deux jours plus tard, on convoqua Rose pour son audition.

Julie l'aida à se préparer – les deux jeunes femmes, aussi nerveuses l'une que l'autre, avaient le souffle court.

— Verte, l'ombre à paupières, conseilla Julie, qui se rappelait le maquillage de Vivien Leigh. Et n'hésite pas à avoir la main lourde.

Lorsqu'elles se rapprochèrent du plateau, encombré de caméras, elles découvrirent une rangée de femmes au teint éclatant, assises dans des fauteuils, toutes vêtues de robes telles qu'on en portait durant la guerre de Sécession.

— Ça en fait, des candidates, murmura Rose, dont l'œil se ternit un peu.

Julie crut reconnaître parmi elles Paulette Goddard, dont Andy avait indiqué à la jeune femme qu'elle comptait parmi les favorites de Selznick. À moins qu'il ne s'agît de Jean Arthur – Julie n'était plus sûre de rien. Dans un fauteuil en toile, David O.

Selznick se tenait derrière les caméras, lunettes sur le nez. Il regardait droit devant lui. Il finit par consulter brièvement sa montre. Julie aurait juré qu'alors, chacun autour de lui avait accéléré la cadence.

— Rose Sullivan.

Cette dernière serra la main de son amie, après quoi elle suivit un assistant qui l'emmena dans la salle des costumes.

La jeune femme en ressortit quelques minutes plus tard, se tourna subrepticement vers Julie, qu'elle gratifia d'un large sourire.

Celle-ci demeura bouche bée. Rose resplendissait. Les costumières avaient choisi pour elle une robe de soie crème au corsage de tulle, mousseux à souhait. Le décolleté se révélait si plongeant que Julie surprit son amie en train de tenter discrètement de le tirer vers le haut. Elle secoua la tête pour la mettre en garde, et Rose aussitôt abandonna ses manœuvres.

On appela de nouveau cette dernière, à laquelle on fit signe, cette fois, de se présenter sur le plateau.

Rose haussa le menton, s'avança avec grâce devant les caméras ; elle était la sérénité même. Un acteur à la mine un peu lasse, chargé d'incarner Ashley pendant les auditions, vint se planter auprès d'elle.

— Très bien, fit Selznick, d'une voix puissante et brusque. Rose… C'est bien Rose, n'est-ce pas ? Dans cette scène, vous avouez à Ashley Wilkes l'amour indéfectible que vous lui portez, vous lui ouvrez votre cœur et votre âme. Nous n'autorisons qu'une prise par comédienne, alors voyons un peu de quoi vous êtes capable.

Il eut un geste en direction de son assistant.

— Moteur.

Le clap retentit.

Rose joignit les mains, leva les yeux vers son partenaire, peinant à contenir son émoi.

— Je vous aime, Ashley, commença-t-elle.

L'audition dura un peu moins de cinq minutes, mais cela suffit à impressionner Julie. Rose, sans afféterie, s'était métamorphosée, devant les caméras, en Scarlett O'Hara. Elle possédait un indéniable talent. Carole Lombard l'avait-elle deviné ?

— Merci, mademoiselle, déclara Selznick lorsque les caméras eurent cessé de tourner. Nous reprendrons contact avec vous. Suivante !

Et ce fut tout.

*

Durant les premières semaines que Julie passa au service de Carole Lombard, il lui sembla que son cœur battait la chamade du lever au coucher du soleil. L'actrice en effet débordait d'énergie, en sorte que graviter autour d'elle se révélait éreintant. Néanmoins, ce tourbillon permit à Julie d'échapper à la mélancolie de Noël – elle aidait alors Carole à orner son camion loge de décorations vertes et rouges, s'efforçant ensuite de faire tenir debout un sapin à l'air penché croulant sous les lumières, étouffé par d'innombrables guirlandes entremêlées. La jeune femme se faisait ensuite un plaisir de rapporter ces anecdotes à Andy. Ils dînaient à présent presque tous les soirs ensemble, soit au Chasen's, soit dans la gargote confortable du deuxième soir, aux menus graisseux. Julie raffolait des deux endroits. Andy gloussait à l'entendre lui assurer que jamais Carole Lombard ne pénétrait normalement dans une pièce :

elle surgissait. La jeune femme lui parlait encore du rire de la star, de ses jurons qui, selon le magazine *Life*, valaient ceux du perroquet d'un matelot.

— Je me demande comment elle fait. Elle se lève plus tôt que tout le monde, elle joue au tennis avec une telle hargne qu'elle gagne presque à tous les coups. Elle ne tient pas en place. En fait, une assistante, à ses yeux, c'est quelqu'un qui règle les factures dans les grands magasins qu'elle a dévalisés, qui achète ses cosmétiques, qui prend pour elle des rendez-vous avec la manucure, qui, chaque semaine, jette en pâture quelques vagues ragots à Louella Parsons, la reine des potins. Quelqu'un qui fusille les journalistes du regard pendant les entretiens qu'elle leur accorde. Qui lui fait la lecture, qui joue les garçons de courses pour Clark Gable. Et qui, malgré tout, se tient à sa disposition vingt-quatre heures sur vingt-quatre.

Ainsi Julie avait-elle dû entamer des négociations avec un célèbre parc animalier de la région, afin que son propriétaire acceptât de prêter un lion, ou peut-être bien un puma, en laisse bien sûr, pour la fête organisée par sa patronne. Dans le genre, voyez-vous, de celui que Herman Mankiewicz, le scénariste et producteur, avait loué le jour où l'équipe de football de Columbia avait disputé le Rose Bowl…

Andy buvait du petit-lait.

*

Un après-midi, Carole surprit Julie :

— Me permettriez-vous de lire l'un de vos scénarios ?

— Je n'ai que des bribes. Rien de complet…

— Alors, foncez. Vous êtes bien trop intelligente pour végéter encore longtemps à mes côtés.

Le lendemain, la jeune femme apporta quelques feuillets à l'actrice, balbutiant qu'il ne s'agissait guère que de brouillons, de travaux en cours, de… jusqu'à ce que Carole l'interrompît :

— Mais nom de Dieu, ça a plu à votre professeur d'anglais, non ? Alors arrêtez de vous excuser par avance. Contentez-vous de lire.

Sur ce, comme à l'accoutumée, la comédienne s'abandonna sur son canapé, ferma les yeux, leva les jambes.

Julie opta pour un meurtre perpétré sur un campus, dont le récit comportait, selon son enseignant qui lui avait attribué la meilleure note, de « réjouissants coups de théâtre ». À le redécouvrir ici, le résultat lui parut scolaire.

Au terme de sa lecture, elle reposa ses feuillets, navrée de s'être vantée d'écrire auprès de Carole Lombard.

— Pas mal, commenta celle-ci. Si vous avez envie de vous faire un peu la main, essayez donc d'écrire une scène pour *Autant en emporte le vent*. C'est pas compliqué, David a déjà demandé à tous ses employés de plancher sur le scénario.

— Vous parlez sérieusement ?

— Pourquoi pas ? Un peu d'audace, sacré bon sang. D'autant plus que personne ne vous forcera à le lire si vous n'en avez pas envie. Et ne vous prenez pas trop le chou. Il ne s'agit pas d'être génial. Seulement de pondre un truc qui tienne la route. Imprégnez-vous de l'atmosphère. Et puis barbotez dedans. Après tout, c'est ce que font les acteurs à longueur de temps.

Elle plongea dans celui de la jeune femme un regard qui ne cillait pas, puis changea de sujet :

— Entretenez-vous un lien de parenté avec les Crawford qui possédaient la moitié de Fort Wayne ?

Julie piqua un fard. Elle avait consacré tellement de temps et d'efforts à dissimuler ses origines. Elle hocha la tête à contrecœur.

— Avec moi, votre secret sera bien gardé, ma chérie.

— Je n'ai pas de secret.

— Tiens donc. Avouez plutôt que vous faites tout pour échapper à l'influence de cette famille encombrante à vos yeux, histoire de vous bâtir une existence de vos propres mains.

— Comment le savez-vous ?

— Allons, ma puce. Nous sommes tous ici pour nous débarrasser de quelque chose ou de quelqu'un. C'est un véritable concours. À celui qui promènera les valises les plus lourdes. Depuis mon Clark, qui a quitté le lycée avant la fin de sa scolarité jusqu'aux gamines brillantes dans votre genre, diplômées du Smith College.

*

Le lendemain soir, Julie décida de s'ouvrir à Andy de son projet d'écrire une scène pour *Autant en emporte le vent*. Le garçon l'écouterait, elle n'en doutait pas. Elle ignorait, en revanche, s'il lui servirait en retour l'un de ses sarcasmes pleins d'humour dont elle était friande. Ces derniers jours, il avait été trop occupé pour pouvoir dîner avec elle ; il manquait à Julie. Un désaccord opposait les studios, lui avait-il exposé, et la Screen Writers Guild, le syndicat des scénaristes américains. Officiellement, il s'agissait d'une question de rémunérations. En réalité, les studios n'admettaient pas que le syndicat eût été noyauté par les communistes. Andy ne s'étendit pas davantage, se contentant de hausser les épaules. Le premier jour de tournage approchait à grands pas, il croulait sous le travail. Sa tâche consistait, pour partie, à se charger de la logistique du film – il avait les traits singulièrement tirés.

Il écouta ce que la jeune femme avait à lui dire, avec un sérieux égal à celui que ses professeurs avaient manifesté à l'université, s'abstint au final de toute remarque désobligeante sur le sort désastreux des scénaristes.

— Carole est drôlement futée, commenta-t-il.

— C'est un compliment ?

— Oh que oui.

— Et moi ? hasarda Julie, enhardie par ces propos.

— Si vous ne l'étiez pas, je ne perdrais pas mon temps auprès de vous.

— Et si vous n'étiez ni futé, ni drôle, ni gentil, je ne perdrais pas davantage le mien avec vous.

L'ombre d'un sourire passa sur les lèvres de l'homme – cette ombre que la jeune femme ne parvenait toujours pas à interpréter.

— Vous êtes bath, Julie.

Il était tard ce soir-là lorsqu'il la raccompagna chez elle, optant par surcroît pour le trajet le plus long : Mulholland Drive, qui serpentait au-dessus de Sunset Boulevard. Il gardait le silence. C'était comme s'il se trouvait ailleurs, au point que Julie se demanda si quelque chose, au cours de la soirée, lui avait déplu.

— Vous êtes là, Andy? fit-elle au bout d'un moment en lui effleurant l'épaule. Est-ce que tout va bien ?

Sans souffler mot, le conducteur dirigea son véhicule vers une clairière d'où l'on dominait, d'un côté les lumières de la ville, de l'autre la vallée de San Fernando. Il actionna le frein à main. Sa passagère adorait ce panorama, qui se déployait, face à eux, jusqu'à la mer qu'à cette heure on ne distinguait plus. Elle chérissait aussi le parfum des fleurs des champs poussant parmi les broussailles. Mais en cet instant précis, elle ne songeait plus qu'à son cœur, qui battait à rompre. Elle attendit.

Andy coupa le moteur.

— Je me tracasse beaucoup pour *Autant en emporte le vent.*

— Que s'est-il passé ? s'enquit-elle, un peu honteuse d'éprouver un pareil soulagement.

— Je ne suis pas certain du tout que le film va se faire. Selznick est un type brillant. Le meilleur dans son domaine. Mais son besoin de tout contrôler est en train de tourner au délire.

— C'est pourtant cela qui fait sa force, non ?

— En effet. Et ne vous méprenez pas: j'adore mon boulot. Travailler aux côtés d'une pointure telle que Selznick est un régal.

— Il vous arrive pourtant de cacher votre joie, le taquina Julie.

— Je suis un mélange de vieux cynique et de gosse ébloui, répondit-il avec un léger soupir. Mais cette fois, j'ai bien peur qu'il ne soit plus capable de prendre le moindre recul.

— C'est-à-dire ?

— Par exemple, il reste sourd à toutes les protestations émises par les Noirs. Avez-vous déjà lu leur canard, le *Los Angeles Sentinel* ?

La jeune femme secoua la tête, penaude.

— Ce n'est pas comme s'ils étaient tous en pétard sous prétexte que nous allons tourner ce film. Au contraire. Les acteurs noirs, pour leur part, sont aux anges. Quant à leurs journaux, leurs associations… Tout ce monde-là n'est pas forcément du même avis… Mais le fait est qu'il devrait leur prêter une oreille plus attentive.

Julie songea au roman de Margaret Mitchell :

— Il n'est question que de « nègres » ravis de leur sort, et l'esclavage ne choque personne. C'est bien cela ?

— Tout juste.

Le sourire qu'il venait d'esquisser mourut sur ses lèvres :

— Et il ne s'agit que d'un exemple parmi d'autres. Il est obsédé par son récit. Il ne néglige aucun détail, et cela pourrait fort bien le tuer. Si le film capote, nous sommes tous cuits.

Il renversa la tête en arrière et ferma les paupières.

— Le scénario… les différentes versions… Rendez-vous compte qu'il faut quatre valises pour tout ranger. Rien ne trouve grâce aux yeux de Selznick. Savez-vous à combien de femmes il a pensé pour interpréter le rôle de Scarlett ? Toutes les actrices en vue à Hollywood, à quoi vous pouvez ajouter plusieurs centaines d'autres comédiennes. Par bonheur, il n'a pas exigé de les auditionner toutes. Nous accusons déjà un retard de deux ans sur le calendrier initial.

Julie, dont il n'attendait aucun commentaire, se réjouit qu'il lui confiât ses tourments.

— Avez-vous lu ce que Gary Cooper a raconté à Louella cette semaine ? enchaîna-t-il. Que ce film allait être le plus grand flop d'Hollywood, et qu'il était bien content que Clark Gable s'apprête à s'y casser les dents, et pas lui.

— Il regrette peut-être d'avoir refusé le rôle de Rhett Butler ?

— Possible, mais ce genre de déclaration apporte de l'eau au moulin des salauds qui rêvent de voir Selznick mordre la poussière. Je vais vous dire comment il a réussi à s'offrir Clark Gable. Il a convaincu la MGM de casquer cinquante mille dollars pour que sa bonne femme accepte enfin le divorce. Elle a décrété que ça ne lui suffisait pas, elle en veut davantage. C'est l'une des raisons pour lesquelles Gable ne décolère pas ces temps-ci.

Andy croisa les bras sur son volant, l'œil rivé aux lumières étincelant en contrebas. Il semblait si abattu que Julie lui effleura la main.

— Pardon, dit-il en se tournant vers elle, je ne suis pas de très bonne compagnie. Voilà le prix à payer, je suppose, quand on travaille avec un parieur qui se trouve être également un génie.

Il se tut un instant, avant d'ajouter :

— Si quelque chose avait déraillé le jour où nous avons tourné l'incendie d'Atlanta… un petit accroc… trois fois rien… tout aurait été terminé.

Il se trouvait si près d'elle, désireux, à coup sûr, qu'on le réconfortât. Tout en elle s'insurgeait contre ce qu'elle brûlait de faire, ce n'était pas convenable… Mais après tout, pourquoi une femme n'aurait-elle pas le droit de prendre l'initiative ?…

Elle se pencha, baisa ses lèvres avec hésitation.

Pendant une seconde ou deux, il ne réagit pas. Puis, dans un soupir, il la serra entre ses bras. La première chose qui lui vint à l'esprit fut que ses lèvres exhalaient une infime odeur de tabac. Elle songea ensuite qu'elles possédaient un goût exquis.

Il se retira plus tôt qu'elle ne l'eût souhaité.

— Je ne vais tout de même pas profiter d'une jeune femme telle que vous à la vieille manière hollywoodienne, déclara-t-il en prenant entre ses mains le visage de sa passagère, dont il baisa le front.

— Pourquoi pas ?

— Je refuse de tomber dans un tel cliché. Je suppose que vous n'ignorez pas que c'est à cet endroit que les messieurs amènent les demoiselles pour les déflorer en toute discrétion.

Comme elle s'apprêtait à répondre, il posa un doigt sur ses lèvres.

— Ne dites rien, je ne veux pas savoir si vous êtes encore vierge.

— Andy…

Il l'embrassa encore, avant de s'écarter avec lenteur.

— Il est temps pour moi de vous raccompagner chez vous, mademoiselle Crawford.

Cette dernière hésitait : devait-elle regretter sa témérité, ou s'attrister que son cavalier l'eût éconduite ? Elle avait certes douze ans de moins que lui, mais elle n'était plus une enfant. Bien sûr, ils ne se connaissaient que depuis un mois, mais… Comme la voiture se dirigeait vers son domicile, Julie luttait contre son désarroi, soulignant, pour elle-même, qu'Andy devait ces temps-ci se faire un sang d'encre, que ses responsabilités professionnelles représentaient un bien pesant fardeau. Elle ne demandait qu'à le soutenir… Elle finit néanmoins par conclure abruptement qu'elle ne l'attirait pas. Cela lui brisa le cœur. Elle pensait à lui tout le temps. Elle regarda au-dehors tandis qu'il l'entretenait du climat, du film… Refusant de se tourner vers lui, elle contemplait les phares des automobiles, sur Sunset Boulevard. Elle se sentait à chaque instant plus malheureuse.

Enfin, ils atteignirent son logis. Cette fois, elle regarda Andy, posa la première une main résolue sur la poignée de la portière.

— Inutile de descendre, déclara-t-elle avec froideur. À l'évidence, vous ne me prenez pas au sérieux. Je préfère donc quitter cette voiture sans votre aide.

— Au contraire, mademoiselle Crawford. Je vous prends très au sérieux.

— Ce n'est pas l'impression que vous m'avez donnée.

D'un doigt, il repoussa une boucle de cheveux qui tombait sur le front de la jeune femme, suivit ensuite le contour de ses lèvres.

— Laissez le temps au temps.

Incapable de trouver une réplique digne de ce nom, elle se contenta de lui souhaiter la bonne nuit.

Rose dormait déjà. Avait-on repris contact avec elle depuis son audition ? Julie devrait patienter jusqu'au lendemain matin pour l'apprendre. Cela valait mieux. Elle avait la cervelle en ébullition – elle eût été incapable de se concentrer sur autre chose. Andy l'avait attirée au sein de son univers, puis l'en avait chassée.

*

À la fin de la semaine, Selznick annonça triomphalement qu'il avait enfin choisi sa Scarlett O'Hara :

il s'agissait de l'exquise petite Anglaise que Julie avait découverte sur la plateforme le soir du tournage de l'incendie d'Atlanta. Vivien Leigh.

Rose demeura impassible.

— Je n'ai jamais cru que je décrocherais le rôle. Mais j'ai passé un moment formidable.

— Tu prends les choses avec plus de philosophie que je le ferais à ta place, observa Julie.

— Mieux vaut ne pas désirer quelque chose avec trop d'exaltation.

Une ombre mélancolique passa cependant sur ses traits.

— Sais-tu qui a auditionné juste avant moi ? Vivien Leigh. La chef costumière m'a dit qu'ils l'avaient fait passer en douce. Presque personne n'était au courant.

— Tu l'as vue ?

— Non. Mais ils m'ont fait mettre la même robe. Et tu sais quoi ? Elle était encore tiède.

Rose leva deux doigts délicats, qu'elle pressa l'un contre l'autre.

— C'est passé à ça, sourit-elle de toutes ses dents.

*

La terre rouge résonnait du grondement des camions, des coups de marteau et des cris des ouvriers transportant des pots de peinture, des plaques de plâtre, des tuiles, des lustres en papier et tout ce que Selznick avait exigé qu'on lui livrât sur le lieu du tournage. Julie épiait fréquemment Susan Myrick, une journaliste originaire de Géorgie, amie de Margaret Mitchell, venue s'assurer que l'on ne dénaturait pas trop la description, livrée par la romancière dans son ouvrage, du Sud d'avant la guerre de Sécession. Susan, qui avait la mine grave, ne se déplaçait jamais sans un exemplaire d'*Autant en emporte le vent*; Julie se sentait beaucoup trop impressionnée pour oser l'aborder. Myrick avait déjà désapprouvé une scène au cours de laquelle des esclaves étaient censés cueillir le coton au mois d'avril. On ne récolte jamais le coton en avril, avait-elle assené à Selznick. Quant à Scarlett, il n'était pas question qu'elle apportât un bol empli d'olives dans la salle à manger, pour la simple et bonne raison qu'on ne cultivait pas d'oliviers dans les plantations de Géorgie. Cette fois encore, le producteur céda, mais pour ce qui fut des colonnes dont il entendait parer Tara – et que Margaret Mitchell n'avait jamais évoquées dans son livre –, il se montra intraitable. Il consentit uniquement à troquer les colonnes rondes, qu'il avait d'abord envisagées, contre des colonnes carrées, telles qu'on en voyait en Géorgie.

*

Cette fois, l'immense demeure de Scarlett O'Hara se dressait fièrement devant Julie, indestructible semblait-il. Sauf si l'on soufflait trop fort dessus – cette plaisanterie circulait parmi les ouvriers du bâtiment.

Une ville de conte de fées était, dans le même temps, en train de sortir de terre, qui laissait la jeune femme bouche bée. Et cette cité, poussant comme un champignon, restait imperméable aux klaxons et à l'activité de ruche qui régnait à Culver City. Il n'y avait pas que Tara: les rues et les maisons d'Atlanta surgissaient comme de nulle part et, chaque jour, ce décor prenait davantage d'ampleur.

Tous les matins, Julie s'engouffrait dans l'autobus de 5 heures, en compagnie de femmes de ménage, de plombiers et d'autres salariés que le sommeil empoissait encore, afin d'arriver le plus tôt possible aux studios. Ainsi jouissait-elle en solo du vieux Sud qu'on avait reconstitué là – elle sentait, sans que personne se trouvât auprès d'elle pour la troubler, naître peu à peu la magie d'*Autant en emporte le vent*. Devant Tara, les arbres pourtant façonnés sur des poteaux télégraphiques paraissaient on ne peut plus réels, de même que les fleurs de cornouiller – des ouvrages en papier, cependant, auxquels les futurs spectateurs ne verraient que du feu ; partout, l'illusion était parfaite. L'on recensait à présent une cinquantaine de façades, et plus de trois kilomètres de rues. La jeune femme se souciait peu de déambuler dans un paysage de plaques de plâtre, de structures qui, à très peu près, ne tenaient ensemble que par la grâce des rêves fous de Selznick. Il suffisait d'y croire. Et Julie y croyait.

Un matin, quelle ne fut pas sa surprise de découvrir une silhouette plantée devant la demeure de Scarlett. Les mains dans les poches, l'homme se penchait en avant, le col relevé contre le froid. À la jeune femme, qui d'ordinaire arpentait des lieux déserts, il fit l'effet d'un intrus. Jusqu'à ce qu'elle eût compris de qui il s'agissait.

David Selznick, relevant le nez, aperçut Julie. Il semblait éreinté, et le blanc de ses yeux rougissait de mille petits vaisseaux. À l'évidence, il n'avait pas dormi. La rumeur voulait qu'il ne tînt le coup que grâce à des comprimés de benzédrine. L'on racontait encore qu'il jouait aux cartes chaque soir jusqu'à 3 heures du matin, et que son mariage battait de l'aile.

Le tournage imminent d'*Autant en emporte le vent* n'avait rien arrangé. Son goût de la perfection était légendaire : il exigeait que les queues des chevaux fussent coupées telles qu'elles l'étaient au moment de la guerre de Sécession ; il ordonnait qu'on vieillît artificiellement le mobilier pour qu'il parût authentique. Les robes et les uniformes devaient constituer des répliques exactes de ceux qu'on portait à l'époque – et l'homme poussait la passion du détail jusqu'aux dessous féminins, que pourtant personne ne verrait à l'écran. Ainsi Vivien Leigh se plaignait-elle amèrement de la rigidité des fanons de baleine de son corset, dont il n'était néanmoins pas question qu'elle se débarrassât. Selznick, sur ce point comme sur tant d'autres, ne transigeait pas.

— Spectaculaire, n'est-ce pas ? fit-il en se tournant vers Julie, qu'il ne reconnut pas.

– En effet.

— Tous les critiques de cette ville ont décrété que j'étais le dernier des crétins pour m'être lancé dans une pareille aventure. Mais que s'imaginent-ils ? Rien ne bougerait jamais, si, de temps en temps, un type un peu plus téméraire que les autres ne se jetait pas la tête la première dans un projet comme celui-là.

À présent, il contemplait Tara.

Était-il en train de se parler à lui-même ? La jeune femme recula, avec l'impression d'avoir interrompu son soliloque.

— Nous commencerons à tourner demain, enchaîna-t-il. Ici même. Scarlett s'assoira sur ces marches. Je m'apprête à faire un film que personne n'oubliera.

Il fit signe à Julie d'approcher.

— Venez, jetez donc un coup d'œil au mythe prêt à naître.

Elle gravit derrière lui les marches du perron. Comme il allait saisir entre ses doigts la poignée de la porte permettant de pénétrer dans le hall de Tara, il se ravisa.

— Elle est en carton, expliqua-t-il avec un haussement d'épaules. Mais plus réelle à mes yeux que bien des choses qu'on peut trouver dans cette ville.

Julie faisait silence ; l'homme n'attendait pas de réponse.

Quelques instants plus tard, il redescendit les marches, avant de s'éloigner à grandes enjambées.

4

— Ils m'ont l'air plutôt fébriles, murmura Doris, balayant du regard le terrain où plusieurs dizaines de personnes patientaient.

Elle attendait aussi, et son ton, comme à l'accoutumée, se révélait cynique, elle roulait des yeux, tordait un peu la bouche avec impatience. Julie songea soudain que sa supérieure se livrait aux mêmes mimiques que l'actrice Rosalind Russell. Ce n'était probablement pas une coïncidence, car ici, à Hollywood, nombreuses étaient les jeunes femmes à imiter, consciemment ou non, la star qu'elles eussent rêvé d'être. Pourquoi Doris, quoique maîtresse femme et sexy en diable, eût-elle échappé à la contagion ? Julie la jugea tout à coup moins intimidante – pas moins antipathique pour autant.

Selznick avait invité tous ceux et celles qui travaillaient au studio, ainsi que la presse, à assister aux « festivités » du premier jour de tournage – le terme de « festivités » ayant fait ricaner les mieux informés, qui n'ignoraient pas que le producteur accumulait les embûches. Cela, d'ailleurs, se devinait au maintien très raide de George Cukor, le réalisateur. Il ne bougeait pas d'un pouce au milieu de la foule agitée d'un roulis, les bras croisés sur la poitrine ; son visage semblait de pierre.

Julie tenta de repérer les critiques, ainsi que les journalistes, dont la plupart se sentaient pousser des ailes à la perspective du désastre annoncé. Elle identifia sans peine Hedda Hopper, l'échotière. La mine alerte et l'œil brillant – et cet œil voletant de droite et de gauche à la façon de celui d'un perroquet. À cet œil-là, lourdement fardé de sous son imposant chapeau à plumes, rien n'échappait.

– Vous avez vu de quelle manière elle vient de fusiller Louella du regard ? observa Doris, que ce spectacle amusait beaucoup. Elle en veut sans doute à sa rivale d'avoir déniché une meilleure place qu'elle. Si elles ne se retenaient pas, ces deux bonnes femmes s'entretueraient.

Julie reporta son attention sur Louella Parsons. Par comparaison avec son ennemie, elle possédait tout de la bourgeoise bien éduquée s'en allant prendre le thé chez une amie. Beaucoup plus petite qu'Hedda, elle avait paré son corps dodu d'un étrange vêtement de grosse laine sombre, où reluisaient, incongrus, des boutons dorés de la taille d'une balle de ping-pong. Elle affichait une expression affable, mais ses yeux n'étaient plus que deux petits cailloux.

Bientôt, c'est vers elle que se tourneraient la plupart des regards, car elle avait laissé entendre, dans son éditorial du jour, que plusieurs personnages éminents collaborant à *Autant en emporte le vent* ne tarderaient pas à voir leur carrière se briser. Il s'agissait là d'une terrible mise en garde, censée faire trembler quiconque aurait l'outrecuidance de lui refuser un scoop.

Pour l'heure, les pronostics couraient de bouche en bouche parmi la foule assemblée : qui risquait de tout perdre ?

Et puis… Et puis il y avait le scénario. Chacun, ici, était au courant de la catastrophe. Andy avait expliqué à Julie qu'il se trouvait là une véritable montagne de papier, chaque feuillet annoté de diverses couleurs, indiquant les contributions de plusieurs dizaines d'auteurs. L'on chuchotait, ici et là, que Selznick allait faire appel à Ben Hecht pour une énième réécriture. Et que dire des déclarations de la Screen Writers Guild ? Les scénaristes s'apprêtaient-ils pour de bon à faire grève ?

Les reporters les moins en vue essayaient maladroitement de se rapprocher du théâtre des opérations, ils tendaient l'oreille dans l'espoir de capter les instructions que le producteur allait distribuer à son équipe.

Soudain, un hurlement de rage retentit.

— Regarde, souffla Rose à son amie. C'est Clark Gable. Que se passe-t-il encore ?

L'acteur, les traits marqués par le courroux, les pans de sa veste voletant dans son sillage, se dirigeait en trombe vers Selznick, ignorant quiconque se trouvait sur son passage.

— Tu vas me dégager ces écriteaux immédiatement !

— Quels écriteaux ?

Le producteur n'y comprenait rien.

Clark Gable tendit alors l'index vers un tertre tout proche, où se dressait un rang de toilettes portatives, destinées aux centaines de figurants qui prendraient part au tournage. Placées à distance des caméras, on avait choisi, pour les peindre, un vert plutôt terne, afin qu'elles pussent se fondre dans le paysage.

À l'exception des écriteaux.

Il s'en trouvait un sur chaque porte, marqué de grosses lettres majuscules, et l'on en recensait deux sortes. Sur les uns était inscrit « RÉSERVÉ AUX BLANCS », et sur les autres « RÉSERVÉ AUX NÈGRES ».

— Si on ne fait pas disparaître ces saloperies sur-le-champ, David, je quitte le film.

Selznick observa les toilettes l'espace d'un instant, puis jura. L'écritoire à pince qu'il tenait à la main lui échappa. Un silence gêné tomba sur la foule.

— Qui a cloué ces saletés ? brailla-t-il.

Il avait le teint violacé.

— Nous ne sommes pas dans le Sud profond, ici. Nous sommes à Culver City, dans l'État de Californie !

Les journalistes noircissaient à toute allure les pages de leurs carnets, et les photographes se précipitaient pour immortaliser les toilettes. Dans la cohue, Hedda perdit son chapeau ; elle émit un glapissement outragé. Les « festivités » venaient de prendre un tour pour le moins inattendu…

Comment était-il possible que personne n'eût rien remarqué plus tôt ? se demanda Julie.

Cukor à son tour s'en mêla.

— J'ignore qui a eu cette idée, mais virez-moi ça tout de suite, commanda-t-il à un ouvrier chargé de l'entretien.

Il jeta un coup d'œil en direction de l'acteur :

— Merci, Clark.

Julie repéra alors, non loin, un petit groupe de figurants vêtus en esclaves. L'un d'eux, devait-elle apprendre plus tard, était venu trouver Clark Gable dans sa caravane pour lui demander d'intervenir.

— Ils ne sont pas idiots, gloussa Doris, en les désignant d'un signe de tête. Ils savent bien que

Selznick ne peut pas les virer pour les remplacer par des Mexicains. Pas pour ce film-là.

— Allons, les amis, beugla le producteur dans un porte-voix. L'incident est clos. Sur ce, que le tournage commence !

Julie se dévissa le cou pour tenter de voir Andy. À peine l'eut-elle localisé qu'il l'aperçut aussi – il leva brièvement les deux pouces à son intention. Déjà, il reprenait sa conversation avec les éclairagistes, relisait ce qui se trouvait inscrit sur son bloc-notes, appelait à lui les preneurs de son. La jeune femme se délectait de le découvrir en pleine action : il agissait avec un naturel désarmant, s'adressait à tout le monde, griffonnait une réponse à un message qu'on venait de lui transmettre, prenait le temps de plaisanter avec le porteur du message, sans jamais cesser d'écouter avec attention ses interlocuteurs… Avec lui, tout paraissait aller comme sur des roulettes. Il était la décontraction faite homme.

Clark Gable, pour sa part, tandis que, sur son visage, la fureur cédait le pas à une façon de perplexité, comme s'il se fût soudain demandé ce qu'il faisait là, demeura sur les lieux un moment, puis tourna les talons pour regagner son camion loge.

— Ma pauvre Julie, lui avait confié Carole Lombard dans un soupir un peu plus tôt, David se retrouve avec un Rhett Butler qui n'a pas le cœur à l'ouvrage. Autant vous dire qu'il assistera le moins possible au tournage.

Selznick ayant aboyé quelques ordres, le rythme s'accéléra. Les cameramen se hâtèrent d'installer leurs engins à la place qu'on leur avait assignée ; les éclairagistes vérifiaient l'équipement électrique ; les preneurs de son ajustaient leurs instruments, les secrétaires prenaient des notes avec frénésie.

Se dressant sur la pointe des pieds, Julie, une fois encore, admira Tara. La première scène qu'on allait tourner serait aussi la première du film. Scarlett, assise sur les marches du perron, flirterait avec deux de ses prétendants. Elle se rembrunirait lorsqu'ils lui annonceraient que la guerre s'apprêtait à éclater et qu'ils allaient s'enrôler dans l'armée sudiste.

Vivien Leigh, escortée par George Cukor, s'installait, avec mille précautions, sur les marches du seuil. Le réalisateur lui tenait la main, l'aidant avec douceur à se placer selon ses vœux. Elle appuya la tête contre l'une des colonnes, sans cesser d'écouter l'homme, acquiesçant à tout par de petits mouvements délicats de la nuque. Une maquilleuse, armée d'un pinceau couvert de poudre, tapota le nez de l'actrice afin que ce dernier ne brillât pas à la lumière des projecteurs quand, bientôt, ils se braqueraient sur l'héroïne. Une habilleuse s'empressait autour de la robe à fleurs de la jeune fille, dont elle faisait bouffer les plis.

— Ce corset m'empêche de respirer, se plaignit l'Anglaise dans l'indifférence générale.

Enfin, tout fut prêt.

— Silence ! s'écria un assistant au producteur.

Avec gravité, il leva alors bien haut un clap noir et blanc sur lequel on avait écrit à la craie :

SCÈNE 1, PRISE 1 – AUTANT EN EMPORTE LE VENT

Il fit claquer les mâchoires de son outil ; à ce son péremptoire et sec succéda un silence absolu. *Autant en emporte le vent* se préparait à prendre vie.

Suivant l'allée gravelée qui traverse la pelouse, les caméras se dirigent vers Tara. Scarlett se tient assise sur les marches de la véranda. Sa voix chantante se fait espiègle lorsqu'elle se met à flirter avec les jumeaux Tarleton, après quoi elle les gronde parce qu'ils parlent de la guerre. Vivien Leigh, au même titre que son ennui et ses récriminations contre son corset, s'est volatilisée. Il ne reste plus que Scarlett O'Hara.

Julie nageait dans la félicité. Cette scène lui suffisait à pénétrer de plain-pied dans l'univers d'*Autant en emporte le vent*, certes selon d'autres voies que celles qu'elle avait empruntées pour plonger tête la première dans le merveilleux roman de Margaret Mitchell, mais… Les couleurs, les vêtements, l'atmosphère…

— Coupez ! hurla Selznick.

George Cukor se tourna vers lui, éberlué. Son sourire avait dans l'instant déserté ses lèvres. Jamais un producteur ne se permettait d'intervenir pendant le tournage d'une scène. Le réalisateur était, dans de tels moments, le seul maître à bord.

— Qu'est-ce qui ne va pas ? s'enquit-il. La scène était parfaite.

Fourrant les mains dans ses poches, Selznick, qui avait froncé les sourcils, se dirigea vers les acteurs, qui patientaient.

— La robe ne convient pas du tout, décréta-t-il à Cukor. Appelez-moi les costumières. J'exige qu'elle soit vêtue de blanc. Cette satanée robe est tout juste bonne à être portée pour un barbecue. Je trouve cela intolérable.

Les membres du personnel et les spectateurs s'étaient figés.

— David, répondit le réalisateur, tendu à rompre. C'est parfaitement inutile.

— Je suis navré, George. C'est ainsi que je vois les choses.

Lorsqu'il s'exprimait avec cette voix blanche, personne n'osait contester ses propos.

— Tu as l'intention d'interrompre le tournage pour une robe ? fit le réalisateur sur un ton incrédule.

— Que les costumières se débrouillent.

Selznick quitta les lieux sans laisser à George Cukor le temps de réagir.

— Eh bien… On repassera pour les « festivités », souffla Doris à mi-voix – une voix que son cynisme habituel avait désertée.

— Tous ces équipements, tous ces gens, tout…, murmura Julie. Ils vont tout remballer ? Ils vont tous s'en aller ?

— Sauf Cukor. Il va lui falloir un petit moment pour retrouver sa dignité. Selznick lui a fait comprendre d'emblée à quelle sauce il comptait le manger.

— Comment ça ?

Doris considéra la jeune femme avec dédain :

— Voyons, Julie, c'est Cukor, le réalisateur, pas Selznick. En théorie, c'est à lui seul d'interrompre le tournage d'une scène si nécessaire. Selznick se fiche ouvertement de lui. Le piège est tendu.

— Quel piège ?

Cette fois, Doris haussa les épaules et tourna les talons.

— Vous verrez bien. Pour le moment, vous feriez mieux de foncer voir Carole Lombard pour lui annoncer de quelle manière Gable a pris la défense des figurants noirs. S'il ne lui prend pas l'envie de vous expédier dans je ne sais quel zoo pour lui en ramener un lion galeux, peut-être pourrez-vous glaner quelques potins que vous vous ferez une joie de partager ensuite avec nous. Mais du lourd, hein.

Rose et Julie la regardèrent s'éloigner.

— Pas le moindre pli à ses bas de soie, constata la première. Et par-dessus le marché, les coutures sont parfaitement verticales. J'estime que nous avons gagné le droit de la détester.

Son amie se mit à rire.

*

Andy retrouva Julie à la cantine du studio à l'heure du déjeuner. La mine sombre, il engloutit un sandwich à la dinde et au fromage sans pratiquement décrocher un mot, au point qu'après avoir bu son café, la jeune femme songea à quitter les lieux sans l'attendre, pour aller répondre au courrier de Carole Lombard.

— Ce soir, fit soudain Andy, je dîne avec un ami. Un romancier.

— Un auteur que je pourrais connaître ?

— Possible. Il s'appelle Scott Fitzgerald. Il bosse sur le scénario.

— Je croyais que Ben Hecht…

— Ben Hecht aussi, oui. Tout le monde. Et pourtant, Sidney Howard avait réalisé une excellente première mouture.

— J'ai lu *Gatsby le Magnifique*.

Les traits du garçon se détendirent un peu, et un sourire passa sur ses lèvres.

— J'aurais dû me douter que tu lisais beaucoup. Ce qui est très rare par ici.

— Et j'ai une bonne orthographe, aussi. Meilleure que celle de Fitzgerald.

Cette fois, Andy s'esclaffa.

— Mon Dieu ! Une universitaire !…

— Crois-tu qu'il puisse vous être utile pour le scénario ?

— Il a de bonnes idées. Il estime que nous devrions utiliser le plus possible les dialogues écrits par Margaret Mitchell, mais dégraisser un peu son récit, supprimer les redondances.

Il soupira.

— J'ignore ce que Scott vient faire à Hollywood. Quand il réussit à restreindre sa consommation d'alcool, il possède énormément de talent. Il ferait mieux d'écrire des romans. Loin d'ici. Il n'a aucune raison de vendre son âme au diable.

*

Le tournage du lendemain se déroula sans encombre, à ceci près qu'il avait d'abord fallu faire tenir la robe blanche confectionnée à la hâte pour Vivien Leigh avec des pinces à linge – les couturières d'Edith Head l'avaient ensuite terminée entre les prises. Julie eût aimé assister au tournage, mais à la demande de Carole Lombard, elle travailla ce jour-là à sa villa de Bel Air, située sur St. Cloud Road. Elle y disposait d'un bureau spacieux, où elle accomplissait ses tâches de secrétariat, du moins lorsque son employeuse n'avait pas besoin d'elle au studio. À la villa, il y avait beaucoup à faire, mais Julie supposa d'emblée que ses journées s'y révéleraient autrement moins palpitantes qu'à la Selznick International Pictures.

Mais cela, c'était avant qu'un coursier du studio se présentât à la porte à l'heure du déjeuner avec un colis pour Clark Gable, de la part de David O. Selznick.

Julie accepta le paquet, qu'elle remit à l'acteur quand celui-ci rentra par la porte de derrière, le pantalon souillé de boue – il avait travaillé au jardin que Carole et lui s'appliquaient à faire fructifier.

— Qu'est-ce que c'est que ça ? fit-il, surpris. C'est drôlement lourd.

Il laissa tomber, sur le canapé d'un beige immaculé, le déplantoir qu'il avait rapporté avec lui, et dont Julie s'empara prestement tandis qu'il emportait le colis dans la salle de séjour.

D'abord, le silence se fit. Suivi d'une terrible bordée d'injures ; Carole accourut aux côtés de son compagnon.

— Selznick est cinglé, hoqueta-t-il en révélant à l'actrice le contenu du paquet. Quatre-vingt-douze pages pour m'expliquer dans le détail de quelle manière il souhaite me voir interpréter le rôle de Rhett Butler. Ce type est un détraqué !

Il se mit à faire les cent pas.

— Il n'a pas confiance en moi.

— Mais il n'est pas le réalisateur..., commença Carole.

— Cukor ? Il est encore pire.

Fourrageant dans ses poches, il finit par en extraire un paquet de cigarettes froissé, dont il sauva la dernière. Du paquet vide il fit une boule, qu'il lança en direction d'un cendrier. Manqué.

Sa compagne lui tendit un briquet en argent, celui-là même qu'il lui avait offert pour son anniversaire.

— Il n'aura d'yeux que pour Vivien, je vois déjà ça d'ici.

Il aspira une copieuse bouffée.

— C'est couru d'avance. Ce type est une tantouze, et je n'aime pas les tantouzes. Et lui, je ne pourrai jamais l'encaisser. Selznick le sait parfaitement.

Julie se sentit choquée – dire que, la veille, cet homme en train de déverser son fiel avait pris fait et cause pour les figurants noirs.

— Tu ne vas pas abandonner le film, déclara Carole Lombard d'une voix posée. Tu n'as même pas encore tourné ta première scène.

— Dans laquelle je dois offrir à Scarlett un chapeau acheté à Paris, ricana-t-il. Je suppose que David a bien dû consacrer une dizaine de pages de cette saleté à m'indiquer la façon dont je dois m'y prendre.

Sans préavis, la lassitude parut prendre le pas sur la colère.

— Ce n'est pas un rôle pour moi, Ma.

— D'accord. Dis-moi un peu ce qui cloche vraiment. Tu t'es penché en avant et tu t'es rendu compte que l'entrejambe était trop serré ?

Il s'obligea à sourire.

— Je me rends, Ma. Mais j'aime autant te prévenir que je n'ai pas fini de me plaindre.

*

— Un dîner, samedi de la semaine prochaine. Quelque chose de spécial.

Andy avait appelé Julie à la pension de famille. Il était plus de minuit, en sorte que c'était une autre locataire, passablement ensommeillée et fort mécontente, qui avait tiré la jeune femme de son lit pour la prévenir.

— Pourquoi me téléphones-tu aussi tard ? Il s'est passé quelque chose ?

— Non. Je suis simplement rentré chez moi après avoir dîné avec Scott.

Il s'exprimait d'une voix calme.

— On m'a dit que le tournage s'était bien déroulé.

— En effet. Edith Head est une magicienne. Elle nous a sorti une robe blanche de son chapeau en trois heures. De quoi apaiser enfin Selznick. Même si, forcément, il avait moins de public que la veille. Et à Bel Air ? Tout va bien ?

— Gable s'est fâché en recevant, de la part de Selznick, un pavé de plus de quatre-vingt-dix pages de conseils pour jouer correctement son rôle. Je n'en suis pas encore revenue.

— Selznick tout craché. Ne te tourmente pas. Il compte sur Carole pour faire retomber la pression du côté de la grande vedette. Même s'il ne l'admettra jamais. À part ça, Clark ne va pas tarder à sauter de joie, c'est moi qui te le dis.

— Pourquoi ?

— Je ne peux encore rien dévoiler. Mais l'argent permet de tout acheter, mademoiselle Crawford. La fidélité, l'amour…

— L'amour, ça ne s'achète pas.

— C'est pourtant ce que des tas de gens font à longueur de journée.

— Ils se l'imaginent peut-être, mais ce n'est pas l'amour qu'ils achètent.

Il y eut un silence à l'autre bout du fil.

— Ça ne t'intéresse pas de savoir où nous irons samedi soir ? enchaîna Andy.

— Je n'ai jamais dit que j'étais libre.

Julie sourit. Elle raffolait de ces taquineries.

— Es-tu libre, mademoiselle Crawford ?

— Oui, répondit-elle en bâillant. Où allons-nous ?

— Chez un auteur de grande classe. Herman Mankiewicz.

*

Quelques jours plus tard, au service de la publicité, Julie récupéra un plein sac de courrier de fans, qu'elle rapporta dans le camion loge de l'actrice qui, suivant sa chère habitude, était pendue au téléphone. Julie se saisit d'une pile de photographies déjà dédicacées, qu'elle entreprit de glisser une à une dans des enveloppes, sur lesquelles elle recopia les adresses des admirateurs qui venaient d'écrire à leur idole. Cette dernière recevait chaque jour plusieurs dizaines de lettres.

Elle avait accompli la moitié de sa tâche lorsque la porte s'ouvrit avec une telle violence que la caravane oscilla légèrement.

— Ça y est, Ma !

La voix de baryton tremblait. Clark Gable bondit dans l'habitacle, se hâtant de refermer la porte derrière lui. Il écarquillait de grands yeux, comme un enfant le matin de Noël.

Carole laissa tomber sur le sol son tube de rouge à lèvres pour se précipiter vers son compagnon.

— C'est pas vrai ? Elle a accepté le fric ? fit-elle, le souffle court et les bras grands ouverts.

Il se mit à rire en la saisissant par les épaules.

— C'est fait, oui. Bonté divine, je n'arrive pas à y croire. Ça y est. Rhea a accepté les cinquante mille.

— Youpi !!! hurla Carole. Bon Dieu, Pa, te voilà presque débarrassé ! Dans combien de temps serastu vraiment libre ?

— D'ici le début du mois de mars.

Sa voix frémissait encore. Il passa une main dans sa chevelure épaisse qui, embroussaillée à présent, ne dissimulait plus ses oreilles, dont chacun, à Hollywood, savait pourtant qu'elles étaient trop grandes.

— Alors comme ça, reprit sa compagne, le blé supplémentaire que Selznick a fait cracher à Mayer aura finalement suffi.

Elle secoua la tête.

— Vous faites tous les deux une bonne affaire. Toi, tu obtiens le divorce. Et David récupère un Rhett Butler moins bougon.

— Bon sang de bonsoir, s'il le fallait, je serais prêt à jouer le rôle d'une fée !

Saisissant Carole entre ses bras, il lui caressa le dos, avant que ses mains ne s'aventurent plus bas.

Julie agita quelques documents pour leur rappeler sa présence, mais rien ne comptait plus pour eux.

— Je reviendrai tout à l'heure, mademoiselle Lombard, se hâta de lâcher la jeune femme qui rassemblait sa pile de photos et de lettres d'admirateurs, avec l'intention de terminer sa tâche dans les locaux du service de la publicité.

— Fermez bien la porte derrière vous, gloussa Carole.

Déjà, le couple s'enlaçait sur le sofa. L'actrice leva une longue jambe, qu'elle entreprit de débarrasser de son bas.

— Je suis vraiment contente pour vous, ajouta Julie, les joues un peu rougies.

Elle quitta le camion loge pour se retrouver en plein soleil. Un soleil éclatant, le soleil éblouissant d'un après-midi d'hiver à Los Angeles. On lui avait assuré qu'elle finirait par n'y plus penser mais, pour le moment, il continuait de lui meurtrir les yeux. Peut-être allait-elle devoir se résoudre à acheter des lunettes de soleil. Que diraient ses amies demeurées à Fort Wayne si elles l'entendaient penser : on est en plein hiver, et toi, tu as besoin de lunettes de soleil ?!? Quelques semaines plus tôt, elle-même s'esclaffait encore à cette perspective – trop tape-à-l'œil à son goût, avait-elle décrété à Rose. Depuis, elle avait changé son fusil d'épaule.

*

Carole, d'humeur radieuse, n'en finissait plus d'ourdir des projets.

– D'abord, il faut évidemment que le divorce soit prononcé, fit-elle le lendemain. Ensuite… nous achèterons un ranch.

Elle faisait les cent pas dans le salon de sa villa, indéfiniment pétulante.

– Il ne me reste plus qu'à trouver l'endroit idéal. J'ai pensé à Encino. Clark va adorer, ce sera parfait. Oh, Julie… Il y a tant de choses à faire… Les chevaux. Des chevaux… Vous connaissez quelque chose aux chevaux, ma chérie ? Vous savez, l'équitation, la sellerie et tout le saint-frusquin.

Elle fit, de la main, un geste vague.

– Clark raffole des chevaux. Et pour ma part, j'ai prévu de devenir la meilleure cavalière au monde en l'espace d'un mois. Je vais acheter deux selles identiques, dénicher des culottes d'équitation. Pas des jodhpurs fantaisie, cela va de soi. Pas de fantaisie du tout. Et puis des rocking-chairs. J'en veux deux. Un pour lui, un pour moi. Nous les installerons sur la véranda, et une fois assis, nous laisserons le monde tourner sans nous.

Elle se mit à rire, effectua une pirouette, manquant d'écraser la patte d'un chat qui traversait la pièce à toute allure.

— Quelle véranda ? s'enquit son assistante.

— Celle qui ira avec la maison qui ira avec le ranch que nous allons acheter, répondit Carole sans émoi.

— Quand le divorce sera-t-il prononcé ?

— On ne nous a pas encore communiqué la date exacte. Vous compterez parmi les premières à être au courant. Et maintenant, seriez-vous assez gentille pour chercher où je peux acheter les chevaux dont je viens de vous parler ? Des chevaux à la robe marron.

— Combien ?

— Quarante ou cinquante.

— Je vais m'en occuper.

*

Le samedi soir, comme ils se dirigeaient vers la propriété de Mankiewicz, Julie évoqua, à l'intention de son cavalier, les projets d'avenir de Carole Lombard. Celui-ci pouffa.

— Elle est complètement dingue. Mais de la race des doux dingues, ce sont les meilleurs. Je ne serais pas surpris qu'elle arrive à ses fins.

Le soleil se couchait lorsqu'ils s'arrêtèrent devant le 1105 Tower Road, à Beverly Hills. La lumière déclinante embrasa un instant les tuiles de la demeure d'inspiration espagnole. Une demeure sobre, constata la jeune femme.

Cette dernière effleura la soie bleue du chemisier que son amie Rose lui avait prêté, avec l'espoir que cela lui suffirait à se fondre dans la masse des invités. C'était la première fois qu'elle se rendait à une fête hollywoodienne, et il n'était rien, dans la garde-robe d'une jeune femme originaire de l'Indiana, et qui par surcroît avait fréquenté le Smith College, qui pût convenir pour un tel événement. Voilà pourquoi elle arborait le chemisier de Rose, sur une jupe plus pratique qu'élégante, qu'elle avait portée bien des fois pour assister à des conférences sur l'histoire européenne. Elle avait complété sa tenue avec les boucles d'oreilles en perles que ses parents lui avaient offertes après l'obtention de son diplôme.

— Ombre à paupières, avait décrété Rose en plissant les yeux pour l'examiner plus attentivement, tandis qu'elle maniait un pinceau à maquillage. Mais du bleu, pour toi. Pas du vert. Il te faut aussi un rouge à lèvres plus vif.

— Je n'ai pas envie de ressembler à Doris !

— Ne t'inquiète pas. Comme ça… Voilà… Et maintenant, regarde-toi.

Julie contempla longuement son reflet, songeant que, tout compte fait, elle n'était peut-être pas si ordinaire que cela. Ses yeux, grâce au fard, lui semblaient plus grands que d'habitude, et son nez ne lui parut pas vilain. Quant à savoir si cela lui éviterait de faire tapisserie durant la réception, seul l'avenir le dirait.

— J'adore la couleur de tes cheveux, la complimenta son amie. D'autant plus que celle du chemisier la met en valeur.

*

Andy lui ouvrit la portière en se fendant d'une révérence. Il était d'excellente humeur et, ce soir tout particulièrement, Julie le jugeait splendide. À le contempler du coin de l'œil, son cœur se mettait à battre plus fort.

— Si c'est du glamour que tu veux, va plutôt sonner chez le voisin. Oscar Hammerstein.

D'un mouvement du menton, il lui désigna une grande villa à l'architecture tarabiscotée, en partie dissimulée derrière de hautes haies.

— En revanche, si tu préfères les intellectuels, tu as frappé à la bonne porte.

— Un petit mélange des deux me conviendrait aussi. Se laisser éblouir peut avoir son charme.

— Toi, tu m'éblouis.

Il se pencha pour embrasser la jeune femme sur le front.

— J'ai avec moi une gamine qui sait lire et, en échange, je m'efforce de lui offrir davantage que les strass et les paillettes habituels d'Hollywood.

Une domestique leur ouvrit la porte sans qu'ils eussent besoin de frapper, les invitant à entrer. Sur sa gauche, Julie découvrit un vaste salon, où trônait un piano à queue en ébène. Les canapés et les fauteuils, disposés avec soin les uns par rapport aux autres, rembourrés, accueillants, tendus d'un tissu à motif floral, dissimulaient leurs pieds derrière un ruché. Ces meubles ne possédaient strictement rien d'hollywoodien. Au contraire, ils eussent fait merveille à Fort Wayne ; Julie, moins dépaysée, s'apaisa un peu.

Sur sa droite, de l'autre côté d'une double porte en verre, la maison s'ouvrait sur un patio, au-delà duquel était une piscine, dont l'eau, d'un bleu éclatant, tombait mollement d'une cascade. L'on avait ouvert toutes les portes, de sorte qu'une douce brise vespérale parcourait les lieux.

Les invités se rassemblaient par groupes – les uns faisaient conversation près de la cheminée, d'autres se pressaient dans le patio… Des mains viriles, aussi bien que des doigts délicats manucurés à la perfection, saisissaient de loin en loin un verre de vin sur le plateau d'argent soutenu par le maître d'hôtel.

— Regarde la piscine, souffla Andy. Tu ne remarques rien ?

Julie observa plus attentivement :

— Elle a la forme d'une grenouille, constata-t-elle avec surprise.

— Bravo. L'une des nombreuses facéties d'Herman. Il n'arrive pas à prendre cette ville au sérieux. Veux-tu que je te raconte le tour qu'il a joué à son épouse ? Dis oui.

La jeune femme se mit à rire :

— Oui.

— Sara est folle de Clark Gable. Pour elle, il s'agit du plus bel homme au monde. Eh bien, un jour, Herman l'a menacée d'inviter Gable à dîner, puis de lui demander, une fois sur place, pour faire enrager Sara, d'ôter son dentier à table.

— Oh… Andy… Clark ne ferait jamais une chose pareille.

— Tu as un peu de mal avec le second degré, la taquina-t-il. De toute façon, dans cette maison, on n'invite pratiquement jamais d'acteurs. Herman estime qu'ils ne sont pas assez intelligents. À quelques exceptions près.

Il hocha la tête en direction d'une grande et belle femme qui, tout juste arrivée, ôtait avec une grâce infinie son manteau en poil de chameau.

— Voici quelqu'un dont je suis prêt à parier que tu vas vouloir lui parler, fit-il en souriant.

Julie lorgna avec curiosité. L'inconnue, toujours à la porte, s'entretenait à présent avec Sara Mankiewicz. Un frisson parcourut l'échine de la jeune femme. Frances Marion. Comment était-il possible qu'elle eût déjà cinquante ans ? Elle possédait une peau éclatante de jeunesse.

— Sur ce, vole donc vers ton destin, mademoiselle Crawford, lui lança Andy en lui adressant un clin d'œil. Ou, du moins, rêve quelques instants face à celle que tu voudrais devenir.

*

Julie s'émerveilla plus tard de la facilité avec laquelle les choses s'étaient déroulées. Avait-elle marché droit sur son héroïne pour lui adresser la parole ? Non. Elle avait flotté jusqu'à elle. Ou peu s'en faut. D'abord, elle demeura plantée non loin, un peu gauche, sans bien savoir ce qu'elle pourrait dire pour attirer l'attention de la scénariste. Elle se faisait l'impression d'être redevenue une écolière, mais elle n'était certes pas là pour tendre son carnet d'autographes à celle qu'elle admirait.

Elle se racla la gorge. Si elle n'ouvrait pas la bouche au plus vite, elle passerait pour une gourde.

— Mademoiselle Marion, je vous ai brièvement rencontrée au Smith College l'année dernière. J'aimerais beaucoup connaître votre opinion sur l'avenir auquel peuvent prétendre ici les femmes scénaristes.

Frances Marion se tourna vers elle et sourit.

— Désirez-vous entendre la réponse réaliste ou la réponse idéale ?

— J'ose espérer qu'il existe un moyen de combiner les deux.

— Si c'est le cas, peut-être parviendrez-vous à le trouver. Mais ce n'est pas facile. Vous écrivez déjà ?

— Non. Mais dès que j'aurai une machine à écrire, je m'y mettrai.

— Vous me semblez très déterminée. Lorsque vous aurez quelque chose à montrer, venez donc me voir.

La scénariste s'était exprimée avec chaleur, et elle gratifia sa jeune interlocutrice d'un dernier sourire avant de se détourner pour engager la conversation avec l'actrice Helen Hayes.

Julie comprit d'instinct qu'il ne s'agissait pas d'une invitation en l'air.

Les joues roses de plaisir, elle se mit à observer la pièce, que les invités, maintenant, remplissaient de plus en plus vite. Andy se trouvait là comme un poisson dans l'eau. Mankiewicz, en pleine discussion avec le rédacteur en chef du *New Yorker*, bondit en apercevant l'assistant du producteur, auquel il serra vigoureusement la main. Près de la cheminée se tenait un homme agité, au visage tourmenté, dont Julie ne tarda pas à apprendre qu'il s'agissait de Scott Fitzgerald. Elle entendit également le nom de Bennett Cerf, qui avait fondé Random House, la maison d'édition. Soudain, avisant David Selznick, elle en déduisit qu'il était la raison pour laquelle Andy tenait tant à participer à cette réception.

Le producteur, ce soir, affichait une mine affable – il rit d'une plaisanterie en portant son verre de scotch à ses lèvres. Comme il devait être fier d'être parvenu à ses fins concernant le divorce de Clark Gable… Julie se mit à parler avec la femme qui l'accompagnait : son épouse, Irène, élégante et glacée, dont le sourire néanmoins s'adoucit lorsqu'elle apprit que son interlocutrice était diplômée du Smith College.

— J'aurais adoré fréquenter l'université, fit-elle. Mais Père estimait qu'il ne s'agissait pas d'un endroit convenable pour une fille, que je m'y serais trouvée soumise à toutes sortes d'influences extérieures.

— Où habitiez-vous ? s'enquit Julie innocemment.

— Ici, bien sûr.

Irène écarquilla légèrement les yeux :

— Oh, je vois... Vous venez d'arriver à Hollywood. Je suis la fille de Louis B. Mayer. Il m'a toujours assené que les autres jeunes filles se devaient d'aller à l'université. Parce qu'elles ne jouissaient pas des mêmes avantages que moi.

Julie manqua de pouffer – elle eût aimé que ses parents pussent entendre ces propos. Elle jeta un coup d'œil en direction d'Andy, absorbé dans une conversation des plus sérieuses avec Selznick et Scott Fitzgerald. Elle tendit l'oreille pour capter leur échange.

— Que pensez-vous du style de Mitchell ? demanda le producteur à l'écrivain.

Ce dernier haussa les épaules. Il tenait sa main gauche enfoncée au plus profond de la poche de sa veste élimée ; de la droite, il cajolait un verre de bourbon.

— Pas mal. Pas très original. Un boulot honnête.

— Vous êtes donc en train de relever le niveau ?

— La plupart du temps, je me sers de ses mots à elle.

Fitzgerald ne semblait pas impressionné le moins du monde par la brusquerie avec laquelle Selznick venait de s'exprimer. L'écrivain n'était qu'un auteur parmi plusieurs dizaines d'autres à plancher sur le scénario, il ne l'ignorait pas.

— Andy, vous me tenez au courant de la suite, n'est-ce pas ?

— Bien entendu.

Ayant aperçu Julie, il lui décocha un sourire, puis cligna de l'œil. Elle lui sourit en retour avant de se détourner. Elle lui parlerait plus tard de sa discussion avec Frances Marion. Elle savait à présent, via les potins qui circulaient au studio, que Selznick tenait Andy en très haute estime. Le sérieux dont il faisait preuve dans tous les domaines de l'organisation du film, l'aisance avec laquelle il gérait les egos surdimensionnés des uns et des autres… Ces qualités l'avaient rendu tout bonnement indispensable. Julie en tirait une immense fierté.

En dépit de ses talents d'observatrice, elle ne repéra pas cette grande femme aux cheveux sombres, dont les longs doigts délicats serraient un verre en cristal, et qui fixait Andy. Elle ne découvrit sa beauté que lorsque l'inconnue avança d'un pas résolu vers le garçon ; les traits de son visage paraissaient de marbre.

Julie se rappela ensuite qu'Andy avait levé la tête, vu la femme approcher, et que s'il avait dans un premier temps semblé surpris, l'étonnement avait ensuite cédé le pas à la résignation.

— Espèce d'ordure, jeta l'inconnue.

Et elle lança le contenu de son verre au visage de l'homme. Du bourbon se mit à dégoutter des cheveux de ce dernier, tandis que des glaçons, dans leur chute, heurtaient au passage une table basse en verre. L'inconnue reposa le verre, fit volte-face pour se diriger vers la porte d'entrée d'un pas véhément, avec, sur les talons, un petit homme nerveux à la face rubiconde et navrée.

Le silence tomba quelques instants sur l'assemblée, avant que, progressivement, la rumeur des conversations s'élevât de nouveau. Andy se saisit d'une serviette de table que lui tendait une domestique et s'essuya la figure, puis il tamponna sans hâte les taches sur sa chemise. Il releva le nez vers Julie. La rejoignit.

— Qu'est-ce que c'était que ça ? fit-elle, abasourdie.

— Bah... Disons qu'il s'agissait d'une ancienne collègue. Nous ne sommes pas en très bons termes.

— Je m'en serais doutée.

Elle s'efforçait de parler calmement, mais elle ne savait pas quoi dire d'autre. Irène Selznick s'était doucement éclipsée pour se rendre à l'autre bout de la pièce.

— Je suis navré que tu aies assisté à cet éclat. Une vieille histoire à laquelle il vient d'être mis un point final.

— Raconte-moi.

Il poussa un lourd soupir.

— Tout cela est déjà si loin...

Était-elle censée demeurer plantée là en faisant comme si rien ne s'était passé ? Elle jeta quelques regards autour d'elle.

— Personne n'a l'air surpris, souffla-t-elle. Donc, tout le monde est au courant. Alors je t'en prie, éclaire ma lanterne.

Andy parut se fermer comme une huître.

— Je t'expliquerai plus tard. Je t'assure que tu n'as pas à te tourmenter.

Il ne fallait surtout pas qu'elle se mît à pleurer. Qu'elle montrât à l'assistance son désarroi, sa peur mâtinée de perplexité. Andy. Comment avait-elle pu s'imaginer qu'elle le connaissait bien, quand ils ne s'étaient rencontrés pour la première fois qu'un mois plus tôt ? Sa voix tremblait. Les larmes lui montaient aux yeux.

Les traits durcis du garçon s'adoucirent un peu.

— Très bien. J'en ai suffisamment fait comme cela. Je te ramène chez toi.

Elle balaya la pièce du regard. On les ignorait superbement. Il ne régnait ici aucune tension. La vie suivait son cours, voilà tout. Sans doute Louella consacrerait-elle un mot ou deux à l'incident dans son papier du lendemain – après tout, Andy entretenait un rapport plus qu'intime avec *Autant en emporte le vent*. Et sans doute ces quelques lignes comporteraient-elles une allusion ironique à la cavalière du jeune homme, une sotte que l'éclat de l'inconnue avait à tel point bouleversée qu'elle en restait transie. Quelle attitude attendait-on qu'elle adoptât ?

— Le dîner est servi, annonça Sara Mankiewicz, avec un sourire bref et compatissant à l'intention de Julie.

Ce sourire suffit à revigorer la jeune femme. Elle se redressa, haussa le menton avec fierté. Par les portes ouvertes de la salle à manger, elle distinguait une table étincelant de cristal et d'argent. Une domestique allumait des chandelles.

— Il n'en est pas question, monsieur Weinstein, répondit-elle avec sang-froid. On nous a invités à dîner, nous allons donc dîner.

Elle précéda son cavalier dans la salle à manger.

Elle consulta les marque-places. S'était-on seulement souvenu de son nom ? Oui. Elle allait s'installer entre Ben Hecht et le rédacteur en chef d'un magazine londonien dont elle jugea le nom de famille imprononçable. Porcelaine d'un blanc immaculé, succulente entrecôte ; plaisanteries, rires. Conversation. Ben Hecht, soufflant entre les plats des ronds de fumée vers le lustre. Le rédacteur en chef du magazine

(« Appelez-moi Bernie et oublions mon nom de famille »), bavard et charmant. Querelle à propos de l'éventualité d'une entrée en guerre des États-Unis.

— Roosevelt fait tout pour nous entraîner dans cette histoire, assena le maître des lieux en coupant sa viande avec vigueur. Cette guerre, c'est celle de l'Europe, pas la nôtre.

— Voyons, Mank, les Allemands ont l'intention de mettre la main sur la planète entière, répliqua le rédacteur en chef. Pour l'amour du Ciel, jamais on ne projettera l'un de vos films en Allemagne, sauf si on retire votre nom du générique.

— Ils ne m'aiment pas, je ne les aime pas, s'obstina Mankiewicz.

— Hitler ne risque pas d'envahir les États-Unis, s'insinua Hecht. Nous n'avons donc aucune raison d'envoyer là-bas de jeunes Américains se faire massacrer par milliers.

Un producteur de la RKO gronda :

— Il faudra bien que nous nous engagions, à un moment ou un autre.

La conversation alla ainsi son cours durant toute la soirée, sautant d'un sujet à l'autre. Le seul fait d'écouter ravissait Julie et la revivifiait. De l'autre côté de la table, Frances Marion lui sourit en levant son verre. Puis vint le dessert, une tarte aux fruits rouges accompagnée de glace. Ce fut ensuite le café, les liqueurs, servies dans de minuscules verres en cristal. Peu à peu l'on s'amollissait. De sa place à table, Julie voyait des lumières bleues briller dans la belle piscine en forme de grenouille. David O. Selznick, d'ordinaire si concentré, si vif, comme perpétuellement à l'affût, s'était carré dans son siège, gloussant en écoutant l'une des plaisanteries d'Herman.

Une fois le dîner terminé, après qu'on se fut salué, après qu'on eut enfilé son manteau, après qu'Andy et elle eurent quitté la villa pour s'aventurer dans la nuit hollywoodienne au ciel piqué d'étoiles, Julie s'avisa – à la fois surprise et ravie – qu'elle venait de passer une excellente soirée. Et tant pis si Andy, pour sa part, semblait littéralement écrasé par sa maussaderie.

*

Ils roulèrent sans un mot jusqu'au domicile de la jeune femme.

— Au revoir.

Elle ouvrit la portière. Rayonnante de fierté – elle s'en était tirée comme un chef.

— C'était une soirée passionnante, bien que j'aie eu l'impression d'avoir été embauchée comme figurante dans un film à suspense.

— Je suis désolé.

— Ce n'est pas suffisant.

— J'ai fréquenté l'une de ses amies, et cela n'a rien arrangé.

Parler, à l'évidence, lui coûtait un rude effort.

— Je préfère en rester là, si tu veux bien. Les choses se sont… très mal passées. Un autre jour, peut-être. Mais pas maintenant.

— Mais moi, j'ai besoin d'en savoir plus. Maintenant.

— Désolé.

Il n'était plus rien à ajouter.

— Au revoir, répéta-t-elle.

— Au revoir, fillette.

Et déjà, il redémarrait, l'œil fixé sur la route.

5

Le lundi, Carole Lombard s'empara du scooter rouge vif qu'elle calait le reste du temps contre l'une des parois de sa caravane, puis s'interrompit, l'œil rivé à son assistante :

– Pourquoi n'allez-vous pas voir Cukor diriger la scène de l'accouchement ?

Julie tenta un sourire, mais elle manquait d'enthousiasme. Toute la matinée, il n'avait été question que de la grande scène d'Olivia de Havilland, l'une des plus importantes du film. La jeune femme se rappelait l'épisode, tel qu'elle l'avait lu dans le roman de Margaret Mitchell. Mélanie, qui porte l'enfant d'Ashley Wilkes, s'apprête à donner naissance à l'enfant au moment même où les Yankees entrent dans la ville d'Atlanta. Il ne se trouve personne pour l'aider à accoucher, hors Scarlett, à la fois réticente et déterminée. Il allait s'agir d'une scène éprouvante, et il fallait à tout prix qu'on y crût.

L'actrice n'ayant jamais eu d'enfant, Cukor avait travaillé avec elle pendant plusieurs jours ; il l'avait apaisée. L'avait encouragée. On avait décidé la chose suivante : le réalisateur s'assoirait aux pieds d'Olivia, hors du champ de la caméra. Chaque fois qu'il lui faudrait hurler, taraudée par les douleurs de l'enfantement, il lui pincerait les pieds. Très fort. Cela lui ferait affreusement mal. La comédienne avait accepté.

Clark Gable ne se trompait par lorsqu'il affirmait que le metteur en scène privilégiait les actrices qui, sous sa direction, parvenaient à livrer le meilleur d'elles-mêmes.

— Je ne sais pas…, commença Julie.

— Oh, pour l'amour du Ciel !… Comme ça, vous pourrez surveiller Clark pour moi. Surtout, ne laissez pas les filles flirter avec lui. Et si Lana Turner se pointe, prévenez-moi.

Carole enfourcha son scooter, s'assit sur le siège, se préparant à démarrer. Plaisantait-elle ? se demanda Julie.

— Mais il ne sera pas sur le plateau pour cette scène et…

— Je le sais aussi bien que vous. Peu importe. Je me contente de vous fournir une excuse pour vous donner l'illusion que vous êtes en train de bosser. Par ailleurs, vous verrez un maître en pleine action. Je vous jure que Cukor serait capable de transformer une girafe en bonne actrice. Et puis, avouez que c'est plus amusant que de passer l'après-midi à signer des photos de moi, non ? De toute façon, vous avez besoin de vous remonter le moral.

Elle cligna de l'œil en mettant le moteur de son scooter en marche.

— Oh…

Elle s'interrompit, les sourcils légèrement froncés :

— N'allez pas raconter à Clark que je vous ai dit du bien de Cukor.

Cette fois, elle fila pour de bon, les cheveux au vent, louvoyant entre les camions et les gens, qu'elle saluait tous d'un geste de la main.

Carole était une fine mouche. À peine Julie s'était-elle présentée à la caravane ce matin-là qu'elle avait perçu son cafard.

— Alors... Qu'est-ce qu'Andy a bien pu faire de si épouvantable ? exigea-t-elle de savoir.

— Le problème n'est pas ce qu'il a fait, plutôt ce qu'il n'a pas fait.

Mais à mesure qu'elle narrait l'anecdote à l'actrice, elle songea qu'il n'y avait vraiment pas là de quoi fouetter un chat, au point qu'elle s'étonna de l'état d'indignation dans lequel cet incident l'avait mise la veille au soir.

Carole l'écouta avec attention.

— Vous êtes fumasse parce qu'il a refusé de vous dire pourquoi une bonne femme lui a jeté un verre à la figure ? Vous savez, ma chérie, dans cette ville, tout prend des proportions démesurées. Vous ne croyez pas que c'est lui que ça regarde ?

— Mais pour quelle raison s'est-il muré dans le silence, à moins...

— À moins qu'il ne s'agisse de quelque chose dont il ne se sentait pas prêt à parler.

— Il m'a traitée comme une gamine.

— Pour ce que j'en sais, Andy est un type bien. Mais il a un passé. Nous en avons tous un. Et, pour le moment, ce passé-là, il préfère manifestement le garder pour lui.

— Mais en agissant de cette façon, il a creusé un fossé entre...

— Voyons, chérie, l'interrompit Carole. Est-ce que vous vous imaginiez qu'il allait vous fournir la liste exhaustive des femmes avec lesquelles il a couché ?

— Bien sûr que non. Je...

— Dans ce cas, je vous conseille de laisser tomber tout ça pour le moment.

— Mais pourquoi cet éclat n'a-t-il surpris personne ?

Peut-être était-ce, au fond, ce qui la chagrinait le plus. Tout le monde était au courant. Sauf elle.

La comédienne haussa les épaules.

— Je crois savoir de qui il s'agit. Elle s'est déjà donnée en spectacle au moins une fois. Si vous voulez Andy, alors foncez, courez-lui après. Ici, tout le monde l'adore. Et tout le monde le respecte.

— Je ne sais pas… Tout s'est passé si vite…

— Magnez-vous de prendre une décision. Sinon, il vous filera entre les pattes.

— On dirait presque que vous parlez d'un poisson.

— Mais *c'est* un poisson, ma chérie. Qui vit dans un tout petit étang au bord duquel une palanquée de bonnes femmes sont en train de pêcher. Alors dépêchez-vous. Ooooh… Je suis en retard !

Carole bondit sur ses pieds, renversa un flacon de vernis à ongles demeuré ouvert sur sa coiffeuse. À peine daigna-t-elle jeter un regard à la jupe blanche de la commode, sur quoi dégouttait l'épais liquide rouge.

— Bah… Je n'ai jamais pu saquer ce machin bouffant. On croirait l'une des robes de Scarlett O'Hara.

— Mais, vos ongles… ?

— Ils s'en occuperont au maquillage. Ils ne m'appartiennent plus, de toute façon. Ce sont maintenant les ongles de mon personnage.

*

J'en demande sûrement trop, murmura Julie en regardant filer la jeune actrice. Elle tourna les talons pour se diriger, l'humeur sombre, vers le plateau de tournage. Ce qui s'était passé durant la réception organisée par Mankiewicz ne se serait jamais produit à Fort Wayne. Mais elle vivait désormais à Hollywood, où prévalaient d'autres règles. Chez elle, elle cût été en droit d'exiger une explication. Mais ici... Si Andy l'avait traitée comme une petite fille, peut-être était-ce, tout bonnement, parce qu'elle avait eu un comportement puéril.

Elle se remémora sa conversation avec Rose la veille au soir. Les deux amies, en pyjama, se tenaient chacune sur son lit. Julie avait fait le récit détaillé de son dîner chez Mankiewicz, mentionné sa brève conversation avec Frances Marion. Rapporté ce qui s'était passé avec Andy, ses efforts pour ne rien laisse paraître de son trouble.

— Je crois que tu as peur de lui, et il compte plus pour toi que tu ne le souhaiterais, commenta Rose.

— Je n'ai peur de personne. Et surtout pas d'Andy.

— Ne prends pas la mouche, voyons. Il faut simplement que tu découvres ce que tu veux vraiment.

— Toi, tu as trouvé ?

Pour Rose, les choses s'accéléraient. Bientôt, elle signerait un contrat avec Selznick, qui lui permettrait de gagner cinquante dollars par semaine. Elle prendrait des cours de diction, afin de venir à bout de son accent du Texas. Tous les six mois, son cachet hebdomadaire augmenterait de vingt-cinq dollars. Elle deviendrait sous peu une starlette ; elle déménagerait pour un logis plus reluisant que cette pension de famille. Ensuite, elle prendrait des cours de comédie… Au cœur de ce tourbillon, la jeune femme parvenait miraculeusement à garder la tête froide.

— Oui, lui répondit celle-ci.

Dans son œil étincelait le souhait que Julie lui posât une autre question :

— Tu as rencontré quelqu'un, c'est cela ?

Rose s'empourpra en acquiesçant.

— C'est du sérieux ?

— Je crois, oui. Je suis persuadée qu'il s'apprête à me faire sa demande en mariage, et j'ai l'intention d'accepter.

— Ça alors ! Déjà ? Comment peux-tu te sentir aussi sûre de toi ?

— J'ai su que c'était le bon le jour même où nous nous sommes rencontrés.

L'envie, l'espace d'un instant, serra le cœur de son amie.

— Mais comment peux-tu ne pas éprouver le moindre doute ? insista-t-elle.

— Nous nous ressemblons beaucoup, tous les deux. D'ailleurs, il est originaire du Texas, lui aussi. Il est en train de monter son entreprise de bâtiment, comme mon père.

Sur ses lèvres se peignit un sourire comblé.

— Je sais que ça peut paraître précipité. Mais je pense que tu me comprendras le jour où tu feras sa connaissance.

— Et ta carrière ?

— Il ne voit pas d'inconvénient à ce que je la poursuive. Pour le moment…

— Jusqu'à ce que tu tombes enceinte ?

Rose rougit encore.

— Je m'amuse bien, c'est un fait, et j'aime ce que je fais, mais… Sais-tu ce que Selznick m'a décrété ?

Que mon nom ne convenait absolument pas à une actrice. Qu'en l'entendant, on se représentait aussitôt une boniche irlandaise. Que, par conséquent, il fallait que j'en change. Que le jour où quelqu'un s'aviserait de m'appeler Rosie, ce serait fichu pour moi.

— Beaucoup de comédiens prennent un pseudonyme.

— J'ai raconté ça à Jim... mon fiancé..., qui m'a répondu qu'il trouvait mon nom magnifique, et qu'il ne voudrait pour rien au monde changer quoi que ce soit chez moi. J'ai su, à ce moment-là, que...

Elle chercha brièvement ses mots, les choisissant avec soin :

— Je ne suis pas naïve, tu sais. Je pense que, si je prends un pseudonyme, je passerai quand même mon existence à enchaîner les auditions, à enfiler les robes que d'autres auront déjà portées avant moi. Ainsi va la vie à Hollywood, conclut-elle doucement.

— Je suis pourtant prête à parier que nous sommes faites du même métal, toi et moi.

— Non, Julie. Tu es beaucoup plus ambitieuse. Pouvons-nous rester quand même amies ?

— Évidemment.

— Tu veux devenir scénariste. Et je désire de tout mon cœur que tu réussisses. Mais tu ne vas pas avoir la tâche facile.

— Je sais.

Julie se refusait à poursuivre à voix haute le cours de sa pensée : elle n'avait aucune intention de renoncer. Il était hors de question pour elle d'intégrer l'écurie d'auteurs de Mayer, hors de question de passer ses journées à marteler sans but le clavier d'une machine à écrire. Elle voyait plus loin. Et visait plus haut.

Rose la tira de ses songes.

— Quand je dis que tu as « peur » d'Andy, comprends-tu ce que je sous-entends ?

— Pas vraiment, non…

— Eh bien… Je me dis que tu as peut-être peur qu'il te dissuade de mener la carrière dont tu rêves. Penses-y.

*

Julie réfléchissait à cette question, à ce point absorbée dans ses cogitations qu'elle faillit passer devant le plateau sans s'y arrêter. Mais George Cukor, justement, en gravissait les marches, les mains dans les poches, la tête basse. Il salua d'un geste un perchiste qui, en retour, lui lança un bonjour retentissant – tout le monde, ici, chérissait le réalisateur. Julie se hâta dans son dos, troublée par la distraction dont elle venait de faire preuve. Quelques minutes plus tard, elle se serait cassé le nez contre les portes insonorisées qu'on aurait fermées entre-temps et n'aurait pu entrer.

Une fois à l'intérieur, elle cligna des yeux, désorientée par la pénombre soudaine. Elle se cramponna à quelque chose, le temps pour sa vision de s'adapter aux conditions nouvelles. Enfin, elle distingua les perches, récente et merveilleuse invention – à leur extrémité se trouvaient fixés des micros, que les perchistes promenaient en suivant les acteurs, permettant à ces derniers d'effectuer des mouvements moins contraints que naguère, plus naturels à présent ; une véritable révolution, selon Andy. Il régnait sur le plateau un silence absolu. Imposant.

Julie y découvrit l'escalier du logis de Tante Pittypat Hamilton. Le souffle lui manqua : nulle façade ici, rien que l'intérieur d'une demeure élégante. L'illusion était parfaite. Rampes ouvragées, tandis que de part et d'autre de la grande fenêtre du palier se donnaient à voir d'épaisses tentures vert olive. L'éclairage, le tapis d'escalier… L'ensemble du décor se révélait à la fois accueillant et étrangement sombre – une atmosphère seyant à la terrible scène qu'on allait y tourner.

Sur le plateau l'on s'affairait, plusieurs membres de l'équipe allaient butinant parmi le matériel, procédant aux ultimes réglages, aux dernières vérifications, non sans jeter de loin en loin des coups d'œil en direction de la femme assise sur le palier. Julie dut se concentrer davantage pour identifier Vivien Leigh. Celle-ci, qui se balançait d'avant en arrière sans cesser de murmurer à voix basse, paraissait tendue. Désemparée.

C'est alors que George Cukor émergea de la pénombre pour gravir l'escalier avec lenteur, afin de rejoindre l'actrice. Cukor, qui n'était pas bien grand, avait en outre un peu d'embonpoint, et ses lunettes à la monture noire lui glissaient continuellement sur le nez. Mais lorsqu'il s'agenouilla devant la jeune femme, qu'il lui prit la main avant de se mettre à parler, cette dernière sembla, en l'espace d'un instant, littéralement hypnotisée. Elle écoutait, acquiesçait de la tête… Bientôt, elle sourit.

— Quel magicien, murmura un cameraman. Ce type connaît les femmes.

Quelques minutes après leur conversation, Vivien Leigh se remit debout, lissa le tissu de sa robe, puis vint, sans hâte, prendre sa place au pied de l'escalier. Son expression changea. Elle se pencha sur la rampe, rompue et dévastée.

L'actrice venait de se métamorphoser en Scarlett – une fois encore, Vivien avait disparu.

George Cukor exigea le silence, les cameramen se penchèrent derrière leurs engins. Un technicien leva bien haut le clap, avant de se tourner vers le réalisateur. Sur un signe de ce dernier, il fit claquer sèchement l'une contre l'autre les deux planchettes, si fort que Julie sursauta.

Scarlett, la robe déchirée, couverte de poussière suite à son périple dans les rues d'Atlanta, s'engage dans l'escalier, avec, sur les épaules, le poids de l'horreur dont elle a été le témoin. La ville est en train de tomber aux mains des Yankees. Mélanie s'apprête à accoucher, mais le médecin, débordé, a refusé de venir. Scarlett annonce alors à la domestique :

— Prissy, tu vas être obligée de te débrouiller toute seule. Je t'aiderai.

Butterfly McQueen, qui joue le rôle de Prissy, glapit :

— Oh, c'est affreux, il faut chercher un docteur ! Je sais pas comment on fait pour les bébés.

Scarlett la fusille du regard, le visage luisant de sueur :

— Explique-toi. Tu m'as pourtant dit le contraire devant le Dr Meade.

— Je sais pas comment ça se fait j'ai menti !

Scarlett enrage. Mue par le désespoir et l'effroi, elle lève la main pour frapper la jeune domestique, l'abaisse prestement vers le crâne couvert d'un fichu de Prissy. Celle-ci laisse échapper des cris mêlés de pleurs.

— Coupez ! ordonna George Cukor d'une voix puissante. Le cri était épatant, Butterfly. Nous ajouterons au doublage le son de la calotte.

Butterfly McQueen opina, rajusta son fichu, puis s'assit non loin du plateau, dans un fauteuil en toile. Vivien Leigh lui adressa quelques mots avant de prendre place à côté d'elle. Elle accepta le verre d'eau que lui tendait la scripte. Elle se mit à bavarder avec Butterfly de la pluie et du beau temps.

Julie, que ce passage instantané d'un univers à un autre étourdissait, demeura quelques instants bouche bée.

— Étais-tu persuadée que Scarlett allait gifler Prissy pour de bon ?

Elle reconnut aussitôt la voix. Se retourna, déjà troublée. Les traits empreints de cette décontraction teintée d'ironie dont il ne se départait pas, Andy portait une chemise froissée, au col déboutonné. Pas de cravate. Les mains dans les poches, il fixait la jeune femme sans ciller.

— Je le croyais, en effet, répondit-elle.

— McQueen a décrété à Cukor que si elle se prenait une vraie raclée, elle ne crierait pas. Elle déteste déjà son rôle d'attardée, alors il n'était pas question pour elle de supporter une pareille humiliation. D'ailleurs, la décision n'était pas bien difficile à prendre. Surtout qu'on peut déjà supposer que Cukor va leur faire refaire la scène une bonne douzaine de fois. La pauvre gosse aurait terminé la journée avec le cerveau en compote. Ce qui aurait été d'autant plus dommage qu'elle compte parmi les personnes les plus intelligentes actuellement présentes sur ce plateau.

— Andy…

— Je sais. Après réflexion, peut-être penses-tu que tu as un peu dramatisé ?

Il leva l'index pour l'empêcher de répondre.

— C'est d'accord. J'accepte tes excuses. Acceptes-tu les miennes ?

Plongeant son regard dans celui de l'homme, elle y vit brièvement passer un petit quelque chose… Une lueur d'humour ? Elle n'en était pas certaine. Andy possédait le don de paraître toujours plaisanter, y compris quand il était sérieux.

— Je ne sais pas quoi dire. Je n'ai pas dramatisé.

— Soit. Je te l'accorde. Voilà qui confère à mes excuses une portée assurément plus large que tu ne devais t'y attendre. Elles valent pour tout ce que j'ai fait ou ferai à l'avenir pour te mettre mal à l'aise ou te meurtrir. Cela te suffit-il ?

Il tendit la main pour lui effleurer la joue.

— Ce contrat me paraît correct, commenta-t-elle, le cœur battant.

— Il contient pourtant une anomalie, car il me donne le droit de te fâcher, au point, éventuellement, de te faire sortir de tes gonds. Du moment que je ne t'embarrasse pas, du moment que je ne te blesse pas, tu peux toujours avoir envie de me tuer, mais le contrat ne couvre pas ce cas de figure. Alors… Cela te convient-il quand même ?

Elle acquiesça d'un hochement de tête.

Un cameraman siffla dans leur direction, avant de s'esclaffer.

Andy retira sa main de la joue de Julie :

— Il ne m'est pas possible de t'embrasser ici, mademoiselle Crawford. Mais je le ferai ce soir, promis, si tu m'en donnes la permission.

*

Sa maison, de verre et de bois sombre, se cramponnait à une falaise, dans le quartier d'Hollywood Hills, surplombant les éclairages qui, la nuit, illuminaient Los Angeles. La façade en était dépouillée, presque spartiate, mais Julie vivait ici depuis maintenant assez longtemps pour savoir que la plupart des demeures en équilibre sur les falaises avaient été spécialement conçues pour se fondre dans le décor de leurs flancs escarpés.

Elle entra, effectua quelques pas sur le sol de marbre, curieuse de découvrir ce que la maison d'Andy allait pouvoir lui raconter à son sujet.

L'endroit n'était pas grand, chichement meublé, mais ces meubles témoignaient du goût prononcé de leur propriétaire pour l'épure et l'originalité. Canapé de daim noir, bureau en chêne, lampes aux formes géométriques audacieuses. Julie, attirée par la table de travail, en caressa le bord impeccable et ciré.

— Le Corbusier est l'un des fondateurs de l'Art Déco, laissa tomber Andy.

— C'est beau. Très moderne.

— Merci.

Il traversa la pièce en direction d'un petit bar orné de miroirs, vaguement mal à l'aise, pour s'y emparer, sur l'une des étagères, d'une carafe en cristal contenant du brandy.

— Tu m'accompagnes ? suggéra-t-il.

Elle accepta, avant de se déplacer, manière de se donner un semblant de contenance, vers la fenêtre, d'où elle contempla la ville en contrebas. Elle l'avait imaginé dans un tel environnement. Un cadre qui eût à voir un peu avec le raffinement hollywoodien, tout en faisant la part belle au style comme aux vertus de l'intellect. Un cadre fort éloigné des têtières sur le dossier des fauteuils, des tentures de brocart, si lourdes, si épaisses qu'elles interdisaient à la lumière d'entrer. La jeune femme chercha du regard des photographies, des objets personnels. En vain. À l'exception d'un superbe tableau figurant une jeune femme en bleu tenant une mandoline. Les lignes étaient osées, presque rudimentaires à la fois, et cependant sensuelles.

— Qui a peint cela ? s'enquit-elle en désignant la toile du doigt.

— Tamara de Lempicka. Une Polonaise, qui vit ici. L'une des coqueluches d'Hollywood. On la surnomme « la baronne au pinceau ». En sorte que ma malheureuse petite toile se trouve déjà reléguée au rang des clichés hollywoodiens.

— Pas aux yeux de quelqu'un qui l'admire pour la première fois.

Elle s'empara du verre de brandy qu'il lui tendait.

L'œil d'Andy étincela – il était à son affaire.

Julie, pour sa part, repéra un magazine sur une table basse.

— *Revue juive contemporaine* ? lit-elle tout haut, une pointe de surprise dans la voix.

— Tu trouves que ça ne colle pas avec le reste ?

— Cela colle parfaitement si cela reflète ta personnalité.

— C'est le cas. Tu n'as tout de même pas oublié que j'étais juif ?

Il se glissait dans son ton une mince nuance de défi.

— Inutile de me poser ce genre de question.

Andy saisit le magazine, qu'il feuilleta avant de le replacer sur la table :

— Cela me permet de me tenir au courant de ce qui se passe actuellement en Europe.

Julie se rappela les récriminations de son père, les dis–cussions enflammées à l'université, qui toutes avaient pour sujet l'éventuelle entrée en guerre des États-Unis si, comme cela était à prévoir, un conflit éclatait en Europe.

— Tu t'es rendu là-bas, observa-t-elle. Tu en as vu davantage que nous tous.

— Je n'ai fait qu'entrapercevoir ce qui était en train de se tramer.

— Que s'est-il passé pendant ton séjour ?

Il regarda un moment par la fenêtre avant de répondre :

— Quelque chose changeait, remplacé peu à peu par autre chose. Cette transformation était perceptible dans l'air qu'on respirait. Non qu'on pût en sentir l'odeur ou le goût, mais ce changement en cours se devinait derrière tous les visages souriants. Et puis c'est devenu réellement palpable.

Il se promenait à bicyclette dans Berlin, lui raconta-t-il, par une belle journée ensoleillée. Au coin d'une rue, il découvrit un groupe d'assaut inféodé à Hitler, qui se déplaçait sur le trottoir en bombant le torse. Les passants qui croisaient leur chemin s'écartaient. Les grands-parents d'Andy détestaient ces brutes, des voyous qu'à présent l'on appelait Chemises brunes. Ils sillonnaient la ville, bousculaient les gens, se moquaient d'eux, les obligeaient à faire le salut nazi. Un vieil homme s'approcha, l'instinct et la vue troublés par le soleil éclatant qu'il avait dans les yeux. Ils lui firent un croche-pied. Puis partirent d'un gros rire. Andy freina, s'arrêta, prêt à en découdre avec les vauriens. Des brutes, répétaient ses grands-parents, ce ne sont que des brutes. Ils n'aiment pas les juifs, disaient-ils encore. Arrange-toi pour ne pas te frotter à eux.

Cela dit, ils s'en prennent à quiconque possède un nez proéminent. Fais bien attention.

— Ils s'en étaient déjà payé une bonne tranche. Alors ils se sont contentés de rire encore, puis ils se sont éloignés. Moi, je suis resté planté là, comme une pauvre cloche d'Américain que j'étais.

— Pourquoi… ?

— Pourquoi je ne leur ai pas couru après ?

Il lui adressa un sourire chargé de mélancolie.

— Parce qu'autour de moi, personne n'a réagi. Oh…, j'ai aidé le vieil homme à se relever, avant de le raccompagner chez lui. Les passants se dépêchaient. Tout juste s'ils avaient daigné jeter un coup d'œil. Même chose pour les quelques policiers présents dans le secteur. Une scène de rue comme tant d'autres. Rien que de très banal. Personne n'était choqué.

— Et tes grands-parents ?

— J'ai tout fait pour les convaincre de rentrer aux États-Unis en même temps que moi. Mais ils m'ont répondu que je dramatisais la situation. Que le gouvernement maîtrisait les Chemises brunes. Et que chez eux, c'était Berlin.

Il baissa les yeux sur son verre.

— Ils vivent toujours là-bas. Et comme mon frère m'a assuré qu'en France, on ne rencontrait pas ce genre de problème, il y est resté, lui aussi.

Julie lui prit la main – elle s'avisait soudain que, durant les échanges amicaux mais enflammés à la réception chez Mankiewicz, Andy avait gardé le silence.

— D'après toi, que faudrait-il faire ?

— S'il te plaît… Je sais bien que ce n'est pas ton intention, mais je t'en prie, ne me soumets pas à une espèce d'interrogatoire feutré.

Il s'exprimait calmement :

— Je ne supporte plus les demi-mots. On est en train de chasser les juifs de chez eux. Ils perdent leur emploi les uns après les autres. Les nazis exigent qu'on cesse de fréquenter leurs boutiques. On brise leurs vitrines, on se livre à des bastonnades une fois la nuit tombée. La situation empire de jour en jour.

— Selon toi, il faudrait donc que Roosevelt déclare la guerre à l'Allemagne ?

— Plutôt deux fois qu'une ! Si on le laisse agir à sa guise, Hitler va faire main basse sur l'Europe tout entière. Je voudrais tellement pouvoir venir en aide à mes grands-parents…

— Tu ne peux vraiment rien faire ?

Il sourit d'un air las.

— Ma petite Julie…

— S'il te plaît, s'agaça-t-elle, piquée au vif par ce qu'elle tenait pour de la condescendance. Réponds-moi.

— Pardon. Eh bien… Je crois malheureusement qu'il est déjà trop tard. Mais je ne désespère pas de faire quitter la France à mon frère. Je peux toujours graisser la patte à quelques hauts fonctionnaires, signer des déclarations sous serment pour sa famille… Hélas, les juifs ont de plus en plus de mal à obtenir des visas. Personne ne souhaite regarder la vérité en face. Ce qui me met particulièrement en rogne, ce sont les juifs de cette ville, qui n'ont aucune envie d'aborder la question eux non plus. Des types comme Mayer sont prêts à jurer qu'ils ne sont pas juifs. Parce que ça pourrait nuire à leurs affaires.

— C'est inadmissible.

— Hélas… Dans le fond, on ne peut que leur donner raison. Il n'y a pas que les juifs d'Europe qu'on méprise. Nous non plus, on ne nous aime pas. Seulement, les Américains cachent mieux leur antisémitisme que les Européens.

Il fit surgir une cigarette du paquet rangé dans sa poche de poitrine, l'alluma, aspira une ample bouffée.

— Et je suis prêt à parier que cela ne te surprend pas.

Il avait détourné les yeux, ce dont Julie lui sut gré, car assurément, le souvenir des plaisanteries sur les juifs qu'elle avait entendues ici et là depuis toujours, y compris à la table familiale, devait se lire sur son visage. Elle se sentit un peu honteuse.

— Je suis navré, intervint son hôte. Je n'avais pas prévu de t'imposer ce discours assommant.

— Tu ne m'as pas assommée. Tu t'es contenté de me rapporter des faits que, de toute façon, je devrais connaître.

— Tes parents ne verraient pas notre relation d'un très bon œil…

Il ne s'agissait pas d'une question.

— Andy, je t'en prie. Ne me confonds pas avec mes parents.

Il soupira.

— Julie, Julie…

Ils se turent pendant un moment.

— J'ai peut-être eu tort de t'amener ici, finit par hasarder le garçon.

Il se laissa tomber dans le canapé, avala une copieuse gorgée de brandy.

Son invitée s'installa près de lui.

— Pour quelle raison ?

— Parce que je me suis trop exposé. Cette maison t'a révélé certains secrets que je préfère garder pour moi.

— Cette maison, fit-elle avec douceur, m'a appris que tu appréciais les environnements à la fois contemporains et pleins de simplicité, et…

Elle passa un doigt sur le daim noir du canapé.

— Elle m'a soufflé également que tu aimais les matériaux de qualité… et que tu n'avais pas de chien.

Il haussa un sourcil en accent circonflexe.

— Comment peux-tu être si sûre que je ne cache pas un berger allemand dans ma cuisine ?

— Je ne vois nulle part le moindre poil.

Il se mit à rire. L'un et l'autre se détendaient peu à peu.

— Cette maison nous indique aussi, enchaîna-t-il lentement, que nous sommes très différents l'un de l'autre, et que nous ne menons pas notre vie de la même façon.

— Nous ne sommes pas venus ici pour dîner, n'est-ce pas ?

— Dans le cas contraire, éprouverais-tu de la déception ?

Julie, soudain, n'eut plus envie de jouer. Trop fatigant.

— Andy… Nous ne sommes pas des acteurs en train de débiter leurs répliques dans un film. Embrasse-moi, je t'en prie. À condition que tu me donnes autre chose qu'un baiser de cinéma.

Il l'attira à lui. Lui offrit un baiser tout ensemble fureteur et langoureux – paisible invitation à des plaisirs alléchants, dont les codes, cependant, échappaient à la jeune femme. Lorsqu'il fit glisser sa main de sa gorge à l'un de ses seins, sur lequel il referma ses doigts en coupe, elle se demanda, tant il tambourinait dans sa poitrine, s'il entendait battre son cœur.

Elle se pendit à son cou.

— Tu es sûre ? murmura-t-il.

Oui, oui…

— Ta politesse t'honore.

— Où est donc passée la gamine bien sous tous rapports originaire de l'Indiana ?

— Elle a fait ses valises, puis elle est rentrée chez elle.

La jeune femme se cambra.

— Mais alors… qui donc suis-je en train de serrer dans mes bras ?

— Moi.

Il la renversa sans brusquerie contre les coussins du canapé, d'une main flânant toujours sous son corsage. Il se trouvait à présent au-dessus d'elle. Elle huma le parfum vigoureux de son après-rasage, découvrit la douceur de sa peau… Et voilà qu'il avait déboutonné son chemisier. La bouche d'Andy effleura un mamelon… Il allait sans hâte, soucieux d'obtenir, à chacune des étapes, l'accord de sa partenaire…

Sa main se faufila plus bas encore. Elle ne s'y opposa pas.

— Allons-y, souffla-t-il.

Il se remit debout, la porta jusqu'à sa chambre.

Julie ferma les paupières. Son cœur battait à présent si fort qu'il lui semblait que, sous peu, il bondirait hors de sa cage thoracique. C'était Andy. C'était lui. Lui qu'elle désirait. Qu'elle avait désiré depuis leur premier dîner au Chasen's. Elle avait chaud. Elle flottait au paradis des délices. Allait-elle souffrir ? Peu lui importait – elle voulait dire adieu à sa virginité.

*

La sonnerie du téléphone s'insinua lentement dans les profondeurs de son sommeil. Elle s'éveilla peu à peu, jouissant de la douceur et du goût de la peau d'Andy, du poids de son corps sur le sien. Elle émergea d'une brume sereine.

— Andy… Ton téléphone est en train de sonner.

Il tendit une main molle vers le combiné.

— Allô ?

— C'est fait, claironna une voix, si fort que Julie l'entendit et l'identifia sur-le-champ.

Doris ? En une fraction de seconde, la jeune femme était réveillée pour de bon.

— Merde, murmura Andy.

— Qu'est-ce qui est fait ? s'enquit Julie dans un souffle.

Elle tira le drap sur son corps nu, le cramponna, vulnérable tout à coup, à cause de cette voix criarde et si pleine d'assurance qui pénétrait son intimité à travers l'écouteur.

— Tu n'es pas seul ?

Andy ignora la question.

— Qu'est-ce qui va se passer maintenant ?

— Tout va s'arrêter dans la matinée. Gable ne peut pas ne pas être au courant.

— J'imagine.

— Sur ce… J'ai du pain sur la planche. D'ici quelques heures, l'*Examiner* paraîtra aux quatre coins de la ville. Juste à temps pour gâcher le petit déjeuner à tout le monde. Et provoquer une épidémie de crises cardiaques aux studios.

— Assurément, confirma Andy avec un haussement d'épaules.

— Selznick ne va pas tarder à lui trouver un remplaçant, caqueta de nouveau la voix à l'autre bout du fil.

— Il passe son temps à virer les gens, gloussa doucement Andy. Tu le sais aussi bien que moi. On se voit au bureau.

Il raccrocha, contempla le plafond pendant quelques secondes.

Julie s'assit, troublée. Il paraissait avoir totalement oublié sa présence à ses côtés.

— Que s'est-il passé ? parvint-elle à articuler. Pourquoi Doris t'appelle-t-elle à une heure pareille ? N'as-tu pas droit à un minimum de vie privée ?

Ignorant le ton acerbe de la jeune femme, il s'empara d'une cigarette, qu'il alluma avant de s'asseoir auprès d'elle.

— Cukor a été débarqué, laissa-t-il tomber sur un ton égal.

— Oh, mon Dieu… Et le film ? Que va-t-il devenir ?

— Nous n'allons pas tarder à le savoir.

Il effleura ses cheveux, lui piqua un baiser léger sur le front.

— Habillons-nous. Je te ramène chez toi, fillette.

*

Elle ne put fermer l'œil. Lorsqu'il l'avait raccompagnée à la pension de famille, Andy s'était montré prévenant, mais préoccupé. Rose dormait. C'est donc seule que Julie se remémora cette soirée passée dans le lit d'Andy. Elle frissonna. De plaisir et d'effroi. Lorsqu'elle se tenait les paupières closes, elle entendait la voix de sa mère, égrenant la liste des périls à quoi s'exposait celle qui avait perdu sa virginité. Un jour, Julie l'avait interrogée : « Ça fait quel effet, le sexe ? » Sa mère avait pincé les lèvres, cherché une réponse susceptible de ne pas dégoûter sa fille sans la tenter non plus. « Ce jour-là, avait-elle fini par déclarer, tu te sentiras pleinement femme. »

Dès lors, elle s'en était remise aux romans érotiques pour découvrir une réponse moins absconse à sa question.

À présent… qu'éprouvait-elle au juste ? Se sentait-elle prête à toutes les audaces ? Se sentait-elle comblée ? Ravie ? Avait-elle rêvé d'une expérience presque surnaturelle, qui l'eût entraînée vers les plus hautes cimes de l'extase ? Elle enfouit son visage dans son oreiller. Pour être tout à fait honnête, elle n'avait rien vécu de tel. Il lui semblait avoir été autorisée à pénétrer dans une région nouvelle, mais il lui restait maintenant à s'y frayer un chemin, en dépit de ses maladresses. L'on parlait dans cette contrée une langue inconnue d'elle. Si elle se rappelait Andy en train de la serrer contre lui, Andy en train de la caresser… Tout cela, assurément, s'était révélé exquis. Tendre. Mais elle avait eu mal – un petit peu seulement, certes. Ce qu'elle avait vécu quelques heures plus tôt était-il à la hauteur des descriptions alléchantes dénichées dans les romans coquins qu'elle dévorait jadis au lycée ?… Sans doute pas.

Peut-être devait-elle se résoudre à admettre qu'elle se sentait un peu déçue. Bien que, si Andy lui eût proposé dans la minute même de recommencer, elle eût immédiatement accepté. Les impressions qu'elle éprouvait, au terme de cette première fois, étaient-elles conformes à ce qu'il convenait de ressentir en pareille circonstance ? De cela, elle ne pouvait s'entretenir qu'avec Rose. Hélas… Rose risquerait d'être choquée.

Chaque fois que ses pensées dérivaient en direction de Doris, elle se hâtait de leur barrer la route. Vers 6 heures du matin, elle commença de songer à George Cukor.

6

Le lendemain matin, lorsqu'elle s'extirpa de son lit pour se rendre à la salle de bains, les yeux de Julie la piquaient, et l'intérieur de son crâne lui semblait palpiter. Elle se figea brusquement, la brosse à dents à la main, le regard rivé à l'appui de fenêtre de la pièce commune. Repoussée contre la vitre était une vieille machine à écrire Corona Standard dont quelqu'un avait décidé de se débarrasser. Ses touches étaient jaunies, le levier de retour chariot ne tenait plus que par une seule vis, mais l'engin trônait là fièrement, empreint de dignité, attendant avec flegme de partir à la poubelle.

Ce fut pour Julie comme un cadeau de Noël en décalé. Elle pressa quelques touches. Le ruban, quoique décoloré, dispensait encore de l'encre. Sous la fenêtre se trouvait un bureau, dont la jeune femme ouvrit timidement l'un des tiroirs. Du papier. Du papier blanc. Immaculé, brillant. Vierge. Avec d'infinies précautions, elle glissa une feuille dans la machine, la contempla un moment, puis se mit à frapper les touches. Lentement.

Lorsque Julie consulta la pendule, elle constata dans un sursaut qu'une heure venait de s'écouler. Elle ne s'était même pas lavé les dents. Elle n'avait pas encore pris sa douche !

Mais tandis que, vingt minutes plus tard, elle courait pour s'en aller prendre le bus, elle continuait à ressasser des songes creux, au lieu de se concentrer sur *Autant en emporte le vent*. Réfléchis, s'ordonna-t-elle. Peut-être Selznick n'avait-il congédié George Cukor que pour faire plaisir à Clark Gable, mais dès lors, les conséquences se révélaient colossales. À moins que le producteur n'engageât un autre réalisateur dans les plus brefs délais, des employés compétents, aujourd'hui même, devraient prendre la porte à leur tour. Des employés dont, pourtant, le salaire était loin d'égaler le cachet des acteurs. Des secrétaires, des scriptes, des éclairagistes… Autant de petites mains dont la paye leur servait à nourrir leurs enfants. Autant d'anonymes dont celles et ceux qui fréquentaient les cinémas n'entendraient jamais parler.

Ayant atteint le quartier général de la Selznick International Pictures, elle découvrit des ouvriers, réunis en petits groupes, qui à intervalles réguliers regardaient par-dessus leur épaule, comme dans l'attente d'une tempête. Nombreuses étaient les femmes à se tamponner les yeux avec un mouchoir.

Dans les bureaux du service de la publicité, l'on allait de droite et de gauche sans plus savoir quoi faire. Par l'entrebâillement de la porte du bureau de Selznick, la jeune femme reconnut Olivia de Havilland et Vivien Leigh, toutes deux plantées devant la table de travail du producteur ; entre leurs larmes, elles suppliaient celui-ci de reprendre Cukor. L'une et l'autre, et de la tête aux pieds, étaient vêtues de noir.

— Elles ont appris la nouvelle pendant qu'elles se préparaient pour la scène du bal de charité à Atlanta, murmura Rose.

Elle s'abstint de tout commentaire quant au retard de son amie. Celle-ci en déduisit que la jeune femme ne devait pas dormir à poings fermés lorsqu'elle avait regagné la pension à pas de loup.

— David... David... Nous avons besoin de George, plaidait Olivia en pleurant, et elle élevait la voix afin que chacun pût l'entendre.

Elle ôta son chapeau, qu'elle jeta sur le bureau de Selznick.

— Et nous qui pensions enfiler nos habits de deuil pour tourner une scène !... Et voilà qu'en réalité, c'est notre réalisateur qu'il nous faut pleurer ? Pour l'amour de Dieu, David... George constitue l'âme et le cœur d'*Autant en emporte le vent*. Vous ne pouvez pas le congédier !

— Je pense pourtant en avoir le droit, répondit sèchement le producteur, qui se dirigea vers la porte pour la fermer, sans violence mais avec fermeté.

— Il ne changera pas d'avis, prédit Doris.

Assise à son bureau, l'œil rivé à la porte de Selznick, elle arborait un sourire crispé.

— Elles peuvent toujours se démener autant qu'elles veulent. Ça ne changera rien. Il a décidé de suspendre momentanément le tournage. Pour flanquer la frousse à tout le monde.

Elle tourna la tête ; Andy se tenait dans son dos.

— Qui, selon toi ?

— Facile : Fleming. Il est en train de boucler *Le Magicien d'Oz*.

Doris opina avec satisfaction :

— C'est aussi à lui que je pensais.

— D'ici combien de temps ?

— Je dirais deux semaines.

— Par ailleurs, je parie que Vivien et Olivia ont gardé leur tenue de deuil pour appuyer leurs revendications.

Doris s'esclaffa :

— J'ai supposé la même chose.

Leur suffisance exaspéra soudain Julie :

— À l'évidence, vous pouvez vous passer de moi pour faire la conversation.

Elle fit volte-face, mais comme elle allait se diriger vers la sortie, Andy la retint par la main :

— Que se passe-t-il, voyons ?

— J'en ai assez que vous m'ignoriez, tous les deux.

Un sourire s'épanouit sur les lèvres de l'homme qui, ramassant ses doigts en poing, fit mine de décocher un crochet au menton de Julie.

— Eh bien, eh bien… Serait-on un peu jalouse ?

Elle s'empourpra, tentant de se répéter qu'elle n'avait strictement rien à exiger de ce garçon… mais ses yeux s'emplirent de larmes.

— Nous avons partagé quelque chose et…

Elle s'interrompit.

Il la fixa avec attention :

— Tu es une jeune fille respectable.

Elle ne sut que répondre.

— Écoute, enchaîna Andy. J'ai une idée. Cet après-midi, on fait l'école buissonnière. J'ai envie de t'emmener quelque part. Dans un endroit très spécial. Qu'est-ce qui te plairait ?

— Tu es sérieux ?

Carole Lombard lui avait dit plus tôt de prendre sa journée.

— Ils n'ont pas besoin de moi ici pour les lamentations. George survivra, tu peux me croire. Le film aussi. Allons, indique-moi une chouette destination, et je t'y conduis. Chez Laury's ? Chez Du-Par's ? Au Brown Derby ? À Malibu ? Au Gilmore Field Stadium ? Il n'a pas encore été inauguré, mais les Hollywood Stars sont en train de s'y entraîner. En tout cas, il me faut un endroit où tu n'as encore jamais mis les pieds. Alors ?

— D'accord…

Elle adorait l'entrain dont il faisait preuve à présent.

— Attends un peu que je réfléchisse…

Mais c'était tout réfléchi.

— Je te préviens, tu vas te moquer de moi.

— Non, je rirai sous cape, promis.

— Le panneau. Le panneau *Hollywoodland*.

Il parut d'abord étonné, puis de la méfiance passa sur ses traits.

— C'est vraiment là-bas que tu as envie d'aller ?

— Oui. Je veux voir ça de près.

Son imagination lui jouait-elle des tours, ou hésitait-il tout à coup ?

— Tu aurais préféré que j'opte pour le Gilmore Field Stadium ? le taquina-t-elle.

— Il faut reconnaître qu'il est plus impressionnant que le panneau.

— Pas pour une gamine de l'Indiana.

Il hésita encore une poignée de secondes, trop longtemps au goût de Julie, avant de la prendre par la main.

— Vendu, fillette. En route.

*

Moins d'une heure plus tard, la voiture sinuait à flanc de colline, longeant Beachwood Canyon.

— Puisque j'ai accepté de jouer les guides touristiques, souhaites-tu que je te donne quelques chiffres ?

Il peinait à conserver sa bonne humeur.

Julie opina, qui jamais n'aurait cru que le panneau, dont ils ne cessaient de se rapprocher, pût être aussi grand. Et tant pis pour ses émerveillements de provinciale ; elle les assumait.

— Chaque lettre mesure quatorze mètres de haut et neuf de large. On les a fabriquées puis installées en 1923 pour commercialiser un nouveau programme immobilier. J'ignore combien de terrains ils ont vendus, mais pour l'industrie du cinéma, ça a représenté une publicité considérable. Encore un ou deux virages, et tu vas comprendre ce que je veux dire.

Regardant autour d'elle, la jeune femme admira ces lieux désertés, les broussailles et les chênes, ainsi que, çà et là, quelques coquelicots d'un rouge très vif. Tout, ici, prospérait – ici, l'on ignorait ce qu'étaient les mornes hivers neigeux du Midwest. Elle ne rentrerait pas à Fort Wayne. Elle deviendrait scénariste. Et ses pensées de revenir aux pages qu'elle avait pondues ce matin dans l'urgence sur la vieille machine à écrire. Elle avait adoré voir l'ombre d'une idée prendre forme peu à peu sur la feuille de papier…

Andy s'arrêta brusquement sur le bas-côté de l'étroite route.

— Vas-y, lève le nez. Sommes-nous assez près, selon toi ?

Il tentait de mettre une pointe de légèreté dans sa voix.

— Ça y est, nous pouvons y aller ? Je meurs de faim, et on ne trouve pas le moindre restaurant dans le secteur.

La jeune femme lorgna à travers le pare-brise. « HOLLYWOODLAND. » Le gigantisme des lettres lui faisait l'effet d'un cri, d'un rugissement de triomphe. Les quelques maisons agrippées au flanc de la colline paraissaient minuscules par comparaison ; l'on eût cru des maisons de poupée. Julie demeurait bouche bée.

— Peut-on se rapprocher encore ?

Sans répondre, Andy redémarra, grimpa de nouveau. Soudain, il donna un coup de volant pour s'engager sur une piste de terre. Appuya sur le champignon.

— Désolé, ça risque de secouer un peu à partir de maintenant.

Le panneau les dominait, il se trouvait si près que Julie distinguait les vieux fils de fer qui tenaient ensemble les morceaux de métal. Certains d'entre eux, abîmés, un peu miteux, oscillaient à chaque souffle de vent. Tout au bout, adossée au H, se tenait une immense échelle.

Andy éteignit le moteur, posa le regard sur l'échelle, les traits immobiles.

— Ce n'est pas entretenu, constata Julie, déçue.

— L'entreprise immobilière se fiche pas mal de ce panneau, aujourd'hui. D'autant plus que tout ça n'a pas grande importance : il est rare que des gens s'en approchent de si près. Ça y est, cette fois ? Tu as eu ce que tu voulais ?

Mais la jeune femme s'obstinait à vouloir suivre sa première idée.

— Je parie que c'est de là-haut qu'on a la plus belle vue sur la ville, fit-elle en désignant l'échelle du doigt. Il y a bien des gens qui doivent grimper. Sinon, pour quelle raison y aurait-il une échelle ?

— Il y a un gardien. Il doit se trouver dans les parages. C'est un vieux bonhomme qui vit dans une cabane, au sommet de la colline. M'est avis qu'il ne tardera pas à se retrouver sans emploi.

— Tu m'as l'air d'en connaître un rayon sur cet endroit, s'étonna sa passagère. Tu es venu ici souvent ?

Il secoua lentement la tête.

— Une seule fois. Et ça m'a suffi.

— Tu te montres parfois aussi taiseux qu'un authentique cow-boy.

Elle ouvrit la portière, descendit prestement de la voiture en lui faisant signe de la suivre. Elle avait jusqu'alors accepté sans broncher trop de carcans. Elle ne désirait plus que de s'en débarrasser.

— Viens, tentons l'aventure. Histoire de nous offrir un tout petit frisson.

Il quitta le véhicule à son tour, tandis qu'elle courait en direction de l'échelle.

— Qu'est-ce que tu fabriques ?

— Je vais grimper à cette échelle. Allez, viens, Andy. Grimpe avec moi !

Ayant posé le pied sur le premier barreau, elle entama son ascension.

— Tu y as déjà grimpé avant aujourd'hui ?

Il se pencha en arrière pour observer le sommet.

— Non.

— Pourquoi donc ? En tout cas, maintenant, c'est mon tour.

Elle gravit quelques barreaux supplémentaires, leva le nez en l'air. Il n'était pas question pour elle de prendre peur en cours de route.

Andy, qui avait grimpé plus vite qu'elle, posa une main sur la sienne.

— Non, fit-il avec plus de fermeté que nécessaire.

— Pour quelle raison ? Tu as le vertige ?

Il lui adressa un sourire crispé.

— Quelle jeune fille convenable originaire de l'Indiana exigerait-elle d'un homme qu'il s'engage derrière elle sur une échelle, avec une vue imprenable sous sa jupe ?

Il ne semblait pas plaisanter.

— Et si nous nous asseyions plutôt devant le panneau, toi et moi, pour saluer toutes les fourmis qui s'empressent en contrebas et qui, forcément, ne manqueront pas de lever les yeux vers nous ? Ce serait un genre de métaphore, vois-tu…

Il ne soulevait toujours pas la main qui empêchait celle de Julie de saisir le barreau supérieur.

— D'accord, fit-elle.

Et elle redescendit. Andy, pour sa part, se détendit sur-le-champ. Il lui prit doucement la main pour l'entraîner, contournant les morceaux branlants du premier O, jusqu'au bord de la falaise, où ils s'assirent, adossés à l'échafaudage.

— Je ne voudrais pas gâcher ton plaisir, commença le garçon, mais il faut que je te dise quelque chose.

— De quoi s'agit-il ?

— Il y a quelques années, une femme a grimpé à cette échelle, puis elle s'est jetée du haut du panneau. Elle s'est tuée.

— Oh, mon Dieu, Andy, c'est horrible. Qui était-ce ?

— Rien qu'une gosse, qui rêvait de réussir à Hollywood. On lui a refusé un rôle dans une grosse production. Certains ont affirmé qu'elle ne l'avait pas supporté.

— Tu la connaissais ?

— Je l'avais croisée aux studios, nous nous étions salués de temps à autre.

Il contempla un instant les lettres vacillantes au-dessus d'eux.

— Cet endroit, c'est du vent. Hollywood, c'est du vent.

Un souffle d'air passa justement, qui fit s'entrechoquer les pièces de métal dont les lettres étaient constituées. Ils demeurèrent assis en silence – ils écoutaient la brise, observaient la vallée…

— Es-tu toujours éprise de Carole Lombard et de Clark Gable ? fit soudain Andy.

— Je pense qu'ils vont se marier dès qu'ils en auront la possibilité. Ils sont fous l'un de l'autre.

L'homme se tut.

— S'il te plaît, intervint Julie, n'ironise pas quand il est question d'amour.

Il lui pressa l'épaule avant de l'attirer contre lui.

— Je ne dis pas qu'ils ne s'adorent pas, mais ici, ce sont des mots qui n'ont pas beaucoup de signification. Deux acteurs se consacrent l'un à l'autre pendant un moment, puis chacun retourne à son public.

— Bon sang, Andy…

— La faim, par exemple, c'est une réalité. Mais cette réalité-là prend un autre sens à Hollywood.

Julie fit silence à son tour. Il n'était plus temps pour elle, et cependant elle avait initialement prévu de le faire ici même, de lui parler des vingt pages qu'elle avait dactylographiées le matin. Elle s'était sentie inspirée. Mais si elle s'en ouvrait à lui maintenant, il roulerait des yeux et se moquerait d'elle. Plus tard, peut-être. Une fois qu'elle aurait écrit une autre version. Peut-être le cynisme d'Andy se trouvait-il exacerbé par le licenciement de George Cukor.

— Est-ce que tu t'inquiètes pour ton travail ?

— Ça m'arrive. Mais je garde mon sang-froid en me répétant qu'ici, rien ne vaut la peine qu'on s'en rende malade. Comprends-tu comment ces choses-là fonctionnent ? Selznick ne désire qu'une chose : que tout le monde autour de lui crève de trouille. Il veut que la ville entière retienne son souffle. Ensuite, il engagera Victor Fleming. Louella et tous les lèche-bottes de son espèce s'extasieront en clamant qu'il s'agit là d'une excellente décision. Le tournage d'*Autant en emporte le vent* reprendra, et on ne cessera plus d'encenser Selznick. Son unique but est de s'approprier le film. Écoute... (Il pouffa.) S'il le pouvait, David jouerait lui-même le rôle de Scarlett. Il ferait tout pour exercer un contrôle absolu sur l'affaire.

— Il est ton patron. Ce n'est pas pour le film que je m'inquiète. C'est pour toi.

Il l'embrassa doucement sur le front.

— Alors, en avons-nous terminé avec cette petite escapade ?

— Tu changes de sujet.

— Quels sont vos désirs, madame ?

— Je suis en train de penser à cette pauvre jeune fille qui s'est jetée du haut du panneau. Fallait-il qu'elle se sente seule pour faire une chose pareille.

— Tu as raison. Il faut reconnaître qu'ici, le désespoir a tôt fait de vous tomber sur le paletot.

Il approcha son visage de celui de Julie, qu'il saisit entre ses deux mains, comme s'il avait souhaité de lui boucher les oreilles, songea la jeune femme, afin qu'elle n'entendît plus le murmure ensorcelant de la brise ni le cliquetis enjôleur des lettres de métal.

— Nous avons partagé quelque chose de très spécial, hier soir. Je ne suis pas particulièrement doué pour ce genre de discours. Mais avec toi, si. Julie…

Elle ferma les paupières. Ainsi, rien de ce qui s'était passé n'allait s'évanouir. Elle n'aurait pas à se mentir en se répétant qu'il s'agissait là d'une coucherie comme une autre, dénuée de toute importance…

— Ces moments ont énormément compté pour moi, murmura-t-elle.

— Je sais, commenta-t-il avec douceur. Ce soir ?

— Oui.

— Et…

— Et quoi ?

— Cette fois, ne te montre pas aussi avide de perdre ta virginité. Détends-toi.

Elle gloussa. Et comme il l'embrassait, dans un doux gémissement de plaisir ou de tristesse, tandis que le vent tourbillonnait autour d'eux, eux qui avaient la ville à leurs pieds, Julie pensa à toutes ces jeunes filles qui s'installaient à Hollywood avec des rêves plein la tête, et elle se demanda si ses songes à elle se révélaient aussi creux que les leurs.

*

Mercredi matin. Comme à l'accoutumée, le chaos régnait en maître dans la demeure de Carole Lombard. Comment, d'ailleurs, eût-il pu en être autrement, songeait Julie, avec ces deux teckels et ce pékinois, à quoi il fallait ajouter un cocker, un coq, deux canards, ainsi qu'une chatte prénommée Joséphine, qui n'entendait pas dormir ailleurs qu'auprès des chiens, fussent-ils consentants ou non ? Cette joyeuse ménagerie avait en outre accès à toutes les pièces de la maison, à l'exception du séjour, moquetté de blanc.

— J'ai mes limites, indiqua la propriétaire des lieux à son assistante, sans une ombre d'autodérision.

L'un des canards se mit à cancaner en battant des ailes. Carole éclata de rire, saisit entre ses mains la malheureuse créature effarée, qu'elle embrassa. Le volatile s'en fut, et l'actrice se tourna vers Julie :

— Vous devez en avoir par-dessus la tête de m'entendre répéter ça, mais je vous assure que je suis au paradis.

Incapable de résister plus longtemps, Julie étreignit cette femme pétulante, qui jamais ne mâchait ses mots, qui jamais n'éludait une question – cette étreinte lui fut, sans surprise, rendue au centuple, avec l'exubérance de rigueur.

— Et maintenant, si nous parlions un peu de votre emploi ? fit Carole, tandis que le cocker passait, pourchassant le chat. Est-ce que vous êtes contente ?

Julie sourit.

— Je suis ravie de travailler pour vous. Mais, pour tout dire… je n'ai pas grand-chose à faire.

— Dans ce cas, je vous accorde une promotion : en plus d'être mon assistante, vous allez devenir ma dame de compagnie, ma conseillère…

— Votre conseillère ?

— Bien sûr. Exemple : dois-je continuer à interdire l'accès du séjour aux animaux ?

— Oui.

— Vous voyez ? Vous venez de me donner un conseil. Avez-vous commencé à écrire ?

Julie acquiesça, brusquement mal à l'aise.

— Pour *Autant en emporte le vent* ?

— Non. Il s'agit d'autre chose.

— Est-ce que je peux vous pousser au derrière ?

— Je n'en sais rien – la jeune femme hésitait. Cela parle de la manière dont on peut réussir à survivre dans un monde imaginaire. Je ne suis pas encore très sûre de moi.

— Dans ce cas, ne montrez rien à personne pour le moment. Mais continuez sur votre lancée. Vous n'allez quand même pas végéter ici jusqu'à la saint-glinglin.

— Je préfère encore me trouver ici qu'à Fort Wayne.

Carole Lombard sourit. Leur commune détestation de leur ville natale leur avait permis d'emblée de tisser un lien puissant.

— Moi aussi, ma chérie.

Après quoi elle ajouta, avec moins de précipitation :

— Je revois encore les visages de tous ces pauvres diables qui s'étaient mis à mendier dans les rues en 1929, quand je suis retournée là-bas pour rendre visite à mes grands-parents. La moitié du pays se retrouvait au chômage. Vos parents, comment les décririez-vous ? Ils vous ont inscrite dans une université plutôt chicos, n'est-ce pas ?

Les pensées de Julie filèrent, l'espace d'un instant, vers la demeure familiale. Ses parents étaient de braves gens. Ils avaient fait de leur mieux. Jamais elle n'eût fréquenté l'université, si son père ne s'était obstiné à l'élever comme un garçon. Et elle ne se trouverait pas ici, à l'heure qu'il était, si sa mère n'avait elle-même rêvé, jadis, de faire carrière dans l'industrie du cinéma. Ce désir d'autrefois, qu'elle lui avait confié le jour de son départ pour Hollywood, avait beaucoup surpris la jeune femme. Il y eut encore autre chose : tandis que sa mère l'embrassait à la gare, qu'elle la serrait contre son cœur, l'enveloppant délicatement d'effluves de Chanel N°5, elle lui avait murmuré : « À Hollywood, ils sont tous démocrates, ma chérie. Ne le répète pas à ton père, mais j'ai voté pour Mr Roosevelt. »

— Quel choc, commenta Julie après avoir narré l'anecdote à Carole, puis elle se mit à rire : c'était comme si elle m'avait révélé le plus intime de ses secrets.

L'actrice s'esclaffa :

— Si je comprends bien, votre mère possède un cerveau qui n'appartient qu'à elle. Même si les conventions l'obligent à le cacher.

— Avez-vous de la peine pour Cukor ? se hasarda Julie.

— Non. De toute façon, George aura tôt fait de retomber sur ses pattes et David, lui, obtiendra de Clark de bien meilleurs résultats avec un autre réalisateur. Et ça, c'est bon pour le film.

Elle secoua la tête.

— Mon bonhomme est si délicieusement pataud. Vous étiez au courant qu'il ne savait pas danser ?

— Non, je l'ignorais.

— Pendant qu'il tournait *La Ronde des pantins*, jc lui ai fait livrer une tenue complète de danseur de ballet, à laquelle j'ai fait ajouter une paire de sandales trop grandes pour lui. Histoire de le faire marrer un peu et de le détendre. Mais il est terrifié par la scène du bal dans *Autant en emporte le vent*. J'ai bien essayé de lui donner quelques cours, mais il est trop coincé, le pauvre chou.

Elle effectua une parodie de valse autour de la pièce, en compagnie d'un cavalier imaginaire.

— Un, deux, trois. Un, deux, trois.

Elle glapit :

— Clark ! Tu me marches sur les pieds !

Comme Julie commençait à pouffer, l'on se racla la gorge non loin d'elle. Les deux femmes se tournèrent en chœur, pour découvrir Clark Gable sur le seuil de la pièce – il avait les joues rouges :

— Je suis aussi mauvais que ça ? s'enquit-il d'une voix navrée.

Pour toute réponse, Carole ouvrit les bras en se dirigeant vers lui.

— Julie, s'il vous plaît, faites donc marcher le phonographe.

Sitôt dit, sitôt fait. Il se trouvait sur la platine un disque de Bing Crosby, sur les sillons duquel elle posa l'aiguille avec précaution. Immédiatement, la paisible voix de velours du chanteur emplit la pièce. De quelle chanson s'agissait-il ? *Shadow Waltz*. Clark à présent se cramponnait gauchement à sa compagne, qui le poussait à danser. Il jura à voix basse en observant le sol.

— Mon cerveau est incapable de commander à mes pieds, s'exaspéra-t-il.

— Regarde-moi, arrête de reluquer par terre. Et contente-toi d'écouter la musique. Je m'arrangerai pour que tu ne m'écrases pas les arpions.

Julie, qui s'était assise, regarda l'actrice guider en douceur son compagnon à travers la salle de séjour, sans cesser de lui prodiguer à mi-voix des encouragements. Au bout de quelques minutes, les épaules de Clark Gable commencèrent à se relâcher. Oui, oui… Cette fois, il écoutait pour de bon la musique. Il serra Carole de plus près, lui embrassa l'oreille.

— C'est vraiment pour toi que je fais ça, Ma. Uniquement pour toi.

Une fois la chanson terminée, l'aiguille, stoppée dans son élan, s'agita d'avant en arrière ; des crachotements se firent entendre. Julie releva le bras du tourne-disque, puis le remit en place.

Clark lui décocha un regard malicieux.

— Alors… Selon vous, suis-je enfin prêt à conduire convenablement Scarlett pendant la scène du bal ?

— Euh…

La jeune femme retenait un sourire.

Carole, elle, riait déjà :

— Allons, Julie, ne vous occupez pas de lui. Il est en train de vous charrier. De toute façon, le problème est déjà réglé.

Elle fit signe d'approcher au domestique qui venait de paraître à la porte avec un plateau chargé d'une théière, de tasses et de biscuits, avant de se laisser tomber sur une chaise en se massant les pieds.

— C'est vrai ?

— Victor est en train de faire construire une plateforme tournante. Il suffira à Clark de tenir Scarlett dans ses bras, et le tour sera joué.

— Victor ?

Carole jeta un rapide coup d'œil en direction de son compagnon, qui haussa les épaules.

— Oups… Ce n'est pas encore officiel… Victor Fleming, bien sûr.

Comme l'avait deviné Andy… La bévue mit les deux acteurs vaguement mal à l'aise.

— Mr Selznick aura fait très vite. Quand a-t-il pris sa décision ?

— Oh… Il y a belle lurette. Seulement, personne n'a jugé bon d'en informer George.

— Mais c'est injuste.

— Ne vous apitoyez pas trop sur son sort, intervint Clark Gable. Vivien et Olivia ont déjà commencé à lui rendre visite en douce pour prendre des leçons particulières. Tout le monde retient son souffle, moi je suis ravi, et le film va se faire.

— C'est, au mot près, le discours qu'Andy m'a tenu récemment.

— Il a de l'expérience, commenta Carole. C'est un type intéressant, même s'il trimballe avec lui un bien lourd fardeau.

— Un fardeau ? Que voulez-vous dire ?

— Bah… L'angoisse existentielle qu'éprouvent la plupart des gens à Hollywood, rien de plus.

Sur quoi l'actrice fit dévier le cours de la conversation, se passionnant soudain pour les nombreuses factures mélangées au courrier de ses admirateurs. Elle répéta à Julie combien elle était heureuse qu'elle se chargeât de tout, lui recommandant néanmoins d'éviter d'envoyer, par mégarde, une photo dédicacée à la compagnie d'électricité et un chèque de cinquante-cinq dollars à l'un de ses fans.

— Je me demande qui serait le plus surpris des deux. Je serais curieuse de le savoir…

Elle se mit à rire en faisant signe à Julie de la suivre à l'extérieur de la villa.

— Nous allons mettre en pot quelques chrysanthèmes. *Chrysanthème*… Tu parles d'un nom compliqué pour une fleur…

Julie sourit, mais elle avait la tête ailleurs. C'était la première fois que Carole Lombard esquivait un sujet. Et cela, comme par hasard, concernait Andy.

7

Bien que chacun parût savoir déjà que, sous peu, Victor Fleming coifferait la casquette de réalisateur, l'existence à la Selznick International Pictures demeura comme en suspens jusqu'à la fin du mois de février. Des figurants, vêtus d'uniformes nordistes ou confédérés, se retrouvaient à la cantine, où ils fumaient avec acharnement en grattant cette barbe à laquelle ils n'étaient pas habitués; ils pariaient sur le temps qu'il faudrait pour que reprenne le tournage d'*Autant en emporte le vent*. Ils se sentaient à l'aise dans leurs tenues de la guerre de Sécession. Trop, au goût du responsable des costumes, qui maugréait – des taches de moutarde ou de ketchup, anachroniques et vilaines, se multipliaient sur les vestes, chaque jour un peu plus. Il n'était cependant pas question de les renvoyer chez eux, car, selon Andy, les faire ensuite revenir tous ensemble dans la plus grande précipitation eût équivalu à tenter de reconstruire, puis de lancer à la hâte un navire de guerre.

*

— Un… deux… trois… partez! lança Doris le 1er mars avec un large sourire, en consultant sa montre.

Quelques secondes plus tard, David O. Selznick, la mine radieuse, sortit de son bureau, un bras passé autour des épaules de Victor Fleming, qui rayonnait. *Autant en emporte le vent* renaissait d'entre les morts. Pour excessivement théâtrale qu'elle eût jugé cette résurrection, Julie n'en sentit pas moins son cœur s'emballer lorsque, tandis qu'elle jouait les garçons de courses pour Carole Lombard, elle vit les lieux s'animer de nouveau. Des scénaristes, les traits tirés et fronçant les sourcils, multipliaient les allées et venues, chargés de feuillets relus ou de nouvelles propositions. Les attachés de presse, vêtus de costumes rayés à larges épaules, menaient des discussions animées avec les représentants des magazines et des journaux ; des assistants galopaient d'un plateau l'autre. Seuls les cameramen paraissaient s'ennuyer à périr.

*

— Veux-tu que je te résume la situation ? fit Andy une semaine après le recrutement de Victor Fleming. Les costumières cousent, effectuent des retouches, les emplois du temps sont régulièrement modifiés, Fleming a déjà peur de craquer nerveusement, les réunions se succèdent. Quant au plus anglais de nos acteurs anglais, Leslie Howard… (Et Andy de rouler des yeux.) C'est tout juste s'il ne bâille pas en disant son texte, histoire de faire comprendre à tout le monde combien le rôle d'Ashley Wilkes l'ennuie.

Il partit d'un grand rire.

— On se croirait dans la scène du thé chez le Chapelier fou d'*Alice au pays des merveilles*. Et, pourtant, on avance. Pour le moment.

Julie se mit à rire aussi, ravie du bel entrain du garçon. Installés dans leur box favori, au Chasen's, un soir de pluie, ils échangeaient les nouvelles du jour, dans cette douce complicité propre aux couples mariés – c'est du moins ce que Julie pensa l'espace d'un instant, avant de chasser prestement cette idée de son crâne. Elle regarda, autour d'elle, le décor familier. On avait posé devant eux, sur la table, des assiettes chargées d'amuse-bouches, saucisses minuscules, œufs mimosa et caviar sur de petits canapés triangulaires. À d'autres tables, on servait des steaks, dont le fumet flottait dans l'air, se mêlant à l'odeur persistante des Camel et des Lucky Strike. Sur les murs, les photos de célébrités donnaient aux dîneurs l'impression d'appartenir à un club très privé. Et, par une soirée telle que celle-ci, froide, une soirée où les clients, quand ils pénétraient dans le restaurant, tapaient des pieds avant de secouer leurs parapluies trempés, il semblait à la jeune femme ne plus avoir dès lors qu'à s'envelopper, comme s'il se fût agi d'une couverture, dans l'atmosphère chaleureuse dispensée par les murs panneautés de bois sombre et le cuir brun des sièges.

Elle posa le regard sur la maquette d'avion qui, accrochée au plafond, tournait paresseusement sur elle-même au-dessus de la rangée de bouteilles surplombant le bar. Un homme à la carrure de boxeur professionnel, aux mains de débardeur, se tenait assis, seul, sous cet avion. Il bavardait avec le barman. Une fois de plus, Julie songea qu'elle le connaissait. Mais elle s'en fût voulu de demander de l'aide à Andy.

— James Cagney, fit celui-ci, qui avait suivi son regard. Pas aussi coriace qu'il en a l'air. Il déteste les nazis, ce qui fait de lui un type épatant.

Elle sourit. Les préoccupations d'Andy étaient loin de se résumer à savoir qui jouerait quel rôle dans le prochain film à succès. Dans un certain sens, il représentait pour la jeune femme un repère au cœur de cette ville. D'un autre côté, il était possible que, de lui ou d'elle, ce fût lui qui se volatilisât le premier. Arrête tes bêtises, se gronda-t-elle en silence. Elle était à elle-même son propre repère, rien de moins. Il ne pouvait en aller autrement. Sinon, cela eût signifié que les changements radicaux qu'elle venait d'opérer dans son existence, elle les avait opérés pour de mauvaises raisons. En attendant, tout allait pour le mieux dans le meilleur des mondes possibles : Andy avait repris le collier, Carole Lombard avait déniché le ranch idéal, le divorce de son compagnon serait prononcé dans quelques jours, et elle-même travaillait sur son scénario dès que l'occasion lui en était donnée.

— Quelles sont les nouvelles de la maison des deux Gable ? s'enquit Andy.

Elle lui raconta ses folles séances de shopping avec l'actrice, ajoutant, pour le plus grand plaisir de son petit ami, qui riait aux éclats, que Carole n'obéissait qu'à deux règles en matière de décoration d'intérieur : il fallait que chaque meuble destiné au nouveau ranch fût, d'une part réalisé sur mesure, d'autre part d'un gabarit très largement supérieur à la moyenne.

— Même les verres sont aussi volumineux que des bocaux Mason, ajouta-t-elle.

Du bout du doigt, elle suivit le bord de son propre verre – elle avait commandé un cocktail baptisé Sloe Gin Fizz, qui commençait déjà à l'étourdir un peu.

— J'ai l'impression que tu te réjouis qu'on ne t'ait pas servi ce breuvage dans un bocal Mason.

— Rien ne t'échappe, répondit Julie en souriant.
— Quand me feras-tu lire le scénario que tu es en train d'écrire ?
Cette habitude qu'il avait de sauter du coq à l'âne la prenait systématiquement de court :
— Je ne l'ai pas encore terminé. Ce n'est qu'une première mouture.
Il lui coula un regard inquisiteur.
— Je pourrais peut-être te donner un petit coup de main. Et rassure-toi : je ne déchirerai pas un seul de tes feuillets.
— Je sais.
Mais pourquoi diable hésitait-elle autant à lui montrer le fruit de ses efforts ?
— Est-ce que c'est une histoire comique ? Une histoire triste ? Une histoire qui fait peur ?
— Cela parle d'un homme et d'une femme célèbres, qui s'aiment et tentent de trouver un moyen de concilier vie privée et vie professionnelle sans que leur amour tourne à la mascarade.
Il haussa un sourcil.
— Tu t'es inspirée de Carole et Clark ?
— Un peu, oui. Je n'ai encore jamais essayé d'écrire un scénario entier, et il faut que je soigne mes dialogues.
À livrer ainsi les secrets de son travail, elle avait l'impression de déambuler nue comme un ver sur Wilshire Boulevard.
— Ce ne sont pas les dialogues qui sauveront une histoire comme la leur. Les gens peuvent toujours raconter ce qu'ils veulent, ce sont leurs actes qui comptent, pas leurs paroles. Ils peuvent s'en tirer pendant un moment…
Il s'interrompit.

— Es-tu en train de parler d'un scénario, ou de la réalité ?

— Je dis simplement qu'il ne s'agit que d'une partie de l'histoire.

— Une partie sans laquelle il n'y aurait pas d'histoire du tout.

— Tu as peut-être raison.

— Et toi, tu travailles peut-être à Hollywood depuis trop longtemps.

Pourquoi éprouvait-elle cette colère subite ?

— N'oublie pas qu'on n'en est qu'au début du tournage.

Qu'il évoquât *Autant en emporte le vent*, ou qu'il eût choisi cette métaphore pour parler de Carole Lombard et de Clark Gable, la jeune femme eut peur, soudain, qu'Andy ne crût pas aux fins heureuses. Cette hypothèse lui valut de se sentir tout à coup terriblement seule.

— Je vais reprendre un verre, décréta-t-elle avant de terminer son cocktail cul sec.

— Julie… Ma petite Julie…

— Ne m'appelle pas ta petite Julie. Cela me déplaît.

Il fronça les sourcils avec perplexité :

— Préfères-tu que je t'appelle « ma vilaine petite Julie » ?

— Je ne voulais pas me montrer désagréable, mais…

— Je sais. Tu es scénariste et tu te sens fragile, et tu ne te sens pas prête à me parler de ton travail, et je ferais mieux de la boucler. C'est bien ça ?

D'un geste plein d'élégance, l'homme fit signe au serveur.

— Que dirais-tu, pour une fois, à la place du chili, de prendre chacun un « hobo steak » ? Tu veux savoir ce qu'il y a de formidable avec le « hobo steak » ? C'est qu'ils viennent le cramer à ta table.

La jeune femme se mit à rire. Toute tension en elle s'était évanouie.

*

Des murmures. Pénétrant à l'intérieur du camion loge de Carole Lombard, Julie perçut des murmures derrière les rideaux chargés de séparer l'espace privé de la pièce principale. Elle s'efforça de ne pas écouter, mais rien ne saurait vous faire tendre plus fort l'oreille que des messes basses.

— C'est non.

— Voyons…

La voix de l'actrice se faisait enjôleuse ; l'on eût dit d'une chatte en train de ronronner :

— Ça va aller. Tu n'as rien à craindre.

— Je ne crains rien, nom de Dieu. Mais je sais quel genre d'image je renvoie au public, et je n'ai aucune intention de l'écorner.

— Voyons… Tu es un type très viril, tout le monde le sait, et…

— Il m'a fallu un sacré bout de temps pour en arriver là.

Julie brassa des feuillets, se racla la gorge, mais le couple était trop absorbé dans sa conversation pour s'en soucier.

— Très bien. Tu avais un paternel qui s'est bien fichu de savoir que tu avais laissé tomber l'école à seize ans, et qui préférait de loin te voir bosser comme bûcheron plutôt que lire Shakespeare et jouer dans la fanfare municipale. C'est bien ça. Voyons, Pa, laisse courir.

— Je ne peux pas. Tout le monde va se moquer de moi.

— Tu sais quoi, mon chéri ? Merde.

Le rideau s'ouvrit brusquement.

— Bonjour, Julie. Et vous, qu'en pensez-vous ? Vous savez à propos de quoi nous étions en train de nous disputer, n'est-ce pas ?

Surprise qu'on la prît ainsi à parti au débotté, la jeune femme commença par bredouiller quelques paroles inintelligibles, avant de remettre de l'ordre dans ses pensées. Bien sûr qu'elle le savait. Il s'agissait du dernier potin issu des plateaux de tournage d'*Autant en emporte le vent*. Clark Gable avait refusé de pleurer devant une caméra. Fleming assurait qu'il risquait ainsi de gâcher l'une des scènes les plus importantes du film.

C'était l'impasse. L'on avait ordonné, crié, supplié… L'acteur demeurait inébranlable.

Qu'en pensait-elle ? Avait-elle jamais vu son père pleurer ? Non. Pas même lorsque sa grand-mère était décédée. Les hommes virils ne versaient pas de larmes.

— Dans le roman, ça semble pourtant tout naturel, commença-t-elle avant de faire silence.

Elle se revoyait en train de tourner les pages du livre, de relire la scène où Mélanie tentait de consoler Rhett Butler après la fausse couche de Scarlett. Inexorablement, et sans qu'à la lectrice cela parût invraisemblable, l'homme, dévoré par la culpabilité, fendait l'armure. Et, devant Mélanie, il sanglotait.

— Qu'est-ce que j'ai pu pleurer en lisant cette scène, dit-elle. Elle est parfaite.

— Tu vois ? lança Carole en ouvrant les bras, les paumes vers le ciel. Voyons, Pa, le monde entier n'attend que de chialer avec toi.

Clark affichait une mine fatiguée. Les manches de son pull noir étaient trop courtes, révélant les jointures noueuses de ses doigts, ainsi que le cal qu'il devait à ses récentes activités de jardinage. Il avait les yeux battus, et les coins de sa bouche s'affaissaient. Il était éreinté. Inflexible cependant.

— Pas mon père.

Carole Lombard avait rapporté à Julie que le père de son compagnon aimait jadis à se moquer de sa voix trop haut perchée. Il lui avait fallu plusieurs années de labeur acharné pour qu'elle devînt plus grave.

— Il peut remercier Rhea, sa deuxième épouse, avait ajouté l'actrice. C'est elle qui a payé toutes les leçons.

On frappa sèchement à la porte.

— La cavalerie arrive, souffla Carole en ouvrant à leur visiteur.

Victor Fleming pénétra dans la caravane. Un bel homme aux sourcils en accents circonflexes, conférant à ses traits une nuance ironique et redoutable, qu'il pouvait ensuite assortir d'un sourire – il en possédait toute une panoplie –, choisi avec soin en fonction des circonstances. En outre, il émanait de lui une décontraction laissant à penser qu'il se sentait aussi à l'aise dans un dîner mondain que lors d'une chasse au cerf en pleine campagne.

Il connaissait les codes de la virilité, songea encore Julie. Si quelqu'un était capable de faire changer d'avis Clark Gable, c'était lui.

— Tu n'es toujours pas d'accord ? commença-t-il. Il s'agirait pourtant de la scène la plus percutante de ta carrière.

— Je ne le crois pas. Les vrais hommes ne pleurent pas, bon sang de bonsoir. Ils vont tous me rire au nez.

L'on aurait cru un petit garçon de douze ans.

— Voyons, mon chéri, Victor a raison.

— Ne t'en mêle pas, Ma.

Il y avait, dans la voix de l'acteur, une fébrilité indiquant qu'une corde sensible avait été touchée.

Il faisait de plus en plus chaud dans le camion loge. Clark se tenait assis sur le canapé, le dos voûté, sans cesse assenant, du poing, des coups dans sa paume.

On frappa de nouveau à la porte. Cette fois, Julie ouvrit, s'effaça pour permettre à David O. Selznick d'entrer. Il demeura sur le seuil, fusillant son acteur du regard.

— Bon…, commença-t-il avec lenteur.

— Ne m'oblige pas à faire ça, l'interrompit Clark Gable. Réécris la scène. Sinon, je quitte le film.

Personne ne soufflait mot. Il y avait de l'électricité dans l'air.

— Tu ne penses pas ce que tu dis, enchaîna enfin le producteur.

— Tu paries ?

Silence.

Selznick adressa un coup d'œil au réalisateur, puis les deux hommes hochèrent imperceptiblement la tête.

— Nous avons un compromis à te proposer, reprit le producteur. Nous allons tourner deux scènes. Dans la première, tu pleureras. Dans la seconde, tu tourneras le dos à la caméra et tu baisseras la tête. Les spectateurs comprendront ainsi que tu es en train de pleurer, mais sans rien voir. Ensuite, c'est toi qui choisiras l'une ou l'autre version.

L'on patienta, cependant que l'acteur scrutait les visages de ses interlocuteurs. Ses ongles s'enfonçaient peu à peu dans ses paumes.

— Ce n'est pas de la blague ?

— Bien sûr que non, se hâta de répondre Fleming. En revanche, je me réserve le droit de te donner mon avis. Et je t'assure que si les gens voient toute l'étendue de son humanité, ils éprouveront une formidable compassion pour ton personnage. Les larmes n'ôteront rien à ta virilité. Au contraire : elles l'exalteront.

Mince sourire sombre de Clark Gable.

— Très bien. Tu as dit ce que tu pensais.

Il se remit debout.

— Allons-y.

Il s'arrêta sur le seuil, se tourna vers sa compagne :

— Je ne veux pas que tu viennes, d'accord ?

— Entendu, Pa. De toute façon, j'ai aussi une scène à tourner, aujourd'hui. À ce soir.

À peine les hommes eurent-ils quitté sa caravane qu'elle remit à Julie une enveloppe en papier kraft.

— Il faudrait la porter immédiatement au service de la publicité. Vous pourriez peut-être demander à Clark de vous y conduire ?

La jeune femme acquiesça. Mais lorsqu'elle fut parvenue à destination, Doris lui rendit l'enveloppe.

— Il n'y a rien là-dedans, s'exaspéra-t-elle.

Julie n'avait donc plus rien à faire, sinon assister au tournage de la fameuse scène – à l'évidence, c'était ce que Carole Lombard avait souhaité qu'elle fît.

L'atmosphère, sur le plateau, était tendue, et l'on faisait silence. Les acteurs, déjà placés, se tenaient droits et raides. Olivia de Havilland, qui incarnait Mélanie, pinçait les lèvres avec nervosité, l'œil rivé à son partenaire. Ce dernier regardait par une fausse fenêtre. Il attendait. Rhett Butler n'avait pas encore paru, et chacun, ici, le savait.

— Lumière ! aboya l'un des membres de l'équipe technique. Et éteignez-moi ce projecteur braqué sur le visage de Clark.

Victor Fleming se pencha en avant, considérant son acteur :

— Son, fit-il.

Puis, quelques instants plus tard :

— Moteur.

Et les statues de sel de renaître à la vie.

Mélanie se dirige vers Rhett, cramponnant son châle bleu. Elle lui annonce que Scarlett va survivre. Rhett se sent dévasté par cette fausse couche que ses actes ont provoquée. Il ploie la nuque et tourne lentement le dos à la caméra.

— Coupez.

— C'était très bien, déclara l'acteur, qui fit volte-face pour quitter le plateau.

— Mais tu n'as pas oublié notre petit arrangement ? Tournons cette fois la scène autrement.

Le réalisateur consentait de rudes efforts pour continuer à s'exprimer avec décontraction.

Pendant une poignée de secondes, Julie se demanda si Clark Gable allait trahir sa promesse. Mais c'est alors qu'Olivia de Havilland, qui l'avait rejoint, posa ses mains sur ses épaules :

— Clark… Tu peux le faire, je sais que tu en es capable. Et tu seras extraordinaire.

L'homme plongea son regard dans le sien, puis se tourna, par-delà les projecteurs, vers Victor Fleming, qui demeurait dans l'ombre.

— D'accord, obtempéra-t-il. Je vais le faire.

Il s'isola un long moment, avant d'affronter à nouveau sa partenaire et l'équipe de tournage.

— Prêt ?

— Prêt.

Mélanie tente de consoler Rhett. Celui-ci s'assoit, les traits défaits. Ses cheveux tombent sur son visage en sueur, sa chemise est froissée, sa figure déformée par le chagrin… Et les larmes se mettent à couler.

— Coupez. Clark. C'était exceptionnel.

La voix de Fleming, que l'émotion altérait, ne tarda pas à se trouver couverte par les applaudissements nourris des autres comédiens et des membres de l'équipe de tournage.

Olivia se précipita vers son partenaire, jeta ses bras autour de lui.

— Nous savons tous combien d'efforts cela t'a coûté, murmura-t-elle. Mais il se pourrait que tu tiennes là l'une des meilleures scènes de toute ta carrière.

L'acteur lui adressa un sourire mince, avant de se tourner vers le réalisateur.

— Et c'est à ce gars-là que je le dois.

Fleming, d'abord gêné, assena ensuite une claque dans le dos de sa vedette.

— Merci, parvint-il à articuler malgré son trouble.

Julie, pour sa part, quitta les lieux sur la pointe des pieds pour retrouver l'éclatant soleil. Bien sûr, il ne s'agissait que de fiction, d'illusion, mais le cœur lui battait aux tempes, car ce dont elle venait d'être le témoin excédait le cadre d'un simple jeu d'acteur. Comme ce devait être difficile pour un comédien d'offrir une prestation de cette qualité, alors que les projecteurs l'aveuglaient, que les caméras se trouvaient si près de lui qu'il pouvait percevoir le souffle des opérateurs. Alors que chacun, dans le studio, épiait le moindre de ses mouvements… Clark Gable avait vaincu les peurs de l'enfant qui vivait en lui, et y vivrait jusqu'à son dernier souffle. Cet enfant, Carole Lombard le chérissait, autant qu'elle adorait le roi en personne. C'est pour cette raison que l'on pouvait affirmer, sans risque de se tromper, que leur relation était profonde.

8

— Tu attends que le téléphone se mette à sonner, n'est-ce pas ?

Andy s'étira dans le lit, cala sa tête contre un oreiller, considéra Julie d'un air amusé.

— Oh non, pas déjà.

En réalité, elle attendait bel et bien. Cela ne se produirait pas cette nuit mais, pour le reste, Carole seule déciderait d'où et de quand. Le divorce était prononcé, une lettre le leur avait récemment annoncé. C'était Carole qui avait ouvert l'enveloppe dans sa demeure de Bel Air. Elle avait poussé un retentissant cri de joie avant d'agiter follement le document officiel comme elle l'eût fait d'un drapeau. Le drapeau de la liberté. Clark et elle allaient pouvoir convoler en justes noces.

— Mais cela ne va pas tarder, enchaîna Julie qui, se rapprochant de son compagnon, se lova contre lui.

Il était 3 heures du matin. L'heure de dormir. Ses pensées se mirent à vagabonder doucement. Elle ferma les paupières… Le téléphone se mit à sonner.

Andy décrocha.

— Dis à Julie que j'ai besoin d'elle ce soir. C'est terriblement urgent. Vite !

— Carole ?

— Évidemment, mon chéri. Qui d'autre, voyons ?

L'actrice jubilait.

Andy tendit le combiné à sa compagne.

— Ça y est ! Tout est organisé ! Rappliquez ici ventre à terre. Et amenez donc Andy avec vous. On va s'amuser comme des fous. Mais vous entrerez par l'arrière de la maison. J'ai peur que la nouvelle se répande comme une traînée de poudre.

— Vous allez vous marier ? Maintenant ?

— Bien sûr que oui ! Allons, dépêchez-vous !

*

Hollywood à 3 heures du matin. Même au cœur de la nuit, Wilshire Boulevard ne dormait pas qui, éclairé a giorno, débordait d'énergie. Il ne se trouvait pourtant personne sur les trottoirs – y compris en pleine journée, on préférait s'entasser dans ces capsules métalliques, aux allures de boîtes à sardines, qu'on appelait automobiles. On longeait ainsi le Simon's Drive-In, sur Wilshire ou sur Fairfax, avec son enseigne au néon, son auvent circulaire en métal brillant, aux abords duquel des filles en minijupe, à queue-de-cheval, circulaient d'une voiture à l'autre pour y servir des hamburgers et des milk-shakes, déposant de petits plateaux métalliques sur le bord des vitres ouvertes des véhicules. Julie avait l'impression de naviguer quelque part entre la nuit et le jour. Elle songea à tout ce qui l'émerveillait à Los Angeles – les voitures, les hommes et les femmes qui, sans jamais ôter leurs lunettes de soleil, redoublaient d'efforts pour devenir, sur les plages, le centre de toutes les attentions… Et Playa del Rey, où l'on jouait au volley-ball sur le sable… Et puis les restaurants, les palmiers…

— Je suis allée me promener sur la plage de Santa Monica, fit-elle d'une voix ensommeillée, et je me suis retrouvée avec du goudron entre les orteils. Eh bien, je peux t'assurer qu'il faut drôlement frotter pour s'en débarrasser.

Pied au plancher, Andy s'esclaffa. Ils s'éloignaient à présent des éclairages pour se diriger vers Bel Air. Le voyage, du même coup, prit une autre saveur – il semblait se dissimuler des mystères dans les ténèbres suspendues d'avant l'aube.

Un mariage. Ils se rendaient à un mariage. Julie alluma l'autoradio – l'air silencieux s'emplit de la clarinette délicate et rythmée de Benny Goodman.

— *You Turned the Tables on Me*… J'adore cette chanson, commenta Andy.

— Le titre de la chanson, c'est le premier vers du refrain. « Tu as inversé les rôles. » Connais-tu le deuxième ?

Il sourit, se mit à fredonner gauchement :

— « And now I'm falling for you. » Et maintenant, j'en pince pour toi.

Elle se rapprocha du conducteur, posa une joue contre sa poitrine, jouissant du confort de cette intimité nouvelle. Elle ne rêvait pas. Ce qu'elle était en train de vivre là, elle le vivait bel et bien. Tout était vrai. Les heures qu'elle passait entre ses bras, ses baisers ; l'exubérance communicative de Carole et de Clark… Il arrivait que les contes de fées devinssent réalité.

Andy ralentit, du regard cherchant un panneau indiquant le nom d'une rue.

— C'est là ? fit-il en désignant de l'index l'une des demeures. Si oui, ils ont déjà de la compagnie.

Julie regarda mieux. En effet, des journalistes, des cameramen armés de leurs engins grouillaient sur la pelouse de Carole. Quelqu'un avait donc vendu la mèche… Mais qui ? Les reporters se trouvaient ici pour faire leur travail, les traits tirés mais pleins d'espoir, tandis qu'ils arpentaient les lieux, le chapeau enfoncé sur le crâne pour supporter la fraîcheur de la nuit. Et les extrémités incandescentes de leurs cigarettes dansaient au-dessus de la vaste pelouse, pareilles à des lucioles.

— Continue à rouler, puis tourne dans cette rue.

Andy ralentit encore, passa devant la maison, avant de s'engager, sur sa gauche, dans une allée que dissimulaient d'épais feuillages.

Après être descendus sans bruit de la voiture, ils se mirent à courir, main dans la main, en direction de la villa. Julie tentait de réprimer un fou rire.

Vêtue d'une salopette et d'une vieille chemise appartenant à Clark, Carole ouvrit la porte à toute volée.

— Formidable ! Nous sommes prêts. Dis-moi, Andy, as-tu assez d'essence pour rouler jusqu'au lever du jour ?

Le garçon opina sans plus rien y comprendre.

— Je croyais…

— En effet, tu te rends à un mariage. Est-ce que j'aurais oublié de te dire où il allait être célébré ?

Elle enfila un manteau, s'empara d'une valise, puis fit signe à son compagnon, qui se tenait derrière elle. Les cheveux nattés, ayant omis de se maquiller le visage et les yeux, elle ressemblait à une éclaireuse.

— Alors, reprit Andy. Où va-t-on ?

— À Kingman, dans l'Arizona. Ne t'en fais pas, nous avons préparé des casse-croûte, et ma cuisinière nous a rempli plusieurs thermos de café. Sur ce, en route. L'heure tourne.

Clark Gable, pour sa part, semblait un peu confus lorsqu'il saisit son manteau avant de suivre sa compagne.

– Kingman se situe à près de 1300 kilomètres d'ici, et il faut que je sois au studio lundi matin. Mais bon… Nous laissons parler nos envies. Vous êtes du voyage, tous les deux ?

Andy se mit à rire. Il se tourna vers Julie en haussant les épaules :

– Tu es partante ?

– Il faut d'abord que je demande un peu de congés à ma patronne, répondit-elle, la mine grave.

– Accordé ! lança Carole en claquant des doigts. Et ne vous bilez pas. Quand on s'arrêtera pour refaire le plein, on se serrera tous les trois à l'avant, et Clark se planquera au fond du siège de coffre. Personne ne le reconnaîtra. Et moi, je vais mettre un chapeau, pour cacher mes cheveux.

*

Tandis qu'ils roulaient, la nuit céda peu à peu le pas aux premiers rayons du soleil. Carole fut la première à relayer Andy derrière le volant, puis ce fut au tour de Julie. Clark examinait une carte.

– Nous devrions arriver dans l'après-midi, bâilla-t-il. Ma, donne-moi donc un peu de café.

Julie peinait à croire qu'elle faisait réellement partie de cette étrange équipée, pour le moment dépourvue du moindre charme. Tandis qu'elle conduisait, elle traversa San Bernardino, Apple Valley. Puis vint Barstow, où il faisait déjà très chaud. Andy somnolait sur le siège de coffre – la jeune femme l'entendait ronfloter ; le vent lui ébouriffait les cheveux.

— Bon Dieu, observa Clark, cette région est plate comme le dos de la main. Aride. C'est ici qu'on aurait dû tourner *Le Désert rouge*.

Assis à l'avant, auprès de Carole et de Julie, il s'était calé contre la portière, sans se soucier que l'une de ses épaules musclées se trouvât écrasée contre la vitre à demi ouverte. Il tenta en vain d'allonger les jambes. Ses joues, son menton se noircissaient peu à peu de barbe.

— Il fait peut-être bon y vivre, après tout. J'adore traverser ce pays en me demandant l'effet que ça me ferait d'habiter dans des endroits si différents les uns des autres.

— D'où êtes-vous originaire ? lui demanda Julie.

— De l'Ohio. Ni bien ni mal. Mais je me suis carapaté à la première occasion pour venir à Hollywood. À cause de mes vilaines dents, j'avais peur de sourire.

— Raconte-lui l'histoire, Pa.

— Bien sûr. Bon Dieu, cette bagnole est minuscule.

Il grommela, parvint à baisser entièrement la vitre pour offrir un peu plus d'espace à son bras.

— J'ai fait un essai pour *Le Petit César*. Un rôle en or pour un début. Zanuck, le producteur, n'y est pas allé avec le dos de la cuiller. Il m'a décrété que j'avais de trop grandes oreilles et que je ressemblais à un singe.

Il se tut un moment.

— La plupart d'entre nous démarrent de zéro, reprit-il. Et avant de tirer son épingle du jeu, je vous prie de croire qu'on en essuie, des échecs. C'est toujours à ça que je pense quand je sens que je commence à prendre la grosse tête.

Carole gloussa :

— Il ne faut pas se mentir, mon chéri. Avec tes oreilles, le fait est que tu ressembles toujours à un sucrier géant.

Il se tourna vers elle :

— J'ai de la veine de t'avoir, observa-t-il d'un air sombre. Alors que je joue comme un pied. Tu sais ce que je veux qu'on inscrive sur ma tombe ? « Il était heureux et il le savait. »

Andy frappa à la lunette arrière.

— Mademoiselle Crawford ! appela-t-il. Arrête-toi, je vais prendre le relais.

— As-tu envie qu'on fasse une halte à Las Vegas pour aller taper la bise à ton ex ? demanda Carole à son compagnon.

L'actrice ayant noué sous son menton un chapeau de soleil, elle prit, à l'arrière, la place d'Andy.

— D'accord, répondit Clark, à condition qu'elle nous rende le fric.

Le soleil montait au ciel. On se mit à chanter. Andy, dont la voix de baryton impressionna ses compagnons de voyage, entonna *I've Been Working on the Railroad*, après quoi Carole et Clark enchaînèrent en chœur avec *Sweet Rosie O'Grady* – ils s'égosillèrent et rirent à gorge déployée. Lorsqu'ils furent las de chanter, ils somnolèrent. On s'arrêtait de temps à autre pour échanger sa place sur le siège de coffre. Julie savait déjà qu'elle n'était pas près d'oublier ces longues heures paresseuses – les plaisanteries, les chansons, les bribes de conversation, pendant qu'ils avançaient tant bien que mal au bord du désert de Mojave, qu'ils cahotaient en direction de Needle, une ville sise à cheval entre la Californie, le Nevada et l'Arizona.

— Ici, l'été, la température peut pratiquement atteindre les cinquante degrés, les informa Andy, qui appuyait sur l'accélérateur. Même la pluie est chaude.

— On en est où du côté de l'essence ? s'enquit Carole.

Le conducteur consulta la jauge :

— Il ne reste pas grand-chose.

— Pa, nous allons devoir nous arrêter à la prochaine station-service. Le moment pour toi de t'embusquer discrètement au fond du siège de coffre.

Clark s'installa, et baissa si bien la tête qu'il devenait impossible de le repérer. La station était en vue, équipée d'une pompe unique et fatiguée. Le pompiste, à la peau tannée par le soleil, remonta son pantalon maculé de taches de graisse, avant de s'approcher sans entrain du véhicule.

— J'espère qu'il y a du carburant dans cette fichue pompe, souffla Andy.

La réponse s'étant révélée positive, l'on repartit bientôt dans un rugissement de moteur, le réservoir plein à ras bord. Au bout de quelques kilomètres, on libéra Clark Gable. Dès lors, la route se mit à grimper. Julie ne tarda pas à distinguer les premiers sommets des Hualapai Mountains.

— On y est presque, fit Carole sur un ton encourageant.

Vers 13 heures, au terme d'une portion de route plate et morne, on vit à l'horizon se dresser un grand château d'eau disgracieux.

Sur un panneau était écrit :

Bienvenue à Kingman.

— Ça ne paie vraiment pas de mine, commenta Clark, mais de là, on peut aller n'importe où.

— Gare-toi, exigea brusquement Carole.

Andy s'exécuta :

— Où va-t-on ?

L'actrice croisa les mains, presque avec raideur, puis se redressa sur son siège.

— Au tribunal, puis à l'église. Mais d'abord… Accrochez-vous bien, les gars… D'abord, je veux des fleurs.

— Des fleurs ? glapit son compagnon. Mais où comptes-tu en dénicher ?

— Je vais me marier, alors je veux des fleurs.

Carole s'était exprimée d'une voix paisible.

— Des roses roses, s'il te plaît.

Ses trois compagnons de voyage échangèrent des regards. La jeune femme ne plaisantait pas. Elle avait haussé le menton et, les mains toujours croisées dans son giron, elle était la résolution même.

— Je vous comprends, finit par intervenir Julie.

Mais comme elle contemplait, devant elle, la minuscule bourgade, elle pria pour ne s'être pas trop avancée.

— Andy et moi allons vous trouver un fleuriste. Attendez-nous ici.

— Des roses roses, maugréa Clark. Que je sois pendu s'ils en ont au moins des rouges.

*

La chasse au fleuriste, dans une ville de la taille de Kingman, ne présentait aucune difficulté : soit la boutique se trouvait dans la grand-rue, soit il n'existait pas de fleuriste à Kingman. La première hypothèse fut la bonne : une toute petite échoppe, dans la vitrine de laquelle penchaient quelques marguerites défraîchies… En revanche, et contre toute attente, on y vendait également des roses roses. Après quelques instants d'hésitation, Julie acheta, en plus des roses, un œillet pour la boutonnière du futur marié ; cela plairait à Carole.

La suite des événements se déroula sans anicroche. En un tournemain, les acteurs avaient signé les documents officiels au tribunal. L'employé, au bureau des mariages, blêmit un peu en découvrant face à lui Carole Lombard et Clark Gable, la première se rajeunissant d'une année sur le certificat de mariage.

L'on se rendit ensuite à l'église épiscopale méthodiste, sur le seuil de laquelle un pasteur aux cheveux grisonnants, plein de solennité, les accueillit. Cette fois, pas d'yeux écarquillés ni de bégaiements ; pas de surprise. Carole, cela va de soi, n'avait rien laissé au hasard – cette folle escapade, en réalité, avait été mûrie jusque dans ses moindres détails. La jeune femme était fantasque, assurément. Mais très intelligente.

— Venez m'aider à m'habiller, souffla-t-elle à Julie.

Elle avait les yeux brillants et les joues roses.

— Puisque je ne peux pas porter de blanc, j'ai opté pour un gris très pâle qui devrait faire la blague.

Ayant récupéré la valise de l'actrice, les deux femmes pénétrèrent dans un vestiaire installé non loin de l'entrée de l'édifice religieux. Carole ayant ouvert la valise, elle en fit surgir un superbe tailleur tourterelle en flanelle – veste rembourrée aux épaules, comme la mode l'exigeait alors. Julie caressa l'étoffe, dont elle admira la douceur et la souplesse, tandis que Carole levait le vêtement devant elle pour recueillir les impressions de son assistante :

— C'est Irène qui l'a fait pour moi, et elle a eu le bon goût de ne me poser aucune question. Elle se montre toujours d'une discrétion exemplaire. Alors, vous aimez ?

Irène Lentz ? Celle-là même qui confectionnait des robes exceptionnelles pour l'industrie du film ?

— C'est magnifique, murmura la jeune femme.

Carole se débarrassa de ses vêtements, fourrant sans soin, dans la valise désormais vide, sa salopette, sa chemise et sa culotte. Elle s'immobilisa un long moment, nue comme un ver. Jamais encore Julie ne l'avait vue faire silence. Durant ces quelques secondes, l'on eût pu croire que Carole Lombard s'était changée en déesse, statufiée dans le marbre. Il passait sur ses traits quelque chose qui ressemblait à de l'extase.

— Tout ça est vrai, fit-elle, rompant le charme.

Déjà, elle enfilait des sous-vêtements propres, avant de se glisser dans la jupe de son tailleur, puis de récupérer un caraco en soie, orné de pois gris et blancs. Puis vint la veste.

— Comment je suis ? demanda-t-elle.

— Superbe. Et vous rayonnez de bonheur.

Elle lui tendit le bouquet de roses parfumées.

L'espace d'un instant, Julie vit se tourner vers elle une fille de Fort Wayne, dans l'Indiana, le cœur tout entier contenu dans son regard. Plus d'artifices. Plus de rigolades…

— Je l'adore, lui murmura Carole.

*

La cérémonie fut brève. Carole pleura. Pas de texte à apprendre aujourd'hui. Pas de répétitions préalables. L'actrice devenait en ces lieux, et dans ces circonstances, la sincérité faite femme. Clark, très ému, remit l'alliance en platine au pasteur au lieu de la passer au doigt de son épouse.

— Monsieur Gable, fit l'homme, flegmatique, en lui rendant l'anneau. Il est pour elle.

— Oh oui, bien sûr.

— Pour un peu, on s'imaginerait que tu te maries pour la première fois, le taquina Carole, l'œil espiègle.

Plus tard, le souvenir le plus vif que Julie garderait de ces moments serait la main qu'Andy referma sur les siennes. La puissance de son étreinte en disait plus long que n'importe quel discours – il serrait si fort les doigts de la jeune femme entre les siens qu'elle se retint pour ne pas grimacer de douleur. Et tandis qu'elle regardait ces deux vedettes en train d'unir leurs destins, ces deux célébrités capables d'éblouir le monde entier, Julie songea que tout lui paraissait soudain possible. Une bulle enchantée les enveloppait tous quatre, dont elle se demanda si Andy, lui aussi, la voyait.

*

Après que ce dernier eut annoncé, par télégramme, la grande nouvelle au service de la publicité de la MGM, et que Julie en eut expédié un à Louella Parsons, les deux couples grimpèrent à bord du coupé DeSoto d'Andy pour reprendre, rompus mais surexcités, le chemin d'Hollywood.

— Louella va me détester parce que je ne l'ai pas prévenue, soupira Carole. Bah, elle s'en remettra. J'espère.

Ils s'arrêtèrent dans un restaurant de la chaîne Harvey House, pour y prendre leur dîner de mariage, à la grande surprise d'une salle pleine de clients. Des murmures se mirent à circuler de table en table, de petits cris de stupéfaction jaillirent çà et là, l'on entendit quelques applaudissements. Les quatre nouveaux venus s'installèrent au comptoir, où Clark Gable commanda des steaks pour l'ensemble des présents.

Une jeune serveuse, dans son uniforme réglementaire – nœud blanc amidonné sur la tête, tablier blanc immaculé sur sa robe noire –, fut la première à s'approcher de Carole. Elle se sentait tellement nerveuse que le nœud, sur sa tête, se mit à chanceler.

— Mademoiselle Lombard, se lança-t-elle avec timidité. Pourrais-je avoir un autographe ?

— Avec plaisir.

Maniant son stylo plume avec des gestes si pleins d'emphase que Julie craignit qu'elle aspergeât d'encre sa tenue de mariée, elle signa un menu que la jeune fille lui tendait :

« Carole Gable », avait-elle écrit.

*

Ils atteignirent la demeure de l'actrice vers 3 heures du matin, près de vingt-quatre heures après l'avoir quittée. La MGM avait exigé entre-temps que des policiers se tiennent en faction autour de la villa ; plusieurs dizaines de journalistes piétinaient la pelouse. Certains d'entre eux paraissaient si épuisés que Julie supposa qu'il s'agissait des mêmes qui, la veille, faisaient déjà le pied de grue devant le domicile de Carole.

— Allez hop, petite conférence de presse, annonça celle-ci d'une voix ensommeillée, en réprimant un bâillement.

— Mademoiselle Lombard ! brailla l'un des reporters. Êtes-vous mariée ?

— Oui ! cria-t-elle en retour.

Louella, l'imposante Louella, fendit la foule des plumitifs pour se diriger vers la jeune femme d'un pas martial – ses yeux jetaient des éclairs.

— Pour quelle raison ne m'as-tu rien dit ?

— Oh, ne te fâche pas, s'il te plaît. J'avais envie d'un moment tellement intime…

— Tu as commis une erreur, ma chère.

Mais Carole nageait à ce point dans la félicité qu'elle ne prit pas la remarque de l'échotière au sérieux. De toute façon, les autres journalistes entraient à présent dans la danse, à eux aussi il convenait de répondre.

— Pourquoi ne nous avez-vous pas prévenus ? insista l'un d'eux.

— Vous avez déçu Hollywood ! se fâcha un autre.

— Où est le glamour dans tout ça ? éructa un troisième.

— Je dispose déjà de tout le glamour dont j'ai besoin, répondit la jeune femme sur un ton joyeux. Me voilà mariée avec le type que j'adore, et rien d'autre ne compte à mes yeux. Vive l'amour !

Les représentants de la presse furent obligés de rire. Julie chercha Andy des yeux, désireuse de partager avec lui son enthousiasme, mais il s'était éloigné de la foule. Elle eut un pincement au cœur en le découvrant sous un oranger, en compagnie de Doris Finch. Quel que fût le sujet dont ils s'entretenaient, ils se penchaient l'un vers l'autre en parlant avec animation.

Cette fois, il n'était pas question qu'elle se laissât exclure sans réagir.

— Quelque chose ne va pas ? s'enquit-elle.

Doris exultait à la perspective de transmettre de mauvaises nouvelles :

— Il y a des problèmes avec Fleming. Et cette fois, c'est Vivien qui menace d'abandonner le tournage.

— Pourquoi ?

Doris se fit un plaisir d'éclairer sa lanterne :

— Il lui a dit que quand elle incarnait Scarlett, elle n'était pas assez peste. Vivien lui a décrété qu'il lui était impossible de se comporter en chipie, à quoi Fleming a répondu… Attendez un peu d'entendre ça : « Dans ce cas, mademoiselle Leigh, le scénario d'*Autant en emporte le vent*, vous pouvez vous le fourrer dans votre britannique et royal cul. »

Et Doris de se mettre à rire.

— Sérieusement ?

Doris rit plus fort, et Andy s'esclaffa avec elle.

— Le projet tout entier va en trembler sur ses bases, lui répondit le garçon. Mais ne fronce pas les sourcils, Julie. Cela n'a aucune importance. Tout cela fait partie du jeu.

Et il ouvrit les bras, balayant d'un ample geste les demeures alentour, le gazon consciencieusement piétiné, les flashs crépitant sans cesse, Carole entre les bras de Clark… Bientôt, le soleil se lèverait. Les petits vendeurs de journaux sillonneraient les rues, annonçant à grands cris l'union du glamour avec le glamour pour l'édification des gens ordinaires en train de prendre leur café du matin, puis de se rendre au travail… Et ces gens ordinaires songeraient à la perfection de la célébrité, à l'existence que menaient le roi et la reine d'Hollywood…

Julie pria, l'espace d'un instant, pour que ce qu'ils ressentaient l'un envers l'autre demeurât sincère et puissant. Pour que jamais leur amour ne se changeât en jeu.

9

Les semaines s'écoulaient paisiblement. Le soleil californien se frayait un chemin à travers la brume laiteuse qui, chaque matin, s'étendait au-dessus de Los Angeles, pareille à une couverture, et ce soleil brillait tout l'après-midi pour décliner ensuite rapidement lorsque l'heure était venue pour lui de se retirer. Carole Lombard se trouvait en tournée pour promouvoir *Le Lien sacré*, qu'elle venait de tourner. Andy et Clark se consacraient entièrement au tournage d'*Autant en emporte le vent*; ils vivaient tous deux au rythme de ses hauts et de ses bas. Cela laissait à Julie de nombreuses heures pour travailler sur son scénario, au point qu'elle peinait, au terme d'une séance d'écriture, à abandonner cette machine à écrire dont personne d'autre n'éprouvait l'envie ni le besoin de se servir. L'histoire possédait une structure, à présent, et elle prenait de l'ampleur. Julie adorait travailler, elle raffolait de la discipline qu'elle s'imposait. Elle tenait à choisir chaque mot avec soin, afin qu'il permît d'approfondir les personnages et de faire avancer l'intrigue. Certaines nuits, elle exultait. Mais lorsque venait le jour, elle ne distinguait plus que les défauts, les vocables sélectionnés à tort. Elle déchirait alors les feuillets qu'elle avait rédigés quelques heures plus tôt.

Un jour, elle s'en ouvrit à Carole.

— Rien de plus normal, commenta celle-ci avec un large sourire. Vous balancez les nullités dont vous avez d'abord cru qu'elles étaient géniales, puis, peu à peu, vous allez nous peaufiner tout ça jusqu'à obtenir quelque chose de bien.

Elle se mit à rire.

— Chérie… C'est comme ça que ça marche pour tout le monde.

Julie réussissait parfois à se rendre sur le plateau pour assister au tournage de ce film désormais légendaire autour duquel gravitaient leurs existences à tous. Elle aimait voir travailler Andy, car cela lui permettait de mieux comprendre pour quelle raison il se sentait plus tendu ces jours derniers. Elle se demanda ce que Selznick avait sacrifié en licenciant George Cukor. Fleming semblait constamment désemparé, dévoré par l'inquiétude – il se tourmenta davantage encore le jour où il découvrit que le producteur avait introduit une espionne dans son cercle le plus restreint : la scripte. La tâche de cette dernière consistait à rendre compte à Selznick de la moindre entorse faite aux mille et une instructions qu'il communiquait chaque jour à l'équipe de tournage. Lorsqu'elle s'affairait de droite et de gauche sur le plateau, l'on eût dit une souris grise désireuse de se dissimuler derrière une plinthe.

Les soirs où Andy réussissait exceptionnellement à se libérer pour dîner avec Julie, il haussait les épaules pour chasser toutes ces préoccupations loin de lui, mais ses traits demeuraient crispés.

— Selznick nous fait son numéro habituel. Il se plaint de tout, il expédie des préconisations à Fleming. Il n'aime pas la qualité de la couleur des prises. Fleming lui a répondu que c'était à cause de ces foutues caméras Technicolor, qui l'empêchent d'obtenir les angles de prises de vues désirés. Eh bien, tant pis, notre producteur chéri n'en démord pas. Technicolor ou rien.

— Tu l'apprécies, ton patron, ou pas ? Je ne suis jamais très sûre de ce que tu penses de lui.

— Parfois, je l'apprécie, répondit le garçon, surpris. Et parfois je ne l'aime pas. En revanche, je le respecte. Il m'a enseigné un tas de choses.

— Pas à devenir égocentrique, j'espère.

Il avança la main pour tirer tendrement l'oreille de Julie.

— Que veux-tu dire, fillette ?

Elle s'esclaffa. Ils se trouvaient chez lui, dans la cuisine, en train de verser, dans des bols, des spaghetti qu'accompagnaient des boulettes de viande. À cette occasion, Julie avait découvert qu'Andy aimait cuisiner. Un moment viendrait où il lui faudrait avouer qu'elle, en revanche, détestait débiter en petits dés, hacher, lire des recettes. Elle devrait confesser qu'invariablement, elle oubliait un ingrédient essentiel : ail, oignon... Il s'agissait là d'un défaut dont une femme n'était pas censée faire état, c'était pourtant la stricte vérité. Mais elle attendrait encore un peu avant de jouer franc jeu. Pour l'heure, elle coupait avec satisfaction, et sans risquer de se faire mal, une baguette de pain.

— Je sais que je suis souvent absent ces temps-ci, fit Andy. Mais il y a un endroit où je veux absolument t'emmener. Quelque chose de très spécial.

— Attends, ne me dis rien, laisse-moi deviner... Une avant-première dans un cinéma ? Une fête à Hollywood ? le taquina-t-elle.

— Le nouveau stade de baseball. J'ai d'excellentes places. Ça te dit ?

— Pour quoi faire ?

— Pour assister à un match de baseball, pardi. Tu n'aimes pas le baseball ?

Comme elle allait faire non de la tête, elle avisa la lueur sournoise dans le regard de l'homme.

— Bien sûr que si, s'empressa-t-elle de répondre. Je sais ce qu'est un *home run*. Je sais aussi qu'au bout de trois *strikes* consécutifs, l'attaquant est éliminé.

Une étincelle brilla dans l'œil d'Andy, qui lui décocha un sourire radieux :

— OK, tu ne fais pas semblant. Allez, viens avec moi. C'est davantage qu'un match du samedi. Ce sera la première fois que les Stars joueront dans ce stade.

Il devenait soudain très sérieux.

— Rien ne peut se comparer à un tel événement, Julie.

Eût-elle haï le baseball qu'elle n'aurait cependant pas répondu autre chose :

— Je t'accompagnerai, c'est promis.

*

Samedi matin. Andy la prit par la main, d'un geste du menton désignant les rails du tramway.

— Allez zou, murmura-t-il, on fonce.

Ils se mirent à courir. Julie se félicita d'avoir emprunté ses chaussures de tennis à Rose, qui lui permirent de ne pas se laisser distancer, de franchir le bord des trottoirs sans trébucher, de louvoyer entre plusieurs voitures – néanmoins, comme ils se rapprochaient du volumineux wagon rouge en train d'accélérer sur ses glissières d'acier, elle se sentit à bout de souffle. Ils parvinrent enfin à se hisser à bord de l'engin, accueillis par les vivats de passagers enthousiastes, à l'instant précis où la cloche tintait : le machiniste déboîtait lentement pour faire cahoter son véhicule par les rues de Los Angeles, en direction du Gilmore Field Stadium.

— Si nous avions manqué ce tramway, nous aurions raté le début du match. Un véritable désastre.

Andy riait comme un enfant, épongeant son front en sueur à l'aide d'un mouchoir qu'il venait de sortir de sa poche.

— Pas de désastres aujourd'hui ! brailla Julie pour couvrir le raffut qui régnait dans le wagon bondé.

— Pas ici, en tout cas.

Et Andy de se pencher vers elle pour l'embrasser sur la bouche.

Comme ils lui étaient désormais familiers, le contact et le goût de ses lèvres sur les siennes. Elle oscillait au rythme du tramway, humait la fumée de tabac, se nourrissait des rires autour d'elle. Elle était heureuse. Andy, qui avait repoussé pour un temps ses tourments loin de lui, s'épanouissait aussi.

Vingt minutes plus tard, la cloche du véhicule retentit. Le machiniste immobilisa son engin. Andy se pencha à la fenêtre.

— On y est ? lança-t-il à l'homme.

— Et comment ! lui répondit un voyageur planté non loin de la porte. Regardez-moi ce stade !

— Allons-y.

Le jeune couple descendit du véhicule en même temps que les autres fans de baseball. Julie repéra le Farmer Market, à un jet de pierre de Fairfax Avenue. Elle avait déjà visité cet endroit, admiré ses minuscules éventaires, humé le parfum des oranges frais cueillies, des bonbons au caramel et des *enchiladas*, à la fois surprise et ravie de découvrir un marché rural en plein Los Angeles. D'ailleurs, en dépit du match qui les attendait, pour un peu elle eût proposé à son compagnon de s'y arrêter pour déguster une glace… Mais c'est alors qu'elle vit, devant eux, le nouveau stade… Qui l'édifice eût-il pu laisser de marbre ? Ses murs, d'un blanc éclatant, s'élevaient à des hauteurs vertigineuses. Elle jeta un coup d'œil en direction d'Andy, qui la poussait vers l'avant, sinuant avec habileté parmi la foule, la mine épatée. Lorsqu'ils atteignirent la billetterie, la file d'attente se révélait déjà d'une longueur remarquable.

— Sais-tu ce que tu vas voir en premier ? l'interrogea-t-il.

— Non. Mais tu vas me le dire.

— Attends un peu que nous gravissions la rampe d'accès. Droit devant.

Il ne se sentait plus de joie :

— J'adore ce moment qui précède la découverte du terrain. Toutes ces voix, l'électricité dans l'air…

Ils s'étaient engagés sur la rampe.

— Et maintenant… ouvre grand les yeux, fit-il sur un ton presque solennel.

Deux marches encore, et Julie vit ce qu'il désirait si fort qu'elle vît. Les ombres gigantesques jetées par les gradins se divisaient en deux à la façon des lourdes tentures de part et d'autre d'une scène de théâtre, laissant paraître le terrain dans toute sa splendeur. Une pelouse d'un vert pareil à celui des émeraudes les plus précieuses. Les lignes des bases, d'un blanc immaculé, quadrillaient admirablement le gazon, qu'on eût cru changé en tableau abstrait de Mondrian. Les gradins étaient bondés, des fanfares jouaient de la musique, des vendeurs de bière et de hot-dogs proposaient leur marchandise à la criée… Le tout sous un ciel parfaitement bleu, dans lequel brillait un soleil radieux qui paraissait effleurer la pelouse pour lui souffler un baiser.

Andy en avait le souffle coupé :

– Pour moi, c'est comme aller à l'église pour ceux qui ont la foi. Est-ce que ça te choque ?

– Non. Mais pourquoi cette comparaison ?

– La religion et la foi sont intemporelles, n'est-ce pas ? Eh bien, c'est la même chose pour le base-ball. Il s'agit du seul sport populaire dont les matchs n'ont pas de durée prédéfinie. Pas de montre, pas de chrono… Je trouve cela merveilleux. J'adore ce temps suspendu.

– Parce que, de cette façon, tout devient possible ?

– Exactement.

Il lui coula un regard acéré.

– Tu comprends donc ce que j'éprouve ?

– C'est nouveau pour moi, mais oui, je crois que je comprends.

En vérité, ce qui importait le plus à la jeune femme était de découvrir enfin son compagnon temporairement délesté du cynisme avec lequel il considérait le monde autour de lui. Ils descendirent prudemment les marches menant à l'un des premiers rangs. Andy siffla un vendeur ambulant.

– Deux bières ! lui lança-t-il. Et deux hot-dogs.

Ils s'assirent.

– Tu as vu ? Nous sommes pratiquement au bord du terrain. D'ailleurs, est-ce que tu y vois des têtes familières ?

Julie repéra un homme qui effectuait le tour du terrain en dansant – il faisait mine de frapper une balle invisible à l'aide d'une énorme batte.

— Qui est-ce ?

— Bah, un comédien de seconde zone. Il est en train de chauffer le public. Ici, c'est l'habitude.

Andy piocha dans sa poche de quoi payer le vendeur.

— Je te conseille aussi d'examiner le public. Parce que je peux déjà te dire que cet endroit va devenir la cour de récréation du Tout-Hollywood.

Julie venait justement de s'apercevoir que l'homme qui, devant eux, jurait à qui mieux mieux en ferraillant avec sa petite caméra d'amateur n'était autre que Rudy Vallée, le chanteur de charme. Et deux rangées plus haut, Bing Crosby criait des encouragements. Qui se tenait à côté de lui ? Elle n'en était pas certaine, car le soleil l'éblouissait, mais elle pencha pour Jack Benny, acteur et humoriste.

— Tu ne trouves pas que Crosby aurait bien besoin de se raser ?

Julie acquiesça et sourit en voyant son compagnon s'ingénier à tenir, sans rien renverser, une bière d'une main et un hot-dog de l'autre. N'étaient les célébrités qui les cernaient, songea-t-elle soudain, ils eussent pu se trouver à Fort Wayne.

— Pour quelle raison les gens du show-business sont-ils venus aussi nombreux ?

— Parce que la plupart des grosses légumes ont investi dans les Stars. Bob Cobb, le propriétaire du Brown Derby, a acheté l'équipe avec l'intention d'en financer le fonctionnement en vendant des actions à DeMille, à Crosby et à tout un tas d'autres. Pour le moment, l'équipe ne brille pas particulièrement, mais tout le monde veut en être.

— Et toi ?

Il secoua la tête.

— Ce n'est pas mon genre.

Une étincelle s'embrasa dans son œil.

— À part ça, as-tu envie de savoir qui nous a offert nos tickets ?

— Bien sûr.

— Carole Lombard. Mais elle n'a pas agi par pure bonté d'âme.

Il lui désigna une grande femme installée un peu au-dessus d'eux :

— Ma chère Julie, je te présente Rhea Gable. Parmi les avantages en nature qu'elle a réussi à obtenir avant d'accepter de divorcer se trouvaient des tickets d'entrée. Or, nos deux tourtereaux seront encore plus heureux qu'ils ne le sont déjà s'ils continuent à se tenir à bonne distance de cette femme.

Il poussa un cri de joie :

— Ça y est ! Cette fois, c'est parti !

*

Les joueurs de l'équipe locale, arborant des culottes et des chaussettes blanches, se déversaient à présent sur le terrain, accompagnés par les hourras de la foule. Julie les jugea, à cligner des yeux face à toute cette blancheur, d'une propreté presque suspecte pour des garçons qui s'apprêtaient à disputer un match de baseball.

— Pourquoi sont-ils en blanc ?

— C'est toujours le cas pour l'équipe qui reçoit.

Et Andy de lui appliquer un retentissant baiser sur la joue ; elle manqua de renverser sa bière.

— Je suis heureux que tu sois venue, fillette.

Julie exultait. C'était une délicieuse journée, bien que les Stars eussent commencé à s'effondrer dès la première manche. Et les gradins ? Pas de m'as-tu-vu, pas de postures avantageuses… La moitié d'Hollywood qui se trouvait là se passionnait réellement pour le match – l'on se fût cru davantage dans l'Indiana que dans la capitale mondiale du cinéma.

*

Le soleil commençait à décliner. Les Stars étaient en train de perdre, mais personne ne s'en offusquait.

Soudain, Andy se retourna d'un bond, excédé par la bruyante querelle qui, un peu plus haut dans les gradins, opposait deux spectateurs. Il s'agissait d'un maigrichon dont le tic nerveux faisait frémir en permanence la moustache, et d'un costaud à l'œil vitreux – par cette chaleur, il avait un peu forcé sur la bière. Tous deux s'époumonaient : le président Roosevelt allait-il, oui ou non, entraîner les États-Unis dans la guerre qui ne manquerait pas d'éclater bientôt en Europe ?

— Ce n'est plus qu'une question de temps, fit le maigrichon. Et il fera ça en douce, tu verras.

— Il a pas les couilles, répliqua son compère avec mépris. On n'ira pas.

— Tu rigoles ?

Le moustachu s'empourprait :

— Tous ces sales juifs sont en train de lui pousser au derrière. Pourquoi faudrait-il qu'on aille se faire trouer la peau pour des youpins, je te le demande ?

— Pour sûr. De toute façon…, fit le balèze au regard éteint. (Il vida sa canette de bière.) Les youpins de chez nous, ils ont qu'à retourner d'où ils viennent.

Les deux voix l'emportaient à présent sur les conversations alentour. Plusieurs spectateurs jetèrent un coup d'œil dans leur direction, puis se détournèrent pour se reconcentrer sur le match.

Julie sentit le corps d'Andy se tendre.

— Non, murmura-t-elle. Ignore-les. Ils n'en valent pas la peine.

Mais, déjà, Andy s'était levé. Il se retourna lentement, enjamba le dossier de son siège pour rejoindre la rangée supérieure. Il saisit le maigrichon par le col. Lorsqu'il arma son poing, l'homme rougit davantage encore.

— Répète un peu ce que tu viens de dire.

— Foutez-moi la paix, dit le moustachu en se tortillant pour échapper à la poigne d'Andy.

— Oh… Tu as peut-être envie de me présenter des excuses ?

— Retire tes sales pattes de ma chemise, siffla l'homme. Sale juif.

Pendant une poignée de secondes, la Terre s'arrêta de tourner. Jamais Julie n'avait vu à son compagnon ces traits sombres et glacés. Elle songea que, désormais, il était capable de tout.

— Andy ! s'entendit-elle crier. Non !

Deux policiers affectés à la sécurité du stade se matérialisèrent auprès d'eux, chacun s'emparant, qui d'Andy, qui de l'ablette à moustache.

— Calmez-vous, monsieur, conseilla doucement à Andy l'un des deux hommes. Ces deux-là, nous les avions déjà à l'œil, ne vous en faites pas, nous maîtrisons la situation.

— Pourquoi vous continuez pas à discutailler sur le parking ? lança l'autre agent aux deux compères. Ensuite, on enverra un télégramme à Roosevelt pour lui faire part de votre décision.

Quelqu'un, dans l'assistance, se mit à rire. Un petit rire nerveux et sans façon. Le silence qui suivit enveloppa Julie comme un lourd manteau.

Tandis que les policiers escortaient les deux [illegible]nards, qui titubaient, vers le tunnel ombreux par lequel on quittait le stade, personne ne prit garde à Andy.

Il ne lâchait pas des yeux les deux hommes, et le muscle de sa mâchoire ne cessait de se contracter.

— Allez, c'est bon, maintenant, brailla un spectateur, deux rangées plus haut. On peut continuer à regarder le match ? Vous vous mettrez sur la figure un autre jour.

Puis il baissa la voix pour s'adresser à son ami :

— Le juif bosse pour Selznick. Je le croise de temps en temps.

Andy avait-il entendu ? Julie se tourna vers lui, qui la fixait sans ciller. Étrangement, en dépit de ce terrible regard, il ne s'était pas départi de l'expression juvénile qu'il arborait depuis le début de la journée. Mais l'on venait de meurtrir cet enfant en lui. De lui faire beaucoup de mal.

— *Ignore-les ?* articula-t-il. Tu m'as bien dit : *Ignore-les* ?

*

Durant le trajet de retour, la jeune femme chercha les mots peut-être susceptibles de les faire sortir de l'impasse où les récents événements les avaient poussés. Ce type était un imbécile, mais en le provoquant, Andy n'avait fait qu'accentuer la portée de son discours antisémite. Il s'en rendait forcément compte à présent, mais ces remarques l'avaient affreusement blessé.

Chaque fois que Julie se tournait vers lui dans le tramway, elle devinait à son visage fermé qu'il avait décidé de la tenir à distance. Oh, certes, ils avaient parlé. Il lui avait appris de nombreuses règles du baseball qu'elle ignorait, ils avaient évoqué Fleming, que l'ingérence perpétuelle de Selznick excédait. Le garçon lui raconta encore que, de jour en jour, la quantité de rushs qu'on le chargeait de visionner augmentait considérablement.

— Du coup, fit-il en regardant par la vitre du véhicule, je ne pourrai sans doute pas te voir ce soir. Je vais récupérer ma voiture, puis te raccompagner chez toi.

— D'accord.

— Tu pourras en profiter pour travailler sur ton scénario.

Il consentait de louables efforts. Le regard de sa compagne s'embua.

— Andy, je suis désolée. C'était très insultant. Je n'avais pas l'intention de minimiser leurs propos, mais je voulais t'empêcher à tout prix d'intervenir.

Il se fendit d'un sourire maussade.

— Tu n'y es pour rien, fillette. Si ça se trouve, tu n'avais encore jamais entendu prononcer le mot « youpin ». C'est moi qui ai un problème, pas toi.

Elle ne voulait ni ne pouvait lui répondre qu'elle connaissait cette insulte – qu'elle l'avait entendue à maintes reprises, le plus souvent énoncée sur le ton de la plaisanterie. Y compris au Smith College. Le mot était articulé, suscitant quelques gloussements, une poignée de murmures, et, déjà, l'insulte et les réactions qu'elle provoquait s'évanouissaient. Il s'agissait d'un terme vaguement prohibé, qu'on n'employait qu'en présence de certaines personnes, et sur le contenu duquel on ne s'étendait jamais. Le spectateur qui, plus tôt, avait braillé l'injure de tous ses poumons l'avait éructée en même temps que sa haine. Dorénavant, s'il lui arrivait de l'entendre encore, elle ne se contenterait plus d'émettre un faible sourire avant de quitter la pièce ; elle ne se contenterait plus de juger le terme idiot ou grossier. Non. Elle espérait qu'à partir de maintenant, elle serait capable de contre-attaquer.

Mais comment pourrait-elle confier tout cela à Andy ?

– Non, répondit-elle. C'est moi.

Il lui effleura la main, en caressa les doigts. Mais il ne fit aucun commentaire.

10

Andy se gara sans bruit au bord du trottoir, devant la pension de famille. Comme il s'apprêtait à couper le contact, Julie s'aperçut pour la première fois que ses tempes commençaient à grisonner. Quelques heures plus tôt, elle l'eût plaisanté, il se fût mis à rire…

— Ça va, fit-elle. Inutile de descendre.

— Je te raccompagne toujours jusqu'à ta porte, répondit-il avec douceur.

— Non, je t'assure, insista-t-elle avec un mince sourire. C'est bon.

— Je t'appelle.

Elle se pencha pour l'embrasser sur la joue. Dans l'œil d'Andy s'embrasa, l'espace d'un instant, l'espièglerie du garçonnet auquel il avait permis de se manifester au bord du terrain de baseball. Il tourna la tête. Probablement pour lui donner un baiser. Mais il se détourna aussi vite.

Il avait filé. Debout sur le trottoir, Julie le regarda s'éloigner, avant d'examiner les ouvrages de stuc ornant la façade de la pension. Le bâtiment ne possédait rien d'exceptionnel : quatre étages coiffés de l'incontournable toit de tuiles en terre cuite rouge. Il en émanait une aura de respectabilité, quelque chose de rassurant. Y pénétrer revenait à tirer jusque sur son nez une couverture moelleuse. Ici, l'on se sentait protégé.

Comme elle s'approchait de la porte, elle songea que les voix de ses colocataires, qui lui parvenaient depuis le trottoir, ne se teintaient pas de cette pointe de rudesse si répandue à Hollywood. Peut-être finiraient-elles par changer. Peut-être Andy avait-il raison lorsqu'il lui affirmait qu'il n'était, pour la plupart des jeunes personnes éprises des vedettes de cinéma, qu'une sorte de trajectoire : descendante. Il leur arrivait de s'entretenir de ces sujets dans la cuisine, autour d'un plat de spaghetti accompagné d'un verre de vin rouge. Andy ne comprenait pas que la pension représentait les deux versions d'un même récit. Car cet endroit où les jeunes femmes avaient élu domicile était devenu pour elles un havre de paix. Elles s'y rassuraient, se réaffirmaient qu'elles n'étaient pas de ces filles guettées par l'échec. Cependant, un vent glacé traversait de loin en loin la bâtisse : qu'adviendrait-il après ? Faudrait-il se résoudre à devenir serveuse chez Bob's Big Boy, la chaîne de fastfoods ? Faudrait-il épouser le premier gentil garçon venu ? Ou bien… Ou bien… Ou bien vendre un scénario et voir sa carrière prendre tout à coup son essor ?

Julie, qui posait la main sur la poignée de la porte, était sûre d'une chose : elle ne retournerait pas dans l'Indiana. Quiconque s'installait à Hollywood n'en pouvait plus partir. Cela n'arriverait pas.

*

Rose leva le nez du dernier numéro de *Photoplay*, qu'elle lisait avec attention.

— Carole a appelé. Elle a acheté un tracteu Clark Gable. Jaune vif. Elle veut que tu l'aides à fai le papier cadeau. Un tracteur, tu te rends compte C'est vraiment la plus siphonnée de…

Elle s'interrompit, écarquilla de grands yeux en avisant l'expression de son amie.

— Ça ne va pas ? s'enquit-elle, tandis que Julie se laissait lourdement tomber sur son lit.

— J'essaie de déterminer si quelque chose s'est brisé entre Andy et moi aujourd'hui.

— Que s'est-il passé ?

Julie lui raconta l'histoire par le menu, citant mot pour mot les paroles des deux crétins assis derrière eux dans les gradins.

— Ce n'est pas catastrophique non plus, commenta Rose qui, distraitement, faisait tourner autour de son annulaire sa nouvelle bague en diamant, que, de temps à autre, elle caressait sans même y penser. J'ai l'impression qu'Andy est un peu trop vite sorti de ses gonds.

— Je crois plutôt que c'est moi qui aurais dû lui emboîter le pas. Quand j'ai regardé autour de moi, j'ai vu tous ces gens qui détournaient les yeux comme si…

Elle cherchait les mots les plus à même de traduirc sa pensée.

— Comme si ça allait leur permettre ensuite de se dire que rien n'était arrivé. Et moi, j'étais l'une d'entre eux.

— Tes parents savent-ils qu'il est juif ?

— Non.

— S'ils étaient au courant, ils désapprouveraient votre relation, n'est-ce pas ?

Rose avait le chic pour appuyer en un tournemain là où cela faisait le plus mal.

— En effet.

— Tu as envie d'épouser Andy ?

— Je l'ignore.

— Tu me dis ça parce que tu n'en sais vraiment rien, ou parce que tu ignores si, lui, aimerait se marier avec toi ?

— Rose…

— Je comprends: tu souhaites privilégier ta carrière.

— Oui. Pourquoi faut-il toujours qu'il y ait un mariage à la clé ?

Rose, à l'évidence, se navrait pour elle, et cela la mit mal à l'aise. Durant leur enfance et leur adolescence, on leur avait, à l'une comme à l'autre, inculqué les mêmes peurs, on leur avait adressé les mêmes mises en garde, on avait évoqué pour elles, parmi leurs cousines, ces vieilles filles, séchées sur pied, qui finiraient leur existence seules et sans un sou. On les avait prévenues qu'un goujat de la pire espèce pourrait toujours les déflorer. Pour ce qui était de la virginité, il était trop tard pour Julie – ce dont Rose se doutait probablement, mais il n'était pas question d'en parler maintenant. Et puis, Andy n'était pas un goujat.

— Le mariage n'est pas obligatoire, évidemment. Mais c'est en général dans le mariage que finissent par s'engager deux personnes qui s'aiment.

Un brin de pitié, encore. Julie se sentait tout à coup sur la défensive.

— L'amour, on peut aussi l'inventer de toutes pièces: la fille tombe enceinte, elle se rue jusqu'à l'autel pendant que ses amies comptent sur leurs doigts les mois qui lui restent avant l'accouchement. Quant à celles qui n'ont pas commis d'erreur, elles se sentent plus malignes que tout le monde.

— Je ne me sens pas plus maligne qu'une autre, répliqua Rose. Et je suis amoureuse.

— Je sais. Ce n'était pas à toi que je pensais. Mais le fait est que l'amour, ça se fabrique.

— Oh, arrête, Julie. D'accord, ça peut arriver. Mais la sécurité qu'on gagne en se mariant, ça vaut peut-être encore mieux qu'un véritable amour.

— Si je comprends bien, toi qui étais si romantique, te voilà devenue pragmatique ?

Julie n'ignorait pas qu'elle se débattait en vain.

— Je peux être les deux à la fois, figure-toi.

Comment Rose s'y prenait-elle pour se sentir à ce point satisfaite et si pleine d'assurance ? Julie se prit la tête à deux mains. Elle se trouvait ici pour explorer le monde de l'industrie cinématographique, pour écrire, pour prendre son envol. Au lieu de quoi sa vie s'était mise à tourner exagérément autour d'Andy. Si l'incident qui s'était produit au stade avait suffi à creuser entre eux un gigantesque fossé, alors, de quoi était fait, au juste, le cœur de leur relation ? Et bien qu'elle ne pût s'empêcher de rêver à une existence auprès de lui, quelle sécurité lui offrirait cette union, quand elle avait pris conscience aujourd'hui qu'elle connaissait à peine cet homme qu'elle chérissait ?

Rose saisit dans la sicnnc la main de son amie.

— Ce soir, tu dînes avec Jim et moi, décréta-t-elle avec fermeté. Tu as besoin d'un autre décor. Et il faut absolument que tu te changes les idées.

Julie ne pouvait décemment décliner l'invitation ; cela ferait de la peine à Rose.

— Merci, murmura-t-elle.

*

Julie ferma les paupières après s'être installée sur la banquette arrière de la voiture de Jim. Elle écoutait le jeune couple bavarder, soulagée de sentir un moment s'éloigner d'elle ses propres tourments. Le soir était tombé. De belles femmes en manteau de fourrure et des hommes élégants coiffés d'un chapeau claque déambulaient sur les trottoirs de Highland Avenue ou de Vine Street, en direction de leurs restaurants favoris. Plus leur mise était soignée, plus l'endroit où ils se rendaient se distinguerait par sa discrétion et l'excellence de ses mets – ces établissements, pour la plupart, se nichaient, dans une lumière tamisée, derrière des rangées de palmiers ou des haies très fournies. Quel était donc ce poème qu'elle se remémorait ? *L'Heure des enfants*. L'heure des cocktails. Cela lui faisait envie. Cela la rendait un peu mélancolique. Elle baissa sa vitre pour humer l'air. À ce moment de la soirée, il lui semblait toujours percevoir l'odeur de l'océan – ce qui était parfaitement ridicule : il se trouvait trop loin.

Elle abandonna sa rêverie dans un sursaut, en voyant Jim se garer devant le Chasen's. Elle ouvrit la bouche pour parler, puis se ravisa. Il était trop tard, et elle se fût montrée discourtoise en leur décrétant qu'il s'agissait là du dernier lieu à Hollywood où elle souhaitait passer cette soirée.

*

Le maître d'hôtel, qui lui jeta un bref coup d'œil surpris, les mena vers un box situé au fond de l'établissement. Rose, bavarde et enjouée, se glissa sur l'une des banquettes, Julie opta pour l'autre, cependant que Jim, désireux que sa fiancée, qu'il adorait, n'eût pas à attendre, héla un serveur. Bientôt, ce dernier apportait une bouteille de vin et, alors qu'elle levait son verre, Julie lorgna par-dessus l'épaule de Rose. Elle arrêta son geste.

Assis au bar, Andy lui tournait le dos, tête basse, l'œil déjà rivé à son cocktail favori, que le barman venait de poser devant lui. Les épaules affaissées, il semblait totalement privé d'énergie.

Julie cligna des yeux. Assise près de lui se tenait Doris Finch. Très près de lui.

La jeune femme porta son verre à ses lèvres, but une gorgée, le reposa lentement sur la table. Doris, pour sa part, caressait avec douceur la nuque d'Andy, à l'oreille duquel elle murmurait des paroles précipitées.

S'obligeant à détourner la tête, Julie fixa sa serviette de table. Ainsi sa jalousie d'adolescente était-elle justifiée. Il n'avait pas eu envie de passer la soirée avec elle. Pour quelle raison ne le lui avait-il pas annoncé tout de go ? Était-ce trop demander qu'un brin de franchise ? Des picotements lui parcoururent le corps entier, depuis le haut du crâne jusqu'aux orteils.

— Est-ce que ça va ? s'inquiéta Rose, qui n'avait pas encore repéré Andy ni Doris.

— Tout va bien, oui.

Il fallait qu'elle quittât cet endroit. Elle s'excusa, prétextant un besoin urgent de se repoudrer le nez. Mais tandis qu'elle s'extirpait de la banquette, elle pria pour qu'Andy ne se retournât pas. Elle n'était pas prête à l'affronter. Pas ici. Pas en présence de Doris, de Rose et de Jim. Elle se dirigea vers les toilettes des dames, les épaules raides, soulagée de connaître le chemin.

Elle n'eût pourtant pas dû ressentir un pareil embarras. Elle n'avait rien fait de répréhensible. Son unique erreur avait consisté à nourrir des rêves imbéciles d'une existence à deux, quand, à l'évidence, son compagnon préférait demeurer à l'extérieur de leur relation – il y pénétrait quelquefois, oh oui, et y jouissait de tous les privilèges accordés à un invité de marque, mais au final, il repartait vers son propre univers. Néanmoins, elle continuait de penser, contre toute raison, qu'un jour viendrait où elle dénicherait la clé capable d'ouvrir le cœur de ce solitaire… Il n'empêche. Elle se retrouvait ce soir en train de courir presque pour se réfugier dans les toilettes. La porte était droit devant. Quel lamentable cliché… La petite amie trompée ? Elle ne possédait pas même ce statut. Jamais il ne lui avait promis quoi que ce fût, se contentant de lui offrir un compagnonnage désirable et douillet, dans lequel elle avait placé tous ses espoirs.

Elle venait de poser la main sur la poignée de la porte en verre taillé. Elle ne pleurait pas. La porte capitonnée s'ouvrit en silence.

Pourvu qu'il n'y eût personne. Pourvu qu'il ne traînât pas dans les parages de ces grandes oreilles avides de répéter le moindre ragot à Louella ou Hedda dans le but de s'attirer leurs faveurs. Pourquoi se sentait-elle fébrile à ce point ? Elle se fichait pas mal des gens qui fréquentaient le Chasen's.

Les lieux étaient déserts. Même l'employée s'était absentée, qui d'ordinaire se tenait là, silencieuse et affublée d'un tablier blanc soigneusement amidonné, remettant aux clientes en train de papoter de minuscules serviettes en tissu avec lesquelles elles s'essuyaient les mains. Julie prit une profonde inspiration, étrangement rassurée de s'être dissimulée dans cette pièce à l'éclairage atténué, munie de miroirs si astucieusement disposés que les clientes les plus coquettes parvenaient à s'y voir sous toutes les coutures. Miroirs qui, pour l'heure, lui renvoyaient en multiples exemplaires son visage blême aux traits tendus. Elle appuya son front contre l'un d'eux, inspira encore…

La porte des toilettes s'ouvrit à toute volée – son capitonnage de cuir heurta le mur avec un bruit sourd. Julie, instinctivement, baissa la tête.

— On est bel et bien en train de soigner son petit cœur qui saigne, fit une voix. Je l'aurais parié.

Doris se tenait à l'entrée de la pièce, les bras croisés, aux lèvres un petit sourire crispé.

— Vous ignorez ce que je ressens.

En attendant, Julie se trouvait prise au piège.

— Il se peut que vous n'ayez pas compris davantage ce qu'Andy éprouvait. Vous êtes vraiment une gamine. De qui ou de quoi vous cachez-vous dans les toilettes des dames ?

— Je ne me cache pas.

Doris renâcla avec impatience et dédain. Elle ouvrit son sac à main, dont elle fit surgir un paquet de Lucky Strike, ainsi qu'une boîte d'allumettes. Déjà, une cigarette se glissait entre ses lèvres peintes en rouge vif. D'un ongle mêmement rougi, elle délogea une allumette, au moyen de laquelle elle embrasa le petit cylindre de tabac.

— Ne m'avez-vous suivie ici que pour jubiler ?

Doris aspira une bouffée, considéra la jeune femme d'un air las.

— Je me doutais que cette petite entrevue allait prendre des allures de scène de film. Pourriez-vous nous épargner cela à toutes les deux ? Il y a deux ou trois petites choses que vous devriez probablement savoir. Êtes-vous prête à les entendre ?

Julie ne rêvait que de la repousser pour sortir, mais elle ne réussit qu'à reculer d'un pas.

— Andy sait-il que je suis ici ?

Son interlocutrice haussa les épaules.

— Il ne s'est aperçu de rien. Et je me suis bien gardée de lui dire que je vous avais repérée dès que vous aviez posé le pied dans la salle de restaurant. C'est plutôt généreux de ma part, vous ne trouvez pas ?

— Il m'a dit qu'il allait travailler tard ce soir. À l'évidence, il a menti.

Julie essayait de s'exprimer avec une froideur qu'hélas, elle ne ressentait guère.

— Quel que soit ce qui peut se passer entre vous, cela ne me regarde pas, enchaîna-t-elle. Mais je n'ai pas envie de discuter avec vous. Ni avec lui.

Doris eut un sourire amusé.

— Vous êtes un vrai glaçon, hein ? Il a une fâcheuse tendance à se sentir attiré par ce genre de femme.

Julie éprouva soudain une intense fatigue, un épuisement pratiquement insurmontable. Elle refusait d'entrer dans ce petit jeu.

— J'ignore ce que cette remarque est censée signifier. Et je me moque bien de l'apprendre.

Doris accusa le coup, parut brusquement embarrassée – la cendre de sa cigarette, qui s'allongeait sans qu'elle y prît garde, menaçait de tomber.

— Ce soir, il avait besoin de compagnie.

Pendant une fraction de seconde, un léger trouble se devina de sous le maquillage parfait.

— Il a eu autrefois une relation avec quelqu'un comme vous, et ça n'a pas marché.

— Quelqu'un comme moi ?

Doris hésita, puis :

— Je ne veux pas qu'il souffre.

— Et vous êtes persuadée que moi, je vais forcément lui faire du mal ?

Julie sentait la moutarde lui monter au nez.

Doris se pencha en avant, écrasa sa cigarette dans un cendrier de cristal posé à côté du savon. Ses lèvres commencèrent de se distendre un peu, comme pour ébaucher un sourire, après quoi elle fit volte-face pour se diriger vers la sortie. Elle s'immobilisa :

— Oh, il me reste deux autres petites choses à vous apprendre. D'une, votre réaction au stade l'a choqué. De deux, il a appris il y a quelques heures que ses grands-parents venaient d'être arrêtés par les nazis.

La porte s'ouvrit de nouveau. Doris avait disparu.

*

Julie ne bougeait plus. Andy avait reçu là une affreuse nouvelle. Que, par surcroît, il redoutait. Pourquoi ne l'avait-il pas appelée ? S'imaginait-il réellement qu'elle n'était pas en mesure de comprendre ni de lui offrir son soutien ? De le réconforter dans l'épreuve ? Une petite voix s'insinua dans la cervelle de la jeune femme : c'est toi qui lui as conseillé de tourner le dos à ces deux antisémites, dans le stade.

Sors d'ici, s'ordonna-t-elle. Tu as besoin de temps pour réfléchir. De temps, peut-être bien, pour grandir un peu, aussi. Elle ouvrit la porte des toilettes, rejoignit la salle de restaurant, son brouhaha de voix mêlées aux cliquetis des couverts et au tintement des verres.

Ne parle pas à l'homme qui se tient toujours au bar. Respecte sa solitude. Ne t'occupe pas de la femme à côté de lui, qui exige de régner sans partage sur les émotions de ce garçon, et qui te le fait savoir une fois de plus en te jetant, par-dessus son épaule, un regard de triomphe. Fais la bise à ton amie qui, l'œil écarquillé dans son box, se demande ce qui t'arrive.

Hèle un taxi. Rentre chez toi. Installe-toi devant la vieille petite Corona, et mets-toi à en marteler le clavier. Fixe les mots que tu tapes, travaille jusqu'à obtenir une expression à la fois plus puissante et plus concise. Abandonne le point-virgule, trop prudent à tes yeux. Taille dans les adjectifs qui ne servent jamais qu'à se dissimuler derrière son petit doigt. Endors-toi sur cette satanée machine.

*

Oh, mon Dieu, la sonnerie du réveil.

Ouvre les yeux, vite. Il est l'heure d'aller travailler ?

Non. Il est l'heure de te rendre chez Carole Lombard.

11

Le chauffeur de Carole attendait patiemment dans un roadster noir, tandis que le premier soleil de la journée jetait des feux sur la carrosserie entretenue avec soin. Julie consulta sa montre, sauta dans la voiture, où elle se coiffa de ses doigts en crocs. Tout juste avait-elle eu le temps de se vêtir, puis d'annoncer à Rose, médusée, qu'elle lui expliquerait tout plus tard. Elle était censée retrouver l'actrice dans son ranch et l'y aider à préparer les lieux, afin qu'ils fussent prêts pour l'emménagement du couple. Elle aurait mieux fait de se concentrer sur sa mission au lieu de passer la nuit à gamberger. Elle jugea son comportement puéril. Il était si facile de tout ramener à soi. Si elle souhaitait se tourmenter à tout prix, il lui suffisait de songer à ce que pouvait éprouver Andy depuis qu'il avait appris l'arrestation de ses grands-parents. Ces circonstances avaient ouvert une brèche dans leur relation, qu'à un moment ou un autre elle s'efforcerait de combler. Mais pas aujourd'hui. Sinon, elle risquait de recommencer à s'apitoyer sur son sort. Durant la dernière partie de cette nuit trop longue, qu'elle avait passée à fomenter de drôles de rêves, la tête sur le cadre métallique de la machine à écrire, elle s'était dit qu'il lui fallait à tout prix grandir.

*

Carole se tenait devant le ranch d'Encino, exhibant une salopette et des bottes crottées. Elle avait relevé, les attachant à l'aide d'un élastique, ses blonds cheveux au sommet de son crâne. Elle n'était pas maquillée. Débordante d'entrain, elle ouvrit la barrière d'un coup de pied, avant de faire signe au chauffeur de s'engager dans l'allée récemment gravelée.

— Salut, ma jolie ! lança-t-elle en grimpant dans le véhicule à côté de Julie. Sam, soyez gentil, allez donc chercher des bottes pour cette demoiselle. Je crois qu'il en reste plusieurs paires dans le camion.

Elle se tourna vers son assistante :

— D'abord, je vous fais faire le tour du propriétaire. Mais ensuite, nous devrons peindre les clôtures. C'est du séquoia. Avez-vous déjà peint du bois de séquoia ? On m'a prévenue que ça risquait d'être coton. Il ne supporte pas d'être barbouillé en vert.

Julie secoua la tête et s'apprêtait à répondre, mais Carole s'était mise à rire, désignant d'un geste les vastes étendues de part et d'autre de l'allée.

— Des champs de luzerne, annonça-t-elle. Des citronneraies. Dix hectares en tout. Je n'en crois toujours pas mes yeux. Allez, on descend. Il faut que je vous montre un truc. La visite guidée, tout compte fait, ce sera pour plus tard.

Elle bondit hors de la voiture avant même que celle-ci se trouvât à l'arrêt. Sans hésiter, Julie l'imita. Que se passerait-il si elle enduisait ses chaussures de boue ? Bah… L'enthousiasme de l'actrice se révélait communicatif.

— Là-bas, déclara celle-ci à sa compagne, nous sommes en train d'installer un poulailler. Vous voyez ? Il se trouvera à deux pas de la maison. Comme ça, je pourrai aller ramasser les œufs tous les matins. J'irai les chercher en chemise de nuit. Ici, pas de danger de trouver un admirateur planqué dans les buissons. Vous avez déjà ramassé des œufs que des poules venaient de pondre ?

Julie secoua la tête.

— C'est le cas de dire que je suis en train de devenir une vraie mèrc poule. Pour un peu, on dirait que c'est moi qui les ponds, ces œufs-là.

De la mélancolie passa sur ses traits.

— J'aimerais bien, cela dit. Toujours est-il qu'avec Clark, nous faisons tout pour.

Sa bonne humeur reparut aussitôt.

— La porcherie, elle, se trouvera là-bas.

Elle fronça le nez.

— Je n'ai aucune intention de rendre visite à ces bestioles. Et puis j'attends la livraison d'un superbe tracteur. Rose vous a-t-elle prévenue que je voulais qu'on l'emballe dans du papier cadeau ?

— Oui, oui. Nous pourrions le garnir d'un très large ruban et…

— Oh non… Je tiens à ce qu'il soit dans un paquet.

Saisissant sa compagne par la main, elle l'entraîna jusqu'à la grange, puis lui montra les écuries, à l'intérieur desquelles elles pénétrèrent. Le long des murs se donnait à voir, impeccablement rangé, tout l'équipement nécessaire : pelles, râteaux, balais de tailles diverses…

— Il ne manque que les chevaux, observa Carole. Clark est en train d'en acheter. J'ai tellement hâte qu'ils arrivent. Je sais déjà qu'il refusera catégoriquement de nettoyer leur crottin, mais je m'en fiche.

Il me suffira de penser à retirer mon pantalon avant de rentrer dans la maison.

Elle s'esclaffa.

— Nous ferons des promenades à cheval ensemble tous les matins. Bon Dieu… Nous allons nager dans le bonheur.

Elle se tut un instant, puis :

— Même si, en réalité, tout n'est pas toujours rose.

Elle jeta un coup d'œil en direction de Julie :

— Dans un couple, rien ne reste jamais parfait bien longtemps.

L'invitation faite à la jeune femme de se livrer demeura suspendue entre elles pendant quelques secondes.

— Hier, il s'est passé quelque chose pendant le match de baseball, commença Julie.

— Je suis au courant.

— Les nouvelles vont vite, à ce que je vois…

— L'industrie du cinéma ne dort jamais. Et avec ce qui se passe actuellement en Europe, tout le monde est sur les dents. Juif ou pas juif.

— Vous croyez que cet incident pourrait lui nuire ?

Dis non, dis non, je t'en supplie…

— Il s'est pris de bec avec un antisémite, n'est-ce pas ? Il faut être honnête : la plupart des gens s'empressent de flanquer ce genre de poussière sous le tapis. Mais Selznick a de grandes ambitions pour Andy, et presque tout le monde le sait. Alors non, je ne pense pas que ça freinera sa carrière.

— Ses grands-parents…

— Je suis aussi au courant. Vous avez bavardé avec Doris, hein ?

Julie, qui d'abord n'avait pas eu l'intention de s'épancher, changea soudain son fusil d'épaule :

— Il a pris ses distances avec moi parce que j'ai voulu l'empêcher de voler dans les plumes de ces deux sales types. Hier soir, il est sorti avec elle. Et elle m'a appris qu'il y avait eu un jour une autre femme dans sa vie, et que cette femme et moi étions faites du même bois.

— Doris possède un caractère très protecteur.

Carole soupira :

— Bah… De toute façon, vous l'apprendrez tôt ou tard, alors autant que ce soit moi qui crache le morceau : il y avait une femme, en effet. Très différente de vous, cela dit. Et puis… ça a été l'accident.

Elle plongea le regard dans l'une des stalles, examinant avec un intérêt feint les porte-selles et les mangeoires.

— Que s'est-il passé ?

— Êtes-vous certaine de vouloir en entendre davantage ?

— Bien sûr que oui.

— Vous savez ce que c'est que ce machin-là ? fit l'actrice, tendant l'index en direction d'un engin qui ressemblait à un petit chariot. Un épandeur à fumier. C'est pas croyable tout ce qu'il faut acheter pour des canassons.

— Carole…

— D'accord… Ça s'est passé il y a deux ans. Andy sortait avec une fille prénommée Nicky. Une jolie blonde qui convoitait un rôle dans un film de la MGM. La rumeur prétendait qu'elle fricotait avec Mayer pour arriver à ses fins, mais ça, personne ne le saura jamais. Quoi qu'il en soit, un soir, ils étaient sortis pour boire un verre, ils en ont sifflé plusieurs, ils ont pris sa voiture à elle, puis ils se sont dirigés vers Sunset Boulevard à toute blinde. C'est du moins ce qu'on m'a raconté.

— Oh, mon Dieu…

— La bagnole est montée sur le trottoir, ils ont évité de justesse un type en train de promener son chien, après quoi ils se sont écrasés contre un arbre. Andy s'en est tiré sans une égratignure, mais le visage de sa copine était salement amoché. Le rôle lui est passé sous le nez. Au tribunal, Andy a plaidé coupable pour conduite en état d'ivresse. Il a payé une amende et passé une semaine au frais. La fille a crié sur tous les toits qu'il était responsable de l'accident. À partir de ce jour-là, elle a refusé de lui adresser la parole. Fin de la belle histoire.

Baissant le regard sur ses souliers, recouverts à présent d'une croûte fangeuse, Julie se demanda, la tête vide, s'il serait possible de rendre au daim son aspect initial. Pourquoi diable Carole lui rapportait-elle cette histoire avec une telle désinvolture ?

— C'est terrible, finit par souffler Julie d'une voix tremblante. Il aurait pu la tuer.

— Pour sûr. Si c'était lui qui s'était trouvé au volant.

Julie coula à sa compagne un long regard éberlué.

— C'était elle qui conduisait ?

— Il a prétendu que c'était lui, mais même la police avait des doutes sur sa version des faits. Elle avait l'habitude de rouler à tombeau ouvert, et la plupart des gens ont pensé qu'il avait endossé la faute pour sauver la réputation de sa chérie. D'autant plus qu'il était censé être amoureux d'elle. Il avait à cœur d'endosser le rôle du gars sur lequel on peut compter.

— Et elle, elle a accepté qu'il se sacrifie ?

D'une main, Carole effleura sa joue gauche.

— Eh oui. C'était une vraie roublarde. Doublée d'une pleurnicheuse.

L'œil de Julie suivit la main de l'actrice. Si l'on regardait attentivement, on distinguait une cicatrice à peine visible aujourd'hui, qui lui barrait le visage, souvenir d'un accident de voiture dont elle avait été victime à dix-huit ans – sa carrière avait failli s'arrêter net. Mais Carole possédait un courage et une volonté qui forçaient l'admiration : elle avait exigé qu'on pratiquât sur elle une intervention de chirurgie réparatrice sans anesthésie, afin que les muscles de son visage ne se relâchent pas, ce qui eût risqué d'empêcher les cicatrices de s'estomper par la suite.

Julie frissonna.

— Nicky a-t-elle récupéré son visage d'avant ?

— Oui. Mais ses qualités d'actrice n'avaient rien d'exceptionnel. Mayer s'est servi de ce qui lui était arrivé pour se débarrasser d'elle. Du coup, elle est allée se lamenter dans toute la ville en décrétant qu'Andy avait ruiné sa carrière. Une fois qu'elle a eu épuisé le filon, elle a dégoté un boulot d'hôtesse de l'air.

Carole secoua la tête.

— Andy n'a jamais essayé de se défendre.

Julie éprouva pour lui une immense tristesse.

— Vous en savez beaucoup plus sur lui que ce qu'il a bien voulu me raconter.

— Pas vraiment. Au début, il ne représentait à mes yeux que le type le mieux placé pour me permettre d'entrer en contact avec Selznick.

Les deux femmes quittèrent la grange, puis se mirent à marcher en silence, ce qui leur arrivait rarement. Devant elles, par-delà les arbres et d'épais buissons, Julie entraperçut la demeure. Une maison à pignons, blanche, dans laquelle, dès qu'on la voyait, l'on devinait qu'on s'y sentirait bien. Sous les auvents d'un vert un peu passé, la véranda invitait le visiteur à s'installer dans l'un de ses fauteuils en toile pour lever le nez vers le ciel bleu et jouir tout son saoul de l'existence. Un ciel toujours bleu… Ne s'agissait-il pas d'une formidable promesse ? Andy, pour sa part, eût décrété que toutes les promesses étaient mensongères. Mais ici, l'on ne se trouvait pas sur un plateau de tournage. Carole Lombard se moquait bien des plateaux de tournage. Ici, Clark Gable et elle ôteraient leurs panoplies de vedettes internationales et prendraient du bon temps.

— Vous devriez lui parler, suggéra l'actrice avec douceur. Et réfléchir de votre côté pour savoir ce que vous voulez vraiment.

— Mais comment ? Vous… Comment étiez-vous si sûre de votre amour ?

— Ce que je vous ai dit le jour où nous nous sommes rencontrées, ma chérie, je le pensais de tout mon cœur. Ce que je veux se trouve sous nos yeux : je veux le ranch, je veux Clark. Vivien se plaint de sa mauvaise haleine quand il l'embrasse, mais qui est-ce que ça dérange ? Pas moi, en tout cas. Je veux aussi un bébé. Je veux pouvoir accrocher des photos de famille dans tous les coins. En poser sur les tables, certaines dans des cadres en argent, d'autres pas, je veux des clichés de nos bébés en train de grandir. Puis des photos de Clark et moi en train de vieillir… Je veux des têtières sur le dossier de nos fauteuils…

Elle s'arrêta pour reprendre haleine.

Comme Julie s'apprêtait à émettre un commentaire, elle se ravisa, ayant entendu des voix en provenance de la résidence principale.

– Des journalistes, déclara l'actrice en plissant les yeux face au soleil. Quelle guigne. Je parie qu'il y a encore eu des drames sur le tournage. Ils veulent recueillir les impressions de Clark. Je parie que c'est Vivien. Elle pleurniche dès qu'on lui scotche les seins pour lui faire un semblant de décolleté. Avec moi, ils n'auraient pas rencontré ce genre de problème. Si vous voulez mon avis, cette gosse est une mauviette.

Les deux femmes se remirent en route, mais arrivées en vue de la véranda, Carole s'émut assez pour faillir trébucher : Louella, Louella la replète, la femme aux yeux de pierre, se tenait, pareille à une reine, au beau milieu de ses assistants et de ses cameramen – l'on eût juré d'une dame patronnesse.

– Si vous m'aviez tout raconté en premier…, ronronna-t-elle en refermant des doigts tels que des griffes sur l'avant-bras de Carole.

– Raconté quoi ?

– La vérité concernant le bébé de Loretta Young, ma chère. Les jeunes messieurs aiment faire les quatre cents coups, n'est-ce pas ?

L'actrice la dévisagea, puis parcourut du regard le petit groupe avide de décrire plus tard la plus infime des expressions de son visage, en sorte que, mettant tout à coup les mains sur ses hanches, elle lâcha un grognement d'une inélégance rare :

– Pour l'amour du Ciel, cette histoire date d'il y a quatre ans. Elle était d'ailleurs terminée depuis longtemps quand je suis entrée en scène. Pourquoi voudriez-vous que ça m'empêche de roupiller la nuit ?

— Elle est adorable, repartit Louella. Une fillette exquise. Et le portrait craché de Clark. Loretta sait garder un secret, c'est le moins qu'on puisse dire.

Un faux pas de la part de Carole, et l'échotière s'empresserait de répandre la nouvelle dans le monde entier. Les manières impitoyables de Louella dévastaient Julie, mais Carole, Carole l'actrice, entra en scène au moment le plus judicieux :

— Louella, ma chérie, serions-nous encore un peu contrariée de n'avoir pas été mise au courant de mes projets de mariage ? Je mourais pourtant d'envie de vous compter parmi nous, mais vous savez ce que c'est, je n'ai pas eu une minute à moi. À présent, il est de mon devoir de vous tenir au courant de nos péripéties, des mille anecdotes qui ont émaillé notre voyage… N'est-ce pas, Julie ?

Elle se tourna vers cette dernière, qui ne put qu'acquiescer.

— Je me sens abandonnée, fit Louella d'une voix de miel, quand rien, dans son comportement, ne trahissait le moindre navrement.

Au contraire. Elle se tourna vers Julie, avec un mouvement si prompt qu'il fit à celle-ci l'effet d'un fouet qui claque :

— À ce propos, votre petit ami s'est retrouvé hier en bien fâcheuse posture. Un commentaire, ma chère ?

Julie ouvrit la bouche, mais Carole la devança :

— Il a fait preuve d'un courage exemplaire, lança-t-elle d'une voix chargée d'admiration. Tenir la dragée haute à ces deux pochards qui, soit dit en passant, n'auraient jamais dû être autorisés à pénétrer dans le stade…

— Il est des gens pour en dire autant du charmant Mr Weinstein, murmura Louella.

Se plaçant résolument devant Julie, Carole saisit l'échotière par le bras:

— Si vous me promettez de tenir votre langue à propos de cette histoire, je vous confierai la date de notre emménagement. Je serais tellement ravie que vous puissiez vous joindre à nous pour fêter cet événement. D'autant plus que question potins autour du tournage d'*Autant en emporte le vent*, nous aurions de quoi nous amuser. Tiens... N'allez surtout pas répéter que c'est moi qui vous l'ai dit, mais je suis prête à parier que cette pauvre Vivien ne remplit même pas un bonnet A.

Plongeant la main dans son sac en peau de serpent, Louella en fit surgir un carnet. Julie demeurait médusée: comment Carole Lombard devinait-elle d'instinct à quel genre de pirouettes elle devait se livrer pour toujours retomber sur ses pattes?...

*

Plus tard dans la journée, après que Louella et sa troupe eurent déserté les lieux, Carole et Julie, chaussées de bottes, vêtues d'un bleu de travail et armées de pinceaux, s'agenouillèrent sur des sacs en toile de jute pour enduire d'épaisses couches de peinture les poteaux de la clôture ceignant les écuries – la tâche paraissait interminable.

— Louella est une langue de vipère, fit calmement l'actrice en repoussant de la main une mèche échappée de sa queue-de-cheval, qu'elle macula de peinture. Mais elle ne peut pas m'atteindre. Je me fiche comme d'une guigne de Loretta Young et de son bébé. Toute cette histoire date d'avant ma rencontre avec Clark. Ce qui m'intéresse, c'est ce qui peut se passer à partir de maintenant.

Julie trempa son pinceau dans le pot, avant d'étaler avec lenteur un long trait gélatineux sur l'un des poteaux. *À partir de maintenant* ?…

— Je ne crois pas…, commença-t-elle.

— Voyons, chérie. Si l'occasion se présente à elles, toutes les bonnes femmes du secteur sont prêtes à se faire sauter par le roi d'Hollywood. Mon devoir consiste à protéger mon investissement. Pour cette raison, j'aimerais que, pendant un moment, vous passiez un peu plus de temps sur les plateaux de tournage.

— Pour quoi faire ?

— Oh… Jouer les garçons de courses pour notre fringant Rhett Butler. Parce qu'à la fin de la journée, quand Pa redevient Clark Gable, je sais que je n'ai plus rien à craindre.

Julie ne savait de quelle façon réagir.

— Allons, la rassura l'actrice. Ne vous minez pas. C'est simplement le prix à payer pour avoir ce que je veux. Rien n'est gratuit.

Son assistante opina. Elle apprenait bien davantage au contact de Carole Lombard que durant les années qu'elle avait passées au Smith College.

*

La nuit commençait à tomber lorsque Rose la retrouva à la porte de la pension, une enveloppe entre les mains et l'œil chargé d'espoir.

— Il a laissé ça pour toi il y a environ une heure. Il a proposé que tu le rejoignes au studio, si tu pouvais. Il avait l'air triste, tu sais.

Julie déchira l'enveloppe. Sur le billet qu'elle contenait, Andy n'avait écrit qu'une ligne :

Je t'ai vue au Chasen's. S'il te plaît.

Il était tard. À cette heure, la plupart des employés avaient quitté les bureaux de la Selznick International Pictures, mais le gardien, à l'entrée principale, ne parut pas surpris de la découvrir là.

— Vous cherchez Mr Weinstein ? lui demanda-t-il avec chaleur. Il est en train de visionner des rushs et de vérifier les emplois du temps.

La jeune femme acquiesça d'un signe de tête. Que pouvait bien penser le vigile de cette arrivée tardive ? Et pour quelle raison s'en souciait-elle ?

— Où puis-je le trouver ?

— Dans la bibliothèque des Douze Chênes. Ils ont quelques problèmes avec les accessoires. Vous allez voir, madame, le décor est superbe. On a d'ailleurs du mal à croire que des gens ont un jour vécu dans des endroits pareils. Mais vous l'avez peut-être déjà visité ?

Elle opina avec un sourire. La bibliothèque des Douze Chênes – la somptueuse demeure d'Ashley Wilkes – constituait une réplique parfaite des bibliothèques que l'on pouvait admirer dans de telles propriétés au moment de la guerre de Sécession – c'est du moins ce que voulait croire David O. Selznick. Il s'agissait d'un des décors favoris de la jeune femme. À deux reprises, au terme d'une journée de tournage, elle l'avait visité avec l'impression de se trouver elle-même vêtue de soie, encombrée d'une robe à crinoline. Elle avait tenté de saisir l'un des ouvrages qui, par centaines, s'alignaient contre les murs jusqu'au plafond, oubliant que le contenu des étagères n'était qu'une façade en carton.

*

Il lui parut étrange, en cette soirée printanière, de pénétrer dans un univers d'illusion où la réalité n'avait pas droit de cité.

Assis dans le canapé, Andy, perdu dans ses pensées, fixait l'âtre, où ne s'élevaient pas de flammes. D'épaisses mèches de cheveux noirs lui tombaient sur le front, au point de plonger son regard dans l'obscurité. Julie s'en émut : elle avait besoin de voir ses yeux.

— Je suis navré de t'avoir menti après le match, fit-il sans se tourner vers elle.

— Doris t'a donc raconté…

— Elle n'a pas eu besoin de le faire. Je t'ai vue quitter le restaurant. Ce n'était pas à elle de t'apprendre ce qui était arrivé à mes grands-parents. J'aurais dû m'en charger. Il y a des tas de choses que j'aurais dû faire.

Pourquoi ne se décidait-il pas à affronter le regard de la jeune femme ? Elle s'approcha d'un pas hésitant.

— Andy…

Enfin, il leva le nez – la lassitude qu'elle lut dans ses yeux la poussa involontairement à battre en retraite.

— Assieds-toi, lui proposa-t-il. J'ai des choses à te dire.

— Andy… Je suis affreusement désolée pour tes grands-parents. Ce que tu craignais tellement a fini par se produire. Je comprends mieux ce qui t'a encouragé à t'en prendre à ces deux types. Quant à ce qui se passe entre Doris et toi, cela ne me regarde pas, je veux seulement…

— Arrête.

S'arrêter ? Impossible. Les digues enfin se rompaient :

— Je suis également au courant pour l'accident de voiture. Et pour la femme dont tu étais amoureux. Je sais aussi que tu as fait de la prison pour elle.

— Non…

— Arrête d'endosser la responsabilité du drame à sa place, le supplia-t-elle.

Un soupir à fendre l'âme. Il détourna le regard.

— Même ça, il a fallu que tu l'apprennes de la bouche de quelqu'un d'autre.

— Je te comprends mieux, désormais. J'arrive à peine à imaginer ce que tu as dû éprouver à ce moment-là. Bien sûr, j'aurais aimé que tu m'en parles, mais je ne veux pas que cela change quoi que ce soit entre nous. S'il te plaît.

Elle patienta. Hésitait-il ? Une seconde, guère plus. Après quoi, plaçant ses mains sur les joues de la jeune femme, il lui donna un baiser léger.

— Et maintenant, fit-il, je vais te raconter le reste.

Elle s'assit.

… Ce soir-là, ils quittèrent le bar en pleine dispute. Mayer se servait de la promesse d'un rôle important comme d'une carotte pour obtenir d'elle ce qu'il souhaitait. Il y eut des pleurs, des accusations, des cris au moment où ils atteignaient la voiture. Pour quelle raison désirait-elle à toute force devenir une actrice ? Elle aurait mieux fait de laisser tomber… Qu'est-ce que tu essaies de me dire ? Que je n'ai aucun talent ? C'est bien possible. Va te faire voir… Encore des larmes. Et la colère qui montait. Tu ne crois pas en moi. Tu ferais n'importe quoi pour décrocher un rôle. Tu attaches bien trop d'importance à ta soi-disant carrière. Elle s'empara des clés de la voiture. Très bien. Si Hollywood ne veut pas de moi, alors, moi je ne veux ni de toi ni d'Hollywood. Elle s'installa au volant. Le moteur se mit à rugir. Andy courut pour grimper dans le véhicule à son tour et prendre place in extremis sur le siège passager. Les pneus crissaient, la voiture quitta le trottoir pour s'engager sur la chaussée.

— J'étais furieux, et je lui ai craché ce que j'avais sur le cœur. J'avais peur qu'elle finisse dans le lit de Mayer dans l'unique but de décrocher ce fichu rôle. Mais je me suis montré trop dur. J'aurais mieux fait d'essayer de la calmer. Elle était plus fragile que je le croyais. J'aurais peut-être dû lui dire : « Hollywood n'a qu'à aller se faire voir. Moi, c'est toi que je veux. »

Julie ne soufflait mot.

— Si je ne lui ai rien dit de tel, c'est qu'à ce moment précis, je n'étais plus certain du tout d'avoir envie de passer ma vie avec elle. La célébrité l'obsédait.

— Comme la jeune fille qui a sauté du haut du panneau *Hollywoodland* ?

Il jeta à Julie un coup d'œil effaré. Cette fois, il ne la lâchait plus du regard.

— La vérité, c'est que quand elle a écrasé la voiture contre un arbre, j'ai pensé que je lui devais bien ça. Elle avait le visage très abîmé.

— La femme qui t'a jeté le contenu de son verre à la figure lors de la réception…

— Une amie de Nicky. Qui reste persuadée que c'est moi qui conduisais. D'ailleurs, je n'ai jamais changé ma version des faits.

— Pourquoi ?

— C'est toi qui me poses cette question ? Toi, une femme ? Voyons... Si un homme ne réussit pas à devenir un héros, il peut au moins essayer de faire preuve de noblesse. Ou de gentillesse, tout bêtement.

Il émit un sourire mince.

— Tout ce que je désirais, c'était oublier cette histoire. La fourrer dans un coin de ma tête et cesser d'y penser. Je n'avais pas l'intention de ruminer là-dessus ni d'en discuter avec qui que ce soit. Je ne sais pas au juste le genre d'image que je désirais te renvoyer. Peut-être parce que j'ai compris depuis le premier soir que nous étions très différents l'un de l'autre. Après ce qui s'est déroulé au stade... Je ne suis peut-être pas l'homme qu'il te faut. Je me suis fait peur moi-même, Julie. Quand j'ai attrapé ce type par le col...

— C'est grotesque, voyons. Arrêtons de gamberger là-dessus.

Il secoua la tête.

— Non. Jamais tu n'oublieras cet incident. De toute façon, je suis trop vieux pour toi. Nous courons à la catastrophe, fillette.

— Arrête de m'appeler « fillette ». Ne m'appelle plus jamais « fillette ». C'est ta manière à toi de me rabaisser. De me rendre inférieure à toi.

— Tu ne comprends donc pas ? Tu ne m'es pas inférieure. Tu es différente de moi. Comme elle l'était.

— Oh, je vois. Elle n'était pas juive, elle non plus. Quelle excuse en or, Andy.

— Se cantonner à cela reviendrait à minimiser le problème. Un véritable fossé nous sépare, tu le sais aussi bien que moi. Quel genre d'accueil me réserverait ta famille si tu m'amenais avec toi à Fort Wayne pour le dîner ?

— En réalité, tu n'es pas la victime dans cette histoire ! se fâcha-t-elle. C'est toi qui pratiques une discrimination contre moi ! Je t'aime. Voilà, ça y est, c'est dit. Et je me fous bien de savoir si tu es encore amoureux de cette femme qui t'a laissé aller en prison à sa place. C'est du passé.

Elle s'apercevait, en les prononçant, que ses mots étaient à très peu près ceux de Carole. Le hasard n'y était pour rien. Comme l'actrice, elle savait ce qu'elle voulait.

Andy ne cillait pourtant pas. Soudain, la jeune femme comprit la raison de ce flegme apparent.

— Tu as peur que je me révèle plus fragile que prévu, fit-elle, hébétée. Comme Nicky.

— Tu es belle. Tu es douce, intelligente. Et tu crois aux merveilles d'Hollywood. Si tu t'effondres, je ne tiens pas à en être la cause.

— Tout le monde ne s'écroule pas, pour l'amour du Ciel. Regarde Carole. C'est un roc, capable de résister à n'importe quelle épreuve.

Il fit silence un moment. Les paroles qu'il prononça ensuite vidèrent littéralement Julie de sa substance :

— Elle craquera. Un jour ou l'autre. La plupart des gens finissent par dégringoler.

— C'est du moins ce que tu veux croire à tout prix.

— Je le sais par expérience, rien de plus.

Ils se tinrent longtemps sans mot dire, comme pétrifiés, prêts pour la prochaine scène à tourner, n'attendant plus que l'ordre du réalisateur pour s'animer. Mais Julie avait beau tendre l'oreille, elle n'entendait rien. C'était à elle que revenait désormais la charge d'écrire la suite de son histoire.

12

Lundi matin. Lorsqu'elle vit Jerry Bryant pénétrer sur le plateau, Julie s'enfonça du mieux qu'elle put dans le fauteuil de toile qu'elle occupait. Elle n'était pas d'humeur à bavarder. Pas dans l'état où elle se trouvait. Ayant jugé qu'il faisait plus froid aujourd'hui que les jours précédents, elle serra contre elle son pull-over en mohair gris, dans l'espoir qu'il achèverait de la rendre invisible.

Trop tard. Jerry, qui l'avait repérée, avançait dans sa direction, aux lèvres un large sourire carnassier. Depuis leur première rencontre, le jour où il avait abordé avec Carole Lombard la question de son cycle menstruel, il avait baptisé Julie sa « copine » et n'en démordait plus. La jeune femme songea qu'il devait avoir une faveur à lui demander. Pour quelque obscure raison, il estimait en effet que rien ni personne, sinon Julie, ne possédait le pouvoir de maîtriser l'indomptable actrice, qui violait toutes les règles qu'il tentait d'édicter.

Il était inutile de ressasser la scène avec Andy : il lui avait, à peu de chose près, opposé une fin de non-recevoir. Toutefois, au terme d'une nuit presque sans sommeil, elle s'accordait enfin le droit d'éprouver de la colère. Elle ne mendierait plus. Elle avait honte d'elle. Il n'était plus question qu'elle se laissât disparaître dans ces méandres. Elle allait continuer d'écrire. Et maintenant, si seulement Jerry consentait à l'ignorer…

Derrière lui, elle distinguait Clark Gable, affalé dans un fauteuil de toile ; il attendait que le tournage de la scène commençât. Victor Fleming ayant pris place à ses côtés, les deux hommes riaient en buvant de la bière. À l'évidence, l'acteur n'avait pas besoin de Julie. Et pourtant, elle demeurait là, sur ses gardes, mal à l'aise. N'existait-il donc au monde aucune relation stable ? Bah… Pour l'heure, elle agissait pour le compte de Carole. Cela lui suffisait.

Il lui apparut soudain que ne régnait pas dans l'air, aujourd'hui, cette électricité qu'on y sentait les autres jours. Personne ne s'affairait, ce qui se révélait pour le moins étrange.

— Bonjour, ma jolie, tonna Jerry.

— Salut, Jerry. De quoi avez-vous donc besoin ?

Pas le mauvais bougre, se dit-elle. Mais terriblement agaçant.

— D'un coup de main avec Vivien. Vous venez ?

Elle se leva à contrecœur. Aussitôt, l'homme la prit par le bras pour la guider vers une porte, au fond du studio, menant à la salle des costumes.

— La situation est en train de nous échapper complètement. Elle ne décolère pas. Mais aujourd'hui, cela dépasse tout.

Julie n'avait nul besoin d'autre explication. Jerry avait pour mission d'empêcher à tout prix que les tensions lors du tournage d'*Autant en emporte le vent* ne fissent pas la une des journaux. Hélas, la « situation » qu'il évoquait devenait peu à peu ingérable. Rien n'apaisait Vivien Leigh. Et Selznick n'avait rien arrangé en exigeant que des gardes se tinssent vingt-quatre heures sur vingt-quatre autour de la demeure louée par la jeune femme sur North Camden Drive. À présent que Carole et Clark étaient enfin mariés, le producteur ne voulait plus que quiconque travaillait pour lui continuât de « vivre dans le péché » – faisant allusion à la relation entre Vivien Leigh et Laurence Olivier. Cette véritable mise au secret ne favorisait assurément pas l'harmonie sur le plateau.

Lorsqu'ils pénétrèrent dans la salle des costumes, Julie resta bouche bée. Jamais encore elle ne l'avait visitée. Où qu'elle jetât le regard, elle voyait des tenues accrochées à des cintres rembourrés – il y en avait là plusieurs centaines, toutes confectionnées pour les besoins d'*Autant en emporte le vent*. Suivant les directives de Selznick, des quantités astronomiques de superbes tissus avaient été produites par de petites filatures dispersées sur deux continents, puis livrées ici même afin qu'on en fît des robes dont la somptuosité éblouirait l'ensemble des spectateurs.

Julie longea lentement une rangée de vêtements, résistant avec difficulté à la tentation d'effleurer du doigt les soies ou les velours. Elle ne put s'empêcher de toucher un exquis jupon de dentelle que l'on eût cru fait de fils de la Vierge – aussi fragiles qu'une toile d'araignée, et comme elle trempés d'argent.

Des voix finirent par lui parvenir du fond de la pièce :

— Je vais tout abandonner ! hurla une femme. Tout abandonner ! Et les deux autres, là-bas, qui sont en train de se taper sur le ventre en buvant de la bière. Le film, ils s'en moquent comme de leur première liquette !

— Vivien.

— Écoutez, ma chérie, essaya de l'adoucir Jerry.

— Je ne suis pas votre chérie, le moucha l'actrice. Je me retrouve prisonnière dans ma propre maison, et tous les jours, on me saucissonne dans ces costumes… J'exige que tout cela s'arrête.

Un essaim d'essayeuses et d'habilleuses faisaient cercle autour d'elle, impuissantes, attendant que l'orage s'éloignât. Vivien ayant soudain aperçu Julie, elle fondit en larmes :

— Vous êtes la bonniche de Lombard, n'est-ce pas ? Arrangez-vous pour que ces crétins cessent de se moquer de moi.

Elle saisit un livre, qu'elle brandit sous le nez de la visiteuse – celle-ci identifia un exemplaire fatigué d'*Autant en emporte le vent* :

— Savez-vous ce que Victor m'a répondu quand j'ai insisté une fois encore pour qu'on utilise ces dialogues ?

Les larmes lui montèrent aux yeux :

— Il m'a dit de me débarrasser de cette « cochonnerie ». Et voulez-vous que je vous apprenne autre chose ? Il n'a pas lu le roman. Pas plus que cette fadasse de Leslie Howard. Ils s'en fichent. Ils s'en fichent complètement.

Sans plus réfléchir, Julie s'avança, étreignit l'actrice :

— C'est terrible, souffla-t-elle.

Jerry, qui avait blêmi, se mit à gesticuler. Que voulait-il qu'elle fît ? Qu'elle imitât les manières de Fleming, qui traitait Vivien Leigh comme une enfant gâtée ? Dire qu'il n'avait même pas lu le roman… Chacun, ici, savait que le réalisateur était un rustaud mal dégrossi, comme Clark Gable – mais Julie ne digérait pas qu'il n'eût pas au moins daigné lire le livre de Margaret Mitchell.

Vivien s'apaisa presque immédiatement. Continuant toutefois à sangloter en sourdine, elle se laissa tomber dans un fauteuil. L'une des essayeuses lui tendit un mouchoir. L'actrice adressa un pâle sourire à Julie :

— Merci. Cela fait chaud au cœur de ne pas devoir se contenter d'une réponse condescendante.

Dès lors, Vivien haussa le menton, se remit debout afin qu'on la sanglât de nouveau dans son costume – ce dont elle ne se plaignit pas –, puis se dirigea d'un pas résolu vers le plateau.

Après tout, il s'agissait d'une actrice. D'une professionnelle.

— Surtout, Julie, si l'envie vous prend de venir travailler pour moi…, commença Jerry, vivement impressionné.

— Merci, Jerry, répondit la jeune femme, s'obligeant à sourire. Mais j'ai d'autres projets.

*

À quelques soirées de là, Julie se trouvait assise dans le séjour de Carole Lombard, à Bel Air, un verre de vin blanc à la main, dont elle examinait les jeux de lumière qui s'y produisaient chaque fois qu'elle le portait à ses lèvres – elle faisait tout pour se convaincre qu'elle était ailleurs qu'ici. Hélas, elle ne pouvait pas ne pas voir la tête blonde de l'actrice, penchée en silence sur son manuscrit, qu'elle était en train de lire.

Jamais je n'aurais dû le lui remettre. C'est trop tôt. Il aurait fallu que j'y travaille encore. Je ne suis plus en cours à l'université. Elle va me trouver ridicule.

Elle avait récemment passé le plus clair de son temps à regarder Vivien et Clark tourner diverses scènes, prise après prise, pendant des heures. Au début, l'exercice l'avait fascinée. Hors caméra, les deux vedettes plaisantaient, partageaient quelques potins, buvaient du café… Mais dès l'instant où ils entraient en scène, l'atmosphère autour d'eux se tendait ; la passion submergeait tout. Comment parvenaient-ils à de telles prouesses ? Comment effectuaient-ils avec un pareil brio leurs allées et venues entre la fiction et la réalité ? Au terme de cette journée-là, cependant, la jeune femme se sentit piégée entre les mâchoires d'un étau comme Vivien dans les baleines de son corset. Il lui fallait agir pour que quelque chose se mît à avancer. Elle n'avait plus entendu parler d'Andy depuis leur dernière entrevue. Pas un mot. Il lui manquait. C'était dangereux. Si elle échouait à se prouver à elle-même qu'elle n'était pas la créature fragile en quoi il l'avait dépeinte, plus jamais elle n'aurait confiance en elle.

Carole tourna la dernière page, posa une main sur le manuscrit, avant de relever le nez vers Julie, une étrange expression sur le visage.

— C'est bon. Aussi bon qu'une nouvelle. C'est de nous que ça parle ?

— Pas vraiment, s'empressa de répondre Julie. Je me suis sans doute inspirée de votre exemple, mais mes personnages sont l'un et l'autre de pures fictions.

Allait-elle, oui ou non, cesser ce babillage inutile ? Les traits de Carole, eux, demeuraient immobiles.

— C'est comme ça que vous voudriez que nous soyons ? demanda l'actrice avec douceur.

— Non, non, ce n'est pas ça… Ce n'est jamais qu'une histoire…

Était-ce bien vrai ? À présent, elle commençait d'en douter.

— Il n'y a aucun mal à croire aux contes de fées, ma chérie. D'ailleurs, il arrive que les rêves se réalisent.

Elles se turent un long moment, avant que Carole rompît enfin le charme :

— Voulez-vous un conseil ? Apportez votre manuscrit à Frances Marion. Grâce à lui, vous obtiendrez au moins votre carte de membre. Pensez à votre travail en ces termes. Les démarches seront plus faciles.

— Mon scénario en vaut vraiment la peine ?

— Bien sûr que oui. Et puis, il dévoile votre personnalité. Je vais appeler la secrétaire de Marion dans la matinée. La rencontrer ne vous posera pas le moindre problème. Elle adore mettre le pied à l'étrier aux jeunes talents. Ce qui n'est le cas d'à peu près personne d'autre ici.

Ce soir-là, de retour à la pension, Julie se coucha, éteignit les lumières, son scénario contre son cœur. La pile de feuillets lui tenait chaud, en même temps qu'elle pesait lourd sur sa poitrine. Sa « carte de membre »… Membre de quoi ? D'une entité au sein de laquelle Andy n'aurait pas sa place, bien qu'elle mourût d'envie qu'il en fût autrement.

*

Tout s'était déroulé sans le moindre accroc.

— Oui, Mlle Marion vous invite à prendre le thé chez elle samedi, fit la voix métallique de sa secrétaire dans l'écouteur du téléphone quelques jours plus tard. À 14 heures. Vous connaissez le chemin, j'imagine ?

— Non.

Un petit rire aimable se fit entendre à l'autre bout du fil. La secrétaire lui indiqua brièvement l'itinéraire à suivre avant de raccrocher.

À bord d'une voiture qu'elle avait empruntée à Jim, le fiancé de Rose, Julie s'engagea sur Angelo Drive, en quête de ce que le jeune couple lui avait décrit comme l'une des demeures les plus élégantes d'Hollywood.

— On jurerait une hacienda, ajouta Jim. Ils auraient pu la récupérer en Espagne pour venir la déposer intacte au sommet de cette colline. Le terrain est immense. La maison, c'est son mari et elle qui l'ont construite. Il est mort.

Julie découvrit un édifice en stuc crème, qui s'élançait vers le ciel avec beaucoup de grâce. Ayant franchi une arche, elle pénétra dans une cour pavée de briques, qui s'enroulait autour d'une fontaine ornée de tuiles mexicaines aux couleurs vives. Des parterres de fleurs et de plantes rares, pour la plupart inconnues de la jeune femme, apportaient à la beauté du décor une touche exotique. Elle se gara dans un coin, coupa le moteur, tandis que, déjà, un assistant se hâtait dans sa direction avec un large sourire ; il ouvrit sa portière.

— Mlle Marion vous attend. Le séminaire s'apprête à commencer.

— Le séminaire ?

Perplexe, Julie entra dans la maison.

*

Elle découvrit un salon muni d'arches élancées et de jolies fenêtres à petits carreaux.

Installées sur des chaises à dossier haut disposées en demi-cercle, et manifestement aussi émues que

Julie, se trouvaient une demi-douzaine de femmes, qui se jaugeaient les unes les autres au moyen de brefs coups d'œil furtifs. Personne ne soufflait mot. Une domestique parut, affublée d'un tablier très blanc, qui versa le thé dans les tasses, fit circuler une assiettée de biscuits secs, avant d'annoncer à ces dames que Mlle Marion n'allait plus tarder.

Julie, qui avait pris place sur la dernière chaise disponible, s'ingéniait maintenant à empêcher sa tasse de cliqueter dans sa soucoupe en dépit de ses mains tremblantes. Elle sourit prudemment à l'inconnue la plus proche d'elle, qui possédait des yeux vifs et gris, et maîtrisait mieux que ses compagnes l'art de tenir sa tasse en équilibre sans paraître sur le point de la renverser.

— Bonjour, fit-elle. Je m'appelle Emily.

Elle arborait des cheveux courts, presque noirs, dont la coupe un peu démodée lui conférait cependant un air de désinvolture que Julie lui envia aussitôt.

— J'arrive à peine à croire que je suis ici. Pas vous ? Peut-être devrions-nous nous pincer pour nous assurer que nous ne rêvons pas. Nous sommes dans le salon de Frances Marion ! Comment avons-nous réussi une telle prouesse ?

Deux des visiteuses parurent choquées, les autres faisant mine de n'avoir pas entendu. Julie, sans plus réfléchir, s'esclaffa.

— Voilà qui est extrêmement flatteur, commenta une voix puissante et musicale. Toutefois, permettez-moi de mettre les choses au point : à l'époque actuelle, d'autres que vous ne se sentiraient nullement impressionnées. Toujours est-il que vous vous trouvez ici parce que vous avez du talent, que vous désirez faire carrière dans l'industrie cinématographique, et que je tiens à vous aider. Bienvenue.

Frances Marion ayant entre-temps pénétré dans la pièce, elle échangea une poignée de main avec chacune de ses invitées. Elle portait une robe grise en crêpe de laine à col et poignets blancs, qui épousait si élégamment sa silhouette qu'elle se révélait un subtil mélange de sophistication et de sensualité. Elle avait un sourire chaleureux et, dans sa poignée de main, la brusquerie de la professionnelle le disputait au sens de l'hospitalité.

Elle se dirigea vers la cheminée, sur le manteau de laquelle elle s'empara d'une statuette dorée que chacune dans le salon identifia sans peine.

— Permettez-moi de vous présenter l'objet le plus convoité d'Hollywood, déclara-t-elle, l'œil pétillant tandis qu'elle le brandissait. Voici le mystérieux gentleman au corps parfait que nous appelons tous Oscar. Il pèse nettement plus lourd que vous ne l'imaginez sans doute. Tenez…

Elle le remit à Emily, qui ne dissimula pas sa surprise.

— Vous voyez ce que je veux dire ?

— Oh, mon Dieu…, articula la jeune femme, qui eut bien du mal à brandir la statuette à son tour. En effet.

Elle se tourna vers Julie. Lorsque les doigts de celle-ci se refermèrent sur le métal froid, un frisson lui parcourut l'échine.

— Ce que je tiens à vous dire en tout premier lieu, c'est qu'Oscar constitue un symbole parfait. Il s'agit d'un homme, un homme musclé, serrant entre ses mains une rutilante épée. En revanche, la moitié de son crâne, celle qui est censée abriter son cerveau, ses concepteurs l'ont tronquée. En d'autres termes, mesdames, cet endroit qu'on appelle Hollywood est dirigé par des hommes, qui ne brillent pas toujours par leur intelligence. Alors, je vous en prie, ne les laissez pas vous en mettre plein la vue.

Les visiteuses s'entreregardèrent en souriant ; elles se détendaient. Elles n'allaient pas assister à un séminaire ordinaire. Durant les quarante minutes suivantes, Frances Marion les interrogea sur leurs travaux en cours, insistant sur le fait qu'elle lirait volontiers tous les scénarios qu'elles seraient tentées de lui remettre.

— Mais, pour travailler ici, vous devez comprendre une chose : nous n'appartenons pas à l'univers de la littérature. Écrire un scénario revient à sonner le clairon. Quatre ou cinq notes tout au plus, à répéter sans cesse.

Il y avait davantage, bien davantage que cela, songea Julie, qui prit un peu de temps pour formuler sa question :

— Nous vous admirons toutes, commença-t-elle, parce que vous avez écrit de merveilleux scénarios pour Mary Pickford, ainsi que pour la quasi-totalité du gratin d'Hollywood. Vous n'êtes tout de même pas en train de nous dire que ces travaux ne valent pas grand-chose ?

— Non. Mais il n'y a pas de place, ici, pour les romanciers. Pas de place pour celles ou ceux qui ont besoin d'un orchestre symphonique pour raconter leur histoire. Je préfère vous l'indiquer d'emblée, afin de vous éviter plus tard de vives déceptions. C'est Cary Grant qui a exprimé le plus justement cette notion : « On a notre usine, qui s'appelle un plateau. On fabrique un produit, on le colore, on lui donne un titre, puis on l'expédie dans des boîtes de conserve. »

Elle plongea son regard dans celui de Julie, à laquelle elle adressa un léger sourire :

— Cela vaut également pour un film comme *Autant en emporte le vent*, ajouta-t-elle calmement.

*

L'on servit le thé au jardin. Julie apprit de la bouche d'Emily, assise à côté d'elle, qu'elle avait proposé un scénario à Selznick, dont elle n'avait plus jamais entendu parler depuis.

— Même chose pour moi, intervint d'une voix flûtée une femme rondelette, qui se régalait d'un scone préalablement trempé dans de la crème du Devonshire. Ils pourraient au moins avoir la politesse de répondre non. Vous ne trouvez pas ?

Pour toute réaction, ses compagnes soupirèrent en chœur.

L'après-midi passa comme un songe. Lorsque vint l'heure de prendre congé, Julie déposa son scénario sur une table – elle abandonnait ainsi une part d'elle-même, avec l'espoir que cette part s'épanouirait. Elle observa ses compagnes, dont chacune plaçait aussi un travail sur la table ; toutes éprouvaient des sentiments identiques. Julie n'avait pas peur. Au contraire : elle était aux anges. Ces femmes lui ressemblaient. Il s'agissait d'idéalistes, certes, résolues à tracer leur sillon dans un monde presque exclusivement masculin, mais pour autant elles ne se berçaient pas d'illusions. Comme elle redescendait la colline, après les avoir saluées toutes, elle se mit à rire. À rire à gorge déployée en se remémorant l'Oscar de Frances Marion. Privé de la moitié supérieure de son crâne.

13

— Avez-vous déjà reçu des nouvelles ? Si c'est oui, je vous offre le champagne. Dans le cas contraire, ce sera un scotch bien serré.

Carole était en train de mesurer la superficie de la salle à manger du ranch avec Julie, dans le but d'y étendre sur le sol une peau d'ours que l'actrice avait rapportée d'une vente aux enchères, séduite, avait-elle affirmé, par la « noble tête » de l'animal.

— C'est superbe, n'est-ce pas ? s'enthousiasma-t-elle tandis que les deux jeunes femmes tiraient et poussaient la peau de bête vers le centre de la pièce. Je suis sûre que ça rentre. C'est obligé. Visez-moi un peu ces dents… Je veux que sa tête se trouve face à Clark quand nous prenons le dîner. Il va adorer. Alors… Champagne ou scotch ?

— Scotch, soupira Julie.

Il pleuvait. Les gouttes tambourinaient contre les vitres, leur fracas entrecoupé çà et là par des coups de tonnerre au loin. Sur l'horizon, par-delà le déluge, un mince ruban de lumière chiche luisait encore.

Elle balaya la salle à manger du regard. Peu à peu, la maison se remplissait. La plupart des meubles étaient de style Early American, auxquels la propriétaire des lieux avait ajouté quelques touches Western

– dans l'une des pièces, les fusils de Clark Gable occupaient les quatre murs dans leurs râteliers. Dès que celui-ci aurait tourné la dernière grande scène d'*Autant en emporte le vent*, les jeunes mariés s'installeraient à Encino. Carole, de son côté, avait achevé deux films, dont *L'Autre*, pour la RKO – ce qui signifiait qu'elle n'aurait plus l'occasion de moquer gentiment Cary Grant au sujet de son véritable nom – « Archie Leach ? Oh, mon pauvre garçon… Tout le monde devrait avoir droit à une seconde chance. » À présent, elle avait tout loisir de courir les boutiques et les brocantes pour tenter d'y dénicher des trésors auxquels, parfois, elle était la seule à accorder du prix. La peau d'ours, par exemple.

Julie se laissa tomber sur cette dernière, en évitant avec soin de croiser le regard de l'animal. Une réelle amitié liait maintenant les deux femmes. Plut tôt dans la journée, elles avaient vidé le car loge de l'actrice, allant jusqu'à en ôter les canapés blancs, les lampes, afin de n'abandonner derrière elles qu'une caravane pareille à une autre. Bien que Carole eût depuis un certain temps achevé le tournage du *Lien sacré*, cette caravane lui avait permis de demeurer plus longtemps que prévu non loin de Selznick – celui-ci estimant que tout ce qui rendait Carole heureuse contribuait aussi au bonheur de Clark.

— Pauvre David, observa l'actrice. Il doit se sentir soulagé de me voir déguerpir. D'autant plus que ma brillante idée d'hier n'a pas dû arranger l'opinion qu'il s'est faite de moi.

La « brillante idée » avait consisté à organiser un lâcher de plusieurs centaines de ballons lors d'un pique-nique à la Selznick International Pictures auquel étaient conviés l'équipe technique et les acteurs. Hélas… Ils avaient dérivé en direction du ciel de l'Atlanta d'*Autant en emporte le vent*, interrompant le tournage d'une scène. Puis, le soleil se révélant très chaud ce jour-là, les ballons s'étaient mis à éclater les uns après les autres. Les employés de la maintenance s'étaient alors dispersés à travers l'ensemble du décor, effarés, en quête des petits morceaux de baudruche colorés qui s'éparpillaient aux quatre coins du faux Atlanta. Selznick n'avait guère apprécié l'incident, d'autant plus que Carole, fort amusée par la mésaventure, n'avait pas jugé bon de lui présenter des excuses. Clark lui avait décrit plus tard Selznick, jurant comme un charretier en arpentant les lieux, où il ramassait lui-même des fragments de baudruche.

— Il n'y a que toi pour te tirer d'un pareil mauvais pas sans une égratignure, avait-il déclaré à son épouse en gloussant.

— J'aimerais bien avoir des nouvelles, fit Julie.

Elle plia puis déplia ses doigts, raidis par l'absence d'exercice sur la machine à écrire. Cela faisait une éternité, lui semblait-il, qu'elle ne les avait plus posés sur le clavier. Plus de deux semaines, en tout cas.

— Je comprends. Les créateurs vivent la peur au ventre à l'idée de semer leur graine sur une terre infertile.

Julie ne put s'empêcher de rire.

— Voilà que je réécris la Bible à ma sauce, commenta Carole avec un sourire radieux. C'est que j'ai quitté l'école à quinze ans, voyez-vous.

Elle se pencha au-dessus du bar, examina les bouteilles, en puisa une, déjà entamée, de Johnnie Walker Black :

— Le préféré de Clark. Un peu raide, mais c'est ce dont vous avez besoin aujourd'hui. Verre en cristal ou verre à moutarde ?

— Ça m'est égal.

— Dans ce cas, vautrons-nous dans le luxe.

Elle revint avec deux verres en cristal, ainsi que la bouteille, puis se rassit sur la peau d'ours. Elle se versa une dose copieuse, avant de tendre l'autre verre à son amie.

— Alors… C'était comment, de fréquenter une université collet monté comme le Smith College ? Est-ce que tout le monde se déplaçait en bicyclette et portait des bermudas ? Personne pour vous maquiller avant la classe, je suppose ?

Julie cligna des yeux, soudain pleine de nostalgie…

— Je m'y suis beaucoup plu, finit-elle par répondre. Mais l'ambiance y était vraiment trop corsetée. D'ailleurs, il y a bien longtemps, Margaret Mitchell a, elle aussi, fréquenté cet établissement. Il paraît qu'elle l'a détesté. Elle a décampé le plus vite possible.

Carole lui tendit la bouteille.

— Vous, vous êtes restée coincée là-bas, et c'est elle qui empoche le million de dollars. Allez : cul sec.

Julie emplit son verre, le vida d'un trait. Aussitôt, elle réitéra la manœuvre ; cette fois, elle s'étrangla.

— Si je comprends bien, savoir boire correctement ne fait pas partie des enseignements de base du Smith College, observa l'actrice en reprenant la bouteille des mains de son amie. J'ai regardé Clark le faire. Une bonne rasade à la fois. Ça donne du courage.

Elle emplit son verre à ras bord, but, rendit la bouteille à Julie.

— Quand avez-vous découvert que vous vouliez devenir actrice ?

— Je n'ai pas vraiment eu d'illumination. Les choses se sont faites un peu par hasard. Je jouais au baseball avec les garçons, dans la rue, après l'école. Un producteur, qui rendait un jour visite à ma mère, se tenait sur la véranda et il m'a vue…

Elle haussa les épaules.

— J'ai toujours été nulle en géométrie.

— Vous allez trouver que je me vante, si je vous réponds que moi, en géométrie, je n'obtenais que d'excellentes notes ?

L'actrice lui décocha un sourire faussement diabolique.

— Passons plutôt aux choses sérieuses. Avez-vous jamais joué au baseball quand vous étiez gosse ?

— Je n'ai jamais su frapper.

Dans son quartier, les garçons organisaient des matchs le soir, dans la rue. Une fille qui ne savait pas frapper devait se contenter d'observer le spectacle depuis le trottoir.

— Moi, j'adorais ça…, fit Carole, rêveuse. J'adorais le contact de la batte, le bruit qu'elle faisait à l'instant où elle touchait la balle. Par-dessus le marché, je courais à toute vitesse. Certains soirs, j'avais l'impression que, si j'accélérais encore un peu, j'allais m'envoler.

Elle leva un bras, dont elle examina les muscles avec une curiosité dénuée d'émotion.

— Je me demande si j'en serais encore capable…

— Je parie que vous pourriez réussir tout ce qu'il vous prendrait l'envie d'entreprendre.

— Bref, voici ma question.

Et l'actrice de froncer les sourcils :

— Qu'est-ce que ça peut bien être qu'une hypoténuse ?

— Le plus long côté d'un triangle.

— Mazette… Dans cette ville, on en connaît pourtant un rayon question triangles, et j'aurais parié que le côté le plus long, c'était le bonhomme.

Julie pouffa en se servant un autre verre.

— Sommes-nous vraiment en train de nous noircir consciencieusement ? fit-elle. J'ai l'impression de tourner un western.

— Scène du saloon, *Danger au déjeuner*, première prise !

Et Carole d'engloutir une formidable gorgée de scotch, avant de pousser un cri de joie.

— Une scène épatante, partenaire. On a bien mérité de se jeter une bière derrière la cravate.

Son nez rosissait peu à peu.

— J'ai quelque chose à vous demander, commença Julie.

— Alors dépêche-toi, parce que d'ici peu de temps, on sera trop paf toi et moi pour être encore capables d'aligner deux phrases.

— Quand je vous vois, j'ai toujours l'impression que vous n'avez peur de rien. Mais y a-t-il quand même quelque chose qui vous fait peur ?

— Les ours. Les ours vivants. J'adore les ours morts.

Elle tapota la tête de l'animal sur la peau duquel elles avaient pris place.

— Comment peut-on n'avoir peur de rien ? Sauf à se moquer de l'avenir ?

— Ma chérie… Comment peut-on n'avoir peur de rien ? Sauf à passer sa vie à se tourmenter ? Je passe la mienne à me mettre la rate au court-bouillon pour les choses qui m'importent le plus.

Elle fronça les sourcils.

— Vous comprenez ce que j'essaie de vous dire ?

Julie n'en était pas certaine. Pour la énième fois, la bouteille changea de main.

— Je veux réussir à vendre mon scénario, fit-elle, et puis je veux Andy. J'en demande peut-être trop.

— Oh, foutaises... Et si c'est la lune que vous désirez, eh bien, foncez, allez la décrocher.

— Nous n'avons pas parlé tous les deux depuis un bon moment.

Songeant à ce silence entre Andy et elle, Julie eut mal à l'estomac. À moins qu'il ne s'agît de l'abus d'alcool...

— Quant à Frances Marion, vous vous trompez peut-être. Si ça se trouve, elle a lu mon scénario et l'a trouvé lamentable.

— Avec Andy, vous êtes seule juge, et votre histoire ne regarde que lui et vous. Mais pour ce qui est de Frances, je vous jure qu'elle reprendra contact avec vous.

L'actrice plissa les yeux pour tenter de voir à l'intérieur de la bouteille de scotch.

— Elle est vide, constata-t-elle avec surprise. Voulez-vous que j'en débouche une autre ?

Elle s'interrompit, tendit l'oreille...

— J'ai entendu quelque chose.

Julie opina :

— Je croyais que mes oreilles bourdonnaient.

La pièce, à présent, tournait autour d'elle.

— Je crois que le téléphone est en train de sonner.

Carole essaya de se remettre debout, mais elle retomba sur la peau d'ours :

— Mes jambes ne me portent plus, pouffa-t-elle. Bah... Je n'ai qu'à y aller en rampant.

Sitôt dit, sitôt fait. Elle progressa lentement en direction du téléphone installé dans le hall. Une fois parvenue à destination, elle tira le fil à elle. L'appareil dégringola sur le sol. Carole s'empara du combiné, que d'abord elle tint à l'envers, puis, d'une voix enjôleuse :

— Allô ?

Elle écouta.

— Bien sûr qu'elle est ici, répondit-elle. Je vais la prévenir. À quelle heure ? Qui est à l'appareil ? Mais la bonne, voyons, chérie.

Elle raccrocha, avant de ramper cette fois vers la peau d'ours.

— Quand on parle du loup… C'était la secrétaire de Frances. Elle tient à ce que vous assistiez à une conférence dans le bâtiment des scénaristes de la MGM, demain matin. À 9 heures.

— Ce coup de fil était pour moi ?

La salle de séjour tanguait dangereusement. Julie s'efforça de se lever, mais s'effondra immédiatement, telle une marionnette dont on eût coupé les fils.

— Ils aiment mon scénario ?

Elle demeurait incrédule.

— Disons plutôt, pour le moment, qu'on vous a invitée à votre première séance de dissection littéraire. Vous allez découvrir enfin les dessous du processus créateur. Toutes mes félicitations !

L'actrice parvint à se remettre debout tant bien que mal, malmenant les boutons de son vieux pantalon en gabardine.

— Ce truc a rétréci, maugréa-t-elle, avant d'enchaîner : m'est avis que c'est le moment ou jamais de siroter un peu de champagne. Juste une goutte.

Les mots de Carole flottaient dans la cervelle brumeuse de Julie. Elle entendit sauter le bouchon de la bouteille, sentit les bulles lui picoter les narines ; les deux femmes, à présent, serraient chacune une flûte. Intarissable, l'actrice ponctuait ses interventions de quelques rires, tandis que Julie, au milieu de cette maudite salle de séjour qui, maintenant, tournait plus vite qu'un manège de foire, demeurait rivée à un mot. Un unique mot. Dissection…

*

Impitoyable, le soleil matinal continuait de s'élever au ciel. Julie se dévisageait dans le miroir de la salle de bains du ranch d'Encino. Devant elle : un pot de crème à raser, ainsi que deux brosses à dents – une rouge, une jaune –, se tenaient au garde-à-vous sur une mince étagère de verre – à l'évidence, les propriétaires des lieux en prenaient chaque jour un peu plus possession. Pas de produits cosmétiques cependant. Pas de brosses, ni de crèmes, ni de baumes – tous se trouvaient encore dans la villa de Bel Air.

La brosse à dents de Carole… S'agissait-il de la rouge ? De la jaune ? Julie passa la langue sur l'étrange substance farineuse qui tapissait sa cavité buccale. Songeant à de la moisissure, elle eut un haut-le-cœur.

Voilà donc ce qu'était une gueule de bois… Il lui était arrivé déjà de s'enivrer un peu, mais jamais au point d'en éprouver un tel malaise ensuite. Si sa mère la voyait, elle sombrerait dans le plus profond désespoir. Sa fille, son adorable fille diplômée du Smith College avait la gueule de bois… Bah… Pourquoi eût-il fallu s'en étonner ? Elle vivait dans la cité du vice. Julie fronça les sourcils, posant son front douloureux contre le miroir glacé de la salle de bains. Sa mère avait-elle jamais prononcé ces paroles ? Elle ne s'en souvenait pas. Le fait est qu'à coup sûr, elle les pensait.

La jeune femme cligna des yeux dans l'espoir d'en chasser cette brume rougeâtre. Quelle heure pouvait-il bien être ? Elle n'avait pas pu regagner seule la pension la veille au soir. Carole, navrée, lui avait prêté un pyjama. Elle le portait toujours. Appartenait-il à Clark Gable ? « Le pyjama que j'aurais pu user si j'avais tenu le rôle de Claudette Colbert dans le film que vous savez, avait gloussé Carole. Sur ce, bonne nuit. Mettez le réveil. Et prenez ma voiture. Trouvez-vous une tenue dans ma garde-robe mais, par pitié, ne me réveillez surtout pas. »

L'actrice avait ensuite gravi l'escalier, ouvert la porte de la chambre, où elle avait réveillé Clark, surpris. Julie avait entendu son amie pouffer, taquiner son époux. Puis avait retenti la voix sensuelle et bourrue de baryton. L'on avait fermé la porte.

À présent, Julie ne parvenait à se concentrer que sur une mission : se laver les dents. Je suis navrée, Carole. Je suis désolée, Clark. Elle s'empara de la brosse jaune, pressa le tube de dentifrice afin d'en recouvrir la surface des soies. Puis elle se mit à frotter. Son unique objectif : se débarrasser de la moisissure qui poissait ses muqueuses.

*

Comme elle roulait en direction des studios de la MGM, Julie sentait le soleil lui piquer les yeux. Plus jamais elle ne boirait une goutte de scotch, se jura-t-elle. Plus jamais elle n'avalerait de champagne. Elle eût promis n'importe quoi pour arriver à l'heure au rendez-vous. À l'heure et fraîche comme un gardon.

Parvenue à Culver City, elle ne tarda pas à découvrir face à elle l'entrée principale de la MGM. Une entrée monumentale. Par comparaison, la Selznick International Pictures ressemblait à une maison de poupée. Elle se gara le long du trottoir, avant de se présenter au garde en uniforme. Le visage du pauvre garçon lui parut tanné, desséché par trop d'heures passées au soleil de la Californie. Sa casquette, qui, jadis, avait dû être à sa taille, lui tombait à présent sur le front. Il examina la visiteuse d'un œil circonspect.

— Êtes-vous l'une des protégées de Frances Marion ? s'enquit-il en haussant les sourcils.

— J'ai rendez-vous à 9 heures.

L'homme consulta une pendule derrière lui. 9 h 15. Julie transpirait si abondamment au niveau des aisselles qu'elle craignit de gâter à jamais la veste en jersey vert de Carole. Le garde faisait mine de réfléchir, à croire qu'il se moquait d'elle…

— C'est bon, laissa-t-il enfin tomber après avoir parcouru du regard une feuille de papier. Votre nom se trouve sur la liste. Rendez-vous au bâtiment des scénaristes. Salle 632. D'ici, je vous préviens, ça va vous faire un bout. C'est par là, ajouta-t-il en désignant une direction de l'index.

Julie ne se souciait plus, désormais, de sa mise : elle se mit à courir. Elle passa en trombe devant deux clowns qui, maquillés avec soin, fumaient le cigare, adossés au mur d'un édifice. Elle croisa encore un groupe de femmes en costume de ballet, qui s'entraînaient aux pirouettes. Un adolescent au visage tavelé de taches de rousseur, la casquette repoussée vers l'arrière du crâne – s'agissait-il de Mickey Rooney ? Dépêche-toi, bon sang, dépêche-toi… Elle ignorait qui serait présent, elle ignorait ce qui allait se passer.

Elle ne savait qu'une chose : elle avait reçu, la veille, une convocation susceptible de modifier le cours de son existence.

*

La porte de la salle 632 était entrouverte. Julie hésita, se décida à entrer. Une demi-douzaine d'hommes avaient pris place autour d'une longue table couverte de cendriers débordant de mégots. Les murs, qu'à l'évidence on n'avait pas repeints depuis longtemps, étaient souillés de fumée. Frances Marion demeurait introuvable ; aucune femme ne se trouvait dans la pièce.

— Mademoiselle Crawford ? lança un homme corpulent engoncé dans un costume hors de prix. Asseyez-vous, je vous en prie.

Il avait peigné avec soin ses cheveux rares et grisonnants sur son crâne luisant. Il ne se leva pas, se contentant de faire signe à la jeune femme de s'installer à côté de lui. Ses lèvres esquissaient un sourire vague, mais le reste de son visage demeurait immobile. Il baissa les yeux sur la pile de feuillets devant lui.

— Nous avons lu votre scénario. Un indéniable talent, n'est-ce pas ? ajouta-t-il en prenant ses confrères à témoin.

— C'est le moins qu'on puisse dire, Abe.

L'homme, assis face à lui, secouait la tête avec tant de vigueur qu'elle paraissait tout près de se détacher de son cou. Il arborait un teint jaunâtre et ne cessait de tapoter, de ses doigts nerveux, son stylo contre le bord de la table.

— Si seulement nous avions l'argent pour le produire…

Julie s'enfonça dans son siège.

— Oh..., plaida-t-elle à la hâte. Après tout, il ne s'agit que d'une histoire d'amour. Les décors ne coûteraient pas très cher.

Sur ce point, elle en connaissait désormais un rayon, ayant assisté à la création de ceux d'*Autant en emporte le vent*.

Ils la considérèrent d'un œil dénué d'expression, comme si elle n'avait pas même ouvert la bouche.

— Je verrais bien Hepburn dans le rôle principal, intervint un troisième homme, assis en bout de table, les mains refermées sur une tasse de café.

Il possédait un visage bouffi, et des yeux injectés de sang. Il n'était pas difficile de l'imaginer, la veille au soir, engloutir, à l'instar de Julie, une bouteille de scotch.

— Elle a pris la grosse tête, objecta Abe, qui feuilletait le scénario.

Il arrêta son geste pour se tourner vers Julie :

— Vous sentez-vous capable d'écrire pour des hommes ? De privilégier l'action, veux-je dire. Plutôt que les dialogues.

— Je pense que oui, répondit la jeune femme, qui comprenait mal ce qu'il tentait de lui exposer. J'en suis même sûre... Bien sûr que j'en suis capable.

Un quatrième homme, installé à l'autre bout de la table, baissa le regard sur ce que Julie supposa être son scénario, secouant la tête comme un médecin légiste au-dessus d'un cadavre dont il eût été en train de pratiquer l'autopsie.

— Ce dont nous avons besoin, c'est une bonne histoire policière. Que dis-je ? Il nous faut *à tout prix* une bonne histoire policière. Du râpeux. Et si on ajoutait un meurtre dans ce truc-là ?

Cette fois, ce fut Julie qui le dévisagea d'un air absent.

— Votre travail est estampillé Los Angeles, reprit Abe. Or, je refuse de voir le moindre palmier.

— En fait… l'action se déroule dans le Midwest, monsieur.

— À Manhattan ? proposa l'homme aux doigts nerveux. Ce pourrait être Brooklyn ou Coney Island. Que diriez-vous d'un meurtre sur la grande roue ?

— Sûrement pas, le moucha Abe. Brooklyn n'intéresse pas les spectateurs.

— Ce qu'il nous faut, c'est un « ressusciteur ».

— De quoi s'agit-il ? demanda Julie.

— De quelqu'un capable de faire renaître à la vie un scénario défunt.

Elle avait dû mal entendre :

— Êtes-vous en train de me dire…

Le visage d'Abe s'illumina :

— Si je puis me permettre de m'immiscer, j'estime pour ma part que nous avons besoin d'une femme qui sache faire pleurer dans les chaumières. Des cœurs brisés, un meurtre… Quelque chose de croustillant.

— Exactement, approuvèrent en chœur ses confrères.

Écartant sa chaise de la table, Abe signifia la fin de la réunion.

— Que diriez-vous de trois cents pour six semaines ?

— Pardon ?

Ce fut, là encore, comme si elle n'avait posé aucune question.

— Cela vous convient ? Parfait ! Bienvenue au sein de la grande famille de la MGM, tonna Abe en se remettant debout. Nous allons prendre tous les arrangements nécessaires. Ravi de vous compter parmi nous.

Il lui tendit la main.

— Et passez donc voir Frances Marion avant de partir.

Sonnée, Julie serra cette main que l'homme lui tendait, grommela un au revoir, puis rejoignit l'étroit couloir par lequel elle était arrivée.

*

— Mademoiselle Crawford ? Mlle Marion vous attend, fit une réceptionniste.

Il lui avait fallu errer d'étage en étage pendant dix bonnes minutes pour dénicher enfin le bureau qui, lorsqu'elle le découvrit, se révéla nettement plus petit qu'elle ne l'avait imaginé.

Frances se tenait assise devant une étroite table de travail, cirée avec soin et encombrée de papiers. Un vasistas était ouvert, mais ce jour-là ne soufflait aucune brise. Autour d'elle s'entassaient des cartons contenant des scénarios – derrière elle, des étagères croulaient sous des livres empilés sans ordre, parmi lesquels se donnaient à voir, dans des cadres dorés, des photos de famille.

— Quelques-uns, parmi nous, continuent à lire, dit-elle avec un sourire en surprenant le regard de Julie.

Elle lui fit signe de s'asseoir.

— Vous venez d'avoir droit à votre baptême du feu. Et vous y avez survécu. Abe Goldman vient de me passer un bref coup de fil. Il a adoré la manière dont vous avez défendu votre scénario.

— Il a pourtant refusé d'en discuter, objecta timidement Julie.

— C'est comme ça que les choses fonctionnent ici.

Frances Marion se carra dans son siège.

— Abe aime penser qu'il tient en haute estime les scénaristes indépendants. Qu'il encourage leur créativité. Mais… Ça restera entre nous, n'est-ce pas ? se mit-elle à rire. Entre nous, il règne sur son fragment d'univers, et c'est surtout sa petite personne qu'il tient en haute estime. Ça ne vous rappelle personne ?

Elle haussa un sourcil, mais sans malice.

— Julie. On vient de vous offrir du travail. Pour six semaines seulement, je vous l'accorde, mais après ça, vous comprendrez mieux ce que vous désirez vraiment.

Il se glissa dans sa voix une pointe de mélancolie :

— Les choses ont beaucoup changé depuis mes débuts. Aujourd'hui, vous passez votre journée à tricoter votre récit, après quoi, tous les soirs, des gens comme Abe s'ingénient à le détricoter.

Julie se taisait, l'œil rivé à son idole. Frances Marion avait ramené en chignon ses cheveux sombres, qui commençaient à grisonner aux tempes. À la lumière crue de son bureau, le dessus de ses mains, dont les veines saillaient, se révélait couvert de taches sombres. Jusqu'alors, Julie avait tenu Frances Marion pour une femme sans âge, mais elle s'avisait soudain, dans un sursaut, qu'il n'en était rien.

— Vous étiez avec Andy Weinstein lors de la réception chez Mankiewicz, je m'en souviens. A-t-il reçu des nouvelles de ses grands-parents ?

— Ils ont été arrêtés, répondit Julie, déstabilisée qu'on eût ainsi sauté du coq à l'âne. Je n'en sais pas davantage.

— Puis enfermés dans un camp, je suppose. Je me suis rendue à Berlin l'an dernier. Il y avait des croix gammées partout. Et des tas de soldats qui fanfaronnaient dans les rues avec leurs chiens de garde. Nous devrions faire des films qui traiteraient de ce sujet, mais personne, ni L. B. Mayer ni le Breen Office n'ont la moindre envie de déplaire à Hitler. Mank a écrit un bon scénario sur ce dernier en 1933. Les censeurs en ont fait des confettis.

— Pourquoi ?

Julie devinait qu'elle posait une question idiote, mais son interlocutrice lui répondit sans ironie :

— Nous gagnons beaucoup d'argent là-bas. Quarante pour cent de nos revenus proviennent de l'étranger.

— Que pensez-vous qu'il va se passer ?

— La guerre finira par être déclarée, ce n'est plus qu'une question de temps. Les nazis ne vont pas disparaître d'un coup de baguette magique. J'ai deux fils…

Elle s'interrompit un moment, avant de se ressaisir :

— Nous allons nous occuper de tous les détails. Votre travail consistera à assister au genre de réunion à laquelle on vous a conviée ce matin, à travailler en collaboration avec d'autres scénaristes, ainsi qu'avec des producteurs, afin de développer plusieurs scénarios. Tout ce qui passera par la tête d'Abe. Ne vous attendez pas à être au générique, et tous les droits reviennent au studio.

— Et je vais gagner trois cents dollars, c'est bien cela ?

— Trois cents dollars par semaine, Julie. Nous sommes à Hollywood, que diable.

La jeune femme ouvrit tout grand la bouche.

— Oh, mon Dieu… Je n'en crois pas mes oreilles.

Elle allait pouvoir faire des économies. Peut-être parviendrait-elle sous peu à s'acheter une voiture.

— Ici, il ne s'agit pour ainsi dire que d'argent de poche. C'est d'ailleurs ce qui attire les romanciers comme Scott Fitzgerald : il touche mille deux cents dollars par semaine.

— Et mon scénario, dans tout ça, mademoiselle Marion ?

— Appelez-moi Frances, d'accord ?

Elle sourit :

— Mlle Marion, ça a un petit côté Robin des Bois. Mais je ne ressemble en rien à Errol Flynn.

Elle grimaça si inopportunément que Julie s'esclaffa.

— Riez, riez, vous avez raison. Détendez-vous. Quant à votre scénario, pour le moment, rangez-le dans un tiroir. Mais, surtout, ne jetez pas la clé.

— Compris.

La jeune femme prit une profonde inspiration. Il n'était pas facile de dire adieu à ces feuillets auxquels elle venait de consacrer tellement de temps.

— Puis-je me permettre… Mon histoire a-t-elle réellement besoin d'un « ressusciteur » ?

Ce fut cette fois au tour de Frances de partir d'un grand rire. Julie rit aussi, songeant enfin que, peut-être, quelque chose de positif allait se produire… Du moins pendant les six semaines à venir.

*

— Trois cents dollars par semaine ?!? glapit Rose. Oh, c'est incroyable, Julie, je suis tellement contente pour toi !

Julie s'était rendue dans la salle de ronéo des studios Selznick afin d'y retrouver son amie, qui effectuait là son ultime journée de travail. La jeune femme sautait de joie, au point que Julie sentit que la tête lui tournait un peu. D'autant plus que la migraine continuait à la tenailler. Doris jeta un regard inquisiteur dans leur direction.

— Tu commences quand ?

— Pas avant lundi prochain. Et je n'ai aucune idée de ce qu'ils vont me demander de faire.

— As-tu prévenu Carole ?

— C'est elle que j'ai appelée en premier.

L'actrice avait poussé un cri d'allégresse qui avait fait chaud au cœur de sa correspondante.

— Elle m'a dit de ne pas oublier de continuer à rire.

— Et Andy ? Est-il au courant ?

— Je ne l'ai pas vu.

Les deux amies se dévisagèrent.

— Je crois qu'il serait ravi pour toi, avança Rose.

Julie se sentit troublée. Rose avait raison. Elle pourrait fort bien lui annoncer la nouvelle…

— Aujourd'hui, ils visionnent des rushs. Peut-être…

— Peut-être pourrais-je aller me balader jusqu'à la salle de projection, sourit Julie. Oui, je pourrais faire ça.

— Sinon, tu peux toujours polycopier cette énorme pile de communiqués de presse, la plaisanta son amie avec une grimace. Non… Je ne pense pas que tu en aies envie…

*

Il soufflait une brise légère, assez fraîche cependant pour que Julie fût heureuse de pouvoir boutonner jusque sous son menton la veste verte de Carole Lombard, qui, hélas, demeurait humide sous les bras. Le chemin menant à la salle de projection était désert, ce qui la soulagea. Cela lui laissait un peu de temps pour réfléchir.

C'était bien beau, ces félicitations, cela certes était bon à prendre, mais le travail lui-même lui paraissait bien peu alléchant. Qu'allait-elle devoir faire au juste ? Elle se remémora ce qu'Andy lui avait rapporté au sujet de l'écurie de scénaristes mise sur pied par Mayer. Était-ce là le sort qui l'attendait ? Agacée soudain par ses états d'âme, elle redressa les épaules. Pendant six semaines, elle allait exercer un véritable emploi. Or, bien qu'elle eût encore du mal à se l'avouer, elle avait été piquée lorsque Vivien Leigh l'avait appelée « la bonniche de Lombard ».

Julie atteignit une rue charmante, qui prenait naissance dans le vieil Atlanta du temps de la guerre de Sécession. Personne dans les parages. Pas de techniciens en salopette, pas de figurants en train de fumer une cigarette, pas de cameramen… Les lieux étaient déserts. La jeune femme s'enhardit, jusqu'à emprunter la rue.

Sur sa gauche se dressait la façade d'un bâtiment de brique rouge orné d'une grande enseigne désignant le siège d'un journal local : « ATLANTA EXAMINER. » Droit devant se trouvait le dépôt de chemin de fer, réplique exacte – ainsi l'avait voulu Selznick – de celui que Sherman avait détruit pendant la guerre de Sécession. Juché sur la colline derrière lui se dressait Tara. Il y avait encore l'église qui, bientôt, se changerait en hôpital pour les soldats malades ou blessés. Le vent murmurait au coin des édifices ; ici et là, une porte claquait, révélant les structures en contreplaqué qui se dissimulaient derrière ces devantures.

Qu'adviendrait-il de tous ces décors au terme du tournage ? Les brûlerait-on un jour comme on l'avait fait pour ceux de *King Kong* le jour du tournage de l'incendie d'Atlanta ? Si oui, que naîtrait-il de ces cendres ? Julie eut pour elle-même un petit sourire triste. Elle était en train d'échafauder, dans les profondeurs de sa cervelle, un mélodrame. Une manière de scénario.

Elle atteignit le bout de la rue, où elle renoua avec le présent. Face à elle était la salle de visionnage, au sein d'un robuste bâtiment dépourvu de fenêtres. Il ne payait pas de mine, assurément, mais la magie se dissimulait dans ses entrailles, où peu à peu elle prenait forme.

14

La salle de projection, avec ses murs sombres tendus d'étoffe et ses gros fauteuils rembourrés, se révélait plus confortable que la plupart des plateaux de tournage d'*Autant en emporte le vent*. Andy, lorsqu'au début de leur relation il avait initié la jeune femme à la culture cinématographique, lui avait décrit l'endroit comme celui où les colères peu à peu s'apaisaient, où l'angoisse retombait. À condition, bien entendu, que les rushs fussent de bonne qualité. Dans le cas contraire, l'émoi s'intensifiait.

Elle se rappela son petit sourire en coin, son gloussement ironique :

— Bah… Au moins, ça donne l'impression d'avancer.

Ce jour-là, néanmoins, et Julie le devina dès l'instant où elle pénétra dans la salle, régnait une tout autre atmosphère. Les rideaux, de part et d'autre de la scène, étaient ouverts, mais rien ne se passait sur l'écran. L'on n'avait pas encore commencé le visionnage. La pièce grouillait d'individus qui allaient de droite et de gauche en s'adressant les uns aux autres à voix basse. La fumée produite par leurs cigarettes et leurs cigares devenait si épaisse qu'on pouvait à bon droit s'étonner qu'ils parvinssent encore à se voir.

C'était là qu'une demi-heure durant, si nécessaire, l'on dissertait sur un bouton apparu sur la joue de Scarlett, ou sur le menton affaissé d'un Ashley Wilkes vieillissant. Ici encore que les techniciens déterminaient s'il était possible de faire disparaître telle ou telle égratignure sur la pellicule. Ici que le réalisateur jouissait tout son saoul des compliments de ses confrères lorsqu'une scène se révélait particulièrement réussie.

Julie n'avait fréquenté la salle de projection qu'à quelques reprises, mais cela lui avait suffi pour comprendre que le centre de cet univers feutré, autour duquel chacun gravitait, n'était autre que David Selznick, sourcils froncés la plupart du temps. Mais pas aujourd'hui. Aujourd'hui, toute l'attention semblait se concentrer sur un petit bonhomme trapu installé au fond de la salle, qui fumait le cigare en s'entretenant avec un Victor Fleming manifestement à bout de fatigue, d'une voix grinçant à l'égal des ressorts rouillés d'un vieux sommier.

— J'exige une fin heureuse, décréta-t-il avec force. Un point, c'est tout. Les gens qui vont au cinéma veulent des histoires d'amour qui se terminent bien, vous m'entendez ? Je ne veux plus non plus de ces scènes à la Cukor où l'on voit Mélanie en train de manger une cuisse de poulet. Il s'agit d'une épopée, il lui faut donc un dénouement épique !

Il n'était qu'une personne pour s'exprimer de cette façon. Julie ne l'avait encore jamais rencontré, mais elle sut immédiatement qu'elle se trouvait en présence de Louis B. Mayer, le beau-père de Selznick. Le puissant L. B., jadis ferrailleur de son état, devenu vice-président de la MGM, Louis B. Mayer, que l'on n'évoquait qu'à mi-voix, en tremblant un peu. Louis B. Mayer, le nouvel employeur de Julie.

Selon la rumeur, il éprouvait des difficultés à lire, en sorte qu'il s'adjoignait les services de lectrices, qui lui brossaient à grands traits l'intrigue des ouvrages dont il songeait à acheter les droits. Andy avait en outre expliqué à Julie que, selon les termes du contrat conclu entre Mayer et son gendre pour que ce dernier obtînt la permission d'engager Clark Gable, l'homme d'affaires toucherait un pourcentage plus conséquent qu'initialement prévu sur les profits engendrés par le film. Et dire que cette légende vivante, songeait la jeune femme, était le père de la créature glacée avec laquelle elle avait un peu bavardé pendant le dîner chez Mankiewicz. Un père fortuné qui n'avait pas autorisé sa fille à s'inscrire à l'université ? S'ils l'avaient connu, les parents de Julie lui en eussent fait le reproche.

— Julie.

Elle se retourna, le cœur battant. Il se tenait devant elle, inchangé depuis le jour où elle avait fait sa connaissance au pied de la tour de David O. Selznick. Les mêmes mains, le même regard plein de franchise, au fond duquel brillait toujours une lueur d'amusement. À ta place, j'irais chez le coiffeur, eut-elle envie de lui conseiller. Mais elle ne prononcerait ces paroles qu'à condition d'écarter quelques mèches de son front tandis qu'elle parlerait, sa bouche à lui effleurant la sienne.

— Comment vas-tu ? s'enquit-elle.

Elle dut bander sa volonté pour ne pas se rapprocher encore.

— Bien. Et toi ?

Il paraissait aussi indécis qu'elle.

— Ça va.

— Je ne m'attendais pas à te voir ici.

Elle avança d'un pas.

— J'ai une formidable nouvelle…

Une voix familière trancha l'air de la salle comme un couteau. Selznick. Le teint rubicond, il se querellait avec Mayer.

— Jamais je n'autoriserai qu'on dénature ce film avec un dénouement à l'eau de rose. C'est hors de question. Nous n'allons pas tarder à terminer, et je n'ai pas l'intention de tout gâcher maintenant.

Mayer, quant à lui, se violaçait.

— Le public veut que nos deux héros finissent dans les bras l'un de l'autre. Et moi aussi !

— Merde, souffla Andy.

D'un mouvement de tête, il désigna à Julie la dernière rangée de sièges, au fond de la salle :

— Dépêche-toi d'aller t'asseoir. Et garde-moi une place à côté de toi.

Déjà, il se hâtait en direction des deux fauves, qui pour l'heure se fusillaient du regard – il passa devant un Victor Fleming au bord de l'apoplexie. Ayant rejoint Selznick, il passa un bras autour de ses épaules. Il se pencha, lui murmura deux ou trois mots à l'oreille, sourit à Mayer, avant de lancer une phrase sur un ton désinvolte. S'agissait-il d'une plaisanterie ? Mayer ne s'esclaffa pas à proprement parler, mais il réagit en émettant une façon de grognement proche d'un rire étouffé.

La tension commença de retomber dans la salle. Chacun se dirigea peu à peu vers son siège. Julie s'assit. Ayant encore échangé quelques paroles avec Selznick, Andy s'éloigna, tout sourire, pour s'installer auprès de la jeune femme.

— Comment parviens-tu à garder ton calme ? l'interrogea celle-ci, qui, pourtant, connaissait déjà la réponse.

— Ça fait partie de mon boulot.

Il se fendit d'un sourire sans joie.

L'éclairage s'atténuait. Bientôt, le visage de Rhett Butler parut sur l'écran. Regard d'acier. L'homme se tenait face à Scarlett. Il fallut à Julie un petit moment pour déterminer de quelle scène il s'agissait – bien entendu, les rushs se succédaient sans logique particulière, puisqu'on tournait les scènes dans le désordre – ce qui, d'ailleurs, troublait parfois les acteurs. Quelques semaines plus tôt, Vivien Leigh s'était attiré la compassion de beaucoup en se plaignant amèrement de ce qu'on leur remettait des feuillets sans queue ni tête, que les scènes qu'ils tournaient n'entretenaient aucun rapport les unes avec les autres. « Comment, dans ces conditions, une actrice peut-elle savoir vraiment où se trouve sa place dans l'histoire ? »

Mais ici, dans l'obscurité de la salle de projection, ces récriminations paraissaient sans objet. Les images de Rhett et de Scarlett occupaient tout l'espace disponible. Julie devait s'obliger à se répéter que, derrière ces personnages, se trouvaient bel et bien des comédiens de chair et de sang. Eh oui… Il s'agissait bien de Clark Gable dans cette chemise à jabot. Clark, l'homme dont l'épouse se moquait gentiment de ses grandes oreilles. Et là, c'était Vivien, qui chaque jour, au comble de l'humiliation, pestait parce qu'on lui scotchait les seins qu'elle avait trop petits pour le rôle.

… L'on a surpris Scarlett en train d'embrasser Ashley dans la scierie. Le scandale menace. Elle refuse catégoriquement d'assister, le soir, à sa fête d'anniversaire, alors même que son absence risque d'éveiller

d'autant plus les soupçons. Rhett insiste pour qu'elle s'y rende. Ils se disputent. Elle finit par obtempérer…

Fondu au noir. Dans la salle, on demeura silencieux, au point qu'on entendait nettement le ronronnement du projecteur. Tous patientaient ; ce n'était pas terminé.

Julie désirait ne plus bouger – c'était comme si le souffle paisible et régulier d'Andy se trouvait lié à sa propre respiration. Elle sentait se transmettre au sien la chaleur de son corps. Elle avait initialement prévu de lui annoncer la bonne nouvelle, puis de prendre congé. Sans rien lui demander. Sans rien attendre de lui. Mais à présent, il se tenait si près d'elle…

— Regardez bien cette scène, indiqua Victor Fleming, dont la voix fit voler le silence en éclats. Clark a fait quelques facéties. Nous en avons tourné une autre version, mais j'ai pensé que vous apprécieriez celle-ci, L. B.

Il émit un petit rire nerveux en jetant un coup d'œil en direction de Mayer, impassible et courtaud. Apaiser le courroux de cet homme semblait soudain une mission capitale.

… Clark, arborant une veste de velours, fume un cigarillo. Il célèbre la naissance de la petite Bonnie Blue, le premier enfant que lui ait donné Scarlett. La mine triomphante, il offre un verre de brandy à Mamma, qui sourit d'une oreille à l'autre, ravie de fêter l'événement en sa compagnie. Elle se saisit timidement du verre… Rhett sourit de toutes ses dents…

… Mais c'est alors que Mamma, ou plus exactement Hattie McDaniel, qui incarne la domestique, crache le breuvage, indéniablement surprise. Abandonnant les airs avantageux de Rhett Butler, Clark Gable s'esclaffe.

Fou rire général dans la salle de projection.

— Voilà bien notre Clark, intervint Flemming en se frappant la cuisse du plat de la main. Il a remplacé le thé qu'on avait versé dans le verre par du scotch. Hilarant. Hattie est une chic fille.

Julie entendit à peine, car Andy venait de poser une main sur la sienne. Sans la serrer. Sans la caresser. Elle se trouvait maintenant posée là, rien de plus. Rien de moins. Il ne tourna pas la tête dans sa direction. Elle n'opéra aucun mouvement non plus. Puis, lentement, elle plaça cette fois sa main paume en l'air. Leurs doigts s'entrelacèrent.

Il avait demandé. Elle était en train de lui répondre.

*

Dix minutes plus tard, on ralluma les lumières. Les mines, cette fois, se révélaient plus épanouies. Les rushs étaient bons – à tel point que Selznick n'exigea pas que l'on refît la moindre prise. Lorsqu'elle libéra sa main de celle d'Andy, Julie distingua au fond de son regard quelque chose qui lui avait terriblement manqué.

— On dîne ensemble ce soir ? proposa-t-il.

Elle opina. Cette phrase possédait le pouvoir d'alléger en un instant les cœurs trop lourds et d'effacer toutes les hésitations.

— Que t'apprêtais-tu à m'annoncer quand tu es entrée tout à l'heure ?

— J'ai décroché un boulot de scénariste. La MGM m'a embauchée. Pour un essai de six semaines.

— Tu leur as vendu ton scénario ?

Il ne pouvait dissimuler sa surprise, ce qui, dans un premier temps, meurtrit un peu sa compagne, mais déjà, elle voyait étinceler son regard.

— Non. Mais ils m'ont affirmé qu'ils l'avaient aimé. Je vais avoir le droit de participer aux réunions d'écriture, de faire éventuellement quelques propositions. Et, avec un peu de chance, de pondre des dialogues.

— Qui t'a recrutée ?

— Abe Goldman. C'est Frances Marion qui a tout organisé.

Ces messieurs se levaient, enfilaient leur veston, écrasaient leur cigarette dans les cendriers disposés à côté de chaque siège. Andy, qui s'était aussi remis debout, s'immobilisa, fixant Julie. Puis il se mit à sourire.

— Je connais ce type. Tu vas avoir fort à faire.

Il haussa les épaules.

— Mais te voilà ferrée, à présent.

— Tu n'as vraiment pas autre chose à me dire ?

Elle n'avait pas l'intention de se laisser démoraliser.

— Je suis heureux pour toi. C'est ce que tu voulais, et je sais que tu vas travailler dur. Ne t'occupe pas de ce que je raconte, tu connais mon amertume naturelle.

Il s'avança comme pour l'étreindre, puis se ravisa, se contentant de lui toucher l'épaule. Cela suffirait à lui délier la langue.

— Tu m'as manqué, fit-elle.

Quelqu'un appela le prénom d'Andy. Il se retourna, revint à la jeune femme.

— Julie…

Sa voix se réduisait à un souffle, quelque part entre le soupir et le grognement. Enfin, il prit une profonde inspiration :

— Accepterais-tu de venir chez moi ?

Elle fit oui de la tête. Il lui décocha un sourire rapide, puis tourna les talons.

Demeurée seule, elle s'interrogea. Si les dénouements favorables n'existaient que sur grand écran, comme l'affirmerait Andy si elle abordait de nouveau le sujet avec lui, peut-être ferait-elle mieux de se méfier. Peut-être était-elle en train d'écrire son histoire d'amour sur du sable... Peut-être, à l'inverse, si Dieu se rangeait de son côté, prouverait-Il à Andy qu'il avait tort. Seul l'avenir le dirait.

*

Andy, au volant de son coupé, ne chercha pas à se diriger vers l'un des restaurants qu'ils avaient coutume de fréquenter. D'abord, ils se rendirent à la pension de Julie où, sans regimber ni poser de questions, elle se hâta de préparer son sac. Retour à la voiture. Andy quitta bientôt Sunset Boulevard pour s'engager sur la route étroite et sinueuse menant à sa maison si discrètement cramponnée au flanc de sa colline. Il régnait entre eux un silence complice – ils étaient l'un et l'autre pressés d'arriver à destination.

*

Andy tourna dans une allée, dont le gravier crissa sous ses pneus. Il coupa le moteur, se tint figé un moment, sans se tourner vers sa passagère, les mains posées sur le volant. Julie en profita pour les examiner. Ces mains qui, maintenant, connaissaient par cœur son intimité.

Il ouvrit sa portière. Elle ouvrit la sienne. Il introduisit la clé dans la serrure de la porte laquée de noir, l'ouvrit. Dans le hall, tous deux restèrent sans bouger, tout près l'un de l'autre, se bornant à contempler le salon.

— La première fois que tu m'as amenée ici, tu m'as dit que tu te sentais trop exposé. Que ta maison me révélerait des secrets que tu préférais taire.

Il sourit.

— Quels sont-ils, ces secrets, Andy ?

— Il n'y en a qu'un, répondit-il d'une voix rauque.

— Lequel ?

— Je suis un solitaire.

Comme elle se tournait vers lui, il l'attira plus près, avant de poser ses lèvres sur sa nuque, puis de l'embrasser avec une intensité qui coupa le souffle de la jeune femme. Nul atermoiement, pas de préliminaires. Rien qu'une faim joyeuse qui l'avait saisi et, bientôt, s'emparait d'elle aussi. Et cette fringale de circuler dans chacun de ses nerfs, de tendre le moindre de ses muscles.

— Oh, mon Dieu…, murmura-t-il. Je t'aime.

Il esquissa le geste de la prendre dans ses bras, mais alors, les jambes de Julie se dérobèrent sous elle : ils se retrouvèrent tous deux sur le sol – on déboutonnait, on tâtonnait, on faisait glisser les fermetures éclair…

Avait-elle bien entendu ? Avait-elle entendu ce qu'il venait de lui avouer ? Était-ce bien réel ? Les mains d'Andy étaient partout à la fois. Elle se cambra. Ne pensa plus à rien d'autre qu'à l'instant présent.

*

Le bruit sec du briquet. Une flamme brève. Les ténèbres de nouveau. Ils n'avaient pas pris la peine d'allumer une lampe. Andy se renversa, aspira une bouffée :

— Tu as faim ? Je peux nous préparer des œufs brouillés, si tu veux.

Blottie dans le creux de son épaule, elle oscillait entre la veille et l'onctuosité du sommeil.

— J'espère que tu as l'intention d'y ajouter du fromage, chuchota-t-elle.

— Pour quel genre de cuisinier me prends-tu ? Bien sûr que je vais mettre du fromage.

— Du Velveeta ?

— Jamais.

Il lui baisa de nouveau la nuque, lui lécha l'oreille :

— Dis-m'en davantage sur ton nouveau boulot.

Elle lui rapporta par le menu l'étrange réunion à laquelle on l'avait conviée. Andy se mit à rire. Renversant la tête en arrière, il se mit à rire plus fort. Elle rit à son tour.

— J'ignore ce que je suis censée faire, mais c'est enthousiasmant, tu ne trouves pas ?

Il lui ébouriffa les cheveux, se releva sur un coude :

— Bien sûr que si. Tu es bien partie. Et maintenant, voici ma prédiction : lundi, ils vont te demander de réécrire un film de gangsters.

— Mais ce serait aberrant ! s'insurgea-t-elle.

— Contente-toi de profiter de ce que la vie t'apporte, fillette.

Il s'interrompit, lui coula un regard interrogateur :

— Acceptes-tu que, de temps en temps, je t'appelle « fillette » ?

La soirée était si exquise que Julie songea qu'il eût pu la surnommer « ma petite otarie » sans qu'elle y vît d'inconvénient :

— D'accord, du moment que ça ne devient pas une habitude.

— Parfait.

Il se rallongea sur le dos.

— Je boirais bien un verre. Et toi ?

Elle grimaça :

— Pas tout de suite.

— Ça te dérangerait de m'en apporter un ?

— Non.

Elle l'embrassa sur la joue, se leva pour se diriger, entièrement nue, vers le bar – elle sentait le regard d'Andy dans son dos, qui ne la lâchait plus. La porte du bar était entrebâillée. Elle l'ouvrit. À l'intérieur du meuble ne se trouvaient pas que les habituelles bouteilles de vin. Elle découvrit également une grande bouteille de bourbon, à demi vide.

— Tu as reçu du monde ? s'enquit-elle sur un ton qu'elle eût souhaité le plus léger possible.

— Non. Et pas de femmes non plus, si c'est ce que tu veux savoir.

— Dans ce cas, on dirait bien que tu as considérablement augmenté ta consommation d'alcool.

Elle se mit à rire, manière de lui assurer qu'il ne s'agissait que d'une plaisanterie.

— Tu as raison. Je force un peu sur la bouteille, ces temps-ci.

Il ne riait pas. Il s'assit, écrasa son mégot dans le cendrier de verre, récupéra sur la table basse son paquet de Lucky Strike. Il s'empressa d'allumer une autre cigarette :

— Certaines choses ont changé.

Elle lui versa un verre de bourbon.

— Parle-moi de tes grands-parents, l'invita-t-elle en lui tendant son verre.

— J'aime bien te voir te balader toute nue. Ne te rhabille pas tout de suite, s'il te plaît.

Il s'allongea sur le canapé. Elle s'assit auprès de lui, ramenant ses jambes sous elle. Elle appréciait aussi de ne porter aucun vêtement. La liberté. Où diable avait filé la pudique Julie originaire de Fort Wayne ? Que penseraient ses professeurs du Smith College s'ils la voyaient en cet instant ?

— Raconte-moi, insista-t-elle.

Il avala une copieuse gorgée d'alcool :

— D'ici deux minutes, tu t'ennuieras à périr.

— Oh, boucle-la et crache ta pastille.

— Est-ce bien Julie qui s'exprime sur ce ton ?

Il eut un sourire vague.

— Drôlement péremptoire, la gamine.

Enfin, d'une voix songeuse qu'elle ne lui connaissait pas, il se mit à évoquer ses grands-parents.

— Je n'arrive pas à me faire à l'idée qu'ils puissent devenir de vieilles gens aux cheveux blanchis, qui se déplacent avec difficulté.

Son grand-père était professeur d'histoire et rédigeait des manuels scolaires. Sa grand-mère, qui adorait lire, occupait un poste de secrétaire à la bibliothèque du lycée local. Il s'agissait des deux personnes qu'il chérissait le plus au monde, lui confia-t-il. Il lui décrivit leur maison, située dans une banlieue paisible et hospitalière de Berlin, où il avait passé presque toute son enfance. Il se remémorait les volumineux érables qui bordaient les rues de la ville. Le cours d'eau peu profond traversant une prairie à l'arrière de la demeure.

— J'empruntais fréquemment à mon grand-père son matériel, et j'essayais de pêcher de quoi nous nourrir tous les trois au dîner.

Il sourit.

— Je n'ai jamais réussi à attraper le moindre poisson, mais ils m'ont laissé m'acharner sans faire de commentaires. Je devais avoir une dizaine d'années quand j'ai enfin compris qu'il n'y avait pas de poissons dans cette rivière.

— Tu allais souvent chez eux ?

— Le plus souvent possible. J'y étais plus heureux que chez mes parents. Et puis, cette année-là, ma mère est morte.

Elle perçut le chagrin dans sa voix, patienta.

— Et le plus beau, finit-il par enchaîner, c'est que tout près de chez eux, il y avait une usine de chocolat. Certains jours, les gamins du quartier, dont je faisais partie, s'asseyaient au bord du trottoir en salivant rien qu'à en renifler les odeurs. Nous rêvions de nous en empiffrer.

— On t'en achetait quelquefois ?

— Évidemment. Mes grands-parents n'étaient pas des tortionnaires.

Il saisit entre deux doigts une mèche de cheveux de Julie, sur laquelle il tira doucement par jeu.

— Une fois par semaine, mon grand-père et moi nous rendions là-bas, où j'avais le plaisir, incomparable et atroce à la fois, d'emplir une boîte entière avec mes chocolats favoris. Bon sang… J'avais un mal de chien à choisir. Mais je finissais toujours par y arriver.

— Tu les aimes beaucoup.

— Auprès d'eux, j'étais chez moi, se contenta-t-il de répondre. Plus que dans le New Jersey.

— Tu ne me l'avais jamais dit.

— Je n'aime pas la nostalgie. Or, le Berlin que je connaissais n'existe plus. Et je crains qu'eux aussi aient disparu.

Julie demeura silencieuse un moment.

— Quelles nouvelles as-tu reçues ?

— J'ai appris qu'on les avait emmenés dans un camp. Un endroit, pas loin de Munich, qui se nomme Dachau. On les avait déjà arrêtés à plusieurs reprises. J'avoue que j'espérais que ce serait la même chose cette fois-ci, et qu'ils rentreraient chez eux.

Il sortit une autre cigarette de son paquet.

— Pourquoi je ne les ai pas sortis de cet enfer ? Bon Dieu... Je savais pourtant que les nazis n'aiment pas les juifs, surtout ceux qui écrivent des livres d'histoire.

Elle se rapprocha, lui caressa la joue.

— Peut-être parce que, comme tu me l'as expliqué tout à l'heure, tu n'as jamais réussi à les imaginer en vieillards égrotants, tu as donc respecté leur capacité à décider par eux-mêmes du cours qu'ils souhaitaient donner à leur vie.

Il la fixa, perplexe dans un premier temps. Puis son expression s'adoucit.

— Merci pour tes efforts...

*

À 22 heures, Andy dormait sur le canapé. Julie l'observait, un peu surprise par le nombre de verres qu'il avait avalés. Cela n'était pas dans ses habitudes. Il s'était senti de meilleure humeur lorsqu'ils s'étaient mis à préparer ensemble le dîner, échangeant de menues plaisanteries sans façon, et passant en revue les derniers potins relatifs à ce qu'Andy appelait à présent « les guerres d'*Autant en emporte le vent* ». Par exemple, Selznick ayant déploré que l'ombre à paupières utilisée par Vivien ne fût pas assez verte, il avait appelé les maquilleuses à 3 heures du matin en exigeant qu'on lui enduisît les paupières d'une telle épaisseur de fard que ce dernier finit par lui tomber dans les yeux en petites écailles. L'actrice était furieuse. Andy amusait sa compagne, non sans se resservir plus que de raison en vin ou en bourbon.

Julie guigna l'évier. Les reliefs de leurs œufs brouillés s'y trouvaient collés dans le fond d'une petite poêle métallique. Elle s'en occuperait plus tard. Elle avait bien fait d'apporter des vêtements pour lundi – elle avait garé la voiture de Carole sur le parking de la Selznick International Pictures, afin que Clark pût retourner chez eux à son bord. Quant à Andy, il n'était plus en état de conduire.

Elle rassembla ses vêtements, considéra d'un œil navré la veste verte de Carole Lombard, à présent froissée et maculée de taches. Quelle journée, mazette… Quelle journée.

Elle se pencha pour baiser avec douceur les paupières d'Andy. Il n'était rien qu'elle pût faire pour lui, sinon lui apporter son indéfectible soutien.

Le silence régnait à présent dans la demeure, uniquement troublé par les ronflements réguliers du propriétaire. La jeune femme se projeta en direction du lundi à venir. Elle allait écrire. Être payée pour écrire. Elle allait pouvoir souffler maintenant. Interrompre momentanément sa course pour digérer les nouvelles. L'enthousiasme, cependant, la tenait éveillée, sur le qui-vive. Elle accepterait tout ce qu'Abe Goldman consentirait à lui confier. Elle travaillerait comme un ange. Les contraindrait à s'asseoir autour de leur grande table. Les obligerait à remarquer sa présence. Elle s'imposerait. Elle tenait à ce que Frances Marion, un jour ou l'autre, se sentît fière d'elle.

Andy se tourna sur le flanc. Une bouffée de culpabilité la poussa à se détourner de ses cogitations pour lui caresser la main. Elle se trouvait ici, ici et maintenant, auprès de cet homme complexe et mystérieux qu'elle adorait. Elle se blottit contre lui sur le canapé… La MGM et son avenir immédiat, elle y songerait plus tard.

Pas tout de suite.

Car il n'était nulle part, en cet instant, où elle eût désiré se trouver davantage que contre le corps tiède d'Andy Weinstein.

15

À l'entrée de la MGM, elle reconnut le garde qui s'y tenait déjà lors de sa première visite, à ceci près qu'aujourd'hui, il la lorgnait à travers le crachin matinal. Comme elle lui adressait un sourire hésitant, il lui rendit un regard inexpressif.

— Votre nom ? aboya-t-il.

— Julie Crawford. C'est vous, je crois, qui devez me remettre mon badge.

Maintenant, manqua-t-elle d'ajouter, je travaille ici, mais elle se ravisa et se tut.

Il feuilleta des documents, secoua la tête :

— Je n'ai aucun badge ici qui porte votre nom.

— Je suis pourtant sûre que si. Frances Marion m'a dit…

— Oh oui, vous êtes l'une de ses gamines…

Il feuilleta de nouveau, puis, presque à contrecœur, produisit un badge rouge et bleu sur lequel son nom se trouvait indiqué en lettres capitales.

— Ne le perdez surtout pas, la mit-il en garde. Sinon, on vous flanquera à la porte sur-le-champ.

Elle lui promit de faire très attention, l'épingla aussitôt au revers de sa veste. Sa veste à elle, cette fois, et non plus l'une des tenues à la mode de Carole Lombard. Un peu ordinaire, peut-être, mais du moins, ainsi vêtue, elle renvoyait une image de probité et de sérieux. Elle sourit, se remémorant le conseil prodigué par Andy le matin même lorsqu'elle avait extirpé l'habit de son sac de voyage :

— Évite de porter un chemisier dessous, l'avait-il taquinée. Abe Goldman sera aux anges.

Elle avait ri, touchée par les efforts déployés par son compagnon pour la détendre un peu. Un week-end entier, qu'ils avaient essentiellement passé l'un contre l'autre dans le lit d'Andy, avec le désir que ses journées ne connussent pas de fin. Mais l'on était à présent lundi. Les bas. Attention, je n'en ai emporté qu'une paire. Boutonne ton chemisier, enfile ta veste. Tu la boutonnes aussi ? Ou pas ? Je la boutonne. Tu te peignes. Tu te maquilles les yeux. Rouge à lèvres. Corail – à moins qu'il ne s'agisse d'un ton trop vif ?

— Allez, fonce, lui avait soufflé Andy avec douceur, alors qu'elle se saisissait de son sac à main en lui adressant un sourire.

Il avait bâillé, enfilé son pantalon.

— Si j'arrive à dénicher ma chemise parmi les draps, ton chauffeur se tiendra paré au décollage.

Elle clignait des yeux en examinant le badge rouge et bleu, qui venait de trouer sa veste.

— Vous ne savez donc pas comment ça s'épingle ? beugla le garde. C'est pas vrai… Ah, les bonnes femmes…

— Où dois-je me rendre ? s'enquit-elle d'une voix dont elle tentait vainement d'accentuer la sécheresse – elle n'avait aucune intention de faire profil bas face à cette brute mal embouchée.

— Au même endroit que la fois dernière. Salle 632, bâtiment des scénaristes. C'est là que se retrouvent tous ceux qui passent leurs journées sur leur machine à écrire.

*

Ayant pris une profonde inspiration, elle poussa la porte de la salle 632. Elle n'était pas en retard – elle avait même un peu d'avance –, cependant, toutes les chaises, à l'exception d'une, se trouvaient déjà occupées. Quant à l'épaisse fumée qui flottait dans l'air, ainsi que le nombre de mégots dans les cendriers, ils indiquaient que ces messieurs étaient ici depuis longtemps.

— Entrez, entrez, Julie, tonna Abe Goldman. Et ne vous tourmentez pas, nous avons simplement pris un peu d'avance.

Carré dans son siège, il avait passé les pouces sous des bretelles d'un vert éclatant. Il ne portait pas de veston. Un grand chien noir se pelotonnait à ses pieds, les paupières closes, le museau enfoui dans son pelage. Sur une table, derrière le chargé de production, Julie remarqua pour la première fois une rangée de machines à écrire séparées les unes des autres par une trentaine de centimètres – l'on eût dit de soldats au garde-à-vous.

— Puis-je vous appeler Julie ? Vous savez, nous sommes une grande famille. N'est-ce pas, Bill ?

Il tourna la tête vers la gauche. Bill, le type lugubre que, lors de sa première entrevue, elle avait pour elle-même surnommé « le médecin légiste », opina du chef.

La jeune femme s'assit à la gauche d'Abe Goldman, croisa les mains sur la table devant elle, sans plus savoir quoi faire d'elles.

— L'heure est venue de faire travailler vos méninges, Julie, annonça le chargé de production. Nous avons besoin d'idées neuves pour notre film. Bill, remettez donc un bloc-notes et un stylo à cette jeune femme, s'il vous plaît.

— Quel film ?

— Celui pour lequel on vous a embauchée, pardi, répondit Goldman avec une pointe d'exaspération dans la voix. Un film de gangsters. Une valeur sûre.

— Si nous la jouons fine sur les dates, nous pourrons nous offrir Wallace Beery, croassa Bill.

Pour un peu, Julie eût entendu Andy pouffer à son oreille : ce qui était en train de se dérouler correspondait en tous points à ses prévisions.

— Trop coriace, intervint un nouveau visage à l'une des extrémités de la table.

— L'intrigue pourrait tourner autour d'une émeute au sein d'une prison, proposa Bill.

— Ce thème a déjà été exploité dans *The Big House*, objecta Julie avec étonnement.

Il s'agissait de l'un des grands succès de Frances Marion, et Wallace Beery y tenait la vedette. Ces messieurs prévoyaient-ils vraiment de se contenter d'une resucée ?…

— Rien à voir, décréta Goldman, d'un geste de la main balayant l'argument de la nouvelle venue. Ce que nous avons en tête se révélera totalement différent. Une véritable révolution cinématographique. En revanche, Bill, oubliez donc Beery. Nous engagerons Jackie Cooper. Inoubliable. Vous avez une chance folle, mademoiselle, de travailler sur ce futur chef-d'œuvre. Vous n'imaginez pas le nombre d'œuvrettes qu'on tourne ici et qui, au final, sont si mauvaises qu'il devient impossible de les distribuer. Allons… Maintenant : les idées.

Il observa Julie. Il attendait qu'elle ouvrît la bouche. De son côté, la jeune femme nota que le nez du chargé de production, qui avait la peau grasse, luisait.

De nouveau, elle inspira profondément. Quatre de ces messieurs, en bout de table, griffonnaient en hâte sur leurs blocs, levant les yeux à intervalles réguliers, les sourcils froncés. Était-elle censée les imiter ?

— Vu ce qui se passe actuellement en Europe, hasarda-t-elle, ne serait-il pas opportun de s'orienter vers un film de guerre ?

Ils ouvrirent grand la bouche, tandis que tous les regards se dirigeaient vers Abe Goldman.

— À quoi pensez-vous au juste ? l'interrogea ce dernier, sur un ton soudain glacé.

— Rien de précis. Quelque chose sur les nazis, en adoptant peut-être le point de vue d'un Américain qui se retrouve piégé en Europe, à moins qu'il ne s'agisse de membres de sa famille. Une version actualisée de *I Was a Captive of Nazi Germany*, en somme, et…

Goldman l'interrompit :

— Ce désastre commercial de 1936 ? La fille d'Hollywood capturée par les nazis ? Nous prenez-vous pour des malades mentaux ? Des têtes sont tombées à cause de ce film. Écoutez-moi bien : les nazis nous fichent la paix. Nous leur fichons la paix en échange. Voyons, chérie, il nous faut beaucoup mieux que ça.

Elle retenta cependant sa chance :

— J'ai lu dans le journal du matin…

— Un peu de pragmatisme, que diable. La presse parle d'Hitler, l'industrie cinématographique, non.

Il étrécissait les yeux.

— Je comprends, dit-elle, dissimulant son désarroi de son mieux. L'histoire se déroule donc dans une prison. Il y aura forcément des voyous, des fortes têtes, mais on pourrait aussi faire entrer en scène un homme injustement condamné qui essaie d'obtenir un meilleur traitement de la part…

Vas-y, s'encouragea-t-elle. Un truc dans ce goût-là, tu es capable de le pondre.

— Excellent, la félicita Abe, qui consulta sa montre. Très bien. M'accorderez-vous une faveur avant de vous mettre à plancher ?

Ce disant, il adressa à la jeune femme un large sourire.

— Mon vieux Sammy a besoin d'aller faire ses petits besoins. Vous trouverez une allée et quelques buissons à l'arrière du bâtiment. Cela ne vous dérange pas de lui offrir une courte promenade, j'espère ? Assurez-vous qu'il ne fasse pas sa crotte sur le trottoir.

Julie, qui s'était empourprée, posa les yeux sur le chien, dont les oreilles s'étaient dressées dès qu'il avait reconnu son nom. Il lui parut sympathique. Que pouvait-elle dire ?…

— Entendu, articula-t-elle avec peine.

Le chargé de production désigna du doigt les machines à écrire aux garçons en train de gribouiller comme un seul homme face à lui. Ils se levèrent dans un même mouvement pour s'installer devant les engins, dont les touches se mirent immédiatement à cliqueter.

— Vous voyez celle du bout ? fit Goldman à Julie. C'est la vôtre. Pour le moment, noircissez du papier, couchez-y le récit à grands traits. Ensuite viendra pour nous le moment d'accumuler les détails.

La jeune femme acquiesça en silence. Elle se pencha, toucha la nuque du chien pour y chercher le collier – elle espérait qu'en outre, on lui fournirait une laisse. L'animal leva vers elle un regard mélancolique. Comme s'il s'excusait de lui imposer cette épreuve.

*

Une demi-heure plus tard, lorsque Julie s'installa devant la machine qu'on lui avait attribuée, ses confrères martelaient déjà les leurs avec ardeur, comme visités tous par l'inspiration. Ils ont pris une avance folle, songea-t-elle, saisie d'effroi. Que fallait-il qu'elle fît ? Un homme injustement condamné… C'était son idée. Bon. Elle entama sans assurance son premier paragraphe : Joe – disons qu'il se prénomme Joe… Joe O'Leary croupit en prison pour un meurtre qu'il n'a pas commis. Peut-être, à un moment donné, s'est-il retrouvé à l'isolement ? Suite à une bagarre qui aurait éclaté dans le réfectoire ? Elle ne savait à peu près rien des établissements pénitentiaires ni des bandits. Elle devait pourtant continuer à tout prix. Si elle demeurait assise là à fixer sa page presque blanche, elle passerait pour une idiote. Écris quelque chose, bon sang de bonsoir.

*

— Bien, assena Goldman, qui après avoir quitté les lieux pour un déjeuner à rallonge, reparaissait dans la salle. Jetons un coup d'œil à tout ça.

Il lorgna Julie tout en flattant Sammy, toujours languide et de nouveau roulé en boule sous le fauteuil de son maître.

— A-t-il fait ses petites affaires ? s'enquit ce dernier auprès de la jeune femme.

Elle opina.

Goldmann récupéra les feuillets dactylographiés en bavardant gaiement – il plaisanta avec les confrères de Julie tandis que ces derniers se levaient pour se réinstaller autour de la table. La jeune femme tendit le fruit de ses cogitations, qui occupaient à peine trois pages.

L'homme haussa un sourcil en accent circonflexe.

— Seriez-vous l'impératrice de la concision ?

Elle parvint à sourire avant de rejoindre les autres scénaristes.

— Commençons par notre jeune demoiselle. Messieurs, vous n'y voyez pas d'inconvénient ?

Ceux-ci firent en chœur non de la tête.

— Nous avons donc un certain Joe O'Leary, emprisonné pour meurtre, qui se retrouve en fâcheuse posture suite à une prise de bec à la cantine.

Il se rembrunit :

— Je ne suis pas sûr qu'O'Leary soit un choix judicieux. De nos jours, les Irlandais souhaitent tous qu'on fasse d'eux des prêtres à l'écran. Une bagarre dans le réfectoire ? Ne vaudrait-il pas mieux opter pour un combat au couteau ?

Un homme, assis à une extrémité de la table, au visage rond et rougeaud, prit la parole :

— Pour ma part, je verrais bien un gang. Les types s'évadent en empruntant un tunnel désaffecté ayant appartenu autrefois au réseau d'égouts de la ville. Mais ils se font pincer. Qui les a donnés ?

Goldman lui sourit.

— Ça me plaît.

Une autre voix s'éleva :

— On a une fripouille de gardien qui bute son meilleur poteau du temps de l'école primaire – le gars purgeait une peine de prison pour cambriolage et…

Ainsi fusèrent les projets pendant encore trois heures. Entre-temps : deux escales supplémentaires devant les machines à écrire. Comme l'après-midi touchait à sa fin, Goldman s'affirma le plus séduit par l'histoire de trois ex-détenus qui ouvraient une épicerie à Abilene, au Texas. Nul doute que, le lendemain, les trois anciens malfrats se métamorphoseraient en un duo de policiers…

Julie n'avait pas l'impression de travailler : il lui semblait plutôt participer à un jeu. Peut-être, d'ailleurs, s'agissait-il d'un jeu, songea-t-elle en quittant le siège de la MGM. Peut-être incarnaient-ils tous un personnage. Seul Goldman connaissait la fin du film. Mais elle, quel rôle pouvait-elle bien tenir dans cette étrange aventure ?

Elle ne pourrait rien raconter à Andy, pas ce soir-là, en tout cas. Ils ne se verraient pas avant vendredi, car le tournage d'*Autant en emporte le vent* se poursuivait sur un rythme de plus en plus soutenu, les tensions augmentant proportionnellement de jour en jour. La jeune femme vivrait en solitaire jusqu'à la fin de la semaine.

Ayant grimpé à bord du tramway, elle se réjouit d'y trouver une place assise. La cloche sonna. L'engin démarrait. Enfin, elle avait regagné le monde réel. Rose devait déjà brûler de l'entendre lui narrer par le menu sa première journée de scénariste professionnelle – comment allait-elle réagir au récit de son amie ?

Au fond, l'affaire à ses yeux était entendue : c'était en compagnie du vieux Sammy qu'elle avait passé les moments les plus agréables de cette journée. Cela, tout à coup, l'amusa si fort qu'elle faillit éclater de rire dans le wagon.

*

Andy roula des yeux :

— Julie Crawford, scénariste. Et qui, déjà, pleurniche à cause de la profession qu'elle a elle-même choisie ?

Vendredi soir. La jeune femme venait de boucler sa première semaine de travail. Enfin. Et, enfin, elle retrouvait Andy, auquel elle pouvait tout raconter – ils avaient pris place dans leur box préféré, au Chasen's. Une semaine à apprendre patiemment à lire dans l'esprit de Goldman, afin de lui donner ce qu'il désirait. Pure folie. De loin en loin, elle tentait de prendre la parole entre les quatre murs de cette bonne vieille salle 632, mais tous paraissaient éberlués lorsqu'elle exposait une idée. Il lui arrivait même de se demander si, à part Goldman, il se trouvait là quelqu'un pour la voir. Simplement la voir. Par ailleurs, elle ne comprenait pas l'intérêt qu'il y avait à modifier constamment le scénario de ce satané film de gangsters.

Et voilà que, pour couronner le tout, Andy la contrecarrait.

— Je ne pleurniche pas, se récria-t-elle.

Andy ayant vidé d'un trait ce qui demeurait de son cocktail, il fit signe au serveur.

— C'est pourtant l'impression que ça me donne, s'obstina-t-il. Tu sais, j'ai eu une rude semaine, moi aussi. N'oublie pas que tu en rêvais, de cette carrière…

Les mots échappèrent à Julie avant qu'elle eût seulement songé à les ravaler :

— Tu en es déjà à ton troisième cocktail.

— Oh, mais je peux faire encore mieux que ça. Tu n'as pas à te plaindre, j'aurais pu commander des doubles.

Il lui adressa un sourire désinvolte.

— Pardon, mais ce film me tue.

Ce ton brusque était nouveau chez lui. Sa compagne l'examina plus attentivement : l'une de ses paupières inférieures palpitait, et la main qui tenait son verre tremblait un peu. Julie avait appris de la bouche de Carole que chacun, au studio, s'attendait un jour ou l'autre à voir s'écrouler Selznick, qui ne tenait plus debout, disait-on, que grâce à la drogue et l'alcool. Andy se trouvait-il logé à la même enseigne ?

— Dans combien de temps le tournage sera-t-il terminé ?

— On devrait avoir bouclé les nouvelles prises exigées par Selznick d'ici la fin du mois d'août.

Elle lui prit la main, désireuse que ce tremblement cessât.

— Je te fais plus de mal que de bien, dit-il. Tu ne devrais pas perdre ton temps…

— Ne répète jamais ça, le coupa-t-elle. Tu tombes de fatigue, tu déprimes, et tu t'imagines que c'est moi qui vais craquer ? Eh bien, non.

Le serveur, qui patientait, dansait d'un pied sur l'autre. Andy leva son verre.

— Tu en es bien sûre ? Même si j'en commande un autre ?

Ce défi la prit de court.

— Je n'ai aucune intention de croiser le fer avec toi sur ce genre de sujet.

Le serveur s'empara du verre vide et fila sans demander son reste.

— Tu mérites mieux. Tu en as bavé toute la semaine. Il te faudrait quelqu'un qui te comprenne, qui te réconforte. Je ne t'apporte pas la moindre consolation.

— Pourquoi n'essaies-tu pas ?

Il plongea son regard dans celui de la jeune femme.

— Oh ?... Tu jettes le gant ? Fort bien : je le relève. À partir de maintenant, je vais m'employer à te requinquer.

— J'attends.

Elle sentit s'attarder sur ses lèvres un sourire crispé.

— Ma chère Julie...

Il prit ses deux mains dans les siennes.

— Abe est un parfait abruti, puisqu'il se révèle incapable d'exploiter au mieux tes talents.

— Je te remercie.

Le quatrième cocktail se matérialisa sur la table, qu'Andy repoussa à dessein.

— As-tu envie d'assister au tournage demain ? Une scène capitale pour Vivien. Ils n'auront pas encore la musique, mais ce devrait être spectaculaire.

Julie opina. Le souffle lui manquait. Fréquenter Andy revenait parfois à faire du trapèze volant...

*

Samedi matin. Ensoleillé. Exquisément frisquet. Idéal. Il était 8 heures. On commençait d'ordinaire à tourner plus tard, mais Selznick tenait, chaque jour un peu plus, à accélérer le mouvement. Chacun le savait, et chacun suivait le rythme infernal imposé par le producteur.

L'œil d'Andy s'embrasa lorsqu'il vit Julie prendre place sur une chaise. Il eut, dans sa direction, un imperceptible signe de tête.

Vivien Leigh se tenait à l'écart, dépenaillée, affublée de vêtements sales, les mains sur la bouche, le regard baissé. Son compagnon avait posé une main rassurante sur son épaule. Laurence Olivier. L'acteur aux yeux sombres, à l'incomparable beauté. Ainsi Selznick lui avait-il exceptionnellement permis d'assister au tournage de cette scène…

De son côté, Hattie McDaniel patientait, les bras croisés, ployant la nuque. Le décor se divisait en deux : d'une part, le fouillis d'une demeure en ruine ; de l'autre, un pan de terre plat comme le dessus de la main. Une clôture brisée. Un arbre morne et nu contre un faux ciel. Des électriciens ferraillaient avec les projecteurs.

— Déplacez-moi ces spots, ordonna Victor Fleming. Il faut qu'on ne distingue que sa silhouette.

Les électriciens s'empressèrent. Ils testèrent ensuite la couleur.

— Intensifiez-moi ça, gronda Selznick. Arrangez-vous pour que le soleil ait l'air de tout embraser. Des flammes, des flammes… Tout a été détruit. Il s'agit d'un ciel plein de colère, où le soleil se couche sur une époque révolue. Débrouillez-vous.

Les électriciens opinèrent, se livrèrent à de nouvelles modifications. Personne ne contestait jamais les ordres des deux maîtres du plateau.

Le murmure des voix s'éteignit peu à peu. Fleming s'installa dans son fauteuil de réalisateur. Selznick, assis à ses côtés, se tenait raide, le dos très droit, l'œil rivé au plateau. Chacun, ici, priait dans le secret de son âme : pourvu qu'il ne trouve rien à redire… Pas maintenant…

— Es-tu prête, Vivien ? s'enquit Fleming.

— Oui.

Scarlett, qui a échappé à l'incendie d'Atlanta, vient de regagner Tara. La guerre a tout détruit. Les membres de sa famille, ainsi que les domestiques encore présents, meurent de faim ; ils sont malades. Éberluée de chagrin, la jeune femme se dirige vers un lopin de terre aride, un champ rassis, devenu infertile… La lumière brille dans son dos, l'on ne distingue plus de l'héroïne que la silhouette douloureuse. Elle se penche, extrait du sol… quoi ?… une racine… une carotte, un navet… quelque chose en tout cas de flétri. D'immangeable. Elle s'effondre, brisée, elle pleure. Enfin, elle pleure. Puis elle se remet debout.

La voix de Vivien retentit sur le plateau, dans laquelle l'affliction le dispute à la sauvagerie : « Je ne me laisserai pas abattre. Dussé-je mentir, voler, tricher ou tuer, je jure devant Dieu que je ne connaîtrai jamais plus la faim ! »

— Coupez ! ordonna Victor Fleming.

Pendant un long moment, personne ne souffla mot. Vivien, qui n'avait plus bougé, haletait, et des larmes ruisselaient sur ses joues, qu'elle finit par essuyer de la main, avant de prendre une profonde inspiration.

— Ne me demandez pas de recommencer, David, exposa-t-elle posément en se tournant vers Selznick. Je viens de vous donner tout ce que j'avais à donner.

Le producteur demeurait immobile. Laurence Olivier s'avança, passa un bras autour des épaules de Vivien, le regard vissé à celui de Selznick – il le mettait muettement au défi d'oser exiger qu'on refît de la même scène un nombre incalculable de prises, selon son habitude.

Le producteur s'empara du porte-voix posé près de lui, le porta à sa bouche, bien qu'on eût pu entendre une mouche voler :

— C'est tout pour aujourd'hui. Bravo.

Vivien Leigh quitta le plateau sans hâte, au bras de son fiancé, pour rejoindre sa loge – en dépit de sa chevelure embroussaillée, en dépit de son visage souillé, elle demeurait superbe. Passant devant Julie, elle lui adressa un clin d'œil. Elle respirait avec force. Il y avait de la bravade dans son maintien.

Bien sûr. Aussi bouleversée fût-elle par la scène au tournage de laquelle elle venait d'assister, les larmes aux yeux, Julie ne put s'empêcher de sourire : le cri que Scarlett avait jeté à la face du destin avait jailli d'un corps qu'aucun corset n'entravait plus – plus de scotch, non plus, pour presser l'un contre l'autre les seins de l'actrice. Tu as remporté cette manche, Vivien, songea la jeune femme.

Andy se tenait à côté d'elle, rompu mais soulagé.

— On l'a fait… On a réussi à le faire…

Sa chemise était trempée de sueur.

— C'était bath, hein ? fit-il en posant sur Julie un regard impatient.

— C'était exceptionnel.

— Et attends un peu d'entendre la musique. Max Steiner y travaille jour et nuit.

— Comment peut-il composer toute la bande originale aussi vite ?

— Deux autres compositeurs de talent lui donnent un coup de main, et si jamais ça ne suffit pas, nous piocherons quelques morceaux dans la discothèque de la MGM. Sur ce, la journée est finie. Nous visionnerons les rushs après le dîner. J'espère que nous ne découvririons pas de rayures sur la pellicule. Ça me fendrait le cœur de demander à Vivien de répéter sa prouesse d'aujourd'hui. Victor nous a invités à boire quelques bières. As-tu envie de te joindre à nous ?

En pleine journée ? Elle se retint cependant de tout commentaire. Peut-être, dans le fond, n'étaitelle qu'une petite nature. Une vilaine petite nature puritaine…

*

La grand-rue menant au Culver Hotel, à Washington, se révéla poussiéreuse et surchauffée. Quelle drôle de ville que cette cité de carton-pâte, songea la jeune femme.

Victor Fleming leur fit signe de le suivre dans le troquet attenant à l'hôtel – une pièce sombre, exiguë, équipée de huit tabourets de bar tendus de cuir usé, alignés devant le comptoir, derrière lequel d'innombrables bouteilles d'alcool masquaient à demi un immense miroir. Le réalisateur avait invité une dizaine de collaborateurs – une fois encore, Julie était la seule femme –, parmi lesquels deux électriciens, un assistant à la réalisation, et une poignée de bougres destinés à partager cette camaraderie virile et tapageuse que Fleming adorait.

Le tenancier accueillit ses visiteurs à grand renfort d'acclamations – des habitués, de toute évidence. Andy aida Julie à se hisser sur un tabouret.

— Je suis d'accord avec toi, souffla-t-il, un peu contrit, avant que la jeune femme eût seulement songé à ouvrir la bouche, nous ferions mieux de nous offrir une longue balade vivifiante sur la plage, mais tout le monde est sur les rotules, tu sais.

Il haussa les épaules.

— Je ne t'en veux pas.

— Une bière et c'est tout.

*

Julie fixa l'horloge au-dessus du bar. Il était près de 16 heures. Andy et Fleming se trouvaient engagés dans une interminable discussion visant à déterminer s'il serait juste ou non de faire apparaître le nom de George Cukor au générique ; Victor s'y opposait farouchement. Et Sam Wood, alors, qui l'avait brièvement remplacé quand il était souffrant ?

— C'est mon film ! éructa soudain Fleming.

Le barman alluma la radio dans le but de couvrir leurs voix, mais les deux hommes continuaient à s'écharper. Les autres s'en étaient allés faire cercle autour du flipper, où ils poussaient des hourras chaque fois que l'un d'entre eux remportait une partie.

Julie continuait d'accrocher un sourire à sa face, mais cela lui coûtait de plus en plus d'efforts. Elle avala quelques bouchées d'un hamburger trop sec, qu'Andy avait commandé pour elle. Pas de bouteille de ketchup. Au fond du pot à moutarde se donnait à voir une masse sombre qui n'inspirait guère confiance. Ici, on venait surtout pour boire, lui confia le barman. Désolé, mademoiselle.

— On pourrait peut-être y aller, maintenant, fit-elle à Andy en souriant d'une oreille à l'autre, dans l'espoir que ses compères ne la jugeraient ni autoritaire ni rabat-joie.

L'homme se contenta de lui tapoter l'épaule sans interrompre sa conversation – à présent, on parlait boxe.

— Regardez-moi un peu tous ces pochards! brailla soudain une voix joyeuse que Julie identifia sur-le-champ. Clark ne s'était pas trompé en me disant que c'est ici que je vous dénicherais. Quelqu'un a-t-il envie de jouer aux fléchettes avec moi?

Carole Lombard se tenait sur le seuil, Clark sur les talons. Elle arborait un turban d'un vert vif qui lui tombait sur le front, un peu de guingois, ainsi qu'une salopette que la plupart des actrices d'Hollywood eussent refusé d'enfiler – à Carole, elle allait à merveille.

— Moi! répondit Julie en se laissant glisser de son tabouret.

Au moins, elle n'aurait pas à demeurer patiemment assise en attendant qu'Andy daignât se rappeler qu'il était venu ici avec elle.

Le barman lui remit des fléchettes, de l'index lui désignant la cible. Sans plus se soucier du regard étonné d'Andy, elle rejoignit Carole, et toutes deux se mirent à jouer.

— Au départ, confia l'actrice à voix basse, j'avais seulement prévu de déposer Clark pour qu'il taille une bavette avec Fleming. Mais je vous ai repérée depuis l'entrée. Vous aviez l'air de vous ennuyer à cent sous de l'heure. Est-ce que tout va bien?

— Oui, oui, lui assura Julie, qui se sentait déjà mieux.

Carole lança une fléchette. Dans le mille.

— On y va? Clark est en train de s'accrocher au comptoir, mais moi j'ai des trucs à faire, dit-elle, jetant un coup d'œil en direction de son époux.

Ce dernier, un verre de bière à la main, plaisantait au sujet de l'apparition surprise de Laurence Olivier sur le plateau.

— D'accord.

Elle allait rentrer chez elle. Julie s'efforçait de prendre modèle sur son amie, dont elle admirait tant la désinvolture. Andy buvait trop ? Soit. Qui, ici, n'abusait pas de la boisson ? Elle retourna au comptoir, tapota l'épaule du garçon.

— Je file, lui annonça-t-elle sur un ton neutre. Une grosse semaine m'attend, et j'ai des choses à régler.

Il avait l'œil un peu vitreux, mais n'en montra pas moins un soupçon d'inquiétude :

— Je vais te ramener.

— Non, non, je pars avec Carole.

— Je t'appelle plus tard.

Contre toute attente, elle se sentait sereine.

— Pas ce soir, Andy. J'ai énormément de travail.

Sur quoi elle quitta les lieux, le cœur plus léger. Peut-être bien serait-elle encore débordée demain, puis après-demain…

16

À la MGM, en début de matinée, on lézardait, on attendait. Julie avait pris l'habitude de voir les acteurs, les cameramen, les électriciens en train de paresser dans des fauteuils, de bavarder ou de se contenter de regarder s'agiter d'autres membres des studios. Un jour, elle avait avisé deux actrices en pleine discussion et qui, sans cesser de papoter, tricotaient avec ardeur – elle n'avait pas tardé à reconnaître Rosalind Russell et Paulette Goddard, deux des vedettes de *Femmes*, un film alors en plein tournage et qui, fait extraordinaire, ne comportait aucun rôle masculin.

Ce jour-là, elle songea, en se dirigeant vers la salle 632, qu'on avait allumé plus de postes de radio qu'à l'ordinaire. Roosevelt, entendit-elle, annonçait quelque chose concernant un traité commercial… Avec qui ? Elle ne parvint pas à comprendre. Les nazis, pour leur part, étaient en train de signer un pacte avec l'Italie. L'on parlait aussi du Japon. Le conflit, disait-on, risquait de s'étendre. Quelqu'un s'écria avec force :

— Éteignez-moi cette saleté ! Vous feriez mieux de nous mettre de la musique !

Aussitôt, un air de swing remplaça la voix puissante du speaker.

Aucun des coscénaristes de Julie ne se montrait aimable avec les autres. Chacun guignait la copie de son voisin, y jetait des regards moins curieux que malveillants. Tous se trouvaient sans doute ici à l'essai, tous ayant au cœur l'espoir d'obtenir au final un emploi à temps complet. En sorte que tous redoublaient de zèle et d'ambition.

— Julie, ma chérie…

Goldman, lui effleurant le bras, l'escorta vers la porte, tandis que les autres fourraient des scènes refusées dans des serviettes en cuir, se préparant à quitter les lieux.

— J'ai pour vous des projets susceptibles de permettre à votre flot créateur de s'écouler plus vite.

Sans doute était-il en train de lui faire entendre qu'elle ne lui donnait pas satisfaction. Le cœur de la jeune femme se serra.

— Je suis prête à travailler sur tout ce qu'il vous plaira de me confier.

— Tant mieux.

Son regard, sans répit, dansait de droite et de gauche.

— Nous avons besoin de puiser plus profond encore dans votre puissance créatrice. Vous me semblez un peu aride ces jours-ci.

Il allait la mettre dehors. Non, non… Elle se refusait à laisser passer sa chance.

— Je ferai l'impossible pour combler vos désirs, s'empressa-t-elle de déclarer.

— Hé ! Je viens d'avoir une idée de génie.

Et son œil d'étinceler.

— J'ai chez moi deux films que vous devriez absolument visionner. Ce sont plutôt des œuvres féminines, voyez-vous. Et si vous veniez ce soir ?

Nous les regarderons ensemble. Je suis certain que vous y puiserez une inspiration renouvelée.

Comment osait-il arriver ainsi avec ses gros sabots ? Pour quelle espèce d'oie blanche la prenait-il ? Cela dit, les choses se révélaient si faciles pour lui. Un pragmatique, voilà ce qu'il était, qui s'imaginait que, formulée au moment opportun, lorsque sa proie commençait à désespérer d'elle-même, sa proposition indécente se verrait acceptée sur l'heure. Julie mourait d'envie de cracher son mépris à la face luisante de ce vilain bonhomme. Mieux : elle eût souhaité le placer dans une situation embarrassante. Se planter devant lui et lui lancer : « Je sais ce que vous avez en tête, mais je ne suis pas ce genre de fille. » Une réplique entendue mille fois, certes, mais en cet instant précis, elle en rêvait. Ce ne furent cependant pas ces mots qui franchirent la barrière de ses lèvres :

— Ce soir ?…

Et elle le fixait, et elle en avait des brûlures d'estomac.

— Ce soir, je ne peux pas…

— Un autre soir de la semaine, alors…

Il s'agaçait un peu :

— Le temps passe si vite, ma chère.

Il observa un instant son vieux chien, qui somnolait sous son fauteuil :

— Vous manqueriez affreusement à Sammy, je puis vous l'assurer.

*

Le tramway cahotait sur le pavage inégal. Julie ferma les paupières. Impossible de s'imaginer dans le lit de cet homme. Elle se retrouvait dans l'impasse.

Adieu les chimères… Et elle ne pouvait pas s'ouvrir de ses tourments à Andy, que Selznick venait d'expédier à Sacramento. De toute façon, que pourrait-il bien lui dire ? Sans compter que, depuis l'après-midi dans le bar de Culver City, la jeune femme éprouvait le besoin de se tenir un peu à distance.

Le lendemain, il lui avait pourtant présenté des excuses sincères ; il était navré.

— Julie… Je me suis comporté comme le dernier des abrutis, pardon. Je me suis laissé bouffer par la pression. Mais je ne permettrai pas à l'alcool de détruire ma vie.

— Je crois que ton travail n'est pas seul en cause.

Il cligna des yeux, se tut un moment. Puis :

— C'est vrai.

— Il y a aussi tes grands-parents. Et ton frère.

— Je ne peux pas le nier.

Il n'en dit pas davantage. Mais lorsqu'elle baisa son front tendu, il la serra très fort contre lui.

Qui d'autre, alors ? Frances Marion ne se trouvait pas à Los Angeles non plus. Et il n'était pas question qu'elle se confiât à Rose. Il ne restait que Carole. Mais que pourrait faire Carole ? Lui suggérer d'envoyer Goldman se faire foutre ? Se faire foutre. L'expression possédait autant d'attrait que de puissance. Lorsque Carole l'employait, avec le naturel dont elle était coutumière, les hommes se figeaient, fascinés ou saisis d'effroi, comme des lapins surpris par les phares d'une auto. Mais elle, Julie, était-elle capable d'en faire autant ? Peut-être. Mais… Se sentait-elle prête à renoncer à sa carrière naissante pour recommencer à signer des photographies à la place de Carole et répondre au courrier de ses admirateurs ? Arpenter les plateaux de tournage en rêvant de faire un jour partie de l'industrie cinématographique ne lui suffisait pas...

Le machiniste fit retentir sa cloche.

— Vous êtes arrivée, mademoiselle !

Pas ce soir.

— Je vais plutôt descendre sur Sunset Boulevard.

L'homme haussa les épaules, relança son engin. Il ne se trouvait dans le wagon qu'une poignée de voyageurs – de ces employés grisâtres, presque invisibles, qui toute leur vie durant recevaient des ordres sans broncher, au travail ou ailleurs.

Après avoir quitté le tramway, elle entreprit de gravir la colline, respirant avec régularité dans l'intention de s'apaiser peu à peu. De l'extérieur, qui eût pu deviner que, chez les Gable, les préparatifs du déménagement battaient leur plein ? Tout n'était, au-dehors, qu'ordre et sérénité.

— Ce sont les films qui vous enseignent ce genre de chose, lui avait un jour confié Carole. On apprend à créer un décor. Qui se soucie de savoir s'il est réel ou pas ? Le tout, c'est de le rendre assez crédible pour qu'il fasse la blague.

L'actrice ouvrit la porte.

— Ça alors ! Que faites-vous ici à l'heure qu'il est ?

Elle la saisit par la main pour l'attirer dans la maison. Elle portait un peignoir en tissu-éponge, des bigoudis, et elle avait le visage barbouillé de cold-cream.

— J'ai besoin d'un conseil, hasarda Julie, surprise par cet accueil empressé. Que vous arrive-t-il ?

— Accrochez-vous : Rose est en train de vous chercher.

Julie referma la porte derrière elle, alignant en pensée les diverses catastrophes qui eussent pu pousser sa colocataire à prendre contact avec l'actrice.

— Rien de grave, je vous assure. Venez.

Carole la mena jusqu'au salon, où elle l'installa d'office dans un fauteuil:

— Ma chère, fit-elle avec solennité. Vos parents sont à Los Angeles. Votre père ayant eu à régler d'abord une affaire à San Francisco, ils ont ensuite décidé de vous rendre visite.

— Quoi ?!?

— Ils sont là depuis quelques heures. Rose m'a téléphoné, j'ai appelé Andy. Comme il se trouve à Sacramento, il n'avait pas la moindre idée de l'endroit où vous étiez. Au fait, qu'est-ce que c'est que ce foutoir entre vous ? Il m'a paru drôlement tendu.

— Mes parents sont ici ?

— Rose m'a expliqué qu'ils avaient la ferme intention de vous ramener à Fort Wayne. Selon elle, ils sont extrêmement déterminés.

— Quoi ?

— Ma chérie… Ça, vous l'avez déjà dit. Pourrions-nous progresser un peu dans les dialogues ?

Julie se carra dans son siège, éberluée. Ses parents tentaient de reprendre son destin en main, comme ils l'avaient toujours fait. Ce pan peu reluisant de la réalité, elle l'avait jeté aux oubliettes dès lors qu'elle s'était mêlée au tourbillon hollywoodien. Elle essaya de reprendre haleine. Il lui semblait se rabougrir à l'intérieur, rapetisser de seconde en seconde. S'en retourner inexorablement vers l'enfance…

— Bon. Vous devez d'abord regagner la pension en leur assurant que vous y vivez à plein temps. Que voulez-vous au juste ?

La voix de Carole venait, en une fraction de seconde, de la découper en tranches, de la hacher puis de la lui servir, tremblotante, sur un plateau, la question cruciale : *Que voulait-elle au juste ?*

Les larmes montèrent. La jeune femme se sentit bête. Son nez coulait, qu'elle essuya d'un revers de manche – une veste neuve, d'un rouge éclatant, à présent souillée, bonne pour la blanchisserie. Sans un mot, l'actrice lui tendit un mouchoir.

— Je ne suis pas capable de les regarder en face. J'ai tout raté. Je ne peux pas…

Carole alluma une cigarette, inhala la fumée, sans plus se soucier de l'épaisse goutte de cold-cream qui pendillait à présent au bord de sa lèvre inférieure.

— Bien sûr que si, vous pouvez. Vous n'êtes plus un bébé, sinon, jamais vous ne vous seriez installée à Hollywood.

— Abe m'a invitée chez lui, et pas pour le travail…

Carole partit d'un grand éclat de rire, en se frappant le genou.

— Il a mis plus de temps que je ne l'aurais pensé. Ma chérie, il tente sa chance avec toutes les jeunes femmes. Envoyez-le bouillir, c'est tout. Il ne possède pas un pouvoir suffisant pour décider qui aura du succès et qui n'en aura pas. Mais, bien sûr, il fait tout pour que vous vous imaginiez le contraire.

— Pourquoi ne m'avez-vous pas expliqué cela plus tôt ?

— Je préférais que vous découvriez ces choses-là par vous-même.

Carole s'assit, la mine grave. Elle tira une copieuse bouffée. Au terme d'un bref silence, elle bondit sur ses pieds.

— J'ai une idée !

Elle se rendit au pied de l'escalier menant à l'étage, enjamba prudemment des cartons de vaisselle, maugréant qu'ils eussent mieux fait, tous deux, de se débarrasser de ces vieilleries.

— Pa ! cria-t-elle.

— Quoi ?

— Demain, tu tournes une scène importante avec Vivien, n'est-ce pas ?

— Oui. On se bagarre, je la culbute et zou. Pourquoi ?

— Julie a besoin qu'on trouve une occupation à ses parents pendant qu'elle réfléchit sur le sens de sa vie. On pourrait peut-être leur proposer d'assister au tournage ?

La tête de l'acteur se matérialisa en haut des marches.

— Bien sûr. Du moment qu'on ne me voit pas danser…

Son épouse se tourna vers la jeune femme :

— Parfait. Amenez-les demain matin sur le plateau. Tout le monde est impressionné d'assister au tournage d'un film.

— Mon père n'approuve pas…

— Oh, ma chérie… Foutaises. Tout le monde, vous dis-je. Tout le monde. Parole. Y compris votre père.

Elle secoua la tête.

— Vos parents et les miens ne se ressemblent vraiment pas. Quand ma mère a obtenu le divorce et quitté Fort Wayne, elle est aussitôt partie pour Los Angeles, bien décidée à faire de moi une vedette de cinéma.

— Mes parents jugent vulgaire tout ce qui se passe ici.

Le visage de l'actrice s'illumina :

— Vous savez quoi ? Demain soir, nous allons les inviter à dîner. Nous allons les détendre, évoquer avec eux cette bonne vieille ville pourrie de Fort Wayne. Dans cette maison.

Elle posa un regard vague et circulaire sur le décor :

— Il me suffit de débarrasser quelques cartons et d'arranger un petit truc.

— Mais… Carole… Vous ne faites pas la cuisine.

— Qui vous a dit que j'allais me mettre aux fourneaux ? Sur ce, filez à la pension. Nous pouvons gagner du temps en les distrayant un peu pendant que vous décidez de votre avenir. Et, chérie…

— Quoi ?

L'actrice la dévisagea, et Julie lut au fond de ses yeux tout ce que cette autre native de Fort Wayne était capable de garder pour elle : la tristesse, la peur, la méfiance, mais, plus que tout, la force d'obtenir ce qu'elle désirait. Et, aussi, le goût du rire.

— Endurcissez-vous un peu. Et, surtout, n'allez pas fondre en larmes.

*

Jérôme et Édith Crawford se tenaient assis, raides comme la justice, sur des chaises que Rose, au comble de l'agitation, avait disposées pour eux sur la véranda. La mère de Julie serrait entre ses doigts une soucoupe, sur laquelle reposait en équilibre une tasse de thé, dont elle buvait de loin en loin une petite gorgée. Elle écoutait Rose l'entretenir de la pluie et du beau temps, lui affirmer combien il faisait bon ici à cette époque de l'année, tout particulièrement en début de soirée. La lumière, vous voyez…

Le père de Julie, pour sa part, avait le regard perdu au loin. Il n'avait jamais goûté le papotage…

Lorsque la jeune femme descendit de la voiture pour se diriger vers la demeure, elle le jugea vieilli. Il ne s'était pourtant écoulé que six mois depuis son départ. Son père avait grossi, les cheveux de sa mère grisonnaient de plus en plus. Oh, je vous en prie… Ne vieillissez pas…, se surprit-elle à penser en se rapprochant d'eux. Je vous aime tous les deux. Allez-vous-en et laissez-moi grandir en paix. Ne m'obligez pas à culpabiliser, sous prétexte que je n'agis pas selon vos souhaits. Mais surtout, promettez-moi de ne jamais vieillir…

— Julie, ma chérie.

Sa mère s'était levée, avant de déposer avec précaution sa soucoupe et sa tasse sur l'appui de fenêtre.

— Où diable as-tu récupéré cette veste ? Rouge ? Le rouge n'est pas une couleur, ou bien… Bah… Peut-être en est-ce une aujourd'hui.

Julie lui ouvrit les bras. Sa mère, indéniablement, multipliait les efforts.

— Quelle surprise, parvint-elle à articuler en l'embrassant.

Jérôme Crawford, à son tour, s'était levé.

— Cette jeune demoiselle nous a fait visiter la pension, indiqua-t-il d'une voix sourde et grave. Elle me paraît plutôt bien tenue, dans l'ensemble. Il paraît qu'on y a posé deux verrous sur toutes les portes.

Rose émit un sourire crispé. Julie, contrariée, se rappela qu'elle avait négligé de faire son lit le matin. Pire, elle avait suspendu, pour qu'ils sèchent, sa culotte et son soutien-gorge au pommeau de la douche dans la salle de bains. Elle jeta un bref coup d'œil implorant à son amie.

— La femme de ménage est passée très tôt ce matin, se hâta d'annoncer celle-ci Elle a fait notre chambre en premier, ce qui a permis à tes parents de s'y reposer.

Il n'y avait pas de femme de ménage. Julie faillit sauter au cou de Rose.

*

Le père de la jeune femme avait déjà choisi le restaurant où ils dîneraient ensemble le soir – bien entendu, l'établissement ne se situait ni sur Sunset Boulevard ni à Hollywood. Il s'agissait d'un steak house dont l'un de ses associés lui avait parlé, et dont, selon lui, les propriétaires et les employés venaient tous du Midwest. Un restaurant où, toutes les dix minutes, les serveurs faisaient cercle autour d'une table pour chanter « Bon anniversaire » à l'un des convives auquel, pour l'occasion, l'on offrait une coupe de glace à la vanille surmontée d'une bougie.

— Nous en avons un comme ça à Fort Wayne, fit joyeusement Édith. D'ailleurs, on dirait presque les deux mêmes. C'est sympathique, tu ne trouves pas, chérie ?

— Si, très.

Elle leur parla de son emploi de scénariste. De Frances Marion. De Carole Lombard et de Clark Gable, de l'enthousiasme qu'elle éprouvait à baigner dans un tel univers. Elle s'excusa de ne pas leur écrire plus souvent. Elle n'évoqua pas Andy. Elle ne souffla pas mot d'Abe Goldman.

— Trois cents dollars par semaine ? s'étonna son père. Ça n'a pas le moindre sens. Quel emploi peut bien valoir ici trois cents dollars par semaine ? Qu'as-tu écrit ?

— En ce moment, je travaille sur une scène dans un film de gangsters qui se déroule en prison.

— Toi ? glapit sa mère, choquée. Que sais-tu de la vie en prison ?

— Pas grand-chose, répondit Julie avec un rire qu'elle désirait léger mais qui tomba à plat.

— Dans ce cas, intervint Jérôme, réputé pour son pragmatisme à toute épreuve, pour quelle raison écris-tu un machin pareil ?

— Cela fait partie des tâches qu'on me confie pendant ma période d'essai.

— Ta période d'essai ? En somme, tu n'es qu'intérimaire ?

Lorsqu'on leur servit les steaks, Julie avait déjà mal à la tête. Ces deux personnes, l'une et l'autre solides comme le roc, l'avaient modelée à leur image. Ses parents lui avaient transmis leurs valeurs et offert une éducation. Elle leur devait la couleur de sa peau, son squelette, ses yeux bleus, et jusqu'à son goût pour le chocolat. Ce soir, elle s'ingéniait à échapper à tout cela, à tout ce qui lui avait permis naguère de se sentir en sécurité.

Elle était fatiguée. Éreintée… Oh, et puis zut : elle commanda un cocktail.

Sa mère écarquilla de grands yeux :

— C'est très alcoolisé, tu sais. Tu ne préfères pas un verre de vin ? Ou… Tu as peut-être raison… Une fois de temps en temps…

Mme Crawford jetait des coups d'œil désespérés en direction de son époux.

— Bah…, sourit Mr Crawford avec bienveillance. Je n'ai rien contre le fait que notre petite fille tente certaines expériences.

Il tapota l'avant-bras de Julie.

— Personnellement, je n'ai jamais aimé ça.

La jeune femme avala une première gorgée, avec l'impression de goûter un cocktail pour la première fois. Ses parents venaient de lui accorder la permission de commettre de loin en loin quelques écarts. Elle éprouva une satisfaction qu'aussitôt elle estima bécasse et infondée : elle n'était plus une enfant.

Après le dessert, son père se racla la gorge, tamponna ses lèvres à l'aide de sa serviette d'un blanc immaculé, puis prit la parole :

— Julie, commença-t-il. Nous nous trouvons ici pour une raison particulière. Je pense que tu as déjà deviné laquelle.

Elle ne se sentait pas prête à entendre l'inévitable.

— Non, pas maintenant, fit-elle en saisissant la main de Jérôme.

Elle se mit dès lors à parler à toute allure, leur annonçant que, le lendemain matin, elle les emmènerait sur le tournage d'*Autant en emporte le vent*, qu'ils y rencontreraient Clark Gable et Vivien Leigh, n'était-ce pas là une perspective grandiose ?

Il se mit à briller dans les yeux d'Édith une lueur, mais son époux fronça les sourcils :

— Nous avons prévu de partir demain.

— Non, non, voyons, vous ne pouvez pas manquer une telle occasion. Qui plus est, Carole… Carole Lombard, l'actrice… Vous voyez de qui il s'agit… J'ai dû déjà vous parler d'elle, nous sommes devenues amies…

Son père demeurait sans expression. Elle enchaîna :

— Elle nous a invités à dîner demain soir. Ce serait très impoli de refuser. J'ai déjà dit oui…

Elle se tourna vers sa mère, qu'en silence elle appelait au secours.

— Jérôme…, fit cette dernière d'une voix enjôleuse. Julie a raison. Ça ne se fait pas. N'oublie pas qu'elle appartient à une excellente famille de Fort Wayne.

— Très bien, se rendit son père en lui adressant un regard pénétrant. Mais ne va pas t'imaginer que je ne vois pas clair dans tes manœuvres dilatoires, ma chérie. Tu t'es bien amusée, mais maintenant, il est temps de grandir et de renouer avec la réalité. Chez nous, tu n'auras plus à subir de périodes d'essai.

— Nous en reparlerons plus tard, d'accord ?

— Tu peux compter sur moi.

Les trois Crawford sourirent à l'unisson.

17

Julie éprouvait une immense fierté à emmener ses parents sur le plateau d'*Autant en emporte le vent*. Ce qu'ils voulaient à toute force, elle ne l'ignorait pas, c'était arracher leur fille à cet antre d'iniquité, mais peut-être réussirait-elle à leur faire changer d'avis en levant un coin du voile sur le monde merveilleux du cinéma. Peut-être.

Si seulement ma mère avait lu le roman de Margaret Mitchell, se navra-t-elle en brossant à celle-ci les grandes lignes du film en pleine fabrication.

Jérôme Crawford, de son côté, s'autorisa à considérer avec respect le matériel nécessaire au tournage – les caméras, les projecteurs, l'équipement électrique, les câbles en tous genres –, ainsi que le nombre de gens embarqués dans cette aventure, assistants réalisateurs, costumières en chef… Une véritable petite armée.

Clark, probablement sur ordre de Carole, vint saluer les parents de Julie. Cornaqué par l'acteur, Victor Fleming leur serra brièvement la main ensuite. Quant à Jerry Bryant, il leur souhaita la bienvenue avec un large sourire, réservant un clin d'œil entendu à Julie.

Comme celle-ci se tournait pour conduire Édith et Jérôme à leur place, elle vit Andy. Debout, les mains croisées dans le dos, il la fixait. Elle ne s'attendait pas à ce qu'il fût déjà rentré de Sacramento. Il ne fit pas un pas dans sa direction. À l'évidence, il n'avait pas pris le temps de se raser, et sa chemise, dont un pan s'échappait de son pantalon, était froissée, en outre tachée de sueur sous les aisselles. Peut-être attendait-il qu'elle agît la première.

Elle hésitait.

— Qui est ce type mal fagoté qui ne te lâche pas du regard ? s'enquit son père.

— Une connaissance.

Comment était-elle parvenue à employer, pour lui répondre, ce ton d'une parfaite neutralité ? Mais pourquoi fallait-il, par ailleurs, qu'Andy parût ce jour-là – comme tous les autres jours, d'ailleurs – à ce point dépenaillé ?

— Silence sur le plateau ! beugla l'un des assistants de Victor Fleming.

La lumière baissa. Une angoisse vague commença à s'emparer du corps de Julie, qui tentait en vain de déterminer la cause et la nature exactes de son malaise. Embarras ? Soulagement ? La lâcheté. Telle était l'unique raison qui l'avait empêchée de faire les présentations. Ne réussirait-elle donc jamais à jeter les conventions aux orties ? Bien qu'elle tournât la tête dans une autre direction, elle continuait de sentir sur elle le regard d'Andy. Sans doute n'était-il pas choqué. Probablement, même, si l'occasion leur était offerte d'en discuter, se mettrait-il à rire en lui assenant l'une de ses phrases couperets telles que : « Je te l'avais bien dit. » Ce qui venait de se passer apportait de l'eau à son moulin : elle pouvait pénétrer sans peine dans son univers à lui, mais jamais il ne serait le bienvenu dans celui de la jeune femme. Combien de fois, pourtant, s'était-elle élevée contre cet état de faits, qu'elle niait avec vigueur ? Une seconde lui avait suffi à lui donner raison.

Elle n'avait pas pris garde à la scène qu'on s'apprêtait à tourner. Néanmoins, lorsque, dans la demeure de Rhett et de Scarlett, l'on mit lentement en place le somptueux tapis d'escalier d'un rouge profond, son cœur, une fois encore, se serra. Bien sûr… Il s'agissait de la scène qu'entre eux, pour plaisanter, plusieurs membres de l'équipe avaient surnommée « la scène du viol ». Elle se tordit les mains. Assurément, son père ne l'apprécierait guère. Elle aurait ensuite le reste de la journée pour tenter de le séduire et de le rallier à ses vues…

Elle songea soudain qu'elle était en train de redevenir la fille de son papa.

Lorsque s'entrechoquèrent les deux planchettes du clap, les parents de Julie sursautèrent.

Vivien, si petite et si menue, vêtue de la robe en velours rouge de Scarlett, descend avec lenteur un escalier monumental et cependant plein d'élégance. L'épais tapis bordeaux jette des feux atténués à la lumière vacillante des lampes à gaz. Scarlett se tourne vers le bureau, hésite.

— Entrez, madame Butler.

La voix de Rhett. Lourde d'alcool et de dédain.

— Asseyez-vous.

Elle s'exécute.

— Regardez, ma chère, fait-il, posant ses mains, sans hâte, de chaque côté de la tête de son épouse. Je pourrais vous réduire en bouillie avec ces mains. Je le ferais si cela pouvait vous arracher Ashley de l'esprit. Mais ce serait inutile.

— Retirerez-vous vos mains, espèce d'ivrogne ?

Il obéit. Elle se lève. Quitte la pièce d'un pas résolu. S'immobilise au pied de l'escalier.

Rhett, qui lui a emboîté le pas, l'étreint, puis l'embrasse :

— Cette nuit, vous ne m'interdirez pas votre porte.

Il la prend dans ses bras, gravit quatre à quatre l'escalier. La silhouette des deux acteurs s'évanouit peu à peu dans l'obscurité.

— Coupez ! aboya Fleming. On la refait.

Clark et Vivien regimbèrent, néanmoins ils obtempérèrent. Une autre dispute, une autre disparition en haut des marches, vers la chambre invisible.

— On la refait !

— Victor, gémit Vivien, celle-ci était parfaite.

Mais, tandis que Julie se tortillait sur sa chaise, l'actrice se remit en position. Combien de fois Jérôme Crawford accepterait-il de voir cette scène avant de quitter les lieux ?

— C'est la bonne ! se réjouit enfin le réalisateur.

— J'ai besoin d'un verre, maugréa Clark en se dirigeant vers son fauteuil.

Il lorgna sa partenaire :

— Vous ne pesez pas bien lourd, ma chère Scarlett bafouée, mais je ne vous hisserais pas à l'étage de cette façon tous les soirs dans la vraie vie.

— Soyez sans crainte, le plaisanta Vivien. Mon Larry vous trouerait la peau avant que vous ayez seulement eu le temps d'essayer.

Le père de Julie n'en croyait pas ses oreilles. Il se leva avec lenteur, drapé dans sa dignité, fronça les sourcils en considérant sa fille, à laquelle il proposa d'aller déjeuner. Édith Crawford, à l'inverse, avait les yeux singulièrement brillants.

— Oh, mon Dieu…, souffla-t-elle. Rhett Butler est magnifique.

Ses joues avaient rosi.

Comme elle entraînait ses parents vers la sortie, Julie jeta quelques coups d'œil de droite et de gauche : Andy avait filé. La famille Crawford retrouva le soleil radieux de la Californie. Édith évoquait la robe de Scarlett, cette si belle robe qu'elle avait déchirée pour les besoins de la scène. Assister au tournage d'un film, voilà bien quelque chose d'épatant, et tu sais, ma chérie, j'ai beaucoup entendu parler du Bullocks Wilshire Building, du grand magasin qui s'y trouve. Ce serait une riche idée que d'aller y faire un tour, non ? nous pourrions te dénicher des vêtements pour le voyage jusqu'à Fort Wayne… Et Julie de continuer à hocher obligeamment la tête, sans même relever les dernières paroles de sa mère – elle pensait à Andy et, à mesure qu'elle pensait à lui, le soulagement se muait en honte…

— Nous pourrons y aller cet après-midi, fit-elle.

— Excellente idée ! Ton père, lui, a l'intention d'acheter des orangeraies. Les affaires, toujours les affaires.

*

C'était la première fois que la jeune femme se rendait dans ce grand magasin pourtant célèbre.

— Quelle splendeur, murmura Édith, levant les yeux vers la tour par la vitre de la voiture. Si j'habitais Hollywood, je passerais mon temps à y faire du shopping.

— C'est ce que font beaucoup d'actrices, l'informa sa fille, qui se rangea le long du trottoir.

Un voiturier s'apprêtait déjà à se charger du véhicule, une robuste Ford que Mr Crawford avait louée à l'aéroport.

Ayant pénétré dans le bâtiment, mère et fille se retrouvèrent au rayon des parfums qui, entre des murs de marbre, s'élevait sur trois étages. Les sols étaient de travertin soigneusement ciré. Des femmes en tailleur de laine examinaient les flacons disposés à l'intérieur de comptoirs en verre, s'adressant les unes aux autres à voix basse de sous leurs chapeaux à large bord.

Édith Crawford, avec des sourires appréciateurs, poursuivit son chemin, sa fille sur les talons, jusqu'aux ascenseurs au centre du magasin.

— Nous n'avons rien d'équivalent à Fort Wayne, constata Édith, vivement impressionnée. Regarde... Ce n'est pas Greta Garbo, là-bas, au rayon des rouges à lèvres ?

Il s'agissait bel et bien de l'illustre actrice.

— Maman, fit Julie, une pointe d'étonnement dans la voix, j'ai l'impression que tu fréquentes les cinémas beaucoup plus souvent que tu veux bien l'admettre.

Une heure durant, la jeune femme suivit docilement Édith, qui explorait les lieux du sol au plafond. Des mannequins vivants déambulaient dans les allées, de belles créatures silencieuses, divines avec leurs boas en fourrure et leurs robes de jersey ou leurs robes du soir en soie rose pâle. Édith papotait avec excitation. Julie, pour sa part, ne s'intéressait à rien. Ce n'était décidément pas le jour.

Elle dissimulait Andy à ses parents. Si elle avait continué à le fixer sur le plateau, si l'on n'avait pas tamisé les lumières, elle eût distingué sur ses lèvres un sourire cynique : je n'attendais pas autre chose de toi, fillette du Midwest. Oublie tes velléités de libération, oublie ce fourbi. Lorsque tu te retrouves face à un juif mal ficelé, qui traîne sa gueule de bois au bout d'une laisse, tu fais mine de ne pas le connaître. Julie avait les joues en feu.

— C'est l'heure du thé, lui annonça soudain sa mère. Personne ne vient ici sans visiter le salon de thé.

— Comment le sais-tu ?

— Ma coiffeuse est abonnée à *Photoplay*.

Les lèvres closes, Édith replaça un chemisier à rayures sur son cintre.

— Beaucoup trop cher. Je n'en crois pas mes yeux. Comment des gens sont-ils prêts à dépenser de pareilles fortunes ? Hollywood… Alors que le pays se relève à peine de la Grande Dépression.

Elle gloussa, puis son visage s'illumina :

— Tout me plaît, ici, et je suis prête à parier qu'ils proposent là-haut de délicieux sandwichs. Nous y croiserons peut-être quelques vedettes. Qu'en penses-tu, ma chérie ?

Julie sourit, prononça deux ou trois mots sans importance. Elles s'engouffrèrent dans l'un des ascenseurs, dont les portes se refermèrent sans un bruit dans leur dos. Elles se rendirent au cinquième étage.

Là, elles découvrirent une salle aussi exquisément aménagée qu'un boudoir français. Entre les murs vert pâle se donnaient à voir des fauteuils tendus de tissu affectant une très subtile nuance saumon. Il régnait ici une sérénité à nulle autre pareille.

Julie suivit sa mère, qui suivait l'hôtesse d'accueil avec une aisance qui força l'admiration de sa fille

– comment s'y prenait-elle ? Peut-être n'était-il pas utile de chercher bien loin : Édith Crawford, de par sa naissance, puis son union avec Jérôme, avait coutume d'entrer de plain-pied dans tous les milieux au sein desquels elle se trouvait introduite.

Julie pignocha de minuscules sandwichs triangulaires au concombre en buvant du thé.

— Tu ignores si tu te sens heureuse ici ou non, n'est-ce pas ? l'interrogea sa mère à brûle-pourpoint.

— Vous aviez dit un an…, commença Julie.

Édith eut un infime geste de la main, comme un battement d'ailes de papillon :

— Ne parlons pas de délais. Par ailleurs, tu n'es pas obligée de me répondre. Je sais lire sur le visage de mon enfant.

Elle mordit du bout des dents dans son sandwich :

— Le beau garçon négligé qui te mangeait des yeux ce matin… C'est quelqu'un qui compte beaucoup pour toi, je me trompe ?

Stupéfiée, la jeune femme se mit à bredouiller.

— Maman, je…

Elles se dévisageaient à présent. Julie découvrit des rides profondes au bord des yeux d'Édith ; ses cheveux se raréfiaient un peu, et la peau de son cou perdait en fermeté.

— Inutile de te livrer à une confession, ma chérie. Je sais ce que j'ai vu, voilà tout. Je l'ai vu sur ses traits, et je l'ai vu sur les tiens.

Elle se tenait à présent très raide.

— Tout se mélange, fit Julie, qui eût voulu en dire davantage, mais elle sentait se distendre à vue d'œil le lien entre sa mère et elle.

— Nous en discuterons plus tard, décréta celle-ci d'un ton brusque. Que dirais-tu de nous partager un morceau de tarte à la crème ? Ou bien cela fait-il trop ? Peut-être risquons-nous de ne plus avoir faim au moment de déguster le dîner que ton amie… Oh, mon Dieu, je n'en reviens toujours pas… Que ton amie Carole Lombard aura préparé pour nous.

— Nous aurons encore de la place, lui assura Julie, qui parvint à sourire.

*

Carole avait opté pour un pantalon à pont en velours noir, de style marin, assorti d'un chemisier de coton blanc noué à la taille, qui laissait entrapercevoir son ventre. Elle ouvrit la porte avec un vaste geste théâtral qui, aussitôt, parut faire déferler sur ses invités une vague d'énergie – dans le même temps, un berger allemand récemment acquis, ainsi qu'un petit terrier jappeur, se jetèrent sur les parents de Julie pour leur souhaiter eux aussi la bienvenue. Les Crawford firent un pas en arrière.

— Couchés, les chiens ! Qui donc vous a enseigné de si vilaines manières ? Oh… Bonjour, Jérôme ! Bonjour, Édith ! Bienvenue chez nous.

L'actrice étreignit la mère de Julie avec fougue, avant d'embrasser son époux sur la joue – y dessinant une superbe empreinte de rouge à lèvres –, puis les fit entrer dans la maison.

— N'allez pas trébucher sur les cartons, les mit-elle en garde. Nous allons déménager dès que ce fichu film sera enfin terminé.

Édith remit à son hôtesse une boîte de chocolats, autour de laquelle la vendeuse avait noué un ruban rouge.

— Il s'agit d'un petit mélange, exposa-t-elle.

— Merci !

Et Carole de s'emparer du cadeau :

— Formidable !... Je vous en prie, asseyez-vous. Plutôt scotch ou plutôt bourbon ?

Elle tourna la tête.

— Clark ! éructa-t-elle.

Celui-ci, qui se tenait sur la véranda, passa la tête à la porte avec un large sourire :

— Bonjour tout le monde ! lança-t-il en agitant une paire de pinces. Ce soir, je vous prépare des steaks et des hamburgers. Quelqu'un a-t-il envie d'un verre ?

— J'ai déjà posé la question, Pa. M'est avis que Jérôme va choisir le bourbon, je me trompe ?

Elle adressa un clin d'œil à ce dernier qui, sans sourire, se contenta d'un rapide signe de tête à l'intention de Clark Gable – ce dernier arborait un tablier, d'un blanc trop immaculé pour être tout à fait honnête, sur un pantalon kaki. Il pénétra à son tour dans le salon, où il prépara les boissons.

Julie brûlait de les prendre tous deux dans ses bras. Ici même. Et sur-le-champ. Grâce à leurs talents de comédiens, ils étaient en train de faire de cette soirée hollywoodienne un véritable dîner à la mode du Midwest, désireux de prouver à ses parents que Julie n'avait pas succombé aux sirènes du show-business.

À l'évidence, Édith était conquise. Quelques minutes après leur arrivée, elle s'entretenait avec Carole des différents créateurs représentés dans les allées du Bullocks Wilshire Building. Son père, en revanche, semblait résolu à ne pas s'en laisser conter.

— Ça vous dirait, lui proposa Clark, de me donner un coup de main pour le dîner ?

Il lui indiqua la véranda.

Jérôme Crawford, qui continuait à feindre l'indifférence, suivit son hôte au-dehors, où un domestique disposait avec précaution des steaks hachés sur la grille du barbecue.

— Je vais les retourner, fit Clark. Vous arrive-t-il de préparer des hamburgers, chez vous ?

— C'est Édith qui se charge de nos repas.

Jérôme buvait, le regard perdu au loin. De son côté, l'acteur ne s'avouait pas vaincu :

— Je trouve que les hamburgers sont plus faciles à manger que les steaks.

Son interlocuteur jeta un coup d'œil dans sa direction en faisant tourner les glaçons au fond de son verre.

— Pourquoi donc ?

— À cause de mon dentier. Il bat la breloque.

— Vous portez un appareil dentaire ?

— Eh oui. Comme beaucoup de gens. Pas vous ?

Le père de Julie se tut quelques instants, cherchant à déterminer s'il s'agissait d'une question amicale ou malveillante.

— Si, finit-il par répondre.

— Et vous n'avez jamais de problème avec ?

— De temps à autre, en effet.

Les mots sortirent avec difficulté, comme s'il se fût agi d'une terrible confession.

— Pareil pour moi. Je passe mon temps à le repousser vers l'arrière.

Il porta une main à sa bouche. Un clic retentit.

— Voilà, comme ça, c'est mieux. Je déteste ce machin, mais vous pensez bien que je ne pourrais pas me permettre de tenir le rôle de Rhett Butler sans lui.

Lorsque les deux hommes regagnèrent la salle de séjour, Julie entendit rire son père. Du moins s'y efforçait-il. Cela faisait de nombreuses années qu'elle ne l'avait pas senti aussi détendu…

*

Dans la cuisine, les employés s'affairaient en silence, cependant que Carole multipliait les allées et venues par les portes battantes, qu'elle ouvrait au retour d'un coup de pied, un plat dans chaque main.

— Je suis la reine des œufs brouillés, mais mes talents culinaires ne vont pas beaucoup plus loin, fit-elle gaiement en passant aux convives des pommes de terre au four, ainsi qu'un saladier débordant de petits pois. N'hésitez pas à vous servir en crème aigre ou en beurre, il en reste plein.

Au moment du dessert – une tarte aux pommes –, l'actrice décocha un large sourire à Julie :

— Dites-moi, chérie, pourriez-vous venir m'aider quelques minutes en cuisine ?

Vaguement étonnée, la jeune femme suivit son amie, qui bientôt posa les mains sur ses épaules.

— J'espère qu'après ce qui va se passer maintenant, vous n'allez pas me haïr pour le reste de vos jours. J'ai pensé que vous méritiez une seconde chance.

— Moi ?

L'on sonna à la porte.

— Je vais ouvrir ! brailla Carole.

Elle se dirigea vers l'entrée, tandis que Julie regagnait la salle de séjour où, debout derrière sa chaise, elle patienta.

Il était parfait. Vêtu d'une chemise propre, impeccablement repassée. Rasé de frais. Son regard, aussitôt, chercha celui de la jeune femme, tout ensemble évasif et acéré.

— Édith et Jérôme, permettez-moi de vous présenter l'un de nos amis. Il travaille pour David O. Selznick. Il est d'ailleurs passé pour me remettre un paquet de sa part. Andy Weinstein, je te présente les parents de mon amie Julie. Ils sont venus de Fort Wayne pour rendre visite à leur fille. Ils ne restent que deux jours. Merci pour le colis…

Carole parlait trop vite. Beaucoup trop vite.

C'était la première fois que Julie la voyait ainsi à deux doigts de perdre ses moyens. Une seconde chance, en effet. Mais pas pour Andy. Pour elle. Julie. La possibilité lui était à nouveau offerte de s'imposer, d'imposer ses choix, pour l'amour de cet homme qui, à lui seul, reflétait les changements qui s'étaient opérés en elle depuis son arrivée à Los Angeles.

— Tout va bien, Carole, fit-elle en se dirigeant vers Andy, dont elle saisit la main. Maman, papa, Andy est aussi mon ami… un ami très précieux… et je suis ravie que l'occasion vous soit offerte de vous rencontrer tous les trois.

Lorsque les doigts de l'homme effleurèrent les siens, elle en éprouva la chaleur.

— Il se trouvait sur le plateau ce matin. J'aurais dû vous le présenter à ce moment-là.

— J'étais en plein travail et je venais de passer la nuit dans l'avion. Pardon, je n'étais vraiment pas beau à voir. Mais je me réjouis également de faire votre connaissance ce soir, fit Andy avec un admirable sang-froid.

— As-tu envie de prendre le dessert avec nous ? lui proposa Carole, soulagée.

Il secoua la tête avec un sourire.

— Pas ce soir. Nous sommes encore en train de visionner les rushs du jour. Et Mayer, qui rêve de plus en plus fort d'imposer ses vues, nous donne du fil à retordre. Mais vraiment, monsieur et madame Crawford, je suis heureux de vous découvrir enfin.

Il s'exprimait avec chaleur, avec assurance, et, lorsqu'il se tourna vers Julie, celle-ci sentit un indéfectible lien se tisser entre eux.

Sa visite n'avait duré que cinq minutes. Peut-être dix.

— Pourrai-je t'appeler demain ? lui demanda-t-il comme il s'apprêtait à prendre congé.

— Je serai désespérée si tu ne le fais pas.

Elle lui donna un baiser, sans se soucier que ses parents pussent les voir depuis la salle à manger.

Quand la porte se referma derrière lui, lorsqu'elle songea à ce qu'il avait dû lui en coûter de venir jusqu'ici, au risque qu'il avait pris, à tout ce contre quoi il s'était probablement battu avant de se jeter à l'eau, au défi que son apparition représentait… Songeant à tout cela, elle faillit ne pas entendre Carole l'appeler à voix basse. L'actrice lui faisait signe de la rejoindre à la cuisine.

Elle s'approcha, se figea en avisant la solennité de son expression :

— D'accord, c'était un sacré coup de poker. Mais voilà, c'est fait. Moi, je me suis battue pour Clark, je me suis battue pour ma carrière. Alors, c'est moi qui vous le dis : si vous attendez béatement que votre existence suive le cours que vous désirez la voir suivre, vous ne trouverez jamais le bonheur. Le bonheur, il faut lutter pour l'obtenir. Et dès lors que vous commencez à batailler pour quelque chose, eh bien, vous avez déjà remporté la victoire. Peu importe l'issue.

— Êtes-vous en train de me parler d'Andy ?

— Je parle de tout. Est-ce que vous m'écoutez ?

Julie opina. Elle retourna dans la salle de séjour, un peu étourdie, juste à temps pour entendre son père poser la question :

— Weinstein, c'est bien ça ? Est-il juif ?

Elle se tourna vers lui :

— Bien sûr que oui, papa, répondit-elle avec fermeté. Ici, la plupart des gens intelligents le sont.

L'espace d'un instant, personne ne souffla mot.

Puis Édith Crawford, dont le menton tremblait un peu, prit à son tour la parole :

— C'est un garçon tout à fait charmant, ma chérie. D'autant plus qu'on m'a dit qu'ils se montraient très doux avec leur épouse.

18

Les trois Crawford se retrouvèrent le lendemain matin pour le petit déjeuner – œufs au plat, pain grillé, saucisses – dans un troquet proche du logmeent de Julie, où les serveuses portaient de minuscules coiffes amidonnées. Édith et Jérôme avaient pris place sur l'une des banquettes du box, leur fille sur la banquette opposée.

Il était tôt. La jeune femme devait reprendre le travail. Elle avait aidé ses parents à faire leurs bagages, puis à régler leur note d'hôtel avant de quitter l'établissement. Édith avait émis, sans insister, le souhait de rester quelques jours de plus, mais son époux s'en tenait toujours à ses plans ; il n'était pas question d'en changer. L'on avait décidé de prendre à midi l'avion en partance pour Fort Wayne. L'on prendrait l'avion à midi.

Julie ne doutait pas qu'il dissimulât dans son portefeuille un troisième billet.

— Je suppose que vous avez compris tous les deux, commença-t-elle, que je n'ai pas l'intention de rentrer avec vous.

Elle avala posément une gorgée de café – la main qui tenait la tasse ne tremblait pas.

— Disons que nous comprenons que tu n'es pas encore prête à regagner la maison, rectifia sa mère.

— Non, maman.

— C'est inacceptable, assena son père, désireux de regagner de plein droit son autorité. Cet endroit n'est pas fait pour une jeune femme comme toi. Et tu sais que j'ai raison.

— Tu as peut-être raison, en effet, papa. Il n'empêche que je vais faire tout ce qui est en mon pouvoir pour trouver ma place au sein de cet univers.

Une autre gorgée de café ; la main ne tressaillait toujours pas.

— Je vous aime tous les deux. Et je vous rendrai visite, cela va de soi, et j'espère qu'en échange, vous reviendrez me voir ici. Mais je suis une adulte, à présent, ou du moins suis-je en train de le devenir. Je vais m'acharner, tenter de réussir. Si j'échoue, à ce moment-là, et à ce moment-là seulement, je déciderai de la suite à donner à mon parcours.

Bravo. Elle avait répété toute la nuit, et elle était sincère. Elle avait passé de longues heures, les yeux rivés au plafond, réfléchissant à sa jeune vie. L'aurore lui avait apporté une assurance nouvelle, de même – cerise sur le gâteau – qu'une formidable idée de scénario. Elle mourait d'envie d'en remontrer aux scénaristes crasseux de la salle 632.

Édith fondit en larmes.

— Dans ce cas, nous te coupons les vivres, déclara Jérôme, le teint blême.

— À moi de prouver que je suis capable de gagner ma vie. Et si je n'y parviens pas, je trouverai un petit boulot dans un restaurant comme celui-ci, mais je persévérerai dans la voie que j'ai choisie.

Quelle étrange sensation elle éprouvait à planter désormais son regard dans celui de son père sans ciller.

— Tu ne t'imagines quand même pas qu'en dernier ressort, il te suffira d'épouser ce Weinstein ?

— Tu veux parler du juif séduisant et talentueux avec lequel je sors ?

Édith fourgonnait frénétiquement dans son sac en quête d'un mouchoir :

— Jérôme, tu ferais peut-être mieux de manger ton petit déjeuner. Tes œufs sont en train de refroidir. Tiens, je vais te beurrer un toast…

Mais l'homme se cabra, outragé. Il ne prit pas même la peine de se tourner vers son épouse ni de lui répondre. Il s'exprima avec lenteur, de cette voix profonde qu'il employait encore, à quelques années de là, lorsqu'il souhaitait rappeler à son enfant qui, dans cette maison, était le chef.

— Jamais je n'aurais cru qu'un jour, ma propre fille tournerait le dos à ses parents, ainsi qu'aux valeurs qu'ils lui ont inculquées, comme tu sembles résolue à le faire.

À quiconque se fût tenu là à la place de son père, Julie eût répliqué : Comment pouvez-vous parler de cette façon ? Vous imaginez-vous que, quand vous évoquez vos soi-disant valeurs, on ne devine pas aussitôt que c'est d'intolérance qu'il s'agit ?… Tout à l'heure, elle avait employé le mot « juif » à dessein. Ce n'était pas le mot « cancer », que l'on ne prononçait qu'à voix basse. Assurément non. C'était pire.

À ce père qu'elle aimait, elle eût voulu ouvrir les yeux. Mettre le doigt sur l'étroitesse de son esprit. Hélas…

Pour l'heure, c'était à elle de lui ménager une porte de sortie.

— Papa…, fit-elle en lui prenant la main. Je ne cherche ni à te blesser ni à te désobéir. Si je sors avec Andy, c'est parce que, selon moi, c'est quelqu'un de bien. Je sais ce que je désire faire. À mon âge, papa, il faut que tu acceptes de me laisser suivre ma route.

— C'est trop tôt.

— Ce sera toujours trop tôt.

— Parce que tu resteras toujours ma petite fille.

— Consens-tu à ce que je devienne ta grande fille ?

Les yeux de Jérôme… Était-ce bien des larmes qu'elle devinait au fond de ses yeux ?

Dans les siens, en tout cas, cela ne faisait pas le moindre doute. Dans ceux de sa mère non plus.

— Je viendrai vous voir pour Noël.

*

Lorsque Abe Goldman parut au seuil de la salle 632, son vieux Sammy fatigué sur les talons, Julie avait déjà pris place autour de la table. Le chargé de production écarquilla les yeux.

— Que faites-vous ici ? Il est encore très tôt.

— Je tenais à vous parler avant l'arrivée des autres.

Elle allait accepter son invitation, lut-elle d'abord sur les traits de son interlocuteur, mais il y passa ensuite l'ombre d'un agacement : non, elle a autre chose en tête.

Il s'assit, croisa les bras.

— De quoi s'agit-il ? s'enquit-il avec brusquerie.

— La première fois que je me suis présentée dans cette salle, vous m'avez parlé de films si mauvais qu'il devenait impossible de les distribuer. Cela a piqué ma curiosité. J'aimerais visionner quelques-unes de ces œuvres.

— Pour quelle raison ?

— Je me suis rappelé quelque chose que Frances Marion nous avait dit le jour de son intervention au Smith College : elle nous avait expliqué qu'un bon monteur était capable de sauver n'importe quel film, même le plus mauvais. Cela m'a donné à penser… Peut-être existe-t-il un moyen d'améliorer ces navets que vous avez évoqués en les remontant. Un bon monteur est censé savoir comment construire une histoire, or j'estime être de ceux-là.

— Vous plaisantez ? Courir après la gloire avec une paire de ciseaux et un pot de colle ? Ce serait une perte de temps. Avec ce film, je vous offre la chance de votre vie…

— Je ne vaux pas grand-chose pour ce qui est des histoires qui se déroulent en prison, vous le savez aussi bien que moi. J'ai besoin d'une perspective plus féminine. Mais j'adorerais essayer de sauver quelque chose qu'on a mis au rebut. Permettez-moi d'essayer, Abe. Même si j'ai bien conscience que c'est quitte ou double.

Son regard se fit calculateur et glacé. Il songeait aux avantages qu'il pourrait tirer de la situation si la jeune femme relevait brillamment le défi. Ce serait tout bénéfice pour sa carrière à lui. Après tout, qui, à la MGM, ne se trouvait pas assis sur un siège éjectable ?

— C'est d'accord, laissa-t-il tomber. Je vais faire porter quelques-uns de nos nanars en salle de projection. Allez-y tout de suite, elle est vide. Et visionnez-les. Perdez donc votre journée si cela vous amuse. Je vous assure que vous commettez une erreur.

Julie sourit, soulagée, avant de baisser les yeux sur Sammy, dont elle caressa la tête :

— Tu vas me manquer, mon grand.

Elle s'empara de son sac à main.

— Merci, Abe. Je ferai de mon mieux.

Ce dernier la regarda quitter la pièce, un peu troublé. Les autres scénaristes, qui commençaient d'arriver, jetèrent à la jeune femme des coups d'œil suspicieux. Prenait-elle du galon, ou venait-elle de se faire virer ?

*

Dans la salle de projection, il faisait froid et sombre. Les fauteuils n'étaient pas rembourrés comme ils l'étaient dans la pièce où l'on visionnait les rushs d'*Autant en emporte le vent*, là où la tension, toujours, se révélait à son comble. Julie s'installa, s'emmitoufla dans son pull, puis fit signe au projectionniste de lancer le premier des quatre films qu'Abe lui avait fait parvenir. La journée promettait d'être longue.

*

Quelques heures plus tard, les doigts glacés ramassés dans les manches de son pull-over, elle fixait un écran enfin rendu à sa blancheur initiale.

— Encore un, lui lança le projectionniste. Je préfère vous prévenir d'emblée que c'est le pire de tous. Je vais déjeuner. Vous serez prête à reprendre le collier à mon retour ?

Julie n'avait pas la moindre idée de l'heure qu'il pouvait être. Elle se tenait assise là, tout bonnement, stupéfiée par les intrigues abracadabrantes, par les mauvais dialogues, par le montage sans queue ni tête de ce qu'elle voyait… C'était comme si ces films avaient tout fait, depuis le premier jour, pour tourner à la catastrophe. Que s'était-elle imaginé ? Il était impossible de sauver ces ratages. Et dire qu'il en restait un à subir…

— Allez-y, répondit-elle au projectionniste. Je visionnerai le dernier quand vous reviendrez.

Elle songea à retrouver un moment le soleil, à grignoter quelque chose, mais l'effort à consentir lui parut trop intense. Elle patienta dans la pénombre.

Une porte s'ouvrit derrière elle. Elle se retourna. Andy.

— Julie…

Il s'interrompit aussitôt.

Elle se leva, se dirigea vers lui avec lenteur.

— Je suis navrée de t'avoir ignoré hier matin. Je sais ce que tu t'es dit à ce moment-là. Et tu as eu raison : je n'ai pas eu le courage de me montrer honnête avec mes parents.

Il lui adressa un mince sourire.

— Ne sois pas trop dure avec toi-même. Après que tu as quitté le plateau, je me suis regardé dans une glace. J'ai compris sur-le-champ pourquoi tu n'avais pas eu envie de faire les présentations.

— C'est gentil de me dire ça, mais il y avait bien davantage, et tu le sais aussi bien que moi.

Il lui caressa les cheveux.

— Toujours est-il, enchaîna-t-elle, que je n'ai jamais été aussi sûre qu'en cet instant de mon amour pour toi.

Il lui piqua un baiser sur le front.

— J'ignore où nous allons tous les deux, mais je t'aime aussi.

— Pas de « mais », s'il te plaît. Ne commence pas ta prochaine phrase par « mais »…

— Tes parents sont encore à Los Angeles ?

— Non, ils ont pris l'avion à midi.

Un bruit, au-dessus de leur tête, leur fit lever le nez.

— Je termine à 16 heures ! brailla le projectionniste. Si vous tenez à visionner le dernier film, vous feriez mieux de vous rasseoir et de regarder.

— Oui, oui, je veux le voir.

— Ça te dérange si je le visionne avec toi ? hasarda Andy.

— J'en serais ravie.

— Quel est le titre ?

— *Cauchemar à la maison de fous*.

Andy grimaça.

— Je m'en souviens. L'une des nièces de L. B. joue dedans. Quand il a vu le niveau du truc, il a tout laissé tomber. La MGM a perdu gros.

Il s'installa auprès de Julie, dont il baisa la main.

— Alors, qu'a dit ton père ?

— Il m'a demandé si tu étais juif.

— Et… ?

— Je lui ai répondu qu'à Hollywood, tous les gens intelligents l'étaient. Tu n'as pas envie de savoir ce que ma mère a dit ?

— Tu penses bien que si.

— Elle m'a affirmé que les juifs étaient gentils avec leur épouse.

Les lumières s'éteignirent. L'écran s'illumina.

*

Un peu plus d'une heure plus tard – une heure interminable –, le générique de fin parut.

— La vache, maugréa Andy. Personne ne peut tirer quoi que ce soit de ce navet.

Mais sa compagne ne quittait plus l'écran des yeux. Oui, le film était mauvais. Très mauvais. Un mélo situé dans un hôpital psychiatrique et, ainsi que le lui avait annoncé le projectionniste, la plus navrante des quatre œuvrettes. Et ces acteurs qu'on avait absurdement contraints à surjouer… Cependant, la jeune femme avait une idée.

— Je crois que moi, je vais pouvoir en faire quelque chose.

Andy lui adressa un regard perplexe.

— Quoi donc ?

Elle ne lui répondit pas tout de suite, car elle continuait à prendre des notes.

— Crois-tu que ces acteurs seraient libres pour tourner quelques scènes ? fit-elle enfin.

— Sans doute. Ils ne doivent pas bosser beaucoup.

Julie fronça les sourcils, mordilla la gomme à l'extrémité de son crayon. Un mélodrame, un épouvantable mélodrame… À première vue impossible à sauver du naufrage. Mais… Et si elle en faisait une comédie ? Comment pourrait-elle s'y prendre ? Mille idées dansaient la gigue à l'intérieur de son crâne. Elle prit d'autres notes.

— Tu m'as l'air drôlement concentrée, fillette.

— Je sais quoi faire. Il faut que je travaille là-dessus immédiatement. Je suis vraiment persuadée d'avoir trouvé la solution.

— Où veux-tu que je t'emmène ?

— À la pension. Là-bas, j'ai une machine à écrire. Je ne veux pas travailler sur ce projet dans le bâtiment des scénaristes. Et je tiens à ce que tout soit prêt d'ici demain.

— Si je comprends bien, nous ne dînerons pas au Chasen's ?

Elle eut beau s'efforcer de glisser une pointe d'excuse dans son ton, l'enthousiasme l'emportait sur le reste :

— Pas ce soir, non. Je vais probablement travailler tard.

Il sourit.

— J'ai déjà entendu ça quelque part.

19

Salle 632. De nouveau, Julie était la première. Lorsque Goldman pénétra dans la pièce à son tour en mangeant un donut, dont un peu de sucre adhérait à sa lèvre supérieure, une lueur presque résignée se distingua au fond de son œil.

— Bien, bien, bien… Quelle est donc votre brillante idée, ce matin ?

— Je crois que…

Elle s'interrompit :

— Où est passé Sammy ?

— Trop vieux, se contenta de répondre l'homme en détournant le regard. Sur ce, crachez donc votre pastille. Une grosse journée m'attend.

Elle posa sur la table une pile de feuillets, prit une profonde inspiration – l'heure était venue de vendre sa marchandise.

— Il est possible de sauver ce film si on en fait une comédie burlesque, commença-t-elle. J'ai écrit un prologue, ainsi qu'un épilogue, qu'on pourrait tourner à moindres frais.

— Et comment comptez-vous vous y prendre ?

La jeune femme exposa son idée. Dans la première scène, un écrivain prétentieux annonce à sa fiancée qu'il renonce à l'épouser – il compte bien viser plus haut dès qu'il aura vendu son manuscrit à un éditeur de renom qu'il s'apprête à rencontrer. La jeune femme se met à pleurer ; il fait mine de la consoler. En réalité, il convoite la fille de l'éditeur. La réunion avec ce dernier commence. L'auteur ébauche à grands traits l'intrigue de son roman, qu'il expose en termes pompeux et mélodramatiques… Son récit devient peu à peu le film lui-même.

— Les spectateurs ont compris d'emblée que notre écrivain, si arrogant soit-il, ne valait pas un clou, poursuivit Julie. Les voilà donc prêts à rire de lui.

Dès lors, ce qui se déroule sur l'écran n'est plus que pure pochade. Quelques coupures – dont une bonne paire de ciseaux se chargera –, entre lesquelles l'éditeur, incrédule, interroge l'auteur sur le sérieux de son entreprise. Ensuite, retour à l'absurdité du film initialement tourné.

Enfin, l'épilogue. L'écrivain, après avoir été la risée du conseil d'administration, téléphone à sa fiancée pour tenter de la récupérer. Mais celle-ci le congédie, lui annonçant dans la foulée qu'elle va s'enfuir avec l'éditeur.

— Ridicule, grommela Goldman.

— Vous avez raison. Mais ridicule à dessein. Les spectateurs, eux, seront ravis, au final, d'avoir participé à cette vaste blague et raillé le dindon de la farce. Si nous nous débrouillons bien, cela fera économiser au studio plusieurs milliers de dollars.

— Stupide.

— Même si cela contribue à sauver la réputation de la nièce de Mr Mayer ?

Ne flanche pas maintenant, s'encouragea Julie. C'est idiot, oui, c'est bête comme chou, mais en peaufinant un peu le projet initial, ça peut marcher.

Abe bâilla, s'étira sur son siège.

— Chérie... Ce n'est pas ma tasse de thé. Il vous reste quelques semaines à passer parmi nous. Si vous ne me présentez pas un projet digne de ce nom, vous nous quitterez. Voulez-vous un conseil ? Votre histoire fera rire tout le conseil d'administration, là, je suis d'accord avec vous. Mais c'est du conseil d'administration de la MGM qu'il s'agira.

Il se mit à se balancer d'avant en arrière, heureux de sa sortie.

Julie rassembla ses feuillets, les joues en feu. Que faudrait-il qu'elle fît à présent ? Ce film, elle le voyait pourtant défiler dans sa tête. Il suffisait de trouver le ton adéquat pour mêler, sans que les coutures fussent apparentes, les nouvelles scènes à l'œuvre originale. Elle en était capable. Et pour une bouchée de pain, s'il vous plaît.

— Je vais y réfléchir, parvint-elle à articuler en se dirigeant vers la porte.

— Ne vous laissez pas abattre. D'autant plus que ma proposition de visionner ensemble un film chez moi tient toujours.

Elle se figea.

— Où est réellement passé Sammy ?

— Bah... vous savez, c'est un vieux chien, et bientôt, vous ne serez sans doute plus là pour lui faire faire ses petites promenades.

— Vous l'avez placé dans un chenil ?

— En quelque sorte.

Elle sortit en claquant la porte derrière elle. Il s'imaginait avoir eu le dernier mot, mais après ce qu'il venait de lui avouer, elle se promit de ne pas lui faire ce plaisir.

*

La secrétaire de Frances Marion la considéra en fronçant les sourcils :

— Vous avez rendez-vous ?

— Non, mais je souhaiterais m'entretenir pendant deux ou trois minutes avec Mlle Marion, si cela est possible.

— Elle s'envole pour la côte Est d'ici quelques heures.

— Je vous en prie, il faudrait vraiment que je la voie.

La porte du bureau s'ouvrit dans le dos de la secrétaire : Frances Marion ne se montra nullement surprise de découvrir là Julie Crawford.

— J'ai reconnu votre voix. Entrez, je peux vous accorder un petit moment. Vous vous êtes montrée plus rapide que je ne l'avais prévu.

— Vous m'attendiez ? s'étonna la jeune femme en pénétrant dans le bureau, dont Frances referma la porte derrière elle.

— Vous avez eu beau courir, le téléphone ira toujours plus vite que vous. Bien. Goldman m'a appris qu'il n'avait pas l'intention de vous garder. Parlez-moi de cette idée délirante que vous avez eue et qui le fait si dédaigneusement glousser.

Frances prit place dans son fauteuil, croisa les mains sur sa table de travail, puis attendit.

— J'essaie d'offrir une seconde vie à *Cauchemar à la maison de fous*.

— Quel rossignol, pouffa la scénariste. L. B. en était malade. Donnez-moi quelques détails et remettez-moi votre scénario. J'ai bien tenté, moi aussi, de m'y coller un jour, mais…

Julie lui tendit ses feuillets sans un mot.

Frances les lut, releva la tête au terme de sa lecture :

– C'est très bon.

Elle se remit debout, consulta sa montre :

– Vous faites encore partie de la maison.

Elle rassembla les feuillets, les ceignit d'un élastique.

– Cela vous dérange-t-il que je conserve votre travail pour le montrer à une ou deux personnes ?

– Bien sûr que non.

– Je vais le faire circuler avant mon départ. Entre-temps, ne vous fatiguez plus à vous rendre dans le bâtiment des scénaristes. Mieux vaut pour vous que vous évitiez Goldman. Nous reparlerons de tout cela dès mon retour.

Elle posa une main sur l'épaule de sa cadette.

– Ne désespérez pas. Rappelez-vous : à Hollywood, on enfile les clichés comme des perles. Après la pluie vient le beau temps. C'est plutôt encourageant, n'est-ce pas ?

Julie s'obligea à sourire avant de quitter le bureau. Ayant hésité un instant, elle demanda à la secrétaire la permission d'utiliser son téléphone.

*

– Allôôôôô… ? Y'a personne à la maison ! lança, à l'autre bout du fil, une voix haut perchée.

– C'est moi, Carole. Ne raccrochez pas.

Silence méfiant.

– Julie ?

– Oui. Inutile de vous faire passer pour la bonne.

L'actrice gloussa :

— Je l'imite plutôt bien, non ?

— Certes, mais vous êtes bien meilleure dans d'autres rôles.

— Que se passe-t-il ?

— L'adoption d'un animal… Un chien…

— Je parie que vous venez d'en dégoter un qui a besoin d'un toit.

— En effet. Il s'appelle Sammy.

— Jeune ? Vieux ? Est-ce qu'il mord ?

— Il ne mord pas. Mais il est vieux. Enfin… Assez vieux.

Carole soupira :

— Je parie que c'est une antiquité, c'est ça ?

— J'avoue. Mais il est adorable.

— D'accord, chérie. Amenez-le-nous. Je serai sortie, mais Clark sera à la maison.

— Merci.

Julie raccrocha avec l'espoir qu'il n'était pas déjà trop tard.

Le refuge pour animaux de Culver City, qu'elle eut bien du mal à dénicher, consistait en un vieux bâtiment décrépit à l'arrière d'une station-service. Elle pénétra dans l'établissement, où l'odeur et les aboiements manquèrent de la faire fuir.

— Vous arrivez trop tard, madame. Revenez demain.

À l'employé maigrichon, il manquait une incisive. Il plissa les yeux, observa la jeune femme en s'essuyant les mains à son tablier couvert de taches.

— Pendant combien de temps gardez-vous un chien ?

Il s'esclaffa :

— Avez-vous seulement idée du nombre de bestioles qui se baladent aujourd'hui dans nos rues ?…

Pas plus de vingt-quatre heures. Quelquefois un peu plus, s'ils ont besoin de soins. Après ça, on les euthanasie.

— Je suis à la recherche d'un chien... Il... Il s'est échappé.

— Quelle race ?

— Je dirais un golden retriever croisé avec... je n'en sais rien. En tout cas, il est noir. Un petit colley, peut-être.

— Ouais, un bâtard, quoi. C'est un chiot ?

— Non. Au contraire. Il s'agit d'un vieux chien.

L'employé haussa les épaules.

— Jetez un œil dans les cages, pour voir si vous le repérez.

Julie s'exécuta.

— Sammy ? cria-t-elle au bout d'un moment – et une clameur éperdue lui répondit – comme ces pauvres bêtes devaient être malheureuses...

Enfin, elle le découvrit à l'extrémité de l'allée. Le plus vieux de toute la bande, probablement. Le plus amorphe aussi. Il n'aboyait d'ailleurs pas, se contentant de la regarder approcher. Elle passa entre deux barreaux une main, que l'animal lécha.

— C'est bien mon chien, indiqua-t-elle à l'employé.

— Vous avez de la veine, madame. On avait prévu de le piquer dès ce soir.

Elle poussa un soupir de soulagement.

*

— Encore un ? fit Clark, incrédule, en découvrant un Sammy un peu chancelant au côté de Julie.

— Il est gentil, s'empressa de lui affirmer la jeune femme, qui déjà poussait doucement le chien vers l'avant, avec l'espoir qu'il gagnerait le cœur de Clark en lui léchant la main.

— Elle va l'adorer, se résigna ce dernier. Mais le fait est qu'on se retrouve à la tête d'une véritable ménagerie.

— Elle est si généreuse.

— Pour sûr.

Il caressa la nuque de Sammy, qui leva vers lui un regard tendre.

— C'est bon, mon vieux.

Il se redressa, considéra sa visiteuse :

— Bah, un de plus ou de moins, ça ne fait pas grande différence.

Peut-être Sammy éprouva-t-il du soulagement en entendant ces paroles – toujours est-il qu'il s'empressa de faire pipi sur le sol de la maison.

*

Andy rit aux éclats lorsqu'elle lui narra l'aventure.

— Et alors ? s'enquit-il.

— Clark ne s'est pas démonté. Carole est arrivée pendant que nous étions en train de nettoyer, elle a lorgné ce pauvre vieux cabot, qui lui a coulé un regard suppliant : elle s'est précipitée pour le serrer dans ses bras, puis lui offrir un bol de lait. Dont la chatte, bien sûr, a pris possession immédiatement.

— Bravo, tu as sauvé ce chien.

— Et toi, figure-toi que tu as une chance folle : j'aurais pu venir chez toi en premier, le taquina-t-elle.

Cependant, elle demeurait anxieuse. Sa période d'essai de six semaines s'achevait dans trois jours. Tandis que, dans la cuisine de son compagnon, elle épluchait des pommes de terre avant de les piquer pour éviter qu'elles n'explosent à l'intérieur du four, cette perspective continuait à l'obséder.

— Alors…, fit-il en lui embrassant la nuque. Tu fais toujours semblant d'être bonne cuisinière ?

— Chaque chose en son temps, se récria-t-elle par plaisanterie. La semaine prochaine, j'essaierai de faire des œufs à la coque.

Il sourit, mais le badinage s'arrêta là. Il semblait épuisé. Recru de fatigue. Il tenait à la main un verre de bourbon – coupé d'eau uniquement pour faire plaisir à sa compagne, qui n'était pas dupe. Selznick continuait d'imposer à ses collaborateurs un rythme de travail effréné et, à mesure que l'on se rapprochait des dernières scènes, la tension ne cessait plus de grimper. La NAACP, organisation de défense des droits civiques, avait, quelques semaines plus tôt, réussi à interdire l'usage du mot « nègre » dans les dialogues du film, cependant que les United Daughters of the Confederacy, rassemblant des femmes du sud des États-Unis, exigeaient qu'on supprimât la scène où Scarlett frappait Prissy – au prétexte que jamais une Sudiste bien née ne se fût permis un tel geste.

Julie s'essuya les mains à une serviette – les pommes de terre se trouvaient maintenant au four avec le rôti.

— Nous n'en aurons jamais fini avec les censeurs, conclut son compagnon, qui se mit à faire les cent pas. Par ailleurs, nous sommes prêts à tourner la scène finale, mais personne n'en connaît encore le déroulement exact, parce que Mayer risque de tout foutre en l'air en s'obstinant à exiger un dénouement heureux. À cause de lui, Selznick est en train de devenir complètement cinglé.

— Que va-t-il se passer ?

— Fleming va opter pour une scène qui pourrait suggérer une future réconciliation entre Rhett et Scarlett, mais rien de plus. Il y a encore deux heures, Selznick réécrivait la scène. À l'instant où je te parle, Scarlett implore Mamma de lui expliquer comment faire pour récupérer Rhett, et Mamma la console en lui affirmant qu'il va revenir. Fondu. Flots de musique et d'espoir.

Andy ferma les paupières.

— Si tu savais, Julie. Je suis complètement rincé. J'adore mon boulot, et je continue à m'enthousiasmer quand les choses se mettent peu à peu en place, que le puzzle se construit selon nos désirs. Mais… dans le fond… à quoi ça sert ? Nous tournons des films sur tout et n'importe quoi, mais jamais nous ne parlons d'Hitler.

— J'ai évoqué le sujet auprès de Goldman, mais ma suggestion l'a horrifié.

— Ils sont tous morts de trouille.

Andy se rendit dans le salon pour y récupérer un exemplaire du *Herald Express* du soir, qu'il jeta sur le plan de travail.

— Les nazis ont pris la Tchécoslovaquie, mais ce n'est qu'un début. Ils ne vont pas s'arrêter là. Et personne ne cherche à les retenir. Le bateau avec tous les réfugiés juifs à son bord. Que crois-tu qu'il leur soit arrivé après qu'on les a renvoyés en Europe en leur refusant le droit d'asile ? Nous sommes tous des lâches. Ici, les gens ne veulent qu'une chose : lire les magazines de divertissement. Les « vraies » nouvelles, ils font semblant de ne pas les voir, même si elles font la une des canards. En grosses lettres.

— Il en reste quand même de moins indifférents que d'autres, s'insurgea Julie. Frances Marion, par exemple, se fait du souci. D'autant plus qu'elle a des fils en âge de partir pour la guerre.

— Si les États-Unis entrent en guerre…

Andy se tut, considéra sa compagne avec tendresse :

— Nous allons entrer en guerre, tu sais.

Un frisson parcourut l'échine de Julie :

— Que feras-tu à ce moment-là ?

— Ce que tu sais déjà que je ferai.

Elle se tourna vers lui, posa quelques instants la tête sur l'épaule de sa veste – elle brûlait de l'étreindre de toutes ses forces, de le retenir contre sa volonté. *Non…*

Il s'écarta doucement :

— Nous sommes déprimés tous les deux. Mais, au cas où je ne me serais pas parfaitement fait comprendre, je tiens à te le répéter : ton idée de sauver ce navet est épatante. Tu vas en tirer quelque chose, j'en suis certain. Et si tu veux devenir scénariste, tu y arriveras.

— Merci pour la confiance que tu m'accordes.

— Je ferai tout mon possible pour t'aider.

Elle l'embrassa sur la joue, émue.

— As-tu envie d'assister demain au tournage de la dernière scène ? Je te préviens que Selznick exigera une palanquée de prises. Ça promet d'être une très, très grosse journée.

— Il continuera à réécrire le scénario jusqu'à l'ultime seconde ?

— Tout juste.

Andy s'éclaircit la voix :

— Oh, Mamma… Il a encore filé. Comment faire pour le ramener vers moi ?…

— Et là, Mamma répond…

— Je ne suis pas acteur. Alors, avec toutes mes excuses à Hattie McDaniel, il s'agit là de la dernière version qu'il m'ait été donné de voir cet après-midi.

Il se racla de nouveau la gorge.

— Il reviendra. C'est pas déjà ce que je vous ai dit la dernière fois ? Il reviendra encore.

— Une fin rassurante, commenta Julie, avant de froncer les sourcils, se remémorant le livre de Margaret Mitchell. Mais pas très honnête.

— Tu as tout compris.

Andy leva son verre à sa santé, avala une gorgée de bourbon.

— Crois-tu qu'il aura changé de version d'ici demain matin ?

— Sûr et certain. Vivien et Clark découvriront leurs répliques quelques minutes avant le tournage.

20

Le lendemain matin, pour vaste qu'il fût, le plateau de tournage parut à Julie presque bondé. Les gens arrivaient les uns après les autres, au compte-gouttes d'abord, puis de plus en plus vite – il se trouvait là des employés de Selznick, ainsi qu'un quarteron d'amis fidèles du producteur. À 9 heures, on aurait juré qu'une réception allait bientôt battre son plein. Bien entendu, les journalistes ne manquaient pas. Julie guignait Louella Parsons qui, d'un signe de tête élégant, saluait tel ou tel ; à tous elle décochait son sourire meurtrier. À la queue leu leu, l'on s'en venait lui présenter ses hommages, à elle qui, grâce à sa plume aiguisée, avait droit de vie et de mort sur les membres de ce petit univers. Julie frissonna – tous ces visages faussement illuminés, toute cette jovialité feinte…

— Chère Louella, fit une voix que la jeune femme eût reconnue entre mille. Elle aurait mérité d'appartenir à la famille royale. Elle sait mieux que personne adopter la pose idéale pour attirer l'attention de tous.

Julie se retourna d'un bond.

— Carole ! se réjouit-elle. Est-ce à dire que vous n'allez pas lui faire la révérence ?

— Pas moi, non, ma chérie.

L'actrice ayant rejeté ses cheveux blonds vers l'arrière, elle fit signe à Julie de s'asseoir à côté d'elle.

— Je suis ravie que vous soyez venue. En général, je commence à me barber au bout de la cinquième prise, mais Clark tenait absolument à ce que je sois là aujourd'hui.

Elle jeta des regards autour d'elle :

— Les pauvres… Énervés comme pas deux, morts de trouille. Si le film fait un flop, ils sont fichus, évidemment.

Elle posa les yeux sur la une de l'*Examiner*, dont quelqu'un avait abandonné un exemplaire sur la chaise voisine :

— Voilà bien le genre de photo qui devrait nous apprendre à relativiser et nous remettre les yeux en face des trous.

Julie regarda à son tour :

Un cliché imposant. Figurant une file d'individus à la mine hagarde et affamée. Des juifs de Tchécoslovaquie, précisait la légende, que les nazis chassaient de chez eux. Une femme, qui tenait un enfant dans ses bras, fixait l'objectif. Sans désir d'émouvoir. Sans volonté d'implorer ni de se plaindre.

— Regardez-la, cette femme, fit Carole. Que voyez-vous ?

— Rien. Son visage est dénué d'expression.

— En effet. La figure même du renoncement.

Elle soupira, offrit sa tasse de café à Julie.

— Buvez tant que c'est chaud, chérie. Il fait un froid de loup, ici. Comment se portent vos parents ?

— Ils sont résignés. Et ma mère continue à parler de Rhett Butler.

— Leur avez-vous parlé de votre idée de scénario ?

— Non. Ils ne comprendraient pas.

— Ils comprendront le jour où le succès sera au rendez-vous. Et Frances ?

— Elle ne m'a pas encore donné de nouvelles.

— N'oubliez pas qu'avec moi, vous aurez toujours une solution de repli – je vous garde au chaud votre place d'assistante. Je pourrai même vous augmenter. Certes pas jusqu'à trois cents balles par semaine, hein.

Le bruit, autour d'elles, s'intensifiait. L'on ne se contentait plus de murmurer. Quelque part, quelqu'un se mit à crier.

— C'est ce que redoutait Clark, souffla son épouse. L. B. s'offre un baroud d'honneur.

Louis B. Mayer, violacé, s'adressait à son gendre en hurlant. Pareils à la vague en train de refluer, acteurs, assistants et électriciens battirent en retraite. Seule Louella tenait bon, à l'affût, plus vive et sournoise qu'un furet.

*

Andy, toujours maître de lui-même, s'était interposé, s'adressant calmement à Selznick, apaisant Mayer avec succès.

Enfin, le producteur se dirigea vers Clark et Vivien pour leur remettre à chacun une liasse de feuillets. L'acteur renâcla.

— Hier soir, j'ai dit à Pa de ne pas s'embêter à apprendre son texte. J'ai eu raison. Gardez-moi mon siège, chérie, je vais rechercher du café.

Pendant encore une vingtaine de minutes, l'on se rassembla par petits groupes ; l'on jetait des coups d'œil aux deux acteurs principaux en train de répéter dans leur coin.

Carole reparut avec deux tasses et une bonne nouvelle :

— Je viens de croiser Andy. Il m'a assuré que tout était pardonné entre Selznick et beau-papa. Ils sont presque prêts à tourner.

Tandis qu'elle parlait, le producteur brandit son porte-voix pour exiger le silence, qu'il obtint dans l'instant. Dès lors, il se tourna vers le public, grave et ferme :

— Mesdames et messieurs. Je tiens à insister sur le fait que vous vous apprêtez à voir le tournage d'une scène qui, dans un avenir proche, marquera de son sceau une œuvre qui, elle-même, fera date dans l'histoire du cinéma.

Il se tut brièvement, regarda autour de lui :

— Car *Autant en emporte le vent* comptera bientôt parmi les plus grands films jamais réalisés !

Cette fois, il se tourna vers Vivien et Clark :

— Êtes-vous prêts ?

Tous deux opinèrent à l'unisson, vêtus l'un et l'autre de couleurs sombres, contre lesquelles luisait, seule, la broche en ivoire que Vivien portait au cou.

Les lumières s'atténuèrent. Les caméras avancèrent. Les acteurs prirent place.

La vaste demeure paraît s'être repliée sur ses ténèbres et le chagrin dont elle déborde. Rhett est en train de faire sa valise.

— Qu'est-ce que vous faites ? lui demande Scarlett, qui le considère avec effroi.

— Je vais vous quitter, ma chère. J'ai fait tout mon possible. Si vous y aviez mis au moins un peu du vôtre… Vous allez pouvoir divorcer et réaliser enfin avec Ashley votre rêve.

— Oh non ! Non, vous avez tort. Terriblement tort. Je ne veux pas divorcer. Je vous aime !

La voix de Rhett résonne :

— C'est votre punition, assène-t-il à son épouse en se dirigeant vers la porte.

— Oh, Rhett ! Rhett !

Elle le suit.

— Si vous partez, où vais-je aller ? Que vais-je devenir ?

Rhett ouvre la porte sur une brume en volutes puis, tournant le dos à Scarlett, il répond, d'une voix triste mais implacable :

— Franchement, ma chère, c'est le cadet de mes soucis.

Il s'éloigne et disparaît dans le brouillard.

— Coupez ! brailla Selznick dans son porte-voix.

D'abord, chacun continua de retenir son souffle, puis des murmures s'élevèrent. Vinrent ensuite les félicitations. Celles et ceux que le producteur avait invités se précipitèrent pour lui serrer la main les uns après les autres. Jerry Bryant – dont la tâche, consistant à susciter des échos favorables à *Autant en emporte le vent*, n'avait jamais été facile – sautait presque de joie en se dirigeant vers Louella.

— David ne prend aucun risque, murmura Carole.

— J'ai trouvé cette scène époustouflante, s'extasia Julie.

Le film prenait forme, qui séduisait la jeune femme chaque jour un peu plus. Selznick avait raison. L'œuvre, pour l'heure, n'existait encore qu'à l'état de fragments mais, déjà, quelque chose d'immense s'en dégageait. Peut-être ne se révélerait-elle pas, au final, aussi grandiose que le désirait son producteur, mais il n'en restait pas moins que Selznick était en passe de réussir un coup de maître.

Le regard de Julie croisa celui d'Andy. Le sourire qu'il lui décocha en réponse au sien lui fut un enchantement – un sourire soulagé. Un sourire heureux. Durant ces mois interminables, il avait porté sur ses épaules un épouvantable fardeau. Mais le jeu en valait la chandelle. De ces mille efforts consentis par les uns et les autres, la magie venait de surgir. Elle surgissait aujourd'hui dans toute sa puissance.

Carole, pour sa part, ne quittait plus Clark des yeux.

— Pour la première fois, souffla-t-elle à Julie, en le voyant jouer, j'ai presque oublié qu'il était mon mari.

— Il s'agit là d'un merveilleux compliment.

— Tiens… C'est vrai. Vous avez raison.

— Mademoiselle Crawford ?

Une minuscule petite bonne femme à la coiffure sans défaut, vêtue d'un tailleur sur mesure, se tenait devant elle – l'œil, dans un visage dénué d'expression, ne cillait pas :

— Je suis Loretta James, la secrétaire de Mr Mayer. Je crois que vous effectuez actuellement une période d'essai à la MGM, en qualité de scénariste, c'est bien cela ?

— En effet…

— Mr Mayer souhaite vous recevoir dans son bureau à 15 heures. Je suppose que vous serez disponible ?

— Oui.

Que pouvait-elle dire d'autre ?

— Parfait. Surtout, ne soyez pas en retard, car il a un autre rendez-vous à 16 heures.

La secrétaire se tourna vers Carole, qu'elle salua d'un menu signe de tête.

— Je suis ravie de vous voir, mademoiselle Lombard, fit-elle avec une froideur qui démentait ses dires.

— Oh, moi aussi, Loretta chérie, sourit l'actrice.

Loretta tourna aussitôt les talons avec raideur et s'en fut.

— Pourquoi diable voudrait-il me voir ? s'étonna Julie.

— Parce qu'il a lu votre scénario, pardi. Vous allez peut-être décrocher la timbale !

— A-t-il le sens de l'humour ? s'enquit Julie d'une voix tremblante.

— Ce n'est pas ce qu'on dit de lui en général.

— Dans ce cas, il risque plutôt de me jeter mes feuillets à la figure.

L'actrice plongea son regard dans celui de son amie :

— Vous avez raison. Ce sera l'un ou l'autre. Et puis après ? À 15 heures, vous serez fixée.

*

Julie se tenait assise, les mains croisées dans son giron, sur le canapé de cuir blanc trônant à l'accueil des bureaux de Louis B. Mayer. Elle tentait de ne pas consulter trop souvent la volumineuse horloge d'argent suspendue au-dessus de la tête de la très rigide Mlle James. Il était presque 15 h 30. Était-il au courant qu'elle se trouvait là ? S'entretenait-il avec quelqu'un d'autre ? Avait-il oublié leur rendez-vous ? Mlle James, qui l'ignorait, ne lui avait fourni aucune information. Julie se mit à fixer le tapis blanc à poils longs sous ses pieds, avec l'espoir de paraître enfin un peu moins tendue.

Une porte s'ouvrit. Elle entendit des voix. Dont une voix de femme, légère et mélodieuse. Une jeune fille à l'œil brillant sortit du bureau du nabab, qui avait passé un bras autour de ses épaules en lui parlant avec une affection toute paternelle. C'était Judy Garland. Sans un regard pour Julie, Mayer raccompagna l'actrice jusqu'à la sortie, où il l'étreignit en l'embrassant bien fort sur la joue.

La porte se referma. L'homme tourna les talons pour regagner son bureau, s'arrêta en découvrant Julie :

— Qui êtes-vous ?

— Julie Crawford. Vous m'avez fait demander, monsieur Mayer.

— Oh, oui. Entrez.

Elle le suivit dans son impressionnant bureau, une pièce éclatante de blancheur – tout, jusqu'à la table de travail, était blanc – le cuir, le bois ciré, les tentures de soie.

Mayer ayant pris place derrière son bureau, il croisa les mains sur son ventre proéminent et fixa la jeune femme.

— Ainsi, vous souhaitez devenir scénariste ? assena-t-il tout à trac.

— En effet, monsieur. Et j'espère travailler pour la MGM.

— J'ai lu votre prologue et votre épilogue, annonça-t-il en s'emparant du scénario de Julie, qu'il feuilleta une demi-seconde avant de le laisser tomber sur la table. Vous pensez vraiment parvenir à faire passer ce navet pour une comédie aux yeux du public ?

— Je le pense, monsieur.

— Savez-vous combien d'argent cette saleté nous a déjà coûté ?

— Beaucoup d'argent.

— C'est le moins qu'on puisse dire.

Elle devait tenter le tout pour le tout :

— Si nous nous y prenons bien, votre nièce pourrait y gagner une réputation d'excellente comédienne.

— On vous a donc appris qu'elle s'était fourvoyée dans ce désastre ? Dieu lui pardonne son manque de discernement. Est-ce pour cette raison que vous avez choisi de retravailler ce film en particulier ?

— Absolument pas, monsieur. Je l'ai choisi parce que c'est le pire qu'il m'ait été donné de visionner. Ce qui le rendait d'autant plus facile à parodier.

De nouveau, il la toisa.

— Vous n'êtes pas sotte.

Elle faillit le remercier. S'abstint.

— Je vais y réfléchir, fit-il en se levant.

Lorsqu'il désigna d'un ample geste du bras les photographies alignées sur l'appui de fenêtre, un large sourire éclaira son visage :

— Voici ma famille. Ils ont de l'allure, n'est-ce pas ? Hélas, ils ne sont pas tous très malins.

Il pointa l'index vers un cliché figurant une blonde tout sourire, que Julie identifia aussitôt.

— Ma nièce. Au fond, peut-être ne mérite-t-elle pas de remporter le moindre succès.

La jeune femme ne répondit rien.

— Nous reviendrons vers vous d'ici quelques jours, mademoiselle Crawford.

Elle hésita un moment. L'homme se rassit, s'empara du combiné téléphonique – blanc. Il ne la raccompagna pas jusqu'à la porte. L'entretien était terminé.

— Merci, monsieur Mayer, fit-elle en se dirigeant vers la sortie.

— Que pensez-vous de la scène finale d'*Autant en emporte le vent* ?

— Je l'ai jugée parfaite.

— J'espère que vous avez raison.

Cette fois, le rendez-vous était terminé pour de bon.

21

Plusieurs semaines s'étaient écoulées. Julie, qui ne dormait pas, demeurait allongée sur son lit, contemplant le plâtre du plafond, qui peu à peu s'abîmait. Si Mayer n'achetait pas son scénario, comment paierait-elle son loyer le mois prochain ? Car, de son côté, son père avait mis ses menaces à exécution : il ne lui avait pas envoyé un sou. Il ne fallait cependant pas qu'elle se tourmentât trop. Elle devait tenir bon. D'ailleurs, Andy lui donnerait un coup de pouce, au besoin, même si cette perspective ne la séduisait guère.

Elle se tourna sur le flanc en s'efforçant de chasser ses idées noires. D'une main, elle repoussa la couverture. Ces jours-ci, il régnait à Los Angeles une température de plus en plus caniculaire.

Peut-être, après tout, évoluait-elle dans un songe. Peut-être rien de tout cela n'était-il réel. Elle posa le regard sur le lit vide de son ancienne colocataire. Rose lui manquait – quelques jours plus tôt, elle était retournée au Texas pour préparer son mariage, qui aurait lieu au printemps suivant.

— Il faut absolument que tu viennes, avait-elle annoncé à Julie. Car j'aimerais que tu sois l'une de mes demoiselles d'honneur. Acceptes-tu ?

Elle s'en voulait encore d'avoir balbutié. Mais Rose avait compris :

— Tu ne viendras que si tu décroches d'abord un emploi qui te satisfait pleinement, ou alors si tu t'es mariée entre-temps et que tu nages dans le bonheur. Tu n'es pas obligée de me répondre tout de suite, mais pour ta robe, j'ai pensé que de la soie bleue t'irait à merveille.

Lève-toi, se dit-elle. Va te promener sur la plage de Santa Monica. Ou alors, va manger un morceau. Fais au moins semblant de ne pas être enchaînée à ce maudit téléphone. Fais semblant de ne pas te demander à longueur de journée si, oui ou non, Andy et toi pourriez devenir mari et femme.

— Maintenant, lui avait annoncé ce dernier, nous entamons pour de bon la fabrication du film. Nous nous reverrons le mois prochain.

Il ne plaisantait pas. Il travaillait sans relâche avec Selznick, dans la salle de montage, penché sur plus de six cents kilomètres de pellicule. Un demi-million de prises… Par-dessus le marché, le producteur exigeait à présent qu'on tournât de nouveau certaines scènes. Tout cela les mènerait jusqu'en août, au bas mot.

— Un appel pour toi, vint lui annoncer l'une des locataires. Grouille-toi, parce que j'attends un coup de fil de mon agent.

Julie se précipita. Carole. Bien sûr. Car c'était aujourd'hui qu'avec Clark, elle emménageait dans leur ranch. Comment avait-elle pu l'oublier ?

— Je sais que vous êtes déçue d'entendre ma voix, mais vous ne pouvez décemment pas passer toutes vos journées à cuire dans cette foutue pension. Allons, venez dire adieu à Bel Air avec nous !

— Je ne sais pas si, aujourd'hui, je peux…

— Et si vous ne venez pas et s'ils ne vous appellent pas, vous recommencerez à mijoter demain. Voyons, Julie : s'ils vous veulent vraiment, je vous assure qu'ils sauront vous trouver.

— Je vais réfléchir…

— Non. Une voiture vous attend devant la pension. Une fois ici, je vous servirai des donuts et du café. Pas de scotch. D'ailleurs, il est bien trop tôt.

— Y aura-t-il aussi du jus d'orange ? demanda Julie, soudain requinquée.

— Frais pressé.

— Alors, c'est d'accord !

*

— Vous souvenez-vous de qui d'autre vous étiez censée inviter le jour de votre déménagement ? Vous vous rappelez que vous avez invité Louella, n'est-ce pas ?

— Oh oui. J'ai prévu un dîner somptueux tout à l'heure, au ranch. Nous mangerons le cerf que Clark a abattu hier à quelques kilomètres de la maison. Oh, mon Dieu… J'adore prononcer cette phrase. Sur *nos* terres, rendez-vous compte, et pourtant si loin de notre maison.

— Vous savez cuisiner le gibier ?

— Non, mais je veux voir les yeux lui sortir de la tête quand je lui demanderai si elle désire que je lui montre les bois de la bestiole.

L'actrice renversa la tête en arrière et partit d'un grand rire.

— Sur ce, allons prendre ce café que je vous ai promis.

Elles louvoyèrent entre les déménageurs, qui eux-mêmes tâchaient d'éviter les teckels jaillissant de partout comme des flèches – dans son affolement, le pékinois décrivait des cercles. Julie se réjouit de découvrir le vieux Sammy confortablement allongé devant la cheminée. Lorsqu'elle se pencha pour le caresser, il lui lécha la main. La chatte, pour sa part, s'était enroulée sur l'un des cartons de vaisselle. Carole la récupéra au passage.

— Si je ne fais pas attention, elle va finir dans le camion de déménagement.

— Je me souviendrai toujours du dîner que vous avez organisé pour mes parents dans cette maison.

— Nous avons sacrément bien joué nos rôles, pas vrai ?

— À la perfection.

*

L'appel que Julie attendait lui parvint sous la forme d'un télégramme, que la jeune femme découvrit lorsqu'elle regagna la pension le soir. Elle déchira l'enveloppe en se ruant vers sa chambre, dont elle referma la porte avant de s'asseoir sur le lit :

Nous vous proposons un contrat de douze semaines, rémunéré quatre cents dollars par semaine, pour la réécriture du scénario de Cauchemar à la maison de fous, *placé sous la responsabilité de Clyde Denton, réalisateur pour la MGM. Votre réécriture du scénario original se révèle prometteuse, mais il vous faudra encore accentuer l'aspect loufoque du premier rôle féminin. Clyde Denton prendra contact avec vous pour vous communiquer le calendrier de production.*

Veuillez nous faire savoir dans les vingt-quatre heures si cette offre vous satisfait. Sans réponse de votre part dans le délai imparti, la proposition sera dès lors nulle et non avenue. Deux exemplaires du contrat vous parviendront bientôt par la poste.

Louis B. Mayer

Elle ne put s'empêcher de pousser un cri de joie, puis de foncer vers le hall de la pension, où se trouvait le téléphone. Andy. Il fallait qu'Andy fût le premier à savoir. Parviendrait-elle à le joindre dans la salle de montage ? Ses doigts tremblaient en composant le numéro. Au bout de plusieurs sonneries, une voix d'homme se fit entendre – l'un des ingénieurs du son – pourrait-il lui passer Andy ?

Les colocataires de Julie la guignaient avec curiosité.

— J'ai décroché un boulot, leur souffla-t-elle. Je vais écrire un vrai film.

Il lui semblait flotter. Les jeunes femmes autour d'elle réagirent diversement – les unes se réjouissaient, d'autres s'apitoyaient sur leur sort, d'autres encore jalousaient ouvertement Julie. Toutes, songea celle-ci, attendaient quelque chose. L'une l'embrassa sur la joue. Une autre tourna les talons et s'en fut.

— Andy ?

— Hé ! Tu m'as l'air excitée comme une puce. Ils t'ont prise pour *Cauchemar à la maison de fous*, n'est-ce pas ?

— Oui, oui !

Il se mit à rire de bon cœur :

— Je l'aurais parié. Félicitations, fillette, tu l'as bien mérité.

— Ils m'ont engagée pour douze semaines…

— Épatant. Mayer te met pour de bon le pied à l'étrier. C'est quand même mieux que ces cours minables dispensés par Goldman. Si tu leur donnes satisfaction, tu peux être certaine qu'ils te confieront autre chose ensuite.

Sa voix était chaleureuse. Néanmoins, il paraissait distrait.

— Quand nous verrons-nous ? lui demanda Julie.

— Je vais encore passer la nuit dans la salle de montage.

Elle entendit qu'au loin, on criait son prénom.

— Demain ? insista-t-elle.

Il y eut un bref silence.

— Je vais me libérer, promis.

Il se fit très tendre soudain :

— Nous fêterons ta réussite au Chasen's, d'accord ?

— Non. Chez toi.

— Mais il faudra que je retourne au studio après. Ça ne te dérange pas ?

— Non, ce n'est pas grave.

— Alors, à demain, ma chérie. Je passe te chercher.

*

Ensuite, elle appela ses parents. Elle sentit qu'ils désiraient ardemment se réjouir pour elle, mais elle percevait également le doute dans leur voix, qu'ils tentaient en vain de chasser loin d'eux.

— Une farce ? Tu es en train d'écrire une farce ? fit son père, abasourdi.

— Qu'y a-t-il de mal à ça ?

— Mais tu fais un travail sérieux. J'espère que cet emploi n'est que provisoire ?

Elle n'insista pas.

Malgré les regards furibonds de certaines de ses colocataires, jugeant qu'elle monopolisait injustement le téléphone, elle passa un dernier appel. Carole. Contre toute attente, l'humeur de Julie se fit mélancolique.

« Un travail sérieux », avait dit Jérôme. En effet. Elle avait écrit un scénario dont il eût pu être fier. Son tout premier scénario, sur lequel elle s'était échinée avec passion, rêvant de le vendre. Elle avait créé, de toutes pièces, une histoire en laquelle elle croyait.

— Mon scénario…, fit-elle à Carole. Il était naïf, n'est-ce pas ?

— Délicieusement idéaliste, chérie. Mais vous n'avez rien à vous reprocher. D'autant plus qu'il était excellent. Et puis, vous aviez d'abord besoin d'en passer par là.

— Mais cette fois, j'ai réussi à grimper sur le premier barreau de l'échelle, n'est-ce pas ?

— Bien sûr que oui. Vous allez accomplir des prouesses.

— Je suis en train de changer, constata Julie calmement.

— Nous changeons tous, répondit l'actrice, avec une sérénité qui faisait écho à celle de son ancienne assistante.

*

Le lendemain soir, ils se tenaient devant la fenêtre – Andy ayant refermé ses mains sur les seins de sa compagne, tous deux contemplaient la ville. Les lumières, en contrebas, semblaient de petits joyaux semés de-ci de-là jusqu'à l'horizon ténébreux.

— Cet endroit m'apaise, dit Julie. Je comprends mieux, maintenant, pourquoi tant de gens ont envie de vivre dans ces collines. Tout scintille, mais tout demeure à distance.

— C'est une illusion. Les paillettes finissent toujours par vous rattraper et vous manger tout cru.

— Arrête.

Elle fit mine de le repousser, lui ébouriffa les cheveux.

Il l'embrassa longuement. Elle savait qu'il ne retournerait pas au studio. Il demeurerait dans ses bras, et elle chasserait à coups de baisers légers toutes les tensions de son visage, ils dormiraient profondément. Ensemble. S'enlaceraient. Inhaleraient l'air à la bouche de l'autre.

Plus tard, elle se souviendrait de la sérénité qu'elle aurait éprouvée ce soir-là, de son assurance, aussi. Elle se rappellerait combien elle se serait alors sentie en sécurité. De tout cela, elle se souviendrait très, très longtemps.

22

À la fin du mois d'août, le montage brut d'*Autant en emporte le vent* était terminé. Bonne nouvelle. La mauvaise ? Le film, en l'état, durait cinq heures.

— C'est impossible ! s'écria Julie, qui n'en croyait pas ses oreilles.

De son côté, elle rencontrait aussi quelques problèmes : Clyde Denton, excellent réalisateur entré depuis longtemps au service de la MGM, exigeait qu'elle opérât, dans un temps record, d'énormes modifications dans le prologue de *Cauchemar à la maison de fous*. La jeune femme devait en outre batailler avec la nièce de Mayer, qui n'appréciait pas que le mélo pour lequel on l'avait engagée se changeât en farce.

— Je suis une actrice sérieuse, avait-elle décrété à Julie lors de leur première rencontre, ajoutant avec dédain : Je ne donne pas dans la bouffonnerie.

— Carole Lombard a été longtemps la reine des comédies burlesques, observa la scénariste, et cela ne l'a pas empêchée de tourner aussi des drames.

Denton, dont l'œil s'était étréci, croisa les bras, puis contre-attaqua :

— Je peux faire de vous une star, ma chère. Ou alors, vous pouvez choisir de regagner la villa de votre oncle pour y sucer votre pouce en ruminant vos griefs contre les crétins de mon espèce.

La nièce de Mayer était sous le choc. Jamais un salarié de la MGM n'avait osé s'adresser à elle sur ce ton, à moins qu'oncle Louie lui en eût donné tacitement la permission. Ayant momentanément perdu l'usage de la parole, elle fit courir son regard de l'un à l'autre jusqu'à décider qui, des deux, était le plus faible. Elle choisit Julie.

— Vous n'avez jamais écrit de scénario avant celui-ci, la cingla-t-elle. Vous n'êtes pas ma patronne, et si je n'aime pas votre travail, comptez sur moi pour faire remonter mes remarques au plus haut niveau de la hiérarchie.

La voix d'Andy l'extirpa sans ménagement de ses songes :

— Impossible ? C'est ce que je croyais aussi. Jusqu'à ce que nous montrions notre boulot à L. B. ce matin.

— Comment a-t-il réagi ?

— À notre grand étonnement, nous n'avons pas eu droit à la moindre gueulante. En revanche, ajouta le garçon avec un large sourire, nous avons dû interrompre la projection à cinq reprises pour lui permettre d'aller aux toilettes.

Andy paraissait relativement détendu :

— La première fois qu'il a demandé au projectionniste de faire une pause, j'ai bien cru que David allait avoir une crise cardiaque. Mais le film lui plaît. Il nous suffit de couper environ une demi-heure, et ce sera bon. Nous allons y travailler ce soir.

— Qui aura envie de rester assis devant un truc aussi long ? s'esclaffa Julie.

— Nous le découvrirons lors de l'avant-première. Quoi qu'il en soit, je me sens très fier de notre bébé. Et toi ?… Quel effet ça fait de bosser avec Denton ?

Mais déjà, Andy consultait sa montre.

— Tout se passe bien. C'est cette enfant gâtée qui…

— Ah oui, Martha je ne sais quoi. Pas Mayer, n'est-ce pas ? Elle en est au moins à son deuxième mariage, si mes souvenirs sont bons.

— Tu la connais ?

— Je l'ai croisée de temps à autre. Non, mon amour, je n'ai pas couché avec elle. Ni même pris un verre en sa compagnie. Mais j'adore te rendre un peu jalouse.

— Tu me manques.

— Nous sommes débordés l'un et l'autre, c'est tout.

Il offrit son visage au soleil.

— Ça fait du bien de sortir un peu de sa tanière. J'aimerais t'emmener à la plage, mais pour le moment, c'est impossible. En revanche, Selznick organise une fête de fin de tournage demain. As-tu envie de venir ? Tout le monde est vanné, et on ne rêve plus que de se débarrasser enfin de ce bidule, mais il tient à ce que les gens s'amusent. Ça te dit ?

— D'accord.

Elle posa ses lèvres sur les siennes, avant de se détourner pour partir.

— À demain, mon petit bourreau de travail, souffla Andy. Rendez-vous à midi.

— Où ça, au fait ?

— Ici même, voyons. On mangera des hot-dogs en profitant du soleil.

— Quel pied ! Vous devriez peut-être demander à Clark de s'occuper du barbecue.

*

1er septembre. Une journée magnifique. La nombreuse équipe d'*Autant en emporte le vent* réunie sous un ciel d'un bleu idéal – les hot-dogs étaient exquis, ainsi que les glaces – et chacun, ou presque, avait mis momentanément son ego de côté.

— Bon Dieu, je suis soulagé que tout ça soit enfin derrière nous, maugréa un ingénieur du son en levant sa canette de bière – il s'était d'abord assuré que Selznick ne circulait pas dans les parages.

Avisant les acteurs en train de parler de la pluie et du beau temps, Andy confia à Julie :

— Ils ne mesurent pas encore la qualité du film.

Il eut un mouvement de tête en direction du producteur :

— Regarde-moi ce type. Lui, il est fier. Et il a de quoi.

Selznick, l'obsessionnel, qui durant le tournage avait tenu grâce à la benzédrine et les préparations à base d'extraits thyroïdiens, semblait s'être évanoui. Ne demeurait qu'un garçon brillant, solaire, qui souriait à toutes et à tous, à la façon d'un monarque bienveillant.

Clark, qui passait par là, assena une claque dans le dos d'Andy, avant de demander à Julie comment se portaient ses parents. Carole, de son côté, en dépit de son précédent fiasco, avait convaincu Selznick de la laisser se charger une nouvelle fois d'un gigantesque lâcher de ballons.

Un assistant se matérialisa, un feuillet à la main et la mine grave :

— L'Allemagne a envahi la Pologne, lança-t-il. C'est important !

Il semblait attendre une réaction.

— Ça vient de tomber sur les téléscripteurs. Regardez.

Il désignait les grosses lettres sur son feuillet :

Pluie de bombes sur Varsovie

— Roosevelt continue de prôner la neutralité, ajouta-t-il.

D'abord, les participants à la fête s'entreregardèrent, avant de lever les yeux vers les ballons jaunes et rouges, qui dérivaient si paisiblement au-dessus de leurs têtes.

— L'Angleterre va déclarer la guerre à l'Allemagne ? s'enquit quelqu'un.

— Bien sûr, répondit Leslie Howard.

Il se tourna vers le producteur :

— Je file, David, je suppose que tu comprends pourquoi. Je partirai pour l'Angleterre dès demain matin.

— Tu es un type bien, lui dit Clark Gable, l'œil rivé à la pelouse sur laquelle il se tenait. Ça a été un honneur de travailler avec toi.

Selznick opina sans un mot, se contentant d'un lourd soupir, après quoi il passa un bras autour des épaules de l'acteur britannique. Lentement, les invités refluèrent vers le bâtiment principal pour écouter, à la radio, un speaker survolté annoncer que la Grande-Bretagne, la France, l'Australie et la Nouvelle-Zélande venaient de déclarer la guerre à l'Allemagne. La Royal Air Force se tenait prête à attaquer la flotte germanique. Roosevelt, pour sa part, ne tarderait pas à s'adresser à la nation américaine – pour lui assurer que les États-Unis resteraient neutres.

— Jusqu'à ce qu'ils nous attaquent, commenta sombrement Andy.

Julie ferma les paupières. La musique s'était arrêtée.

*

Andy se laissa tomber dans le canapé, le visage rougi par le soleil. Ou par l'alcool. Il terminait un verre de bourbon – le deuxième de la soirée ? Julie préférait ne pas tenir de comptabilité.

— Je me fous bien qu'*Autant en emporte le vent* soit ou non un succès. Il y a plus important…

Julie se fâcha :

— Bien sûr qu'il existe des choses plus importantes dans le monde. Mais ce film possède son importance, lui aussi. De même que celui sur lequel je suis en train de travailler. Nous ne commettons pas de péché mortel en nous occupant de ce genre de chose. Un péché contre quoi, d'ailleurs ? Contre les souffrances de la planète ?

Elle se tourmentait à cause de la guerre, bien entendu, mais elle se demandait aussi, avec appréhension, si sa réécriture de *Cauchemar à l'asile de fous* séduirait le public. Cela faisait-il d'elle une écervelée ?… Demain, l'on commencerait à tourner le prologue… Dans le même temps, elle se sentait coupable car, en effet, d'effroyables événements se déroulaient en Europe…

Andy finit par lui décocher un sourire, qui lui fit du bien.

— La vie continue, dit-elle.

— Tu as raison.

— J'essaie de ne pas broyer trop de noir.

— Et je t'en remercie, murmura-t-il.

*

L'on répéta vite, personne n'était tendu – après tout, *Cauchemar à la maison de fous* ne suscitait pas d'espoirs insensés.

Sauf chez Julie.

Ce qui allait se dérouler à présent ne lui appartenait plus, mais à entendre les acteurs dire son texte, elle se sentit soudain pareille à un marionnettiste. Quel étrange phénomène…

— D'abord, l'avait prévenue Andy, qui parlait d'expérience, tu vas éprouver une légère tendance à tomber amoureuse de toi-même. Mais ne te tourmente pas, cela ne durera pas.

Elle sourit. Il avait raison. Mais, surtout… Surtout, elle faisait ce qu'elle avait envie de faire depuis plusieurs années, et elle y prenait un immense plaisir.

*

La cantine de la MGM se révéla plus tapageuse encore, et plus malodorante que d'ordinaire.

Cela faisait maintenant une semaine que Denton avait entamé le tournage du remake. Personne n'émettait de commentaires. Personne n'était malheureux. Personne n'était heureux. Julie, quant à elle, avait un peu l'impression de faire tapisserie.

— Julie ?

Denton se rapprochait avec, sur les lèvres, un drôle de sourire.

— On vous a déjà prévenue ?

— De quoi ?

— Un distributeur a acheté notre film hier soir. Douze mille dollars de profit. Vous valez de l'or, ma chère.

La jeune femme ne savait que dire :

— Tout s'est déroulé très vite…

— Mayer a fait le forcing. Une projection pour les distributeurs. Ça passait ou ça cassait.

Il sourit.

— Vous n'étiez au courant de rien, n'est-ce pas ? Ici, une journée suffit à vous enterrer ou à faire de vous une star.

— Et je…

— Choisissez-vous un bon agent. Vous avez pris place à bord de la fusée.

Il tourna les talons, puis se ravisa :

— Oh… Permettez-moi aussi de vous remercier. Votre travail m'a donné un sacré coup de pouce. Je ne bossais plus beaucoup, ces temps derniers, et c'est toujours difficile de faire son come-back quand on est sur la pente savonneuse depuis un petit moment.

Cette fois, il s'éloigna.

Elle peinait à y croire. La tête lui tournait.

— Hé, ma jolie, y'en a qu'aimeraient bien retourner bosser, brailla une voix non loin. Tu peux te bouger un peu ?

Julie s'écarta après avoir marmonné des excuses vagues.

*

— Myron. C'est Myron qu'il vous faut.

Carole était aux anges :

— Oh, mon Dieu, ça y est déjà ! Vous êtes sortie du lot !

— Qui est Myron ?

— Le frère de David. Il est aussi mon agent. Il vous prendra sans problème. C'est une formidable nouvelle. Vous finirez par être la scénariste la mieux payée d'Hollywood ! Au fait, avez-vous prévenu Andy ?

— Je ne voulais pas le déranger. Il nous rejoindra d'ici quelques heures.

— Pourquoi n'est-ce pas lui que vous avez averti en premier ?

— Au vu de la situation internationale, il se pose des tas de questions sur l'utilité de son travail. Je me suis dit que je risquais de l'attrister plutôt qu'autre chose.

L'actrice se tut un moment, puis :

— En voilà, un raisonnement tordu. Pourquoi décider à sa place de la réaction qu'il pourrait manifester ?

— Pour être tout à fait honnête, je crois bien que j'avais envie de voir d'abord votre enthousiasme se peindre sur vos traits. C'est mal ?

— Bien sûr que non ! s'insurgea Carole, mais sans chaleur.

Elle se cramponna brusquement à l'une des colonnes de son lit à baldaquin – son visage était de craie.

— Que se passe-t-il ?

Julie lui prit la main. Carole transpirait abondamment, et elle tremblait de tous ses membres. Elle grimaça, rejeta la tête en arrière, porta une main à son ventre. Julie, alors, découvrit du sang sur le couvre-lit de satin blanc, qui dégouttait peu à peu sur le marbre du sol.

— Oh, mon Dieu, non…, souffla l'actrice.

Elle saisit la main de son amie.

— Aidez-moi, je vous en prie. Je crois que je suis en train de faire une fausse couche.

— Je vais vous conduire à l'hôpital.

Julie se rua dans la salle de bains, d'où elle rapporta des serviettes de toilette, avec lesquelles elle tenta de tarir un peu le flot de sang, après quoi elle s'empara du combiné téléphonique posé sur la table de chevet. Elle composa le numéro des urgences d'un doigt tremblant, exigea qu'on envoyât une ambulance.

Carole pleurait :

— Je le voulais tellement, cet enfant. Surtout, arrangez-vous pour que Louella ne soit au courant de rien.

— Je suis affreusement navrée, murmura Julie en lui caressant les cheveux.

— Je n'arrive pas à y croire. J'étais tellement sûre que ça marcherait, cette fois-ci. Attention, ma chérie, ne leur donnez pas mon nom. Dites-leur que je m'appelle Jane Peters.

— D'accord. L'ambulance ne devrait plus tarder.

Carole, qui s'était allongée, ne bougeait plus, et l'on aurait dit une poupée brisée, dont la robe d'intérieur blanche était souillée. Julie retourna dans la salle de bains au pas de course. Un gant de toilette. Il lui fallait un gant pour débarbouiller le visage de son amie.

— Ça fait du bien, souffla celle-ci après que Julie eut posé le gant sur son front.

*

Dans le service des urgences du Cedars of Lebanon Hospital, la lumière était éblouissante. Impitoyable. Les ambulanciers se frayaient un chemin parmi les infirmières pressées et les aides-soignantes, pour permettre à Carole de jouir d'une intimité toute relative à l'intérieur d'un box séparé des autres par des rideaux bleus. Julie avait rabattu le drap sur le visage de son amie, dans l'espoir que personne ne la reconnaîtrait dans les couloirs.

— Je ne suis pas morte, chérie, tenta de plaisanter l'actrice en repoussant le drap une fois parvenue à destination. J'ai simplement perdu un bébé. Ça y est… je l'ai dit.

Ses yeux, à nouveau, s'emplirent de larmes.

Le rideau s'ouvrit brusquement sur un Clark hébété, les cheveux en bataille qui, à l'évidence, craignait d'avoir perdu son épouse, dont il saisit la main.

— Oh, Ma…, fit-il d'une voix tremblante. J'ai cru…

Il se laissa tomber à genoux auprès d'elle, avant de la serrer dans ses bras.

Julie s'éclipsa, s'installa dans un coin où elle demeura stupéfiée jusqu'à ce que, contre toute attente, Andy se matérialisât et l'étreignît. Il lui souffla qu'il l'aimait.

23

Garder un secret à Hollywood ? Impossible.

À moins que…

Deux jours s'écoulèrent. Tous les matins et tous les soirs, Julie récupérait les journaux sur le seuil de la pension avant que quiconque eût eu le temps de les lire. Elle avait un plan dont, plein de délicatesse, Andy s'était abstenu de souligner l'absurdité. Elle ouvrait dès lors l'*Examiner*, ainsi que le *Herald Express*, en quête des éditoriaux de Louella Parsons et Hedda Hopper. Une fois qu'elle les avait dénichés, elle les parcourait. S'il y était un jour, ne fût-ce que vaguement, question de la fausse couche de Carole, elle jetterait ses exemplaires dans la première poubelle venue. Tel était son plan. Grotesque.

Cependant, rien ne filtrait. La jeune femme commença de respirer plus librement.

— Carole est parfaitement capable de gérer ça toute seule, lui fit remarquer Andy.

— Elle était effondrée, tu sais. Et c'est mon amie.

— Clark se trouve auprès d'elle.

— Vois-tu enfin ce que je vois depuis belle lurette ?

— Qu'ils sont amoureux pour de bon ?

— Tout juste.

— Disons que je commence à envisager quelques modifications dans mon scénario type.

— Ah, ah !... Tu m'accordes donc cette concession ?

— Impossible. Ignores-tu qu'un homme se doit d'avoir toujours raison ?

La jeune femme s'esclaffa. Elle raffolait de ces instants légers entre eux – le reste du temps, il planait au-dessus d'Andy un nuage de tristesse. Il ne restait certes pas indifférent aux préparatifs du lancement d'*Autant en emporte le vent*. Mais il devenait impossible, à présent, d'échapper aux nouvelles de la guerre. Il lui arrivait fréquemment de regarder dans le vague, si près d'elle, songeait Julie, et à la fois si loin.

*

Au début du mois de septembre, Selznick se sentit enfin prêt pour l'avant-première de son film.

— Trois heures et quarante-cinq minutes, annonça Andy à sa compagne, tandis qu'on faisait halte devant le cinéma retenu pour l'événement secret. Telle est la longueur définitive d'*Autant en emporte le vent*. Selznick va prévenir les spectateurs, après quoi il verrouillera les portes. Personne ne pourra plus entrer ni sortir. Ce type ne néglige vraiment aucun détail.

Le producteur pénétra dans le hall de l'établissement, exigeant d'en rencontrer le responsable. Un petit homme négligé, aux yeux chassieux, sortit à la hâte d'un bureau en boutonnant son veston. Il s'agissait à l'évidence d'un important personnage, songea-t-il, qui n'était manifestement là ni pour *Hawaiian Nights* ni pour *Beau geste*.

Lorsqu'on lui révéla l'identité de son visiteur, de même que le contenu des boîtes que promenaient derrière lui un nombre considérable d'assistants, le petit homme pâlit.

— Bien sûr, bien sûr, articula-t-il avec peine.

Les vendeurs de friandises regardèrent d'un œil curieux les nouveaux venus se diriger vers la salle de projection.

— Monsieur Selznick, puis-je me permettre de vous demander une faveur ?

Le producteur fronça les sourcils ; le moment était mal choisi.

— Il faut que j'appelle mon épouse, monsieur.

— Non, cela ne vous est pas permis.

— Monsieur Selznick, vous ne comprenez pas…

La voix se faisait implorante :

— Si je ne lui dis pas de se radiner ici tout de suite, mon mariage est fichu. Elle a adoré le roman de Margaret Mitchell. Je ne peux tout de même pas l'empêcher de voir le film…

L'on fit une exception, l'épouse accourut quelques minutes plus tard, la taille toujours ceinte de son tablier, l'œil agrandi par l'incrédulité.

— Mesdames et messieurs, nous n'allons pas vous montrer ce soir le film que nous avions initialement prévu de vous montrer, annonça le responsable des lieux. Au lieu de quoi vous allez découvrir, en avant-première, le plus grand film jamais tourné.

— Quel film ? brailla un spectateur.

— Je ne suis pas autorisé à vous le dire. Si quelqu'un préfère s'en aller, qu'il le fasse dès maintenant, car ensuite, les portes resteront verrouillées jusqu'au terme de la projection. Quelqu'un souhaite-t-il nous quitter ?

Les spectateurs se regardèrent, haussèrent les épaules, se carrèrent dans leurs fauteuils. Peut-être ce qu'on allait leur présenter serait-il meilleur que *Beau geste*…

On verrouilla les portes.

À peine le titre fut-il lentement apparu sur l'écran, chaque lettre glissant élégamment de droite à gauche, que les clameurs eurent raison de la musique, pourtant prenante. Hommes et femmes se mirent à hurler, à pousser des vivats, à sauter sur leurs sièges, à applaudir, à se jeter dans les bras les uns des autres.

Andy se laissa tomber dans un fauteuil, saisit la main de Julie, qu'il serra sur sa poitrine – elle sentit contre ses doigts le cœur de son compagnon battre la chamade.

— Tu es surpris ?

— Oui. Je n'aurais jamais imaginé quelque chose d'aussi intense. C'est formidable.

— Tu vois bien que ce film compte beaucoup pour toi, gros bêta, souffla-t-elle.

— C'est le moins qu'on puisse dire.

Il baisa la main de la jeune femme :

— Regarde, Irène Selznick est en train de pleurer.

— Toi aussi.

*

Cela faisait de nombreux mois que personne n'avait vu David O. Selznick heureux à ce point. Pendant tout le trajet qui le ramenait au studio, il lut et relut les commentaires déposés par les spectateurs à l'intérieur d'une urne installée dans le foyer du cinéma. Pas un qui ne fût dithyrambique. Pas un seul. Aucune récrimination concernant la longueur du film.

Lorsqu'en début de soirée, fourbus mais ravis, les participants à cette aventure se rassemblèrent sur les marches de la Selznick International Pictures, le producteur lui-même, l'œil luisant derrière ses épaisses lunettes rondes, ayant remercié l'ensemble de ses collaborateurs, parut tout prêt à jouir enfin de ce triomphe.

On était soulagé, on se donnait des tapes dans le dos, on assurait à qui voulait l'entendre que jamais l'on n'avait douté une seule seconde de l'issue favorable de cette folie… Cependant, Julie s'avisa soudain qu'à mesure que le temps passait, Andy s'éteignait peu à peu, et Selznick avec lui.

— Que se passe-t-il ? s'enquit-elle auprès de son compagnon, alors que tous les autres se dirigeaient, toujours euphoriques, vers le parking pour y récupérer leur véhicule.

À peine deux heures plus tôt, Andy souriait d'une oreille à l'autre, il plaisantait, il laissait, sans plus s'en soucier, rouler sur ses joues des larmes de joie.

— Je suis heureux, répondit-il. J'éprouve aussi un immense soulagement et…

Il s'interrompit un instant.

— Et je tends le dos en attendant la prochaine épreuve.

— Je ne comprends pas.

— La première internationale à Atlanta.

Julie n'ignorait pas qu'il s'agirait d'un événement d'importance – le gouverneur de Géorgie avait d'ores et déjà annoncé que le jour de la projection serait férié dans l'ensemble de l'État. Il y aurait un défilé, ainsi que trois jours de réceptions et de bals pour l'ensemble de l'équipe de tournage… Toute la ville d'Atlanta se préparait à célébrer *Autant en emporte le vent.*

— Il va s'agir d'une fête mémorable, voyons. Pourquoi faut-il encore que tu te tracasses ?

Il lui adressa un coup d'œil amusé :

— Quand on monte un cheval aussi rétif que celui-ci, Julie, on a toujours des problèmes. Toujours. Mais la première va vraiment nous donner du fil à retordre. Selznick s'est démené comme un beau diable pour avoir le soutien de la presse afro-américaine… Ils étaient tellement contents d'avoir obtenu qu'on bannisse le mot « nègre » de nos dialogues… Malheureusement, David vient d'apprendre à ses dépens ce qu'était Atlanta. Voici ce qu'on lui a dit : vous pouvez toujours amener vos acteurs nègres avec vous, mais les Blancs du sud refuseront de dîner avec eux, ils ne les inviteront pas à la fête prévue pour le reste de l'équipe. On ne leur permettra pas de s'asseoir dans l'auditorium. Oh… Pas de loges non plus dans les coulisses. Pas question qu'ils partagent les toilettes des Blancs. Si toutes ces conditions vous conviennent, alors allez-y, amenez vos négros avec vous.

Julie n'en revenait pas :

— C'est une honte. Si je comprends bien, même Hattie et Butterfly ne pourront pas venir ?

— Exact. Te rends-tu compte du chemin que nous avons parcouru ? Et maintenant : ça…

Ils se trouvaient assis dans la voiture à présent, et ils se dévisageaient. Oui, elle se sentait écœurée, mais pour quelle raison au juste ? Elle avait grandi l'oreille tendue vers les vilaines rumeurs sudistes, au point de connaître par cœur les règles en vigueur là-bas, ainsi que les barrières qu'on dressait entre les uns et les autres. Un souvenir de sa prime enfance lui revint en mémoire : elle revoyait une file d'individus, tous vêtus de blanc, tous portant une cagoule pointue, et tous défilant dans la grand-rue de Fort Wayne. Pourquoi s'affublaient-ils de draps comme l'eussent fait des fantômes ? Pourquoi mettaient-ils le feu à des croix immenses ? Sa mère l'avait entraînée plus loin, en refusant de répondre à ses questions.

— Selznick était persuadé que, pour *Autant en emporte le vent*, on ferait une exception, mais ils n'ont rien voulu entendre. Tu devines ce que ça implique.

À présent, oui, elle le devinait :

— Tu crains la réaction de Clark.

— En effet.

Il mit le moteur en marche, embraya.

— Mon travail consiste à l'empêcher de boycotter la première.

— Jamais il ne ferait une chose pareille. Clark constitue l'âme même d'*Autant en emporte le vent*.

— Tu sais aussi bien que moi qu'il s'en moque comme de sa première liquette. Sur ce… Où allons-nous, mademoiselle Crawford ?

— À Encino.

Il sourit :

— Voilà pour quelle raison je t'aime, fillette. Personne ne sait mieux que toi prendre un problème à bras-le-corps.

Julie tâta, dans sa poche de poitrine, le paquet de Lucky Strike qui s'y trouvait toujours. Elle en fit surgir une cigarette. Elle appréciait peu l'odeur et le goût du tabac, mais elle éprouvait tout à coup le besoin de fumer. Elle l'alluma, aspira, se carra dans son siège.

*

— Comment ça, pas de Noirs ? Ils rigolent, ou quoi ?

Clark, qui, la mine satisfaite, s'offrait un repos bien mérité dans la veste de velours et de soie de Rhett Butler, qu'il avait empruntée dans la salle des costumes, faillit laisser tomber la cigarette qui pendait à ses lèvres. Il bondit sur ses pieds. Carole récupéra le mégot incandescent, qu'elle déposa dans un cendrier. Elle aimait trop sa peau d'ours pour risquer que son époux la trouât malencontreusement.

— Selznick en a été informé au terme de l'avant-première, exposa Andy. Il est aussi en pétard que toi. Je peux t'assurer qu'il a fait tout ce qui était en son pouvoir pour les amadouer.

L'acteur s'était empourpré.

— Je ne supporte pas l'hypocrisie. Hattie mérite de participer aux réjouissances. Ils le méritent tous. S'ils n'y vont pas, alors moi non plus !

Andy se raidit d'abord, avant de s'exprimer sur ce ton paisible qu'il adoptait chaque fois que des tensions se faisaient jour :

— Ce film fera date dans l'histoire du cinéma mondial, il s'agit maintenant d'une affaire entendue. Or, tu en es l'un des piliers, tu le sais parfaitement.

— N'essaie pas de discuter avec moi, Andy.

— Je n'essaie pas. Tu es un grand garçon. Tu sais combien d'existences et de réputations dépendent de l'aventure que nous venons de vivre. Tu sais également qu'*Autant en emporte le vent* a offert de réelles possibilités aux acteurs afro-américains.

S'ensuivit un silence de courte durée.

— Non, laissa tomber Clark, la mâchoire serrée.

— Comme tu voudras. Tu as donc décidé de compromettre l'avenir d'un film pour lequel nous avons tous sué sang et eau, pour une question de principes ?

Andy lui-même regrettait ses paroles, mais il entrait dans ses attributions de tout faire pour convaincre la vedette d'assister malgré tout à la première.

— Tu ferais quoi ?

— À ta place ? Je mourrais d'envie de tout envoyer promener, mais j'espère que je me retiendrais. À qui vas-tu rendre service en boycottant l'événement ? Ni à Hattie ni à Butterfly. Qui, en revanche, risques-tu de meurtrir ? À toi d'établir la liste.

Les deux hommes se dévisagèrent un moment.

— Scotch ou bourbon ? demanda Carole à Andy pour rompre la glace. Puis, à Clark : Pa, serais-tu assez gentil pour éteindre ce feu qui brûle dans la cheminée ? On étouffe.

Seule Julie vit tressaillir légèrement les lèvres d'Andy ; il éprouvait un réel soulagement.

— Scotch, répondit-il.

Puis il se tourna vers sa compagne.

— Un doigt, précisa-t-il.

24

Julie quitta en hâte le bureau minuscule qu'on lui avait attribué dans le bâtiment des scénaristes, avec, entre les bras, la dernière réécriture en date d'un scénario que Mayer lui avait confié – une bluette située à Paris, et dont le grand patron n'appréciait pas la fougue excessive. La jeune femme enrageait de ce qu'il eût par ailleurs spécifié qu'il ne devait être question ni d'Hitler ni de la guerre.

— Hollywood dans toute sa splendeur, avait commenté Andy lorsque sa compagne lui en avait parlé.

Elle vit arriver face à elle un type aux longues jambes maigres, dont elle crut reconnaître les traits. De qui s'agissait-il ? La mémoire lui revint : l'un des scénaristes gravitant autour d'Abe Goldman. Elle l'avait déjà croisé à plusieurs reprises. Feignant d'être britannique, il arborait souvent un foulard de soie arrangé avec soin ; il fronçait les sourcils en permanence. Il adressa à Julie un rapide signe de tête, ralentissant néanmoins suffisamment l'allure pour lorgner le dossier qu'elle avait entre les mains. Le premier mouvement de la jeune femme fut de serrer son scénario contre son sein, mais elle se rappela que la première page était vierge.

L'homme passa son chemin, laissant flotter dans son sillage une aura de fausse supériorité.

— N'indiquez jamais rien, ni le titre ni les noms, sur la couverture de vos scénarios, lui avait conseillé Frances Marion. Les hommes sont furieux s'ils apprennent que c'est à une femme qu'on a confié la réécriture d'une de leurs œuvres. S'ils s'en aperçoivent, vous devenez aussitôt leur ennemie. Inutile de vous précipiter au-devant des ennuis.

— Belle journée, Harvey, n'est-ce pas ? lança-t-elle à l'homme – dont, précisément, elle retravaillait le scénario.

— En effet, répondit une voix.

Julie se retourna. Doris se tenait devant elle, les cheveux impeccablement laqués suivant son habitude, ses lèvres peintes s'étirant en un large sourire. Elle exhibait des lunettes de soleil parmi les plus grosses qu'il eût été donné à la jeune femme de contempler. Que faisait-elle dans les locaux de la MGM ?

— Bonjour. Je suis étonnée de…

— Vous vous demandez ce que je fabrique dans les parages, n'est-ce pas ? Eh bien… On m'a embauchée à l'essai en qualité de scénariste, comme vous il n'y a pas si longtemps. J'ai l'impression qu'en ce moment, tous ceux et celles qui travaillent à Hollywood finissent par vouloir écrire des scénarios.

— J'ignorais que vous écriviez.

Doris haussa les épaules.

— Depuis que le ramdam autour d'*Autant en emporte le vent* a enfin cessé, je m'ennuie. En tout cas, pour vous, ça a drôlement bien marché. Qui sait, la chance va peut-être passer deux fois d'affilée…

Lorsqu'elle ôta ses lunettes, Julie eut la surprise de constater que, dans le regard de son interlocutrice, l'incertitude avait pris le pas sur le dédain. De son côté, la jeune femme ne la craignait plus – elle avait fait du chemin depuis leur tête-à-tête dans les toilettes pour dames du Chasen's.

— Je n'ai jamais été votre rivale, fit Doris, comme si elle venait de lire dans les pensées de Julie. Même si je reconnais que j'aurais aimé le devenir.

Il se glissait une pointe de mélancolie dans son sourire.

— J'ai sans doute eu tort de me sentir si rapidement menacée.

— Vous avez grandi. Vous n'avez plus rien d'une gamine, aujourd'hui.

— Je ne peux que m'en réjouir.

— Maintenant que vous voilà dans le grand bain, avez-vous quelques conseils à me donner ? À moins qu'il ne faille nous considérer l'une et l'autre comme des adversaires ? ajouta-t-elle sur un ton plus sec.

— Voyons…, fit Julie, songeant que Doris ne pouvait se retenir d'essayer toujours de reprendre la main. Un conseil… Tiens, voilà : n'inscrivez jamais, sur la première page d'un scénario que vous réécrivez, le nom de l'auteur initial. Celui-ci pourrait en prendre ombrage.

Doris parut d'abord ne pas comprendre.

– D'accord, laissa-t-elle enfin tomber.

– Bonne chance.

*

La première d'*Autant en emporte le vent* se rapprochait à grands pas. L'on prévoyait qu'un million de visiteurs se rendraient à Atlanta pour participer aux trois jours de festivités.

Mayer veillait à ce qu'aucun détail ne fût négligé. Ainsi, pour le grand bal, la MGM expédia les costumes portés lors du bal de charité d'*Autant en emporte le vent* par les acteurs principaux, afin qu'ils pussent les arborer de nouveau. L'on envoya, de même, le décor de cette scène, morceau par morceau, pour le reconstituer à Atlanta. Coût total : dix mille dollars. Il y aurait encore des fanfares, des concerts, des réceptions… Des invités à foison.

Clark résista jusqu'au bout, de même que Victor Fleming, qui n'appréciait guère Selznick. Tous deux décrétèrent qu'ils n'iraient pas à Atlanta. Mais le jour où l'acteur refusa catégoriquement de monter avec le producteur et le reste de l'équipe dans l'avion spécialement affrété par la TWA, Carole Lombard mit les pieds dans le plat.

— Il y en a marre de tes enfantillages ! hurla-t-elle à son époux. J'ai acheté une robe exprès pour la première, alors je veux y aller. J'ai même emmené tes parents faire du shopping pour leur offrir de nouvelles sapes. Alors bouge-toi le train, chéri. Cette fête, c'est la nôtre !

Julie, qui avait assisté à cet éclat, le rapporta à Andy. Celui-ci rit de bon cœur :

— Je l'adore.

— J'étais dans sa chambre en train d'essayer une ou deux de ses robes pour la première quand elle lui est rentrée dans le chou. Cela dit, il a quand même obtenu de voyager sans l'équipe du film, à bord d'un appareil d'American Airlines.

— Si on y réfléchit bien, commença Andy, ce carnaval ne sert strictement à rien…

Julie plaqua une main sur la bouche de son compagnon.

— S'il te plaît, Andy, contentons-nous d'en profiter, veux-tu ? Joue le jeu, pour une fois.

Il lui coula un regard étrange qui lui fit peur, un regard au fond duquel elle discerna un insondable chagrin.

Une fraction de seconde plus tard, tout rentra dans l'ordre.

Il lui prit la main pour la porter à ses lèvres et l'embrasser.

— Parviendrai-je à dégrafer sans difficulté ta robe après la fête ? murmura-t-il.

— Pour te faciliter la tâche, je ne porterai rien dessous.

— Parfait.

Il l'attira contre lui, où ils échangèrent un long et doux baiser.

*

Les deux avions atterrirent l'un après l'autre. Julie regarda par le hublot. Une file de limousines noires, chacune assortie d'un chauffeur en livrée, au garde-à-vous, s'étirait de l'appareil à l'entrée du terminal. En tête de ce cortège se donnaient à voir deux superbes Packard décapotables pour les personnages les plus éminents.

— Le temps d'un long week-end, commenta Andy, nous allons jouer les monarques parés de faux diamants. Sais-tu comment le *New York Times* nous a surnommés dans son édition de ce matin ? La jeunesse dorée d'Hollywood.

— Vas-tu, oui ou non, t'autoriser à prendre un peu de bon temps ?

— Affirmatif, fillette. Pour toi.

Ce sens feint du sacrifice exaspéra Julie l'espace d'un instant, mais son agacement s'évapora dès qu'ils grimpèrent à bord des véhicules chargés de les conduire au Biltmore Hotel.

— Bon Dieu, lâcha Clark Gable, vaguement impressionné, vous avez vu cette foule…

Ils devaient apprendre plus tard que plus de trois cent mille personnes, pour la plupart vêtues comme au temps de la guerre de Sécession, se pressaient alors le long du parcours. Des fanfares accompagnaient la procession en jouant *Dixie*[1]. Des vétérans, fiers et droits dans leurs uniformes de confédérés, se tenaient aussi de part et d'autre de la route – certains serraient même contre eux leur vieux fusil. Partout, c'était une joie tapageuse, proche de l'hystérie. Une spectatrice à la mise élégante se débarrassa tout à coup de l'un de ses longs gants blancs pour le lancer à Clark, qui baissa la tête, décontenancé.

— Pa, brailla Carole par-dessus les hourras, je te parie cinq balles que la prochaine va te balancer sa culotte !

— Tenu ! répondit son époux, dont l'humeur maussade s'éloignait à grands pas.

Ils avaient presque atteint le Georgian Terrace Hotel, où se tiendrait le gala, lorsque, pareil à un petit cerf-volant malmené par la brise, un pantalon de lingerie d'un autre temps voleta avant de se poser sur la tête de Clark Gable.

— Aboule l'oseille, Pa ! s'écria Carole. À peu de chose près, c'est une culotte.

---

1. Cette chanson écrite en 1859 devint, pendant la guerre de Sécession, l'hymne officieux des soldats confédérés (*Dixie* est le surnom donné au sud des États-Unis) (*NdT*).

*

Ni la ville d'Atlanta ni la MGM ne regardèrent à la dépense. Pendant le somptueux bal du jeudi soir, Carole, vêtue de velours noir et de renard argenté, reçut ses admirateurs dans une loge, riant avec tous, plaisantant avec tous et signant à ceux qui se pressaient autour d'elle des autographes – elle fit des déçus cependant, car, en dépit des invocations, elle s'entêta à signer « Carole Gable », ainsi qu'elle l'avait initialement prévu ; cette fête était celle de Clark, et non la sienne.

Puis vint le point culminant de la soirée : Clark, Vivien et Olivia parurent dans la salle vêtus de leurs costumes – pour un moment, ils redevenaient Rhett, Scarlett et Mélanie. La foule applaudit à tout rompre en poussant des vivats.

— Je ne sais plus si nous vivons à l'intérieur du film ou bien dans la réalité, s'amusa Julie, tandis qu'Andy l'invitait à danser.

Elle se sentait bien dans sa robe fourreau, en soie abricot, retenue au cou par une petite épingle ornée d'un diamant, qui jadis avait appartenu à sa grand-mère.

*

Et le Tout-Atlanta de danser ainsi jusqu'à l'apogée du week-end, cependant que l'équipe venue d'Hollywood évoluait dans un tourbillon de déjeuners, de discours, de conférences de presse où crépitaient les flashs, où de jeunes femmes vêtues de robes de soirée qu'elles tenaient de leurs grands-mères gloussaient à qui mieux mieux, où des écoliers réclamaient des autographes… Partout où elles se rendaient, les vedettes devaient fendre de formidables foules – dans les parcs regorgeant de fleurs, à leur hôtel, dans les restaurants…

— Pour sûr qu'ils ne se foutent pas de nous, observa Clark, hébété.

La nuit tombait lorsque douze énormes projecteurs, judicieusement disposés aux abords du centre-ville, firent soudain jaillir vers le ciel leurs colonnes de lumière, qui se rejoignirent au-dessus de la foule massée devant le Loew's Grand Theatre, où allait se tenir la première d'*Autant en emporte le vent*. Personne n'oublierait le 15 décembre 1939.

Julie n'en croyait pas ses yeux : grâce au talent des décorateurs, la façade de l'établissement ressemblait maintenant, à s'y méprendre, aux Douze Chênes, la demeure de la famille Wilkes. Pour un peu, Julie se fût imaginée en train de pénétrer, une fois de plus, dans la bibliothèque. Elle lissa la soie rouge de la robe empruntée à Carole – ayant, comme promis, renoncé à ses sous-vêtements, elle se sentait à demi nue.

— Chérie, lui avait décrété l'actrice tandis qu'elles se préparaient à quitter l'hôtel. Arrêtez de tirer sur cette robe. Il est rigoureusement impossible de porter une culotte sous mes vêtements. Alors, faites retomber la pression et profitez plutôt du contact de la soie sur votre peau.

Depuis, la jeune femme s'y efforçait. Tant bien que mal.

Elle repéra soudain, parmi la foule, quelques personnes en train de brandir des pancartes. Sur l'une d'elles, on avait écrit :

Autant en emporte le vent
glorifie l'esclavage

Sur une autre :

Votre chair aussi serait tendre
sous les coups de fouet

Comme Julie alertait ses camarades, un glapissement s'éleva au milieu des badauds réunis sur le trottoir.

— Qu'est-ce que c'est que ça ? s'enquit Clark Gable.

— Le cri des rebelles, répondit un attaché de presse local avec un sourire crispé. Le cri de guerre des soldats confédérés. C'est leur façon à eux de vous accueillir. Dire que les gens, ajouta-t-il avec fierté, s'intéressent davantage à *Autant en emporte le vent* qu'à ce qui se passe en Europe. Formidable, n'est-ce pas ?

Julie jeta un coup d'œil en direction d'Andy, avec l'espoir qu'il n'avait pas entendu. Elle le jugea abattu, mais il semblait affecté depuis le début de la journée. Plus exactement, depuis que Selznick s'était entretenu avec lui ce matin, dans un coin de leur hôtel.

Entre-temps, Clark avait désigné quelqu'un de l'index : une femme mince qui, sur le trottoir, se hâtait en direction de l'entrée du Loew's Grand Theatre, une petite femme aux allures d'oiseau pressé – les pans de son long manteau ouvert battaient dans son sillage comme des ailes. Elle portait des chaussures à lacets, et elle avait ramené ses cheveux en un chignon austère.

— Ma, est-ce que c'est bien celle à laquelle je pense ?

— La vache ! se mit à rire Carole. Pa, je crois que tu es sur le point de rencontrer la femme qui t'a créé. Et je ne parle pas de ta mère.

Margaret Mitchell tourna la tête lorsque Carole la héla. Par la vitre baissée de la voiture, elle dévisagea Clark Gable. Elle se fendit d'un sourire mince.

*

Margaret Mitchell, qui les attendait dans le hall, auprès de son époux, semblait résolue à se rendre invisible. De quoi se cachait-elle, cette femme qui avait écrit un tel chef-d'œuvre, songea Julie, un roman qui avait exigé d'elle dix années de labeur ? Cette femme qui avait rédigé soixante-dix chapitres, qu'ensuite elle avait fourrés dans une enveloppe pour les expédier à un éditeur. Cette femme qui avait révolutionné le monde de l'édition et remporté le prix Pulitzer. Cette femme – pur produit du sud des États-Unis, renvoyée du Smith College qui avait survécu par surcroît à plusieurs mariages… Cette femme qui, après son immense succès, avait déserté le devant de la scène, mais répondait, sans exception, à toutes les lettres qu'on lui envoyait au sujet de son livre.

L'on fit les présentations, mais Carole fut la première à tendre la main à la romancière.

— Mademoiselle Mitchell, puis-je me permettre de vous poser deux questions ?

— Bien sûr, répondit l'écrivain avec nervosité.

— Au départ, votre héroïne se prénommait-elle vraiment Pansy ?

— Oui. Lamentable, n'est-ce pas ?

— Je ne vous le fais pas dire. Je n'ose même pas imaginer Vivien dans la peau d'une Pansy.

– Quelle est votre seconde question ? l'encouragea Margaret Mitchell, qui se détendait.

— Avez-vous pensé à Clark Gable en façonnant le personnage de Rhett Butler ?

Margaret secoua la tête.

— Je sais que beaucoup de gens le pensent, mais ce n'est pas vrai.

Elle coula à Clark un regard presque flirteur.

— Je suis navrée, monsieur Gable. Mais si vous êtes parvenu, aussi brillamment que je le pense, à donner vie à Rhett Butler, alors je changerai ma version de l'histoire.

— J'ai fait de mon mieux, fit Clark, intimidé.

Il s'inclina devant la romancière, fort élégamment, en queue-de-pie et cravate blanche, avant de saisir sa petite main pâle pour la baiser – suivant les règles, sans lui toucher la peau.

Julie craignit pendant un instant que Carole fît une lourde plaisanterie, mais l'actrice se contint. D'ailleurs, l'heure était venue de pénétrer dans la salle.

Carole et Clark entrèrent d'abord, le premier s'ingéniant à paraître à l'aise dans ses vêtements d'apparat, la seconde ondoyant dans sa robe lamée d'or. Vivien, au bras de Laurence Olivier, suivait, la tête haute et l'œil triomphant.

Après une brève intervention de David O. Selznick, le film commença. D'emblée, la musique de Max Steiner – qui avait œuvré vingt-quatre heures sur vingt-quatre pour produire la bande originale la plus longue de l'histoire du cinéma – emporta tout. Ce fut une véritable explosion. Julie, qui en eut le souffle coupé, se laissa instantanément envoûter par l'univers d'*Autant en emporte le vent*.

Au terme de la projection, un tonnerre d'applaudissements retentit. Les pans du rideau pourpre se refermèrent, l'on ralluma les lumières... Les spectateurs, debout, continuèrent d'applaudir.

— C'est vous qu'ils appellent, souffla Carole à l'oreille de Margaret Mitchell.

— Non, non, se récria cette dernière, comme submergée par la réaction du public.

— Venez, je vais vous aider.

L'actrice la prit par la main, grimpa avec elle sur la scène, avant d'effectuer quelques pas en arrière. Les applaudissements s'intensifièrent encore.

La romancière semblait si ténue, infime contre les lourdes tentures de velours qui montaient jusqu'aux cintres. Elle serra dans un poing son mouchoir, se tordit quelques instants les mains, puis enfin s'adressa à la salle :

— Merci. Je suis bouleversée. Merci à tous pour ce film. Je vous remercie pour moi, ainsi que pour ma pauvre Scarlett.

*

Plus tard, ce soir-là, tandis qu'elle reposait entre ses bras dans leur chambre d'hôtel, Andy annonça à Julie que, le matin même, Selznick lui avait proposé de réaliser le prochain film de Claudette Colbert.

La jeune femme se redressa d'un bond.

— Formidable ! Tu as toujours rêvé de devenir metteur en scène.

— Il me force la main.

— Comment ça ?

Il prit une profonde inspiration :

— J'ai compris aujourd'hui, en participant à tout ce cirque... que ce n'était pas pour moi. Je ne peux pas mener ce genre de vie. Pas pour le moment.

Graisser la patte à quelques fonctionnaires français et proposer de l'argent pour que les juifs puissent quitter l'Europe en plus grand nombre ne me suffit plus. Il faut que je mouille ma chemise. Si je ne vais pas là-bas, je ne parviendrai jamais à être heureux.

— Moi, je te rendrai heureux.

Il lui baisa le front.

— C'est déjà ce que tu fais. Je t'assure. Mais je dois partir. Leslie l'a fait, et il a eu raison. Il n'a pas perdu de temps, lui. Ashley Wilkes est peut-être un personnage faible, mais Leslie Howard, et peu importe comment il s'est dépatouillé de ce rôle, est un type très courageux.

— Il est britannique. Toi, tu es américain. C'est de la pure folie !

Andy se pencha pour allumer la lumière.

— Je tergiverse depuis trop longtemps. Cela me rend amer. Or, l'aigreur, je n'en veux pas.

Il saisit dans la sienne la main de sa compagne.

— Je me suis enrôlé auprès du Comité international de la Croix-Rouge. Je ferai ce qu'ils me demanderont de faire. Y compris me rendre dans les camps d'internement en qualité de délégué de leur organisation. Il faut que quelqu'un s'assure que les civils et les prisonniers de guerre sont convenablement traités.

— Tu souhaites retrouver les membres de ta famille, n'est-ce pas ?

— C'est aussi pour ça que je pars, tu as raison.

Julie, qui avait ployé la nuque, finit par relever la tête – elle multipliait les efforts pour maîtriser le tremblement dans sa voix :

— Je ne peux pas t'empêcher d'aller en Europe. En revanche, j'ai besoin que tu répondes à une question : est-ce que tu m'aimes ?

— Tu sais bien que oui.

— Reviendras-tu ?

— Si tu veux toujours de moi. Tu n'es pas à l'abri de croiser la route d'une version séduisante d'Abe Goldman.

— Quand reviendras-tu ? Et la proposition de Selznick, dans tout ça ?

— Je lui ai dit que j'allais y réfléchir jusqu'à ce matin. Il a compris. Il était surpris, certes. Mais il a compris. Il m'a promis d'essayer de me dénicher quelque chose de bien à mon retour.

Julie se pelotonna de nouveau contre lui. Elle ne retiendrait pas Andy, ne le modèlerait pas à sa main comme Scarlett avait voulu le faire d'Ashley. Il l'avait quittée, et Hollywood avec elle, à l'instant même où il avait su ce qui seul pourrait soulager son âme. Si elle insistait pour qu'il restât, elle détruirait tout.

Les premiers rayons du soleil s'insinuèrent à l'intérieur de leur suite, pour se poser doucement sur la corbeille de fruits dans sa cellophane rouge, sur les superbes roses aux longues tiges qu'on avait déposées à leur porte la veille au soir, juste avant la première. Les lueurs de l'aube effleuraient aussi les petits chocolats enveloppés dans du papier d'argent, qu'ils avaient découverts sur leurs oreillers le jour de leur arrivée. L'aurore semblait leur promettre – à tort – une paisible journée.

Épilogue

Autant en emporte le vent rapporta vingt-six millions de dollars durant les six premiers mois de son exploitation – l'équivalent d'environ trois cent cinquante millions d'euros aujourd'hui. Dans toutes les grandes villes des États-Unis où on le projeta, le film reçut un accueil triomphal. « La plus formidable réussite de l'histoire du cinéma », titra le *Hollywood Reporter*. Indiscutablement, l'Amérique était tombée amoureuse d'*Autant en emporte le vent.*

Les réactions se révélèrent cependant mitigées au sein de la communauté afro-américaine. La plupart de ses membres appréciaient autant le film que le public blanc, mais d'autres éprouvaient ce que le *Chicago Defender* résuma le mieux en qualifiant l'œuvre d'« arme de terreur pointée sur l'Amérique noire ». *Autant en emporte le vent* ouvrit néanmoins la porte des studios de cinéma aux acteurs et actrices africains-américains – Hattie McDaniel en tête, qui fut la première d'entre eux, dans l'histoire du cinéma, à remporter un Oscar, celui de la meilleure actrice dans un second rôle. Et à la NAACP, qui l'avait surnommée « Oncle Tom » pour avoir accepté d'incarner Mamma, la comédienne répondit : « Je préfère jouer une bonne pour sept cents dollars par semaine qu'en être une pour sept dollars. »

Lors de la cérémonie des Oscars, le 29 février 1940, *Autant en emporte le vent* rafla les trophées les plus importants, à l'exception de l'Oscar du meilleur acteur, qui échappa à Clark Gable, dont la prestation demeure pourtant inoubliable – il aura su, mieux que personne sans doute, donner vie au fringant Rhett Butler.

Pendant ce temps, la guerre qui faisait rage en Europe était en train de rattraper les États-Unis. Les nababs d'Hollywood, qui jusqu'alors avaient, abjectement, accepté de s'entendre avec les nazis pour continuer d'assurer leurs profits à l'étranger, se décidèrent enfin à affronter la réalité. Bientôt, l'on se mettait à tourner des films de guerre. Au printemps 1940, la moitié de la France tomba aux mains des Allemands ; l'Occident tout entier s'en trouva ébranlé. Winston Churchill, Premier ministre britannique, annonça à la Chambre des communes que la bataille de France était finie, ajoutant : « La bataille d'Angleterre va commencer d'un moment à l'autre. »

Le conflit devenait mondial. Dès lors, il s'opéra, à Hollywood, de rapides changements.

Leslie Howard regagna la Grande-Bretagne pour participer à l'effort de guerre dès que l'Angleterre se fut officiellement engagée contre l'Allemagne – il ne possédait rien de commun avec Ashley Wilkes, qu'il avait incarné dans *Autant en emporte le vent*, hésitant et velléitaire. Il trouva la mort en 1943, à l'âge de cinquante ans, lorsque l'aviation nazie abattit son appareil – l'on ne parvint jamais à déterminer si, oui ou non, il effectuait alors une mission secrète d'espionnage pour le compte de la Grande-Bretagne.

Après l'attaque de Pearl Harbor, survenue le 7 décembre 1941, Carole Lombard résolut à son tour d'apporter sa pierre à l'édifice. Fidèle à elle-même, elle se consacra à sa tâche corps et âme, sillonnant le pays dans le but d'y vendre des obligations pour soutenir l'effort de guerre. Ses camarades et elle avaient réuni deux millions de dollars lorsque survint la tragédie.

En 1942, comme elle regagnait Los Angeles en avion, en compagnie de sa mère, l'appareil s'écrasa contre le flanc d'une montagne. Il n'y eut aucun survivant. Carole, l'actrice alors la mieux payée d'Hollywood, n'avait que trente-trois ans.

Si l'on me permet d'abandonner un instant mon rôle d'auteur, je soulignerai combien, au fil de mon travail, j'ai appris à apprécier cette jeune femme, qui durant de longs mois, a vécu dans mon imagination. J'avoue que je la pleure encore.

Le décès de Carole dévasta Clark Gable. Je tente, en cet instant même, de l'imaginer après qu'il eut reçu la terrible nouvelle. Je le vois dans une pièce sombre, seul, assis, la tête basse, incapable de pleurer, impuissant à réécrire le scénario qui vient de lui ravir son épouse.

L'acteur possédait une solide réputation d'homme à femmes, mais à l'évidence, son mariage avec Carole le rendait pleinement heureux. La clé de ce bonheur ? Carole elle-même, qui avait su discerner l'homme timide et réservé dissimulé sous l'armure enjôleuse de Rhett Butler. Cet homme ne rêvait que d'amour et de fidélité. Sa jeune épouse lui avait offert les deux. À son décès, Clark Gable vit assurément voler en éclats l'un de ses boucliers protecteurs.

Peu après le drame, il s'engagea dans l'armée de l'air américaine, au sein de laquelle il effectua plusieurs missions. Il se remariera ensuite à deux reprises, et succombera à une crise cardiaque à l'âge de cinquante-neuf ans.

Quant à Vivien Leigh, qui épousa Laurence Olivier puis divorça de lui, elle fut, au firmament d'Hollywood, une étoile filante. Accablée par de nombreux problèmes de santé, elle mourut à cinquante-trois ans.

Olivia de Havilland, âgée de cent deux ans, est aujourd'hui l'unique survivante de la légendaire troupe d'acteurs qui firent d'*Autant en emporte le vent* l'un des films les plus inoubliables de l'histoire du cinéma.

Je tiens encore à saluer ici Frances Marion, scénariste brillante et novatrice, dont, hélas, on se rappelle à peine le nom de nos jours. Mary Pickford et elle ont travaillé main dans la main sur la plupart des films de l'actrice, et son humour, ainsi que sa volonté farouche de mettre le pied à l'étrier des femmes désireuses de devenir scénaristes à leur tour, mériteraient d'être plus souvent évoqués. Elle s'est éteinte en 1973, à l'âge de quatre-vingt-quatre ans.

Quelques mots encore au sujet de Clark Gable et de Carole Lombard. Il est de notoriété publique que les mariages de rêve, à Hollywood, ont tendance à ne pas survivre à l'épreuve de la réalité. Je me permets cependant d'observer ceci : bien que le décès de l'actrice ait mis un terme prématuré à leur union, ces deux-là possédaient en commun le sens de l'autodérision ; ils avaient également, l'un et l'autre, du plomb dans la cervelle. Cela, selon moi, eût fait d'eux d'excellents candidats à un mariage plus solide que la plupart de ceux qu'on célébrait alors à Hollywood.

Et mes personnages de fiction, me direz-vous ? Eh bien... Je pense qu'une fois en Europe, Andy a jeté toutes ses forces dans son travail auprès du Comité international de la Croix-Rouge, allant partout où il lui semblait qu'il pourrait se rendre utile. J'aime à croire qu'il est parvenu à sauver d'une mort certaine plusieurs membres de sa famille, et que lui-même a survécu. Quoi qu'il en soit, je sais qu'il a tout mis en œuvre pour pouvoir revenir un jour vers Julie.

Quant à Julie... Julie est, fondamentalement, une madame Tout-le-monde. Mais de celles – et il en existe de telles à chaque génération – qui, en dépit des maigres atouts dont elles disposent au départ, et bien que ne leur soient offertes que peu de perspectives d'avenir, s'obstinent, s'acharnent jusqu'à élargir leurs horizons, et cherchent. Cherchent sans relâche à déterminer – et tant pis si, au final, elles n'y parviennent pas – l'endroit où se dissimule leur désir le plus profond. Au fil des pages, Julie grandit. Julie change. À l'heure de la quitter, de lui laisser poursuivre son voyage, je ne puis qu'espérer que le lecteur ou la lectrice aura envie de la saluer en lui souhaitant le meilleur.

Moi, en tout cas, je le lui souhaite.

Cet ouvrage a été composé
par Atlant'Communication au Bernard (Vendée)

Impression réalisée par
CPI France
en juin 2020
pour le compte des Éditions Archipoche

Imprimé en France
N° d'édition : 628
N° d’impression : 3038119
Dépôt légal : juillet 2020